VERDADE DE
SANGUE

Universo dos Livros Editora Ltda.
Avenida Ordem e Progresso, 157 — 8º andar — Conj. 803
CEP 01141-030 — Barra Funda — São Paulo/SP
Telefone/Fax: (11) 3392-3336
www.universodoslivros.com.br
e-mail: editor@universodoslivros.com.br
Siga-nos no Twitter: @univdoslivros

J.R. WARD

VERDADE DE SANGUE

São Paulo
2022

Grupo Editorial
UNIVERSO DOS LIVROS

Diretor editorial: **Luis Matos**
Gerente editorial: **Marcia Batista**
Assistentes editoriais: **Letícia Nakamura e Raquel F. Abranches**
Tradução: **Cristina Calderini Tognelli**
Preparação: **Alessandra Miranda de Sá**
Revisão: **Tássia Carvalho**
Arte e adaptação de capa: **Renato Klisman**

Dados Internacionais de Catalogação na Publicação (CIP)
Angélica Ilacqua CRB-8/7057

W259v

Ward, J. R.
Verdade de sangue / J. R. Ward ; tradução de Cristina Calderini Tognelli.
— São Paulo : Universo dos Livros, 2022.
384 p. (Legado da Irmandade da Adaga Negra ; v. 4)

ISBN 978-65-5609-187-7
Título original: *Blood truth*

1. Ficção norte-americana 2. Vampiros 3. Literatura erótica
I. Título II. Tognelli, Cristina Calderini III. Série

22-1162   CDD 813.6

Para Jennifer Lynn Armentrout,
com muito amor e respeito.
"Simplesmente gosto muito de você."

Glossário de Termos e Nomes Próprios

Ahstrux nohtrum: Guarda particular com licença para matar, nomeado(a) pelo Rei.

Ahvenge: Cometer um ato de retribuição mortal, geralmente realizado por um macho amado.

As Escolhidas: Vampiras criadas para servir à Virgem Escriba. No passado eram voltadas mais para as coisas espirituais do que temporais, mas isso mudou com a ascensão do último Primale, que as libertou do Santuário. Com a renúncia da Virgem Escriba, elas estão completamente autônomas, aprendendo a viver na terra. Continuam a atender às necessidades de sangue dos membros não vinculados à Irmandade, bem como às dos guerreiros feridos ou dos Irmãos que não podem se alimentar de suas *shellans*, ou lutadores feridos.

Chrih: Símbolo de morte honrosa no Antigo Idioma.

Cio: Período fértil das vampiras. Em geral, dura dois dias e é acompanhado por intenso desejo sexual. Ocorre pela primeira vez aproximadamente cinco anos após a transição da fêmea e, a partir daí, uma vez a cada dez anos. Todos os machos respondem em certa medida se estiverem perto de uma fêmea no cio. Pode ser uma época perigosa, com conflitos e lutas entre os machos, especialmente se a fêmea não tiver companheiro.

Conthendha: Conflito entre dois machos que competem pelo direito de ser o companheiro de uma fêmea.

Dhunhd: Inferno.

Doggen: Membro da classe servil no mundo dos vampiros. Os *doggens* seguem as antigas e conservadoras tradições de servir seus superiores, obedecendo a códigos formais no comportamento e no vestir. Podem sair durante o dia, mas envelhecem relativamente rápido. Sua expectativa de vida é de aproximadamente quinhentos anos.

Ehnclausuramento: Status conferido pelo Rei a uma fêmea da aristocracia em resposta a uma petição de seus familiares. Subjuga uma fêmea à autoridade de um responsável único, o *tuhtor*, geralmente o macho mais velho da casa. Seu *tuhtor*, então, tem o direito legal de determinar todos os aspectos de sua vida, restringindo, segundo sua vontade, toda e qualquer interação dela com o mundo.

Ehros: Uma Escolhida treinada em artes sexuais.

Escravo de sangue: Vampiro macho ou fêmea que foi subjugado para satisfazer a necessidade de sangue de outros vampiros. A prática de manter escravos de sangue recentemente foi proscrita.

Exhile dhoble: O gêmeo mau ou maldito, o segundo a nascer.

Fade: Reino atemporal onde os mortos reúnem-se com seus entes queridos e ali passam toda a eternidade.

Ghia: Equivalente a padrinho ou madrinha de um indivíduo.

Glymera: A nata da aristocracia, equivalente à corte no período de Regência na Inglaterra.

Hellren: Vampiro macho que tem uma companheira. Os machos podem ter mais de uma fêmea.

Hyslop: Termo que se refere a um lapso de julgamento, tipicamente resultando no comprometimento das operações mecânicas ou da posse legal de um veículo ou transporte motorizado de qualquer tipo. Por exemplo, deixar as chaves no contato de um carro estacionado do lado externo da casa da família durante a noite.

Inthocada: Uma virgem.

Irmandade da Adaga Negra: Guerreiros vampiros altamente treinados para proteger sua espécie contra a Sociedade Redutora. Resultado de cruzamentos seletivos dentro da raça, os membros da Irmandade possuem imensa força física e mental, assim como a capacidade de recuperarem-se rapidamente de ferimentos. Não é constituída majoritariamente por irmãos de sangue. São iniciados na Irmandade por indicação de seus membros. Agressivos, autossuficientes e reservados por natureza, vivem apartados dos vampiros civis e têm pouco contato com membros das outras classes, a não ser quando precisam se alimentar. Tema para lendas, são reverenciados no mundo dos vampiros. Só podem ser mortos por ferimentos muito graves, como tiros ou uma punhalada no coração.

Leelan: Termo carinhoso que pode ser traduzido aproximadamente por "muito amada".

Lhenihan: Fera mítica reconhecida por suas proezas sexuais. Atualmente, refere-se a um macho de tamanho e vigor sexual sobrenaturais.

Lewlhen: Presente.

Lheage: Um termo respeitoso utilizado por uma submissa sexual para referir-se a seu dominante.

Libhertador: Salvador.

Lídher: Pessoa com poder e influência.

Lys: Instrumento de tortura usado para remover os olhos.

Mahmen: Mãe. Usado como um termo identificador e de afeto.

Mhis: O disfarce de um determinado ambiente físico; a criação de um campo de ilusão.

Nalla/nallum: Um termo carinhoso que significa "amada"/"amado".

Ômega: Figura mística e maligna que almeja a extinção dos vampiros devido a um ressentimento contra a Virgem Escriba. Existe em um reino atemporal e possui grandes poderes, entre os quais, no entanto, não se encontra a capacidade de criar.

Perdição: Refere-se a uma fraqueza crítica em um indivíduo. Pode ser interna, como um vício, ou externa, como uma paixão.

Primeira Família: O Rei e a Rainha dos vampiros e sua descendência.

Princeps: O nível mais elevado da aristocracia dos vampiros, só suplantado pelos membros da Primeira Família ou pelas Escolhidas da Virgem Escriba. O título é hereditário e não pode ser outorgado.

Redutor: Membro da Sociedade Redutora, é um humano sem alma empenhado na exterminação dos vampiros. Os *redutores* só morrem se forem apunhalados no peito; do contrário, vivem eternamente, sem envelhecer. Não comem nem bebem e são impotentes. Com o tempo, seus cabelos, pele e íris perdem toda a pigmentação. Cheiram a talco de bebê. Depois de iniciados na Sociedade por Ômega, conservam uma urna de cerâmica na qual seu coração foi depositado após ter sido removido.

Ríhgido: Termo que se refere à potência do órgão sexual masculino. A tradução literal seria algo aproximado de "digno de penetrar uma fêmea".

Rytho: Forma ritual de lavar a honra, oferecida pelo ofensor ao ofendido. Se aceito, o ofendido escolhe uma arma e ataca o ofensor, que se apresenta desprotegido perante ele.

Shellan: Vampira que tem um companheiro. Em geral, as fêmeas não têm mais de um macho, devido à natureza fortemente territorial deles.

Sociedade Redutora: Ordem de assassinos constituída por Ômega com o propósito de erradicar a espécie dos vampiros.

Symphato: Espécie dentro da raça vampírica, caracterizada pela capacidade e desejo de manipular emoções nos outros (com o propósito de trocar energia), entre outras peculiaridades. Historicamente, foram discriminados e, em certas épocas, caçados pelos vampiros. Estão quase extintos.

Talhman: O lado maligno de um homem. Uma mancha obscura na alma que requer expressão se não for adequadamente cancelada.

Transição: Momento crítico na vida dos vampiros, quando ele ou ela transforma-se em adulto. A partir daí, precisam beber sangue do sexo oposto para sobreviver e não suportam a luz do dia. Geralmente ocorre por volta dos 25 anos. Alguns vampiros não sobrevivem à transição, sobretudo os machos. Antes da mudança, os vampiros são fisicamente frágeis, inaptos ou indiferentes ao sexo, e incapazes de se desmaterializar.

Trahyner: Termo usado entre machos em sinal de respeito e afeição. Pode ser traduzido como "querido amigo".

Tuhtor: Guardião de um indivíduo. Há vários graus de *tuhtors*, sendo o mais poderoso aquele responsável por uma fêmea *ehnclausurada*.

Tumba: Cripta sagrada da Irmandade da Adaga Negra. Usada como local de cerimônias e como depósito das urnas dos *redutores*. Entre as cerimônias ali realizadas estão iniciações, funerais e ações disciplinadoras contra os Irmãos. O acesso a ela é vetado, exceto aos membros da Irmandade, à Virgem Escriba ou aos candidatos à iniciação.

Vampiro: Membro de uma espécie à parte do *Homo sapiens*. Os vampiros precisam beber sangue do sexo oposto para sobreviverem. O sangue humano os mantêm vivos, mas sua força não dura muito tempo. Após sua transição, que geralmente ocorre aos 25 anos, são incapazes de sair à luz do dia e devem alimentar-se na veia regularmente. Os vampiros não podem "converter" os humanos por meio de uma mordida ou transferência de sangue, embora, ainda que raramente, sejam capazes de procriar com a outra espécie. Podem se desmaterializar por meio da vontade, mas precisam estar calmos e concentrados para consegui-lo, e não podem levar consigo nada pesado. São capazes de apagar as lembranças das pessoas, desde que recentes. Alguns vampiros são capazes de ler a mente. Sua expectativa de vida ultrapassa os mil anos, sendo que, em certos casos, vai além disso.

Viajante: Um indivíduo que morreu e voltou vivo do Fade. Inspiram grande respeito e são reverenciados por suas façanhas.

Virgem Escriba: Força mística que anteriormente foi conselheira do Rei, bem como guardiã dos registros vampíricos e distribuidora de privilégios. Existia em um reino atemporal e possuía grandes poderes, mas recentemente renunciou a seu posto em favor de outro. Capaz de um único ato de criação, que usou para trazer os vampiros à existência.

Prólogo

HÁ UM ANO...

REXBOONE, FILHO DE SANGUE de Altamere, sabia de olhos fechados fazer um nó Windsor na gravata de seda.

Essa não tinha sido uma habilidade à qual ele se propusera a aprender por vontade própria, mas sim algo a que tinha se acostumado em virtude das circunstâncias de sua vida. Sob esse aspecto, tinha acontecido o mesmo com seu conhecimento a respeito dos vinhos Domaine Coche-Dury, das peças de Shakespeare e dos relógios Audemars Piguet. Sem nem se dar conta exatamente de como nem onde, havia absorvido os detalhes, sabendo diferenciar um John Frederick Kensett de um Frederic Edwin Church. Quando a Rolls-Royce adquirira a Bentley (novembro de 1931). Quando as duas se separaram de novo (31 de dezembro de 2002). Como conduzir uma fêmea em uma valsa. Aonde ir para comprar o melhor terno na Saville Row, em Mayfair.

A resposta para isso seria na alfaiataria Henry Poole & Co.

– Mas que droga.

Desfez o nó e levantou o colarinho da camisa com monograma, tentando uma vez mais. Talvez se saísse melhor se estivesse mesmo vendado. Era evidente que os olhos não o estavam ajudando muito.

Com isso em mente, abaixou as pálpebras.

O problema era que as palmas estavam suadas e ele tinha dificuldade para respirar. Portanto, estrangular-se, mesmo que por obra da melhor seda Hermès, não o deixaria menos tonto.

Emoções eram um problema. O que não era surpresa alguma.

Como membro da *glymera*, a aristocracia da raça dos vampiros, só existiam duas escolhas de emoção. Ou você demonstrava aprovação leve e digna ou desaprovação condescendente de sobrancelhas arqueadas.

Uma tremenda discrepância. Semelhante a escolher entre uma estátua de cera e um manequim de plástico.

Tudo bem, se você estiver *de fato* muito desapontado com algo ou alguém – com, por exemplo, seu jardineiro por ter aparado mal as sebes ou se um piano (Steinway, claro) foi largado em cima do seu maldito pé –, seria possível, em um tom gélido, enviar uma mensagem corretiva e enviesada ao tal jardineiro, ou ao proprietário do piano, tão cruel, que eles se sentiriam compelidos a cometer suicídio como um serviço público.

Nenhuma dessas opções o atraía no momento. Não que um dia as tivesse desejado.

Com um safanão que levou o nó junto ao pescoço e depois um suave deslizar das duas pontas, abriu os olhos.

Ora. Quem poderia acreditar. Conseguira.

Abaixando as pontas do colarinho, tirou o paletó do suporte de mogno, vestiu-o, ajustando os ombros e os braços, e encerrou a produção ao enfiar um lenço de seda azul e coral no bolso do peito do paletó.

– Hora de ir – disse ao próprio reflexo.

E, no entanto, não se afastou. Fitando-se no espelho de corpo inteiro, não reconheceu o macho de cabelos escuros que o fitava de volta. As feições faciais clássicas tão características da aristocracia. O peito amplo, nem um pouco característico. Tampouco as pernas longas e as mãos marcadas por veias.

Você deveria ser capaz de se reconhecer claramente. Ainda mais estando dentro do próprio closet, na própria suíte da própria casa, com as luzes acesas e sem distrações.

O mais perturbador era ser capaz de inspecionar cada detalhe do que vestia e se lembrar com precisão de onde comprara cada uma das peças: quem tinha feito a camisa, as calças, como as escolhera, quando foram ajustadas às suas medidas. O mesmo podia se dizer ao que havia atrás dele: filas e filas de ternos pendurados em varões de latão organizados por estação e cor, as camisas sociais agrupadas como cardumes, os sapatos de couro perfeitamente lustrados e enfileirados tal qual um exército em marcha... Tudo aquilo eram itens escolhidos por ele.

Portanto, onde diabos estava ele em meio àquele guarda-roupa invejável?

Como não haveria resposta para isso, marchou para fora do closet e passou pelo quarto e pela saleta de estar. No corredor, passou pelos arranjos de flores e aparadores, pela galeria de pinturas a óleo, e depois pelas portas fechadas da antiga suíte de sua *mahmen*. Pelo que sabia, os cômodos foram deixados exatamente como estavam quando a fêmea morrera vinte anos antes, a porta trancada pela última vez para nunca mais ser aberta.

Mas não, ele deduzia, devido ao sofrimento do pai.

Era mais um caso de feito e encerrado. A *shellan* seguinte do pai se instalara, tal qual uma pintura, meros seis meses mais tarde, com todos os direitos e privilégios inerentes. Inclusive a expectativa de que ela se referisse a si mesma como uma *mahmen* para Boone.

O fato de que não tivesse atuado nesse papel, mesmo no de madrasta, nunca fora levado em consideração, e o mesmo se dera com os sentimentos de Boone quanto à perda daquela que lhe dera à luz. Em retrospecto, Altamere não acreditava que emoções mereciam ser demonstradas, e tinha estendido essa cortesia à nova companheira. Assim que a cerimônia de vinculação se encerrou, Boone nunca mais os viu juntos fora de eventos sociais.

A fêmea não parecia particularmente aborrecida com o frio distanciamento. De fato, não parecia mais animada com seu *hellren* do que Altamere se sentia em relação a ela, ainda que, a julgar pelas entregas frequentes da Chanel, Dior e Hermès, o arranjo sem dúvida beneficiava o closet dela.

Sua suíte ficava ao lado dos aposentos da *mahmen* de Boone. E quando um dia ela fosse chamada ao Fade? Boone estava disposto a apostar que os dois pares de aposentos seriam limpos, redecorados e dados a algum outro indivíduo do sexo feminino. Como se jogassem fora um par de pilhas velhas e o substituíssem por um novo; como se parte daquela mansão, da vida do pai, necessitasse do componente de uma *shellan* para ser automatizado – e graças a Deus era possível conseguir uma nova na Amazon Prime quando acabasse a bateria da antiga.

Enquanto pensava no que o aguardava no andar de baixo, Boone decidiu que não deveria se apressar em julgar.

Com isso em mente, a suíte do pai surgiu em seguida.

Nunca tivera permissão para entrar ali, portanto não poderia comentar sobre a decoração, de qualquer modo. Mas apostaria dois terços do fígado e um rim inteiro de que nada estaria fora de lugar e de que grande parte seria em azul-marinho.

Altamere provavelmente saíra do ventre materno em um paletó esportivo azul-marinho, calças de flanela cinza e gravata.

Ao seguir em frente e chegar à escada curva, o rangido sutil debaixo da passadeira grossa vermelha era tão familiar que Boone não conseguia imaginar como seria viver em qualquer outro lugar. Seu lar – o lar de *seu pai* – nunca fora um lugar de alegria, mas com uma habilidade insidiosa de todas as coisas consideradas "de bom gosto", bem como sua necessidade incansável de fazer o que era certo; tais amarras eram tudo o que conhecia e, portanto, parte integral de quem ele era.

Imposta, porém inegável.

Semelhante a esse noivado em que se encontrava.

Chegando ao último degrau, dirigiu-se à sala de estar à direita, onde a fêmea o aguardava atrás das portas fechadas.

– Algo em que possa ajudá-lo.

Boone parou. As palavras formavam, desde que interpretadas do modo adequado, uma pergunta. A atitude e o tom eram uma acusação.

Girou sobre os calcanhares. Marquist, o mordomo da casa, não era um *doggen*, mas sim um vampiro civil. Apesar do detalhe atípico, o macho representava o papel de chefe da criadagem à perfeição: vestia-se de maneira formal com um uniforme praticamente saído do Palácio de Buckingham, os cabelos escuros penteados e mantidos para trás, o olhar desconfiado e o lábio superior tão rígido que seria possível ganhar um corte afiado de papel dele toda vez que o macho abrisse a boca.

O cara também tinha a estranha habilidade de aparecer quando você menos queria.

Boone verificou o nó da gravata com as pontas dos dedos.

– Vou receber uma visita.

– Sim. Fui eu quem abriu a porta para ela e o chamou.

Boone continuou sustentando o olhar que lhe era lançado.

– E?

– Seu pai não está aqui.

– Estou ciente disso.

– Estará a sós com ela, então.

– Estaremos numa sala de estar com câmeras de segurança. Estou certo de que você estará monitorando as imagens. Dificilmente estaremos sozinhos.

– Vou ligar para o seu pai.

– Como sempre.

Boone lhe deu as costas e fez menção de entrar na sala. Mas, quando as mãos seguraram as maçanetas de latão, não conseguiu se mexer. Nesse meio-tempo, ouviu-se o som de algo se movendo atrás dele para depois Marquist se afastar, as solas dos sapatos bem lustrados encontrando o chão como imprecações à medida que se retirava para seu covil de panos de lustro, arranjos de mesa e carrancas ameaçadoras.

A hesitação de Boone não foi por causa do mordomo, mas o fato de isso ter provocado o afastamento de Marquist foi um bônus.

– Droga – sussurrou.

O corpo se recusava a se mover, e o motivo podia ser qualquer um. Havia tantos a escolher. No fim, fechou os olhos, inspirou fundo e foi isso que resolveu a questão. Assim como o nó da gravata, desde que não pudesse enxergar, era capaz de ir em frente.

Ao abrir as portas duplas, levantou as pálpebras.

A fêmea estava de pé, junto a uma das janelas de teto ao chão que davam para a frente da mansão, de costas para ele, as cortinas adamascadas cor de framboesa destacando os cabelos loiros e o terno Chanel rosa e preto. Nos painéis de vidro, o reflexo sério dela parecia o retrato de uma bela fêmea do passado, o perfil uma representação vaga, ainda que fiel, de algo que já não existia no mundo dos vivos.

Rochelle, filha de sangue de Urdeme, olhou por sobre o ombro quando ele os fechou na sala e, no instante em que os olhares se cruzaram, ele soube.

E ficou aliviado.

– Boone – ela disse, a voz rouca.

Ele exalou o ar que nem sabia que estivera prendendo pelo último mês.

– Está tudo bem. Sei por que veio.

– Sabe?

– Quando ligou diretamente para mim, em vez de seguir os caminhos adequados, soube que era porque queria se livrar deste compromisso. E, como já disse, está tudo bem.

Ela pareceu surpresa, como se esperasse ter que se explicar. Como se tivesse antecipado uma conversa difícil. Como se tivesse se preparado para raiva e indignação da parte dele.

– Não... Não está tudo bem.

– Sim, está. Venha cá.

Quando ele estendeu a mão, ela se aproximou, mas as palmas não chegaram a fazer contato. Ele tomou o cuidado de abaixá-la antes que Rochelle se aproximasse, e a atraiu na direção do sofá do outro lado da sala formal. Quando estavam ambos sentados no assento almofadado macio, teve a impressão de que eram recortes de papelão de seus pais. Apesar de terem passado da transição há uns cinquenta anos, ele e Rochelle estavam vestidos e se comportavam como se tivessem trezentos ou quatrocentos anos de idade: ternos e sapatos sociais. Joias discretas para ela e lenços de bolso para ele. Modos perfeitos.

Por dentro, sabia que isso não estava certo. Nada daquilo estava, e não só em relação ao acordo arranjado. Nada dentro daquela casa, da linhagem em que nascera, era como deveria ser e, de repente, enquanto contemplava a realidade de que estivera preparado para assumir um compromisso de toda uma vida sabendo que isso era errado para ele, a raiva assumiu o comando.

Graças à Virgem Escriba, Rochelle era mais corajosa que ele.

– Eu lamento muito – disse ela com uma fungada.

Ele mudou de posição e tirou um lenço do bolso interno do paletó.

– Pegue.

– Que confusão. – Aceitando o que lhe foi oferecido, Rochelle limpou com cuidado a área sob os olhos. – Que tremenda... confusão que estou fazendo em relação a tudo.

Mais lágrimas surgiram, e ele desejou passar o braço pelos ombros dela para lhe oferecer conforto. Contudo, ele ainda não a tocara de modo algum e agora dificilmente parecia o momento de começar a fazê-lo.

– Podemos escolher não fazer isso.

– Mas eu quero. De verdade. – Ela pressionou uma das narinas com o dedo e olhou para ele. – Você é incrível. É tudo aquilo que eu deveria querer, mas simplesmente não... Ah, meu Deus, não deveria dizer isso.

Boone sorriu.

– Vou considerar um elogio.

– Estou falando sério. Eu bem que queria poder amar você.

– Sei que sim.

De repente, ela balançou a cabeça repetidas vezes, os cabelos loiros passando pelos ombros em ondas espessas.

– Não, não, temos que continuar. Não sei por que vim para cá. Não temos como sair disto, Boone. Casamentos arranjados não podem ser desfeitos.

– Ao inferno que não. Diga a todos que não me considera aceitável. É direito seu. É assim que você, que *nós* cuidaremos do assunto.

– Só que isso não seria justo com você. – Lágrimas brilhavam nos olhos dela. – Haverá todo tipo de julgamento sobre você e…

– Lidarei com isso.

– Como?

Não sabia. Mas tinha certeza de que fazer com que a *glymera* acreditasse que ele era indesejável como *hellren* para um membro das classes altas parecia muito melhor do que forçar aquele arranjo. Não que não gostasse de Rochelle ou que não a considerasse atraente. Ela era inteligente e divertida, e tinha uma beleza clássica. Com o decorrer do tempo, havia a possibilidade de que as coisas se desenrolassem entre eles, mas eram basicamente desconhecidos.

E, sentados ali sozinhos pela primeira vez, a pergunta que estivera se fazendo desde a primeira noite enfim foi respondida: o único motivo pelo qual trilhara esse caminho de expectativas foi por pensar que talvez conseguisse fazer aquilo funcionar de uma maneira melhor do que o pai fizera. De fato, estivera determinado a ser bem-sucedido onde o pai fracassara ao ir de encontro às expectativas da *glymera* e, ainda assim, viver uma existência autêntica.

Só que vencer numa corrida desse tipo apenas o faria conquistar um troféu oco – na forma da união com uma fêmea a quem não amava… só para poder provar algo para um macho que indubitavelmente não notaria as nuances fora do "normal".

– Tudo vai dar certo – falou.

Rochelle inspirou fundo.

– Não quero que pense que fui precipitada ao ligar para você. Ou impulsiva.

Impulsiva?, ele pensou. Ao aceitar mais de setecentos anos de vida conjugal, a possibilidade de filhos e a certeza de uma morte difícil, embora os dois tivessem apenas partilhado dois chás sob supervisão, o indispensável jantar entre os pais e o coquetel para anunciar o arranjo? Tudo somado, passara talvez cinco horas na companhia de Rochelle e, até então, sempre com testemunhas.

– Boone, eu quero explicar. Estou apaixonada... por outra pessoa.

Ao sorrir, ele ficou pensando como seria sentir esse tipo de conexão.

– Fico muito feliz por você. O amor é uma bênção.

Rochelle desviou o olhar, o rosto voltando a ser uma máscara de compostura.

– Obrigada.

Boone queria fazer perguntas a respeito do macho. Mas, de novo, apesar de estarem tecnicamente noivos, como diziam os humanos, eram estranhos em essência, e era isso o que tornara tudo tão maluco.

Ela acreditava ser difícil romper o compromisso? Tente terminar uma vinculação.

– Apenas diga a eles que não sou digno – insistiu. – E ficará livre para se unir a outro macho.

Quando os olhos de Rochelle se voltaram para os seus, ele refletiu que eram da mesma cor de azul dos seus, e, por algum motivo, isso o irritou. Não que houvesse algo de errado com ela, era só que... já bastava toda aquela coisa de linhagem adequada. Eram tão semelhantes em termos de coloração, a não ser pelos cabelos escuros dele, que poderiam ser considerados irmão e irmã, e se isso não era de arrepiar!

Rochelle deixou o lenço que ele lhe dera no colo, alisando o mono-grama no centro com as pontas dos dedos.

– Então, você também... não quer nada disto?

– Creio que seria melhor se nos conhecêssemos, nem que fosse um pouco, e estivéssemos escolhendo isto. Sei que não é como nossa classe realiza as uniões, mas por quê? Meu pai e minha *mahmen* biológica nunca foram felizes juntos e tiveram uma união arranjada. Depois que ela morreu, meu pai repetiu a mesma coisa, tendo o mesmo resultado. Uma parte de mim pensou que talvez eu poderia mostrar a ele como se faz isso da maneira correta, mas, honestamente? Ainda mais você estando apaixonada por outro? Não existem muitas possibilidades de termos um "felizes para sempre", então, para que nos darmos a esse trabalho?

– Não posso deixá-lo com todo o estigma social. Não é justo.

– Não se engane. Se terminarmos isto por qualquer outro motivo além de eu ser inaceitável, as repercussões sociais sobre você serão brutais.

O macho que você ama? Ele não terá permissão para se vincular a você. Você será considerada arruinada e inelegível a um *hellren* adequado pelo resto da vida. Além disso, toda a sua linhagem será humilhada, e eles a culparão por isso. Está me dizendo que prefere esse resultado?

Rochelle fez uma careta.

— No entanto, você será rejeitado em certa medida.

— Não será nada comparado ao que a *glymera* faria com você. Prefiro ser assunto de conversa em festas pelo próximo ano e ser encarado como párea pela próxima década a saber que arruinei sua vida e a vida do seu macho.

Rochelle meneou a cabeça.

— Você será malvisto. Por que faria isso por alguém?

— Não sei. Acho que... vale a pena se sacrificar por amor. Mesmo que não seja o meu.

— Você é um macho de muito valor — sussurrou ela. — E é tão corajoso.

Seria mesmo? Talvez no contexto da *glymera*, mas o realista dentro dele sabia que a coragem verdadeira não estava em enfrentar as flechas e as pedradas dos olhares arrogantes e comentários desaprovadores. Depois dos ataques, depois que a Sociedade Redutora matara tantos inocentes em suas casas, como alguém poderia sugerir que os costumes arbitrários eram o começo e o fim de tudo o que tem valor? Ou que se opor a eles sem motivo aparente deveria fazê-lo receber o equivalente vampírico do Coração Púrpura?

Rochelle vasculhou seu rosto como se tentasse avaliar se ele conseguiria aguentar a pressão.

— De fato não se importa com o que eles pensam a seu respeito, não é?

Boone deu de ombros.

— Nunca fui fã do cenário social. Existem pessoas aqui em Caldwell que não fazem ideia de que Altamere sequer tem um filho, e estou em paz com isso. Meu pai terá que aguentar um pouco, mas eu lhe garanto: depois do modo como me desconsiderou durante toda a minha vida, estou perfeitamente à vontade em não me preocupar com os problemas dele. E, por favor, não se sinta culpada. Isto é o melhor para nós dois.

Rochelle enxugou uma nova leva de lágrimas.

— Gostaria de ser como você. Sou uma covarde.

— Acha mesmo? Está sendo muito corajosa agora. E não me transforme em herói. — Sorriu com amargura. — Tenho muitos defeitos. Basta perguntar ao meu pai. Ele lhe dará uma lista mais longa do que a sua entrada para carros.

Quando ela se calou, a tristeza que surgiu nos olhos dela fez com que ele quisesse abraçá-la. Mas Marquist observava pelo circuito interno de segurança – e, mais importante, Rochelle não era sua para ser confortada.

– Não – disse ela numa voz mais forte. – Vou assumir a responsabilidade disto. Não vou deixar que você...

– Rochelle. Não sei quem seu macho é, mas se ele for da nossa classe? Não pode ser você a romper nosso compromisso. Caso se recuse a aceitar o arranjo, a família dele *nunca* permitirá que fiquem juntos. Deixe que eu arque com as consequências.

– Ainda não entendo o motivo de fazer isso por mim.

– Se eu tivesse alguém para amar, gostaria de ficar com ela. Mas não tenho. – Franziu o cenho ao considerar todas as fêmeas que conhecera e encontrara. Eram todas aristocratas. – E, para ser honesto, não consigo ver de onde o amor verdadeiro viria para mim. Portanto, quero ajudar vocês dois.

Rochelle enxugou o rosto com o lenço de novo.

– Queria muito poder amar você. Você é um macho de muito valor. Mas não, não posso permitir que...

As portas duplas se escancararam, sendo abertas por Marquist.

O pai de Boone, Altamere, entrou a passos largos, os sapatos se chocando contra o piso de mármore até chegarem ao tapete, onde se silenciaram. Os cabelos escuros do macho estavam penteados para longe do rosto de bela ossatura, e os olhos claros tinham a cor do aço em sua ira. Distraído, Boone percebeu que o terno que o pai usava era feito da mesma lã refinada que o seu. O azul estava salpicado por fios de urze e cinza-claro, e as listras eram tão sutis que só podiam ser percebidas se alguém pressionasse o nariz contra as lapelas.

O corte das calças e do paletó, no entanto, não era o mesmo. Boone sempre se parecera mais com o lado da mãe, tendo peito amplo, braços grossos e pernas longas e musculosas. Sempre tivera ciência da desaprovação do pai quanto ao seu físico, e conseguia se lembrar dos comentários sussurrados após sua transição, feitos pelo próprio pai, de que Boone tinha o corpo de um trabalhador braçal. Como se isso fosse um defeito de nascença.

Ou talvez algo nele o fizesse duvidar da fidelidade de sua *shellan*.

Boone sempre se questionou a esse respeito.

– O que estão fazendo? – Altamere exigiu saber.

Quando o olhar duro se fixou em Boone, não foi uma surpresa que o macho tivesse ignorado Rochelle. Para ele, as fêmeas não passavam de pano de fundo, um ornamento à margem, um acessório em vez de um ativo participante na vida de alguém.

Boone se pôs de pé.

– Rochelle veio me dizer que não estou à altura do nosso compromisso. Rejeitou-me e, por ter honra, quis fazê-lo em pessoa. Ela já está de saída.

Conseguia sentir Rochelle fitando-o em estado de choque, mas ele estava pronto a abafar quaisquer tentativas que ela pudesse fazer para negar o que ele acabara de dizer. Nesse meio-tempo, acima do ombro de Altamere, Marquist era uma presença observadora, uma câmera viva que absorvia tudo.

– Você *não* vai me envergonhar dessa maneira – sibilou Altamere. – Não permitirei.

Como se pressentisse que a história era outra.

A raiva que se solidificara no peito de Boone encontrou mais força dentro da alma.

– A decisão não é sua.

– Você é meu *filho*. A escolha não cabe a ninguém mais…

– Que asneira. – Quando o pai empalideceu ante seu vocabulário, a voz de Boone ficou mais grave e mais alta. – Chega dessa história de tentar agradá-lo. Nunca fui bom nisso, de todo modo; pelo menos não de acordo com você, e já passou da hora de eu pensar em mim mesmo.

Nos recessos de sua mente, o saldo de negligência e condescendência do pai era como um medidor de eletricidade desgovernado; a conta ficaria estratosférica. A morte de sua *mahmen* ignorada. A entrada da madrasta na casa como uma corrente de ar frio. Boone nunca atingindo os padrões estabelecidos.

Altamere apontou um dedo na direção de Boone.

– Estou lhe dando uma última chance. Não sei por que vocês dois estão fazendo essa tolice, mas isso acaba aqui. O arranjo continua valendo, ou vai descobrir que a rejeição da *glymera* não chegará aos pés do que farei para rejeitá-lo.

Rochelle se pôs de pé.

– Sou eu quem não está à altura...

– Não tenho medo de você – Boone a interrompeu com determinação. – E você está certo, pai, as coisas vão mudar por aqui.

Altamere estreitou o olhar.

– O que deu em você?

Boone meneou a cabeça lentamente.

– Isto estava para acontecer há tempos. Qual é a teoria econômica que sempre cita? O que não pode continuar, não continua. Cansei de viver em mentiras.

Quando encarou os olhos do homem que supostamente era seu pai, desafiou Altamere a insistir. E deixou claro, pelo menos em termos psíquicos, que, caso isso acontecesse, ele levantaria a lebre mais impensável.

Ou seja, as dúvidas em relação à sua paternidade.

Diante de testemunhas.

Quer falar de algo vergonhoso? A *glymera* costuma reservar suas censuras e escárnio às fêmeas, mas um macho traído? Bem... não se deve sequer pensar nisso, certo? A ponto de Altamere jamais ter mencionado a ideia de um teste de paternidade, porque as ramificações de algo assim seriam socialmente perigosas. Em vez disso, a possibilidade não respondida de que Boone tivesse sido gerado por outro havia pairado na casa, um fantasma de infidelidade que seguia o "filho" aonde quer que ele fosse.

Condenado pela suspeita de um pecado que não fora seu.

Mas isso se encerrava naquela noite.

Depois de um silêncio tenso e demorado, o pai de Boone por fim olhou para Rochelle.

– Não a condeno por essa escolha.

Altamere se virou e saiu, sendo seguido por Marquist, e os dois desapareceram dentro do escritório.

No rastro da partida deles, Boone ergueu a mão e puxou o nó da gravata, afrouxando-o. Foi maravilhoso conseguir respirar.

– Por que fez isso? – perguntou Rochelle.

Ele pensou em tudo o que o pai sempre lhe dissera.

– Não sou digno. Isso não é mentira.

– Tudo isso é culpa minha – Rochelle gemeu ao se deixar cair no sofá.

Enquanto desfazia o nó Windsor por completo, Boone pensou no fato de ter tido de amarrá-lo de olhos fechados. Entrara na sala com as pálpebras cerradas. Levara… a vida inteira… numa cegueira que não era apenas uma escolha, mas uma questão de sobrevivência.

De modo inconsciente, soubera que, caso olhasse com atenção, ou sequer espiasse, não teria sido capaz de seguir em frente. Tantas coisas ele absorvera sem sequer se dar conta, certo como se os ares tóxicos da aristocracia tivessem sido de fato um gás que havia respirado e pelo qual fora envenenado. Só que estava pondo um fim nisso agora.

Se Rochelle era capaz de defender seu amor, ele seguraria as rédeas de sua vida e decidiria quem gostaria de ser. Aonde gostaria de ir. O que gostaria de aprender. Sem pedir desculpas.

A coragem dela inspirara a sua.

– Lamento muito mesmo – Rochelle disse abatida.

Boone meneou a cabeça.

– Pouco importa o que acontecerá em seguida. Eu não lamento.

Capítulo I

RUAS MARKET E 29ᵗʰ
CALDWELL, NOVA YORK

Os coturnos de Boone esmagaram as marcas de pneu congeladas no meio do beco, o corpo potente arremetendo em meio à neve suja da cidade, o ar sendo sugado frio pelos pulmões e sendo expelido quente como vapor de locomotiva. Na mão direita, ele trazia uma faca de serra de trinta centímetros. Na esquerda, uma corrente longa.

Mais adiante, cerca de nove metros à frente, um *redutor* corria como se sua vida de morto-vivo dependesse da sua imitação de Usain Bolt. O fedor adocicado revelador estava espesso em seu caminho, um rastreador que o nariz sensível de Boone captara uns sete quarteirões mais para trás. O assassino era desengonçado, nos pés e nas mãos, e a julgar pela saturação do ar, Boone imaginava que ele já devia estar ferido.

O comandante da Irmandade da Adaga Negra, Tohrment, filho de Hharm, designava os territórios todas as noites para os Irmãos e os lutadores, seccionando o centro da cidade em quadrantes onde perseguiriam o inimigo. *Trainees* como Boone eram pareados com pessoas mais experientes, seja da Irmandade ou membros do Bando de Bastardos, pensando na segurança – ainda mais se havia uma ameaça nova nas ruas.

Entidades-sombra. Que vinham matando vampiros civis inocentes.

Boone olhou de relance por sobre o ombro. Naquela noite noite ele estava trabalhando com Zypher. O Bastardo era um ótimo parceiro, um macho grande e brutal que ainda assim tinha a paciência de um professor e um instinto para a melhoria progressiva.

Era para ter sido Syn. E que alívio que não foi ele.

Syn era... diferente.

O favorito de Boone, entre todos eles, era Rhage. Mas a Irmandade estava ocupada com outro assunto naquela noite. Todos eles.

E foi Boone quem os enviara numa missão que ele rezava e tinha esperanças de que não terminasse em morte.

A do seu pai, mais especificamente.

Nos doze meses que se passaram desde a briga deles sobre o arranjo desfeito, ele e Altamere se acomodaram num acordo desconfortável. Que é o que acontece quando você por fim encara quem o atormenta. Os dois mantinham as aparências, algo nada muito difícil considerando o quanto o relacionamento deles sempre fora superficial e formal, mas Boone estabelecera um limite e, em vez das repercussões ameaçadas, recebera um afastamento hostil.

Provavelmente devia ter se mudado da casa, mas, por mais mesquinho que parecesse, apreciara ter levado a melhor e ter continuado assim. Ainda mais depois de ter sido aceito no programa de treinamento da Irmandade, algo que, bem sabia, seu pai desaprovava. O "filho" de Altamere, um soldado? Lutando numa guerra? Quanta brutalidade. Essa mudança fez com que as décadas de Boone dedicadas aos livros parecessem uma boa mão de cartas.

Mas ele amava o desafio e era muito bom no seu trabalho – e um novo tipo de vida e ritmos começou, no qual ele e o pai raramente se viam.

A não ser quando chegou o convite: o prazer da companhia de seu pai e de sua madrasta era requisitado na casa de um aristocrata naquela mesma noite. A julgar só pelo conteúdo do convite, estava claro que outros membros da *glymera* estavam incluídos na lista de convidados.

Reunião social? Talvez. Uma violação traiçoeira à proibição de Wrath de que o Conselho se reunisse? Mais provável.

Fora a primeira vez em um ano que Boone falara com o pai sobre qualquer coisa relacionada a isso. No entanto, como poderia não ter insistido que o macho ficasse em casa? O fosso de víboras de aristocratas já tentara destronar Wrath, e se eles estivessem tramando outra tentativa?

O centro de treinamento lhe ensinara em detalhes todas as coisas que os Irmãos eram capazes de fazer com alguém que os irritasse. E ele podia não gostar do pai... mas a questão era exatamente essa. Com os sinais de alerta disparados em relação a uma traição, se ao menos não tentasse manter o macho afastado da festa, sentiria como se ele próprio o tivesse matado.

E isso era algo próximo demais do que ele por vezes teve vontade de fazer. Quem precisa viver com essa culpa?

Previsivelmente, o pai refutara seu sábio conselho. Portanto, Boone fora direto aos Irmãos, e esse era o motivo pelo qual estava pareado com um membro do Bando de Bastardos naquela noite límpida e gélida de inverno.

Voltando a se concentrar em sua caça, impôs mais velocidade às pernas, as coxas começando a arder, as panturrilhas a se contrair, o tornozelo fraco a enviar os primeiros sinais daquilo que se tornariam muitas reclamações. Tudo isso era um ruído de fundo facilmente ignorado, completamente esquecível.

Apenas respire, disse a si mesmo. Quanto mais oxigênio conseguisse fazer entrar nos pulmões, mais o receberia no sangue, combustível para os músculos, velocidade para o corpo.

Potência.

E, veja só, estava diminuindo a distância. O problema? Distanciava-se cada vez mais de Zypher, que bailava com um assassino só seu a três quarteirões dali – quatro agora.

Hora de agir.

Seguindo o protocolo, acionou o sinal localizador que trazia no ombro para avisar as outras patrulhas de que estava prestes a atacar o inimigo. E fechou os olhos.

Para desmaterializar-se, os vampiros normalmente tinham que se concentrar e se acalmar. Boone, por sua vez, se treinara para encontrar um local de equilíbrio interior mesmo enquanto corria em disparada atrás do inimigo. E, graças a esse treino, sua forma física se desintegrou em moléculas dispersas e ele avançou, ultrapassando o *redutor*.

Retomou sua forma diante do inimigo, plantando as botas, com a faca erguida e a corrente abaixada, pronto para a festa.

O assassino fez o que pôde para desacelerar, os braços giraram, os sapatos bateram na neve e derraparam enquanto ele tentava parar no gelo. A inércia não foi sua amiga. Ao contrário de alguns novos recrutas magrelos, esse tinha o pescoço grosso e o peito largo de um jogador de futebol americano, e todo esse peso corpóreo foi como uma rocha quicando montanha abaixo, sempre em frente em vez de recuar com aquele traseiro.

Como fora treinado a fazer, a visão periférica de Boone gravou os contornos do beco e as possíveis oportunidades de cobertura. Seu cérebro também fez uma rápida avaliação mental sobre o potencial de ameaça, catalogando saídas de incêndio, telhados, portas e janelas, todos os instintos alimentando informações para o cálculo de sua própria proteção. Do lado físico, o corpo estava preparado para o combate.

E a extensão da corrente começou a balançar.

Boone não tinha percebido ter dado à mão e ao braço esse comando específico, mas as situações começaram a se desenrolar dessa maneira em campo no decorrer do último mês. De acordo com o Irmão da Adaga Negra Vishous, há quatro níveis de desenvolvimento de habilidades: incompetência inconsciente, o que significa não saber quanto não se sabe e não se consegue fazer; incompetência consciente, o que significa começar a ter noção do quanto precisa para se desenvolver; competência consciente, que é o nível no qual você começa a usar aquilo em que foi treinado a fazer; e, por fim, competência inconsciente.

Que é o que acontece quando o seu corpo se move sem que o cérebro tenha que vistoriar cada molécula do ataque. Quando seu treinamento formou uma base de ação tão intrínseca com quem você é e o que faz em determinada situação que não tem consciência da ocorrência de qualquer tipo de cognição. Quando você entra na "Zona", como o Irmão Rhage chamava.

Boone estava nesse ponto ideal.

O zunido dos elos da corrente circulando ao seu lado era suave, ainda que ameaçador, como a respiração tranquila de uma fera enorme – e Boone soube o segundo em que o assassino ia se mexer porque um dos ombros se ergueu e o quadril se moveu num leve ângulo.

A faca que o *redutor* tinha escondida na mão veio voando e girando na sua direção – prova de que o inconsciente de Boone ainda não havia considerado tudo. Mas seus reflexos estavam a postos, e ele moveu o tronco de lado, a descarga de energia fluindo através dele tão acurada, tão agradável, que era quase sexual.

Seu contra-ataque começou com a corrente. Lançando os elos, enviou-os ao redor do pescoço do assassino, uma cobra de metal com uma cauda larga que se dobrou sozinha. Com o laço travado, ele puxou com o corpo todo.

O assassino se lançou à frente na neve de cara.

E foi nesse instante que Boone ergueu a faca de caça acima do ombro.

Um vampiro entre humanos fingindo serem vampiros.

E ele não era o único.

Em meio aos mais ou menos duzentos corpos girando e se mexendo na caverna perfurada pelos fachos de laser na antiga fábrica de camisas, havia apenas quatro ou cinco exemplares biológicos verdadeiros ao contrário dos personagens inventados a partir de uma mitologia enganosa. Mas diferentemente dos homens e mulheres mascarados que desesperadamente queriam parecer algo além do que eram, o macho e sua espécie não anunciavam o status do seu DNA de maneira alguma. Só estavam junto aos outros, misturando-se, observando... às vezes até participando.

O macho era um palmo mais alto que os homens com capas pretas ao redor da entrada do prédio abandonado, e com a força de seu corpo e as presas afiadas que podiam descer do maxilar superior, ele nunca estava desprovido de meios violentos. Não obstante as armas convencionais.

Parado na lateral, estava ciente de que olhava através dos óculos escuros com um objetivo, e isso o exauria. Estava cansado desse seu outro lado. Mas se não pudesse exercitar seu *talhman*, seu lado maligno, mesmo que apenas um pouco, então ir até ali seria perda de tempo. Como balançar um pedaço de carne do lado externo das grades metálicas da jaula de um monstro.

E era essa a questão. Precisava ter certeza de que ainda tinha controle sobre si. Houve uma época em que não fora capaz de se conter, há muito tempo, quando as consequências de seu patético controle de impulsos não importava. As coisas tinham mudado, no entanto.

Estava no Novo Mundo agora.

Estava alinhado ao Rei agora.

Portanto testava a si mesmo ali. Porque, caso se descontrolasse? Se as rédeas do seu monstro se soltassem de sua pegada mental e... coisas... acontecessem? Nesse caso, naquele clube, apenas humanos e alguns poucos vampiros corriam risco. Quem se importava se um punhado deles acabasse queimado pelo seu lado mau? O mais importante era o autoconhecimento de que podia estar entre esses alvos fáceis e resistir aos pensamentos que o afligiam. Ser mais forte mentalmente do que a tentação. Controlar a fome de matar.

E se não conseguisse andar na linha? Bem, às vezes a pressão tinha que ser liberada num lugar a fim de que o restante continuasse em paz relativa. E, de novo, ter um problema ali era melhor do que em qualquer outra parte de Caldwell...

À direita, a multidão começava a aumentar, certo como se os corpos fossem células e um tumor brotasse de maneira espontânea no meio de um tecido de outro modo saudável. Era um tipo de discussão, a luz fraca e os figurinos pretos, safanões e empurrões impossibilitando averiguar quem era o agressor e sobre o que a confusão se tratava, se socos eram desferidos ou se era apenas mais um caso de humanos bancando pose na frente de uma plateia.

Pelo menos foi essa a informação que o seu cérebro registrou. Seu *talhman*, por outro lado, estava excitado com a expressão física de raiva, provocado pela possibilidade de sangue empoçando-se, derramado de ferimentos, inflamado pela perspectiva de perseguir e abater uma presa.

— Não é para nós — o macho murmurou.

Erguendo a mão, puxou o gorro preto para baixo. O ato foi reflexo, e foi só depois que reconheceu o que fizera.

Estava se preparando para entrar. Conseguir algo. E não queria que sua identidade fosse conhecida.

No fim, o campo de testes o encontrara.

Do nó caótico de humanos, uma fêmea se soltou, e seu primeiro pensamento, ao reconhecê-la como uma de sua espécie, foi que diabos fazia ela metida com um punhado de ratos sem cauda? Mas logo mais nada sobre ela importou, ao mesmo tempo que todas as partes dela se tornaram significantes.

Parecia aflita ao olhar ao redor, os cabelos negros emaranhados à máscara que lhe cobria os olhos e metade do rosto, o batom borrado, o corpete assimétrico, com um seio prestes a ficar à mostra.

A dispersão discordante em sua aura de imediato mudou quando seus olhos se encontraram. O corpo dele, cambaleante, se firmou, detendo-se. A respiração parou e voltou a um ritmo mais calmo. As mãos rearranjaram o bustiê à posição correta.

Ele estava disposto a apostar que os pensamentos dela fizeram o mesmo debaixo de seu crânio, sua cognição se reajustando.

E se concentrando nele.

Deixando para trás a confusão da qual saíra, caminhou na direção dele, jogando os cabelos por cima do ombro, inclinando o queixo para cima.

Se isso foi para ela poder fitá-lo nos olhos de sua altura mais baixa ou para demonstrar independência e agressividade, ele não sabia. E, na verdade, pouco se importava.

– Sou Nightingale – anunciou ela.

E isso deveria significar algo para mim?, ele pensou.

À guisa de resposta, ele deixou os olhos trafegarem pelas curvas do corpo dela por trás das lentes escuras. Os cabelos negros eram compridos, tão compridos que cascateavam pelos ombros e desciam até o quadril, um rio de cachos espiralados que captavam e prendiam os fachos azuis do laser. O bustiê preto dela terminava na cintura e empurrava os seios para cima, criando globos macios nos quais ela salpicava algo brilhante. Os lábios eram vermelho-sangue... a garganta, pálida e adorável.

– Qual o seu nome – ela indagou com voz arrastada.

O macho inspirou pelo nariz, sentindo o cheiro dela, que estava excitada. A estimulação sexual era óbvia e direcionada a ele, uma equação que ele queria resolver, uma distância pela qual a fêmea resolvera que ele a transportaria, uma fantasia que ela escolhera satisfazer.

O sangue do macho ferveu. E por baixo da sua excitação, o *talhman* rondou. Se ela soubesse o que ele era de fato, jamais o teria escolhido no meio da multidão. Mas esse era o perigo e a excitação que lugares como aquele ofereciam, não? Sexo anônimo com estranhos a quem você transformaria em papel de parede nas próprias fantasias, cada parte atendendo às necessidades que podiam ou não ser expressas de pronto, a realidade de não saber no que de fato está se metendo era o que acrescentava mais emoção àquilo tudo.

Uma excitação que se sobrepõe à ausência da verdadeira atração, uma lona de faz de conta para cobrir os buracos deixados pelas telhas retiradas do telhado da realidade.

Vingança, resolveu ele. Ao medir o fogo nos olhos dela, e o modo como que olhou de relance para trás na multidão, como se alguém do clube a tivesse irritado, ele estava disposto a apostar que ela buscava alguém sensual e potente em retaliação a uma ofensa.

A tal da liberação da tensão.

O macho estendeu a mão e pousou as pontas dos dedos no ponto entre as clavículas, aquele torrão de pele indefeso pela maquiagem esquelética, aquele orifício suave e vulnerável da garganta dela. Quando pressionou, impedindo a passagem de ar apenas um pouco, ela arquejou.

E depois gemeu como se sentisse uma dor deliciosa entre as pernas.

O macho pressionou mais, com mais firmeza dessa vez... de modo a sentir a garganta lutando contra a compressão.

O esforço foi o que o enrijeceu por completo, e a ereção espessou por trás do botão da braguilha.

O macho sabia o que iria acontecer em seguida. Encontrariam um canto escuro ou talvez ficassem ali no meio da aglomeração das pessoas mascaradas. Suas mãos circundariam a cintura dela, afundando-se nas nádegas. Ele a puxaria para perto e rolaria o quadril de modo que sua excitação resvalasse nela – e por conta da altura bem menor dela, a ereção se aninharia logo abaixo dos seios empinados.

A fêmea estremeceria e se ofereceria, lânguida, disposta e acessível, para ele.

Ele estremeceria por causa do *talhman*, mas ela deduziria ser por conta da excitação.

E quando chegasse debaixo da saia comprida, seu sexo grosso e firme penetrando-a profundamente, ela gozaria, e nessa pequena morte, como os franceses chamam o gozo, ela jamais saberia o quão perto esteve de seu fim real.

Ele não chegaria ao clímax.

Nunca chegava.

E, desde que seu autocontrole permanecesse firme, ela jamais saberia quão errada estivera ao escolhê-lo. Se fracassasse em se controlar, contudo? Bem, ela aprenderia em primeira mão um ensinamento importante – apenas uma vez, claro. Porque os mortos não só não têm histórias para contar como também não há mais como educá-los.

– Diga o seu nome – ela sussurrou.

As sílabas vibraram contra a ponta do seu dedo, e seu sangue aquecido, seu instinto letal, amplificaram a visão dela naquela máscara até ele conseguir enxergar cada fio de cabelo em sua cabeça e cada pulsar da jugular.

O macho se concentrou nos lábios.

Deslizando a enorme palma ao redor da nuca dela, puxou-a primeiro pela cabeça, e o corpo seguiu como água vertida de um vaso. Mas não a beijou. Mesmo quando ela pendeu a cabeça para trás ao encontro da pressão feita, inclinando a parte inferior do corpo contra o dele, preparada para aceitar a boca dele na sua, o macho parou antes que o contato fosse feito.

Com a mão livre, ergueu o pulso dela. Sustentando o contato visual, sibilou entre as presas expostas.

A fisgada que deu foi leve, mas no lugar certo, e o sangue se empoçou, escorrendo pela pele pálida e macia do interior do braço.

Os seios inflaram dentro daquele bustiê justo, o pó brilhante captando a luz.

— O que vai fazer agora? — sussurrou ela.

Mudando a posição da mão, ele estendeu a ponta da língua e percorreu com a ponta o fluxo criado, lambendo o que escapava da veia, engolindo o vinho rubro. O sabor dela era aceitável, não que seus padrões fossem muito elevados; portanto, quando chegou à incisão feita como se com uma faca, selou-a com a boca.

Chupou.

Lambeu.

Soube exatamente quando a fêmea chegou ao orgasmo. Os olhos se apertaram e ela mordeu o lábio inferior, os caninos brancos e rígidos subjugando a carne polpuda e rubra. O quadril ficou contra o seu, e ele imaginou que a pulsação doce e pungente que dominava seu cerne fosse mais tentadora que satisfatória.

— Leve-me para baixo — gemeu ela.

Tão reservado o andar de baixo. Sem olhos curiosos. Pouco trânsito, e qualquer passante ali estaria drogado ou desinteressado de qualquer outra coisa além de si mesmo.

Um desafio maior.

O macho a ergueu, afastando-lhe as coxas ao redor do seu tronco, os seios comprimindo-se contra seu peito. Carregou-a com apenas um braço. Ela não pesava muito.

A fêmea não se importou em olhar para a multidão enquanto se afastavam. Agora, ele era a única coisa em sua mente.

O caminho para o andar de baixo foi facilmente localizado e, enquanto ele seguia pela multidão naquela direção, ela esfregou o nariz em seu pescoço e pressionou seu centro contra o tronco. Quando ele chegou à porta de aço sinalizada com "SAÍDA", empurrou-a com força. A escada era de concreto e cheirava a sujeira alcalina e mofo frio, e a temperatura caiu rapidamente quando se afastaram do calor emanado pelos corpos e pelo sistema de calefação na área aberta.

– Qual o seu nome? – a fêmea disse ao seu ouvido.

Descendo, descendo, descendo, os ecos das botas pesadas e do corpo ainda mais pesado reverberavam ao redor. No fim da escada, ele destravou com a mente a porta trancada, sua vontade abrindo-a. O corredor além tinha iluminação intermitente das luzes antigas afixadas no teto, que tremulavam em suas bases enferrujadas e decrépitas, a iluminação fraca em espasmos no alto, formando sombras dançarem em uma valsa maligna. Os odores no ar parado e gelado sugeriam que muitos outros utilizaram o corredor com o mesmo propósito da fêmea…

O *talhman* do macho estendeu sua vontade cheia de garras debaixo da sua pele; uma agressividade fresca renasceu em todo o corpo e o fez ponderar se seu controle lhe escaparia naquela noite ou não…

O blecaute, quando surgia, só se anunciava em sua partida, quando o mundo retornava para o macho numa descarga de sensações, o lapso de consciência tendo roubado tudo dele: visão, audição, tato e paladar.

Mas ainda estava com a fêmea – e ela estava viva.

Empurrou-a contra uma inserção da porta, e as mãos tentavam encontrar o caminho para baixo da saia…

Bem, uma delas tentava. A outra tateava ao redor da maçaneta para abrir a porta.

De experiências passadas, ele sabia que atrás de cada um dos muitos portais de madeira havia depósitos repletos de equipamentos de fabricação descartados, engradados de madeira apodrecidos e colônias de ratos que fizeram lares nas cavernas escuras e úmidas.

No interior… ele poderia fazer muito mais com ela.

Quando o pensamento lhe ocorreu, ele não tinha certeza de qual parte sua estava falando. A excitação sexual… ou o monstro. Não eram o mesmo, mas, às vezes, ele tinha dificuldade para saber diferenciar.

– Seu nome – ela exigiu saber ao se esfregar contar ele. – Qual o seu nome…

– Syn – ele grunhiu contra a garganta dela. – Eu sou Syn.

Capítulo 2

No BECO, A CERCA de quinze quarteirões do Pyre's Revyval, Boone conduziu a ponta da lâmina, cravando-a no seu *redutor* com dois golpes movidos pela gravidade e todo o seu peso corporal. A adaga de aço entrou no globo ocular do morto-vivo e, ao atravessar a pupila e a esclera, penetrando no cérebro pelo nervo óptico, Boone fez uma anotação mental em seu livro-razão cognitivo.

Aquilo era uma violação ao treinamento.

A regra para os *trainees* era, quer você estivesse trabalhando em par ou sozinho – ainda mais no caso da última opção –, despachar o inimigo de volta a Ômega no instante em que tem um ataque desimpedido ao peito. *Redutores*, aqueles humanos sem alma de cheiro adocicado e enjoativo propensos a erradicar vampiros, eram em essência imortais ao estilo *A Morte lhe Cai Bem*: não importa a extensão dos danos que é imposta aos seus corpos, ainda são capazes de raciocinar e se movimentar. Você pode lhes decepar as cabeças, cortar os membros dos troncos, estripá-los, destruí-los, desbridá-los, e eles ainda assim permanecem ativos, como uma cascavel.

Só havia uma maneira de "matá-los": com uma punhalada na cavidade torácica vazia mediante um instrumento feito de aço. Depois disso havia apenas dois estouros, dois sibilos e alívio.

E voltavam ao seu criador maligno.

Como alguém recém-treinado, Boone não tinha a riqueza da experiência que outros lutadores, e os próprios Irmãos, possuíam. Portanto, para um soldado novo, não deveria estar se arriscando. Uma entrega expressa de volta a Ômega era o caminho mais seguro a escolher – e nas primeiras semanas de trabalho em campo, ele seguira a instrução ao pé da letra. Depois de um tempo, porém...

Começou a arrastar a morte se tivesse chance.

Ainda se lembrava da primeira vez que se desviara do protocolo de segurança. Tivera a intenção de atingir o assassino no peito, mas o *redutor* virou de lado inesperadamente e ele cortara o peitoral. Quando o morto-vivo se sentara, Boone se atrapalhou com a lâmina e, em pânico, começou a apunhalar qualquer parte.

Sangue negro esguichou, depois jorrou e fluiu. A dor fez o *redutor* gritar. O braço de Boone se tornou uma britadeira subindo e descendo num movimento borrado.

Aquilo se tornou uma revelação.

Seu cérebro se acendera num padrão estranho, setores da mente anteriormente escuros foram perfurados por uma iluminação de alegria e excitação não sexual que o chocou. A descarga foi tamanha e tão inesperada que ele deduziu só poder ser uma anomalia.

Essa dedução provou-se incorreta.

Da segunda vez em que retardou o momento final, aconteceu o mesmo: uma experiência visceral que aumentou o volume do mundo todo, de cada nuance da ação em curso e de como o assassino reagia, como o começo, o meio e o fim eram gravados em sua mente. Na terceira vez? Ele validou o princípio operacional como um novo tipo de lei.

Desde então, buscava momentos assim, tomando o cuidado de não ser apanhado.

Todos os vampiros assassinados que perderam suas vidas inocentes para esses monstros sem alma? Todas as famílias destruídas? O sofrimento da raça nas mãos desses assassinos?

Os *redutores* que se fodessem.

Voltando a se concentrar, Boone segurou a frente da garganta do morto-vivo e depois encarou o rosto pálido do assassino. A adaga ainda estava onde a cravara, projetada da órbita ocular, a empunhadura num ângulo que refletia o arco da punhalada. Sangue negro, brilhante e fedorento pingava pelo canto externo da penetração tal qual uma lágrima, deslizando pela têmpora, empoçando-se na orelha.

Do nada, Boone se lembrou de quando era pequeno, deitado na banheira, a água entrando nos canais auditivos, abafando o som das coisas. Seria isso o que o *redutor* vivia agora?

Quando a boca do assassino começou a se abrir como a de um peixe, e os braços giraram como se tentasse imitar um anjo na neve no que, indiscutivelmente, seria considerado um momento importante, Boone apertou com mais força, esmagando a traqueia.

Os sons gorgolejantes escapando dos lábios do *redutor* fizeram com que ele quisesse mais. Arrastasse aquilo por horas. Cortasse o tronco...

Nos recessos da mente, um sinal de alerta soou. Aliviar uma pequena porção do sofrimento da raça naquele assassino era uma coisa. O que o cérebro de Boone sugeria agora era... outra. Era tortura. Ainda assim, ignorou o alarme interno enquanto imaginava como seria usar as presas para matar um. Embora fosse difícil de explicar para os Irmãos, ele imaginou o quanto seria bom. A satisfação. O quão visceral seria.

A tentação atiçou sua mandíbula, a boca se entreabriu, os caninos desceram.

Só o que ele queria era machucar o filho da mãe. E continuar machucando.

Com a mão livre, pegou o cabo da adaga e firmou a palma ao redor da parte curvada. Devagar, virou a adaga para a frente e para trás sentindo a granulação do osso se desgastando enquanto ele girava e girava e girava...

– Que diabos está fazendo?

Boone ergueu o olhar surpreso. Zypher estava de pé diante dele, o uniforme de combate de couro do Bastardo manchado com o sangue negro do assassino que combatera, a arma pendendo ao longo da coxa, a adaga prateada erguida como se estivesse prestes a usá-la.

– Só terminando o trabalho – Boone respondeu ao retirar a adaga.

Direcionando-a para o tronco, enterrou-a no meio do peito, e depois ergueu os antebraços para amparar os olhos do brilho ofuscante. O estouro foi como o disparo de uma arma, ecoando pelo beco, e, quando o jorro de iluminação se dissipou, Boone se levantou. Não olhou para Zypher. Manteve o olhar fixo no buraco derretido de neve com contorno chamuscado, parte devido à explosão, parte devido ao sangue do inimigo.

Diga alguma coisa, Boone se ordenou.

– Vou avisar sobre o meu. – Foi acionar o intercomunicador. – Depois estou pronto para voltar à patrulha...

– Ao diabo com isso. Você está machucado.

Ele baixou o olhar para o corpo, dobrando-o à cintura.

– Onde... Ah.

A faca que o *redutor* tinha lançado ainda estava cravada no músculo do ombro, o cabo se projetando para fora dele do mesmo modo que a dele se projetara para fora do globo ocular do outro. Não, isso não era bem verdade. Esta adaga estava cravada num ângulo reto. A do olho devia estar num ângulo de trinta, talvez quarenta graus.

Teve a vaga impressão de que era uma coisa estranha a se notar. Pensando bem, tudo parecia estranhamente engraçado. Desde o instante em que a presença do outro lutador fora registrada, foi como se ele tivesse se dividido em duas entidades, uma que executou a punhalada e agora estava postada ao lado da marca chamuscada na neve… e a outra observando-se do outro lado do beco, uma entidade à parte, imparcial.

Como um reflexo no espelho, idêntico, mas não exatamente a coisa real.

Por algum motivo pensou em Rochelle. O que foi estranho, visto que há muito tempo não fazia isso.

Refreando uma imprecação para si mesmo, ergueu a mão e arrancou o punhal do *redutor*. Quando a lâmina se soltou de sua carne, ele deveria sentir algo. Não?

Uma pontada de dor. Uma ardência. Uma centelha de…

Nada a não ser talvez o jorro quente debaixo da jaqueta de couro. Seu sangue. Escorrendo pela camiseta esportiva.

Zypher acionou o comunicador afixado na lapela da jaqueta de couro.

– Preciso de assistência médica. Imediata.

Boone balançou a cabeça.

– Isto não é nada. Estou pronto pra continuar a lutar…

– Isso não vai acontecer sob minha supervisão.

———— ❧ ————

SUMMIT LANE, 415
MILLIONAIRES' ROW DE CALDWELL

Tohrment, filho de Hharm, entrou na sala de estar elegante que estava destroçada como se tivesse sido palco de uma briga de bar. Mobília de antiquário e sofás de seda virados, fora de seu lugar, rasgados. Pratos de porcelana quebrados. Abajures sobre tapetes orientais, com as cúpulas arruinadas, as lâmpadas quebradas, as estruturas abaladas.

Tomou cuidado onde colocava os coturnos. Não havia motivos para aumentar os estragos.

O cheiro fresco de sangue de vampiros pairava no ar. E não só isso.

Parou diante de uma grande pintura a óleo retratando um buquê de flores. Holandês. Do século XVIII. A natureza-morta, como representação do orvalho nas pétalas, detalhando com atenção o vaso enorme e um papagaio colorido de cabeça inclinada num dos lados, era um exemplar perfeito do famoso estilo.

Mas não se via muito da perícia do artista. Havia manchas negras sobre a tela, toda aquela pintura antiga e o talento eterno cobertos por uma substância viscosa e brilhante – mas que não cheirava como o lixo suarento do mês de agosto.

Portanto, não era de *redutores*. Mas ele já sabia disso.

Sombras. E não Sombras como Trez e iAm, mas sombras com *s* minúsculo: entidades que apareceram do nada em Caldwell, não pareciam estar associadas a Ômega e à Sociedade Redutora e que, neste caso, atacaram uma reunião de membros da *glymera*.

Com consequências letais.

A Irmandade tentara salvar os convidados. Mas foram bem-sucedidos apenas em parte.

Passando por cima de uma poltrona crivada por balas, aproximou-se do corpo de um macho com cerca de trezentos anos de idade. O paletó do smoking que o morto usava estava aberto, as duas metades caindo de lado para revelar um colete estreito, uma camisa de smoking pregueada com botões de pérola e uma gravata-borboleta ainda amarrada com a precisão de um relojoeiro diante da garganta.

Sangue manchava a frente da camisa num padrão de alvura que já não se ampliava em relação ao diâmetro, que é o que acontece quando o coração para de bater e a circulação cessa. Não há mais hemorragia.

Era ali que a lógica e os procedimentos de operação padrão terminavam. Apesar do ferimento e da sua assinatura rubra, nenhuma das roupas estava rasgada. Ao contrário da poltrona, não havia buracos de bala no paletó, no colete e na camisa. Tampouco havia rasgos ou buracos perfurantes de uma punhalada.

– Não faz sentido algum – Tohr resmungou.

Se ele abrisse o colete, desabotoasse as pérolas e abrisse a camisa? Veria o estrago que, de alguma forma, poupara as roupas e atingira a pele embaixo. Os Irmãos não faziam ideia de como a coisa funcionava. Esse novo inimigo que atacava com eficiência implacável era um mistério, possuindo poderes nunca antes vistos, uma origem que não podia ser determinada e um objetivo que parecia relacionado ao de Ômega, mas não podia ser confirmado.

Quando Tohr se agachou, ambos os joelhos estalaram.

O rosto do cadáver era de um cinza pálido e ficava mais alvo a cada minuto. Típico da aristocracia, a estrutura óssea facial era simétrica e refinada, as feições não eram extraordinárias, mas por certo atraentes, se não por outro motivo, por não haver nada de errado com o conjunto. O nariz era proporcional. O maxilar era bem firme acima da curva da garganta. Os arcos das sobrancelhas perfeitamente projetados para a altivez.

Os lábios estavam contraídos como se o macho não aprovasse o tipo de sua morte.

E quem poderia culpá-lo por isso?

O ferimento estranho no peito não foi, de fato, o que o matou.

O buraco de bala no meio da testa estava fora de lugar por vários motivos; a penetração limpa e redonda tinha o contorno chamuscado – que é o que acontece num tiro à queima-roupa. Vishous fora o atirador – e acontecera depois do ataque letal das sombras, depois que John Matthew e Murhder explodiram dois desses novos inimigos, resultando na cobertura ao estilo de Jackson Pollock sobre a antiga pintura e um punhado de outras antiguidades caras.

Com todo o caos que se espalhara, fora impossível acompanhar todos os detalhes, mas Tohr desconstruiria toda a série de eventos bem como a cena do crime nas próximas horas.

Incluindo a parte em que V. teve que atirar no lobo frontal do cadáver a fim de impedir que ele voltasse à vida e promovesse um ataque próprio.

Um efeito colateral, conforme aprenderam, do ataque mortal das sombras.

Tohr olhou de relance pelo cômodo outra vez e se lembrou dos aristocratas fugindo quando as sombras entraram na sala, vindas de algum lugar de dentro da mansão. A Irmandade, tendo recebido uma pista de que essa festa aconteceria, invadira pelas janelas e tentara salvar os convidados.

Estiveram na propriedade para averiguar a possibilidade de traição. Mas, assim como em muitas noites na guerra e em boa parte das interações com a *glymera*, o prêmio do sorteio fora inesperado.

E não de uma boa maneira.

– Ainda imóvel?

Tohr olhou de relance acima do ombro na direção do murmúrio seco. Vishous estava como sempre: vestido de couro preto, envolto em armas e carregando uma expressão como se algum idiota tivesse feito algo ridículo.

A expressão lacônica de V. fazia com que uma cara de desprezo parecesse pertencer a um pôster motivacional.

– Vamos ser respeitosos, ok? – sugeriu Tohr.

– Pra quê? O cara é um traidor. – V. cofiou o cavanhaque. – Não lamento que esteja morto, e fico muito feliz que permaneça assim. Essas malditas sombras e seus cadáveres por nocaute técnico.

Pelo menos nisso eles podiam concordar. A única maneira de impedir a vítima de uma sombra de despertar e atacar tudo ao redor deles era cravar uma bala com água da fonte da Virgem Escriba no meio da garagem para dois carros da testa deles.

A coisa toda tinha tantas violações à natureza que era difícil de acompanhar.

Tohr se pôs de pé e olhou para o bar montado numa lateral. A mesa coberta com toalha de linho apresentava uma fila de taças de cristal, fileiras de bebidas de primeira, gelo derretendo num balde de prata de lei e uma colônia de limas e limões a serem fatiados. Por conta de sua posição lateral em relação ao resto do cenário, a disposição fora poupada da destruição maior, com apenas algumas taças de vinho tendo sido derrubadas, uma garrafa de Chardonnay virada de lado e dois limões espiando debaixo da bainha de um guardanapo de pano, como se tivessem se refugiado debaixo dele.

Era bem fora do comum para um membro da *glymera* numa casa tão grandiosa quanto aquela ter um serviço de self-service do tipo, mas considerando-se o que acontecera? Havia muito com que se preocupar em vez do que era socialmente adequado. Vinte e quatro convidados chegaram para a reunião, e todos os machos eram antigos membros do Conselho, o convite tendo sido feito por um soldado expulso do Bando de Bastardos que tinha aspirações ao trono de Wrath.

Portanto, sim, V. estava certo, como sempre. Todos naquela festa eram traidores, e a noite não tivera uma natureza social – o que era uma violação à lei. Além disso, a Irmandade jamais teria tido conhecimento sobre isso, não teria estado no local para salvar os demais, não teria intervindo a tempo… se não tivesse sido por um deles. Graças a uma alma corajosa, eles foram capazes de reagir instantaneamente quando as sombras surgiram.

– Qual a contagem de feridos? – perguntou Tohr.

Houve um sibilo quando um isqueiro Bic foi acionado e, em seguida, o cheiro do tabaco turco se espalhou.

– Temos uma fêmea em cirurgia – V. reportou. – Pensamos que tivéssemos nos safado com apenas uma torção no tornozelo, mas depois ela desmaiou. Hemorragia interna. Acho que também foi vítima das sombras.

– Quem é ela?

– A *shellan* desse cara.

– Alguma probabilidade de que tenham sido um alvo proposital?

– Difícil determinar a esta altura. Mas tudo pareceu aleatório enquanto acontecia.

– E ninguém viu nenhum indício de Throe?

– Não. O anfitrião ainda está desaparecido.

Tohr balançou a cabeça.

– Como essas sombras sabiam desta reunião?

– Talvez tenham sido convidadas. – Quando Tohr o encarou, V. deu de ombros. – Não acha que é coincidência demais que todos estes aristocratas estivessem aqui quando o ataque aconteceu? Assim como é uma pequena coincidência que todas as mortes de civis nas ruas causadas por essas entidades estejam conectadas à *glymera*?

O ímpeto de discutir foi quase irresistível. Só que o impulso veio por estar com fome e cansado em vez de alguma falha na lógica de Vishous. O Irmão sempre tinha razão. As sombras pareciam mirar nos aristocratas, mas era difícil saber disso com certeza porque ninguém sabia quem estava por trás da ameaça e qual era o objetivo.

– Preciso ir falar com a família – disse Tohr ao voltar a encarar o cadáver. – Acha que a fêmea sobreviverá?

– Difícil saber, mas seus sinais vitais estavam fracos quando entrou em cirurgia. – V. exalou por sobre o ombro, expelindo uma coluna de fumaça azulada. – Vou com você.

– Não é bem o seu estilo.

– O filho desse macho sem valor vale o aborrecimento.

Tohr meneou a cabeça na direção do defunto.

– Pelo menos nisso *todos* podemos concordar.

Capítulo 3

HELANIA, FILHA DE SANGUE de Eyrn, certificou-se de que o capuz da capa preta estava ajustado enquanto abria caminho em meio à multidão dos "atores" daquela festa. Os LARPers eram basicamente humanos, ainda que não de modo exclusivo. Havia pelo menos três outros vampiros, além dela, em meio às duzentas ou trezentas pessoas vestidas como Drácula, metidas com drogas de todo tipo e à procura de sexo com toda espécie de estranho, com a desculpa de estarem interpretando papéis do jogo *Pyre's Revyval*.

O cheiro de sangue fresco era tão sutil que ela não estava convencida de que seu nariz o tinha percebido de fato.

Mas tinha que ter certeza.

Ao se movimentar em meio aos grupos amontoados de pessoas, mãos se estendiam e resvalavam em seus braços... ombros... e ela odiou isso. Ao longo dos últimos meses, porém, acostumara-se a essa intromissão física. Os humanos que brincavam de ser o que não eram não tinham limites para se proteger e, por trás das máscaras, deduziam que o motivo de ela estar sob o teto daquela fábrica de camisas abandonada cheia de correntes de ar era o mesmo que o deles.

Não era o caso.

Através dos lasers roxos e corpos em movimento, concentrou-se na saída robusta que era seu objetivo. E, à medida que se aproximava da porta de aço, o medo fez suas entranhas se contraírem. O cheiro de sangue ficava mais espesso no ar – não o suficiente para que um nariz humano percebesse, mas para seus sentidos de vampiro, era como um grito perfurando o som ambiente.

Algo inegável. Urgente. Aterrorizador.

Puxando a pesada porta de metal para abri-la, fez uma careta quando as dobradiças rangeram em protesto. A escadaria até o nível inferior estava mal iluminada, o ar era frio e úmido, carregado de mofo. Ela ignorou tudo isso. A força cuprífera do sangue, quando subiu com uma rajada desagradável ascendente, era só o que importava.

Passando pela porta, desceu pelos degraus imundos de concreto. A temperatura caía perceptivelmente à medida que descia, e havia uma segunda porta embaixo. Esse painel de aço tivera uma vida bem mais difícil do que o de cima, o corpo retangular tendo sido chutado, de modo que estava pendurado nas dobradiças e mal se ajustava ao batente.

Ela abriu o peso surrado lentamente, a mão quente na maçaneta fria, produzindo um choque que atravessou seu sistema nervoso como fogo químico.

Espiando ao redor, seu coração deu um salto. O corredor além era tão largo quanto uma rua, arqueado no teto baixo, manchado como o interior de um cano de esgoto. Luzes fluorescentes dos anos 1960 animavam a série de entradas que se estendiam ao que parecia ser o infinito.

O cheiro de sangue era evidente ali.

Debaixo da capa, debaixo do capuz, Helania estremecia tanto que os dentes tiritavam, e, ainda que a respiração saísse em lufadas brancas, ela não sentia frio.

Entre as dobras do tecido que a cobria, tateou pela arma que havia prendido à cintura. Aprendera a atirar cerca de oito meses antes, e não diria que se sentia à vontade portando uma arma. Sequer tinha certeza de que teria coragem de usá-la, mas tentava não ser tola. Desprotegida. Uma vítima.

Como sua irmã fora.

Ao entrar no corredor, ateve-se a um dos lados sem resvalar na parede de pintura descascada e coberta de mofo. Por mais silenciosa que tentasse ser, as passadas suaves ecoavam como trovões, e o medo bombeando nas veias com cascos de aço era algo que ela imaginava que os outros no andar de cima poderiam ouvir acima da música.

Seu corpo parou antes que o cérebro desse o comando.

A porta era como as demais, feita de painéis de madeira pregados juntos em suportes horizontais, o arco superior ecoando no teto cilíndrico como um golpe contra o senso de estilo.

Olhou ao redor. Estava sozinha, mas não havia como saber por quanto tempo continuaria assim. Ou sequer se isso era de fato verdade, a julgar pelo número de portas.

Estendendo a mão, envolveu a maçaneta gelada. Imaginou que a porta estivesse trancada. Quando cedeu sob pouca pressão, reteve o fôlego. Empurrando com o ombro, encontrou certa resistência e pôs mais força no ato, e algo no piso foi removido do caminho. Mas então teve que parar. Em meio à escuridão densa revelada, sangue fresco atingiu seu nariz como uma cortina pesada resvalando em seu rosto.

De uma vez só, foi tragada e lançada para oito meses antes, quando uma fêmea que ela não conhecia batera à porta do apartamento, às lágrimas, e as quatro palavras que a desconhecida havia dito não foram compreendidas.

Sua irmã está morta.

Helania empurrou com mais força. O interior do depósito estava um breu, e a iluminação tremeluzente do corredor não alcançava tão longe.

Pegou o celular. A mão tremia tanto que acionar a lanterna demandou algumas tentativas…

O gemido que escapou de sua boca foi o de um animal, o horror adiante grande demais para que sua mente compreendesse, seus sentidos encobertos de modo que a visão ficou enxadrezada e o mundo girou ao seu redor, descontrolado.

A Irmandade da Adaga Negra dispunha de recursos que faziam até o passado aristocrático de Boone passar vergonha. Tudo o que esses guerreiros faziam e tudo o que tinham, desde as instalações até as armas, dos brinquedos até equipamentos sérios, era de primeira linha e última tecnologia.

Por exemplo, aquela unidade móvel de atendimento. Impressionante como o trailer fora adaptado para ser uma sala de operações, equipado com todo tipo de aparelho, incluindo um raio-X portátil e uma máquina de ultrassonografia.

Pena que suas capacidades consideráveis, bem como o tempo e os talentos do seu mestre, estavam sendo desperdiçados nele.

Enquanto movia o corpo pesado para a área de tratamento, na parte dos fundos, Boone balançava a cabeça.

– Doutor Manello, isto não é necessário.

O homem de roupa hospitalar e jaleco branco sorriu, exibindo dentes brancos com os reveladores caninos curtos dos humanos. Era um cara bonitão, cabelos escuros e olhos castanhos como o mogno, o tipo de coisa que se veria nos dramalhões médicos dos anos 1980. Vinculado a Payne, o cirurgião era muito respeitado, e não só por ser capaz de dar todo tipo de pontos em cortes e rasgos, internos e externos. Em acréscimo a todas essas habilidades técnicas, era impressionante que algo de proveniência masculina conseguisse ficar próximo à irmã de Vishous e ainda reter a integridade física de suas partes íntimas.

O humano fechou a porta traseira e cruzou os braços diante do peito.

– Que tal me deixar decidir o que está acontecendo com esse ferimento?

– Só estou dizendo que estou me sentindo bem...

– Ei, posso te mostrar uma coisa? – O doutor Manello se inclinou para a frente e deu uma batidinha no jaleco branco junto à lapela. – O que é isto?

Boone se concentrou nas letras cursivas bordadas em preto.

– O seu nome.

– Não. Esta parte.

– Dr.

– Sabe o que essa abreviatura antes de um nome quer dizer? Não? Bem, então deixe que o "doutor" decida isto. Se estiver tão bem quanto alega estar, estará fora daqui num instante.

O sorriso amplo do doutor Manello era franco e sem julgamentos, como de costume. Em retrospecto, era de se imaginar que ele já ouvira tudo isso porque não tratava apenas dos *trainees*. Ele fazia parte da equipe médica particular da Irmandade, portanto tinha que enfrentar um Zsadist fraturado ou sangrando, pelo amor de Deus.

E veja se isso já não bastasse para gelar seu sangue mesmo que apenas em teoria.

– É só uma perfuração – Boone se queixou ao se aproximar da mesa de exames.

Subindo nela, ficou surpreso ao descobrir que o ombro começou a conversar com ele quando foi tirar a jaqueta. Dor, uma hóspede bem conhecida, provocou-lhe uma careta. E isso foi péssimo em vários sentidos.

– Deixe-me ajudar.

O doutor Manello foi gentil e levou o tempo necessário para a "courotomia", mas Boone preferia que o homem simplesmente arrancasse a peça de uma vez. Sem ter algo que comandasse sua atenção em qualquer direção específica… as coisas que procurara evitar a noite toda vieram correndo para a sua mente, uma multidão empurrando a barreira contra a qual tinha estado, o caos espiralando no confinamento do seu cérebro.

– Doeu?

Boone olhou para o médico.

– O quê?

– Você prendeu a respiração.

Não por causa do ferimento.

– Estou bem.

Sem a jaqueta, Boone baixou o olhar para si. O sangue encharcara o tecido fino da camiseta Under Armour, a mancha vermelho-amarronzada se concentrando no ombro.

Tecido que absorve umidade, de verdade.

Boone removeu o coldre de adagas do peito com a ajuda do médico, e depois a camiseta de náilon foi cortada. Beleza… viu? Nada tão ruim. Apenas um buraquinho, a penetração de no máximo uns quatro centímetros de comprimento e fina como a linha de um lápis. E, uma vez que se alimentara de sangue devidamente, seu corpo já estava em processo de cicatrização, a pele começando a se fechar, selando a ferida.

– Eu te disse – comentou Boone.

Quando o doutor Manello não respondeu, ele olhou para o humano. O homem estava encostado nas prateleiras de suprimentos e encarava o tronco nu de Boone.

– O que foi? – perguntou Boone. – Está tudo bem.

– Concordo que o ferimento não é grave.

– Então, com todo o respeito, qual é o problema?

– Onde está seu colete à prova de balas, filho?

A boca de Boone se abriu para responder à pergunta, mas parou antes que as palavras saíssem. O que estivera prestes a dizer, que seu colete, o Kevlar que ele, como *trainee*, era obrigado a usar em campo, estava logo ali junto à jaqueta de couro. O braço, do lado que não estava machucado, até levantava-se para apontar, de uma maneira prestativa, para o local onde tanto o colete como a jaqueta estavam largados junto à minipia.

Só que não havia nada ali que deteria uma bala.

De fato, esquecera-se do equipamento enquanto se vestia em casa. E, quando atendera ao chamado do plantão no ponto de encontro, já estava de jaqueta, de modo que nem ele nem ninguém mais tinham percebido seu erro.

Do nada, ouviu a voz do Irmão Phury: *Distrações durante o preparo são letais.*

– Escuta só – disse o doutor Manello –, não quero ser um estraga-prazeres, nem dedo-duro. Mas não posso deixar de reportar isso.

Boone se viu tentado a tentar argumentar dizendo que seria "só aquela vez" e que ele "nunca mais cometeria esse erro". Mas permitir esse tipo de comportamento defensivo só faria com que ele parecesse um idiota não profissional.

Considerando-se que se esquecera de um equipamento de segurança obrigatório e essencial? Bem, já conquistara a medalha de incompetente naquela noite, não? Só porque ficou imaginando que diabos o pai estaria fazendo na tal festa.

– Temos companhia, espere aí. – O doutor Manello foi para a porta de trás e esperou. Quando uma batida no metal ressoou, ele soltou a trava para abri-la. – Olá, rapazes. Bem-vindos ao meu humilde lar.

Inclinando-se à frente, Boone olhou para fora do trailer. Parados diante da luz vermelha do farol traseiro, com a fumaça do escapamento rodeando-os como neblina num filme de Steven Seagal, Tohrment, filho de Hharm, e Vishous, filho de Bloodletter, eram tudo o que Boone mais queria ser: peritos em combate e assassinos impiedosos quando precisavam ser. Os dois também eram exemplares machos leais aos seus e dispostos a se sacrificarem por qualquer um que lutasse ao lado deles.

Quer fosse outro Irmão. Ou soldado. Ou algum *trainee* idiota que cometeu um erro que poderia lhe custar a vida.

Por uma fração de segundo, Boone pensou que talvez eles também tivessem se ferido em campo. Mas eles o encararam e só. Soube o motivo de eles estarem ali.

– Ele está morto? – Boone ouviu-se perguntar. – O meu pai… morreu?

Tohrment pisou dentro da unidade cirúrgica móvel e a suspensão do veículo pendeu para acomodar o incrível peso. O fato de até o Irmão Vishous ter entrado fez com que Boone quisesse vomitar. Mesmo o guerreiro de olhos diamantinos, mais conhecido por ser capaz de esfolar peles apenas com o emprego de palavras, parecia desanimado.

O fechamento da porta de trás foi tão alto quanto um golpe – ou pareceu ser. Boone estava ciente de que sua audição se aguçava a um nível doloroso, o ruído dos materiais estéreis que o médico pegava entre os suprimentos para limpar a ferida pareciam tiros disparados num desfiladeiro.

A mão de Tohr desceu sobre seu ombro, pesada como uma bigorna.

– Lamento muito, filho. Seu pai…

Boone fechou os olhos. Sabia que o Irmão continuava a falar, mas não conseguia acompanhar as palavras.

– Então eu tinha razão, não? – interrompeu-o. Quando não houve resposta, ele levantou as pálpebras e se concentrou em Tohrment. – Eu estava certo, estavam tramando contra Wrath.

O Irmão respondeu com uma pequena pressão em seu toque.

– Por que não se senta?

– Pensei que já estivesse. – Boone olhou de relance para o chão e se surpreendeu ao descobrir que estava de pé. – Acho que não.

Sem aviso, o mundo rodopiou ao seu redor – ou talvez ele voasse ao redor da galáxia, olhando para ela – e, então, tudo escureceu e silenciou…

Mas não ficou assim. Em seguida, viu-se deitado na maca, com os outros machos de pé ao seu redor e conversando acima do seu corpo.

Hum. Então era assim que um cadáver se sentia.

Olhando para cima enquanto eles conversavam entre si, percebeu o modo como suas bocas se moviam e observou como os olhos deles mudavam de posição enquanto a conversa fluía. Houve um ou dois acenos. Um balançar de cabeça. Nesse meio-tempo, Boone voltou a não ouvir nada. Mas, pensando bem, quando você descobre ter causado a morte do próprio pai? Mesmo que de modo indireto? Bem, sem dúvida é permitido se retrair mentalmente.

Ainda mais se, de tempos em tempos e sem motivo aparente, você tenha rezado para que esta exata situação acontecesse.

Missão cumprida, pensou com tristeza.

Mas o que mais poderia ter feito? Pedira ao pai que não fosse à festa na casa daquele aristocrata. E quando o pai se recusara a dar atenção à razão – não que o macho algum dia tivesse se importado com a opinião de Boone sequer sobre a sobremesa a ser servida, muito menos sobre questões políticas –, ele soubera que tinha que fazer o que era certo. Procurara a Irmandade: como cidadão civil, aristocrático ou não, tinha o dever de reportar comportamentos de traição ao Rei. Ainda assim, levou três dias sem dormir para marcar hora porque teve que se certificar de estar fazendo aquilo pelo motivo correto, não devido a alguma retaliação a Altamere...

– Como aconteceu? – disse de repente.

Todos os machos baixaram o olhar para ele. Em seguida, o doutor Manello e Vishous olharam para Tohr, passando-lhe a tarefa.

Então tinha sido ruim mesmo.

– Ele foi atacado por uma sombra. – Quando Boone se sentou, o Irmão apoiou a mão em seu ombro mais uma vez. – Não, fique deitado, filho. Ainda está branco como farinha...

– O que aconteceu?

A história teve que ser repetida duas vezes – e uma terceira depois disso – antes que ele entendesse que não só seu pai morrera, mas também a madrasta.

Esse último detalhe foi uma surpresa para o doutor Manello. Não que sua paciente tivesse morrido devido a um coágulo sanguíneo – claro que ele se lembrava disso –, mas que a fêmea em questão também estivesse relacionada a Boone.

– Sinto muito, filho – disse o bom médico. – Por favor, saiba que fiz todo o possível para salvá-la.

Boone balançou a cabeça.

– Tenho certeza disso. E nós não tínhamos um relacionamento de verdade. Eu não lhe queria mal, mas... Espere, me conte de novo a respeito do meu pai.

Dessa vez, a história finalmente foi compreendida: o pai estivera de pé em meio aos aristocratas da festa quando entidades-sombra entraram e fizeram uma emboscada ao redor do grupo. Os Irmãos contra-atacaram, mas não antes de Altamere ter recebido ferimentos mortais.

Boone esfregou o rosto. Havia uma pergunta que ele precisava fazer, só que as sílabas se recusavam a sair. Tudo que conseguia fazer era encarar, indefeso, os olhos azul-marinho de Tohr.

Demorou um tempo até o Irmão responder.

– Nós nos certificamos de que qualquer reanimação do corpo do seu pai fosse adequadamente evitada.

– Graças a Deus – sussurrou Boone.

No que se referia ao pai, "próximos" abordava mais uma proximidade física do que uma conexão emocional. "Próximos" era os dois dividirem uma casa, passando um pelo outro nos corredores luxuosos, ocasionalmente sentados no mesmo cômodo durante uma refeição. Contudo, pouco importa quanto você se estranhe com seu pai... quando o assunto é a morte dele, o chão debaixo dos seus pés sacode – mesmo que você esteja deitado.

– Vamos levá-lo de volta para casa – anunciou Tohr. – Depois que Manny terminar aqui e você tiver se alimentado.

Boone olhou de relance para o ombro e ficou surpreso em ver que a ferida estava já metade suturada.

– Não preciso de uma veia – murmurou. – Tomei de uma na semana passada.

– Isso não é uma opção – disse Manny. – E a Escolhida está a caminho.

Quando algo começou a tocar, Vishous franziu o cenho e pegou o celular para atender à ligação.

– Sim. – O Irmão franziu o cenho e as tatuagens na têmpora se distorceram. – Onde?

Vishous se virou e abaixou a voz, as palavras sendo ditas tão baixo que Boone não conseguiu ouvir.

Tohr falou:

– Escute bem, filho, com todo esse estresse e esse ferimento, você precisa se alimentar. Assim que tiver terminado, eu te levo para casa.

Boone encarou o rosto sério do Irmão.

– Já fez isso muitas vezes, não fez?

– O quê?

– Deu notícias ruins a pessoas.

– Sim, filho, já. – O Irmão exalou longa e demoradamente. – E também as recebi.

Capítulo 4

Considerando-se tudo, ser convocado foi provavelmente melhor.

Quando retomou sua forma, a uns bons dez quarteirões de onde Boone estava sendo tratado, V. levou um minuto para inspirar o ar frio. A verdade é que não tinha dificuldade para respirar. E precisava se apressar para seu destino. Mas… merda. Ver o garoto descobrir como e o motivo de o pai e de a madrasta terem morrido? Depois de ter sido aquele que avisara sobre a reunião para a Irmandade?

O garoto se sentia péssimo. Dava para ver no rosto dele.

Foi de partir o coração. Mesmo de alguém como V., que se orgulhava de ter carne congelada no lugar do pericárdio.

Pegando um dos cigarros enrolados à mão, acendeu-o e caminhou pela calçada coberta de neve. Quando exalou, a fumaça se esticou para a frente devido ao vento que batia às suas costas, uma nuvem branca no frio. Depois de mais duas tragadas, estava mais calibrado. Bem na hora. O lugar que procurava estava a apenas trezentos metros. E, a julgar pelo número de humanos que aguardava na fila? Tratar-se com uma boa dose de nicotina era um tremendo serviço ao público.

Ainda assim, ser chamado para "cuidar desse assunto" era muito melhor do que acompanhar Boone de volta à sua casa. V. era péssimo no quesito empatia. Como era mesmo o ditado? Era apenas mais uma palavra próxima a "estrume" e "enxaqueca" no dicionário.

Ok, tudo bem, não era lá tão ruim assim.

Mas, sim, o jovem macho? V. sentia muito mesmo por ele. Além disso, convenhamos, desconsiderando a demonstração de lealdade do *trainee* a Wrath, V. sabia tudo sobre pais de merda. Bloodletter, lembra?

Tanto faz, hora de lidar com humanos, V. pensou ao lamber a ponta do cigarro e guardar a bituca no bolso de trás da calça de couro.

Ao se aproximar da fila de humanos trêmulos de frio que batiam os pés na calçada e bufavam ar quente, homens e mulheres acomodavam-se em seus lugares, os olhos fixos nele por trás das máscaras, os corpos femininos se aquecendo de excitação e os masculinos retraindo-se como se não quisessem chamar sua atenção. Debaixo daquelas jaquetas e dos casacos, ele conseguia ver o suficiente das fantasias. Neovitorianas. Pretas, como se fossem alérgicos a cores. Muitos saltos altos, mesmo nos caras.

O segurança à porta estufou o peito impressionante como se estivesse já pronto a dizer a Vishous que ele não teria a entrada liberada. Que ele teria que esperar na fila como todos os outros. Que ele não era nada de especial...

V. entrou na cabeça de ervilha e mexeu em um punhado de fios.

Como mágica, o segurança deixou de lado a postura de que quem mandava ali era ele e se inclinou de lado para abrir passagem.

– Por aqui.

Obrigado, filho da puta.

Passando pelo cara, V. entrou na antessala do clube. E eles tinham uma chapelaria. E, que surpresa, a atendente peituda e de lábios volumosos o encarava como se quisesse despir as calças dele e guardá-las com as mãos e a língua.

Seguiu em frente.

A instalação era uma antiga fábrica de camisas convertida em absolutamente nada. A adaptação do espaço para o evento era algo bem caseiro, desde o sistema de som com sua coleção de *subwoofers* e *tweeters* até as luzes penduradas no teto com fios e cabos compridos e os lasers aleatórios que atravessavam o lugar com a mesma coordenação de radicais livres capturados por elétrons.

Depois de anos monitorando humanos pela internet, ele estava muito bem familiarizado com as personagens que as pessoas representavam ali. *Pyre's Revyval* era um jogo popular de RPG de mesa, e a construção do mundo e as personagens baseadas em vampiros nele há tempos se espalharam para fora das páginas de seu manual e se afastaram dos dados de oito lados usados para determinar a motivação e a força da personagem.

Quando ele se movimentou em meio à multidão, procurando pela escadaria que daria no andar de baixo, quis tirar as pessoas de seu caminho. Cerca de um ano antes ele instaurara um serviço telefônico de emergências para a raça dos vampiros, uma espécie de 190 que atendia desde crimes até problemas médicos. Administrado por voluntários, fazia-se uma triagem das ligações e a ajuda necessária era acionada. O incidente ao qual ele respondia no momento fora computado uns vinte minutos antes. Uma fêmea telefonara relatando a existência de um corpo no andar de baixo daquele lugar. Recusara-se a fornecer um nome, mas fora bem específica em relação à localização dentro do clube...

Lá estava. A porta de aço no canto oposto.

Ele seguiu em linha reta até ela e escancarou-a. A escadaria depois dela fedia e estava fria como uma geladeira, e ele desceu rápido. No instante em que chegou ao corredor subterrâneo, sentiu o cheiro de sangue. Fresco. Feminino.

De vampiro.

– *Filhodamãe.*

Avançando a passos largos, usou o nariz para determinar se havia mais alguém por perto. Nada naquele instante, embora o trânsito tivesse sido intenso naquela noite: todo tipo de cheiros remanescentes, humanos e vampíricos, masculinos e femininos, pairavam nas sombras, nada além de uma representação bidimensional dos vivos que desceram ali, foderam e subiram de novo para a festa.

A fêmea que ligara pelo visto não estava por perto. Portanto era impossível saber qual dos odores pertencia a ela.

Mas ele sabia onde parar.

Diante de uma das muitas portas.

O sangue fresco era tão alto quanto um grito ali.

Antes de abrir a porta, franziu o cenho e agachou-se. Uma única pegada em vermelho-vivo no piso de concreto, o salto na direção da porta, os dedos em um triângulo apontando para fora. V. olhou para cima e para baixo no corredor. Sim... ali. Outra pegada. Quase invisível. E depois uma última, tão tênue que ele só a enxergou por estar procurando pela maldita.

O assassino?, perguntou-se. *Ou quem telefonou relatando ter encontrado o corpo?*

Talvez fossem a mesma pessoa.

Ergueu-se, agarrou a maçaneta e abriu a porta. A área além dela estava um breu, e a luz ridícula lampejando no corredor não iluminava porra nenhuma. Mas isso não importava. Ele sabia exatamente onde o corpo estava, e não só pelo cheiro avassalador de sangue. Quando seus olhos se ajustaram, ele conseguiu distinguir algo pendurado do teto diretamente à sua frente, e, tal qual com a pegada, a coisa cintilava, a luz espasmódica atrás do seu ombro piscava ao longo do contorno brilhante.

V. retirou a luva forrada de chumbo, libertando a palma e os dedos incandescentes de sua maldição do confinamento que protegia o mundo da imolação. A luz proveniente de sua mão era tão brilhante que ele piscou e, quando a esticou à frente, cerrou os molares.

A fêmea mascarada estava pendurada no teto, um gancho de açougueiro perfurando a base do crânio e a ponta afiada se projetando da boca aberta, tocando a ponta do nariz. A garganta fora cortada, e as veias verteram o sangue pela frente do corpo nu, o sangue se tornando uma mortalha, colorindo a pele alva de vermelho.

Pelos orifícios gêmeos da máscara, os olhos estavam abertos e encaravam V. de frente.

– *Filhodamãe* – disse ele.

Assim como as outras duas.

Boone abriu a porta principal da casa do pai e passou pela soleira. Os aromas familiares da cera de limão, de pão fresco e de rosas na sala das damas fizeram com que ele se sentisse em um sonho distorcido.

Devia estar diferente, ele pensou ao correr os olhos pelo vestíbulo formal. *Tudo devia estar diferente.*

Seu pai já não estava mais vivo. E essa mudança monumental parecia o tipo de coisa que deveria se refletir na mansão que sempre definira o macho. Certo como sua posição na sociedade, seu dinheiro e sua linhagem tornavam Altamere o macho que era, também aquela vasta mansão determinava o curso e fornecia a base de sua vida.

– A porta está aberta.

Ante as sílabas enunciadas com precisão, Boone olhou para a esquerda. Marquist estava parado no arco da sala de jantar. Tinha um pano de polimento na mão, o paletó tinha sido removido e a camisa branca engomada tinha as mangas suspensas por um par de elásticos pretos.

A porta está aberta.

Como se o mordomo fosse parte do sistema de alarme da casa.

– Meu pai está morto – anunciou.

Marquist piscou. E o pano de limpeza começou a tremer bem sutilmente. Fora isso, o macho não demonstrou nenhuma reação.

– Ehrmine também – prosseguiu. – Os dois… morreram.

O mordomo piscou algumas vezes. E Boone sabia muito bem que qualquer tristeza não era por conta do falecimento da fêmea. Ehrmine fora tão significativa na existência noturna de Marquist quanto na de Altamere.

Sem nenhuma outra palavra, o mordomo girou os calcanhares e se afastou. A mão livre, aquela sem o pano, esticou-se em pleno ar, como se, em sua mente, ele estivesse se equilibrando na parede.

A porta vaivém que dava para a ala da cozinha se abriu e se fechou quando ele desapareceu por ela.

Boone se virou para a brisa fria que entrava na casa aquecida. Voltando a passar pela soleira, parou na sacada e fitou além da entrada de carros curva para o gramado. Sob as luzes de segurança afixadas ao telhado da mansão, o manto de neve que cobria a propriedade estava imaculado, seu peso já abafando os contornos sutis da propriedade em toda a extensão até os pilares de pedra junto à estrada. Em intervalos regulares, carvalhos e bétulas adultos, atualmente desprovidos de folhas, preenchiam os espaços como convidados educados numa festa de jardim, e também havia os canteiros de flores que estariam repletos de botões vicejantes quando o tempo quente chegasse.

Quando o vento frio soprou contra seus equipamentos de combate, ele pensou em sua *mahmen*.

Na época em que Illumina fora para o Fade, ele nunca ouvira a verdadeira história do que acontecera a ela. Fora repentino e inesperado, pelo menos do seu ponto de vista. Ela era jovem, saudável e relativamente desprovida de vícios. No entanto, certa noite, ele descera para a Primeira Refeição, e seu pai lhe informara, enquanto comia bolinhos e ovos Benedict, que a Cerimônia do Fade dela aconteceria na quinta-feira seguinte.

E era só.

O pai se levantara da cabeceira da mesa da sala de jantar, apanhara o *Wall Street Journal*, e saíra.

Boone se lembrava de ter olhado para o lugar sempre ocupado pela mãe. O prato e os talheres tinham sido arrumados para ela, como se sua presença fosse esperada.

Deixado a sós, ele fora para o quarto e se acomodara à escrivaninha. Tinha lembranças de ter escrito uma carta a Illumina, colocando na página as perguntas que passavam em sua mente. Mas não fora muito longe porque nunca tinha sido capaz de lhe perguntar qualquer coisa em vida – e a morte, como se constatava, não curou isso.

Em seguida, deu-se conta de que já era hora da Última Refeição. Vestira um terno diferente daquele usado no início da noite, como era apropriado, e juntara-se de novo ao pai na sala de jantar. Marquist os servira, como era o costume quando não havia convidados.

Nessa hora, a mesa não tinha sido posta para sua *mahmen*.

Seus olhos pairaram na cadeira vazia enquanto o pai conversava com o mordomo a respeito... das mesmas coisas de sempre: boatos sociais, questões domésticas, problemas com a criadagem. Boone permanecera em silêncio. Pensando agora, mesmo quanto Illumina estava viva, Altamere e o mordomo sempre levavam adiante a conversa durante as refeições "de família", os limites normais entre senhor da casa e criado desaparecendo naquela privacidade relativa.

Na época, a ausência de conversas reais quanto à perda de Boone de sua *mahmen* não lhe parecera estranha. Era assim que as coisas aconteciam; quanto mais um assunto pudesse aborrecer, menos ele era mencionado.

Ou talvez fosse mais o caso de a morte não ter tido importância.

Avançando duas décadas. O fato de estar de pé ao vento, com um ombro latejando por conta dos pontos e uma dor de cabeça pulsante devido ao estômago vazio... sem ninguém com quem conversar... era algo saído do manual de comportamento da família. A aristocracia sempre se dera bem em manter as aparências, elegantes cortinas de veludo puxadas diante de palcos que, no fim, estavam vazios...

A primeira das formas se materializou em pleno ar à direita, o corpanzil aparecendo nas sombras das luzes externas da casa, assumindo sua forma sólida.

Os olhos de Boone marejaram ao reconhecer quem era. E, antes que pudesse cumprimentá-lo, outra apareceu logo atrás do macho, uma fêmea dessa vez.

Craeg e Paradise.

Em rápida sucessão, três outros chegaram. Axe. Novo. Peyton.

Sua turma de *trainees*.

Quando os cinco chegaram ao caminho de entrada, Boone sentiu o meio do peito afrouxar, embora o que tivesse se soltado não fosse bem-vindo. A tristeza pareceu perda de tempo, não só porque não havia nada a se fazer para consertar os acontecimentos da festa da *glymera*, mas também porque não era como se ele quisesse o pai de volta. Ou a madrasta.

Craeg tirou o boné do Syracuse.

– Ei, meu chapa.

O abraço que se seguiu disse mais do que quaisquer palavras poderiam: *Estamos aqui por você. Você não está sozinho. O que precisar, pode contar com a gente.*

Paradise, a companheira de Craeg, foi a seguinte. E quando passou os braços ao seu redor, ele relaxou em seu abraço.

– Sei que é difícil – disse ela. – Sinto muito mesmo.

Como colega da *glymera* e prima distante, ela entendia exatamente como era com as famílias da aristocracia. Como o luto era mais uma das coisas varridas para baixo dos tapetes orientais, guardadas em cofres, enfiadas num armário de prata.

Axe, Novo e Peyton vieram em seguida, e Boone só ficou ali parado, como um panaca.

– Vamos entrar – Paradise disse com suavidade.

– Ah, sim, certo. Claro. Está frio aqui fora.

Em seguida, estavam na sala das damas, sentados nos sofás formais, olhando uns para os outros. Esperou que Marquist invadisse o lugar a qualquer instante. Quando isso não aconteceu, ele inspirou fundo.

– Estou feliz que tenham vindo.

– Quer que algum de nós fique aqui com você durante o dia? – perguntou Paradise.

– Para ser franco, não sei o que quero. – Olhou para o vaso de flores colocado na mesa de centro na frente de todos eles. – Eu só...

Axe disse:

– Eu sei, é difícil de explicar...

– Meu pai era um traidor.

Quando ele disse essas palavras, percebeu que estava experimentando-as. Testando o peso delas. Acorrentadas em vergonha pela primeira vez e, sem dúvida alguma, não pela última.

– Meu pai… era um traidor. – Desviou o olhar para os amigos. – Ele esteve diretamente envolvido no plano anterior para destronar Wrath, e existem grandes chances de ter sido parte do renascimento da traição de hoje.

Craeg imprecou e virou o boné nas mãos. Paradise apoiou uma mão no ombro de Boone. Axe fez que cuspia no chão.

– Tentei fazer com que ficasse em casa. – Boone meneou a cabeça. – Disse a ele que não fosse lá. Mas ele se recusou a me ouvir.

– O seu pai não é você – disse Paradise. – Você não é seu pai.

– Eu sei. – Pigarreou para limpar a garganta. – De todo modo, só quero voltar a trabalhar.

Ele ignorou de propósito a saraivada de olhares preocupados que os amigos compartilharam. Mas, desde que seu ombro estivesse pronto para a ação, que problema havia?

– Quando você fará a Cerimônia do Fade? – perguntou Novo. – Queremos estar presentes.

– Ainda não pensei nisso. – Falando no assunto, onde estava o corpo? Quem estava com o de sua madrasta? – Mas aviso vocês.

Ele não tinha irmãos nem irmãs, nenhum avô, nem tios e tias que ainda estivessem vivos após os ataques. Mas tinha dezenas de primos na *glymera*, nenhum dos quais conhecesse bem porque sempre mantivera um perfil social discreto. Distanciamento benigno à parte, estava disposto a apostar que todos eles haveriam de querer comparecer à cerimônia de Altamere.

Com certeza viriam, nem que fosse apenas para olhar, desde que a notícia de como a morte acontecera chegasse à árvore de fofocas telefônicas – e como isso poderia não acontecer? O pai fora atacado diante de outros vinte membros da aristocracia e todos eles, era evidente, tinham sobrevivido.

Quanto à madrasta? Ele tinha que concluir que a família dela cuidaria dos restos mortais, honrando-os como se deveria. Afinal de contas, ela viera de uma linhagem excelente, com muito orgulho em sua herança.

Como se o pai fosse se unir a alguém inferior a ele.

– Vou fazer uma cerimônia íntima. – Boone ouviu-se dizer. – Vocês são bem-vindos se quiserem vir, mas entenderei se...

O som de gongo ecoando no vestíbulo foi uma surpresa e, a princípio, seu cérebro congestionado não entendeu o motivo da interrupção.

– É a porta da frente – murmurou.

Levantando-se, teve ciência da tensão que se espalhava pelo peito e ombros, embora não por causa de quem quer que tivesse chegado. Ele não queria ter que interagir com o mordomo.

Mas Marquist não apareceu.

Quando abriu a porta pesada, Boone exalou numa combinação de surpresa e curioso alívio.

– É você. Não pensei que viria... Mas estou feliz em vê-la.

– Acabei de saber. – Os olhos pálidos de Rochelle estavam tão adoráveis e acolhedores quanto no ano anterior. – Sinto muito.

Fez-se uma longa pausa. Então, ambos se moveram ao mesmo tempo.

Embora não tivesse visto a fêmea desde a noite em que puseram fim ao noivado, e apesar do fato de ser absolutamente impróprio, Boone abriu bem os braços e, numa semelhante quebra de protocolo, Rochelle mergulhou no abraço dele. A princípio o contato foi breve, mas logo se abraçavam com força. Assim como na casa de seu pai, ela tinha o mesmo perfume, Cristalle, da Chanel, e o sabonete francês caro que ela parecia preferir. Também estava vestida no mesmo estilo, usando um terno Escada que destacava com bom gosto as curvas de sua silhueta.

Era preto. Pelo luto. E, como grande parte das fêmeas aristocráticas só vestiam roupas coloridas, ele soube que ela se trocara por sua causa antes de vir até ali.

Ao se afastarem, notou distraído que havia flocos de neve sobre o coque loiro.

– Ah – disse ela, sobressaltada. – Você tem convidados.

Boone olhou de relance por cima do ombro e viu seus colegas *trainees* inclinando-se à frente nos diversos assentos, olhando através do arco de entrada da sala para ele – para ele e Rochelle – com olhos arregalados e interessados.

– Venha conhecer meus amigos – convidou ele. – Você já conhece Paradise e Peyton, claro.

Quando a atraiu para o seu lado, pareceu-lhe natural que andassem até a elegante sala de estar com ela perto de si. Mas o fato de ainda estar armado, assim como as pessoas nos sofás, foi um lembrete de que sua vida divergira da de Rochelle desde o acordo desfeito.

A fêmea permanecera na sociedade; no entanto, ele não ouvira nada quanto a ela ter se vinculado. Pensando bem, estava por fora de tudo, grande parte do tempo.

Contudo, estava feliz por ela ter vindo.

– Pessoal – anunciou –, esta é Rochelle.

Capítulo 5

– Não precisa fazer chá para mim.

Quando Boone falou, olhou para Rochelle do outro lado da cozinha. Ela estava diante do fogão de dezesseis bocas, colocando uma chaleira sobre uma das bocas acesas. Ele estava na alcova junto às janelas, à mesa onde os empregados se sentavam e faziam suas refeições. Não havia ninguém por perto. Marquist evidentemente anunciara o falecimento para os outros funcionários e os *doggens* se recolheram todos para lamentar a morte do senhor da casa, como era adequado.

Nesse ínterim, o mordomo devia estar lustrando os sapatos de Altamere com as próprias lágrimas.

Cara, o relacionamento daqueles dois tinha uma divisória bem turva, não?

– Água fervida é a única coisa que sei fazer – comentou Rochelle.

Os outros *trainees* foram embora pouco depois da chegada dela, como se imaginassem que Boone desejava ter privacidade com a fêmea. Teria que cuidar desse assunto depois que a noite caísse. Quando voltasse a trabalhar.

Explicaria para eles que não havia nada acontecendo ali.

– E, mesmo assim – disse ela –, pode ser que eu queime a chaleira.

– Não se preocupe, também não sou um grande *chef* – murmurou ele ao girar o ombro para trás, testando a amplitude do movimento.

– Onde está a porcelana? – Ela se virou e avaliou o equivalente a um metro quadrado de armários. – Tantos lugares para colocá-la.

Boone deu de ombros.

– Deixe-me ajudá-la. Juntos devemos ser capazes de encontrar alguma coisa.

Quando ele foi se levantar, ela meneou a cabeça.

– Fique aí. Eu banco a detetive.

Ela foi avançando ao longo dos armários, abrindo portas duplas e painéis, inspecionando toda espécie de temperos, cuias e equipamentos de culinária. Por fim, encontrou umas canecas acima de uma das três lava-louças. Eram de boa porcelana, decoradas com uma pintura à mão em dourado e vermelho-escuro. Raramente eram usadas, porém. O pai de Boone não as aprovava, chamando-as de imperdoavelmente vulgares.

Num tom que sugeria que a altura delas e seus contornos eram uma ofensa às leis da natureza.

– Estas servem? – perguntou Rochelle. – Não têm pires, mas não consigo encontrar nada mais.

– São perfeitas.

– E até consegui achar o chá. – Ela sorriu ao retornar para o fogão. – Você toma com açúcar ou mel?

Pelo menos os condimentos estavam fáceis de encontrar. Encontravam-se agrupados numa bandeja de prata sobre a bancada, prontos para serem divididos em porções, do modo que o dono da casa preferia...

Espere, ela tinha lhe perguntado algo, não?

– Não me lembro – disse ele. – Faz tanto tempo.

Não fazia ideia do que saía da sua boca. Mas ela não pressionou, e, sem que se desse conta, havia uma caneca fumegante e aromática diante de si, com Rochelle acomodando-se à frente do outro lado da mesa.

– Então, como tem passado? – perguntou ele ao sorver um gole. – Como andam as coisas com o seu macho?

Estava tentando sustentar uma conversa simples, mas o modo como os olhos dela marejaram fez com que se arrependesse da tentativa de normalidade.

– Ah, Rochelle... – Balançou a cabeça. – O que aconteceu?

– Não deu certo. Apesar da sua muito valente tentativa de nos ajudar.

Quando ela enxugou os cantos dos olhos com o dedo mindinho, tomando cuidado para não borrar a maquiagem, ele esticou o braço e tocou no dela.

– Sinto muito – disse.

– Está tudo bem. – Ela inspirou fundo. – Não era... não era para ser.

O sofrimento no rosto dela foi difícil de testemunhar e, naquele instante, ele odiou a aristocracia. Indubitavelmente o macho ouvira sobre o acordo desfeito e não quisera lidar com a bagagem.

– A *glymera* é muito ruim – murmurou.

– Lamento muito sobre seu pai – disse ela emocionada.

Ele abriu a boca para partilhar do mesmo sentimento, devido ao senso do que seria adequado... mas não conseguiu fazer a mentira sair.

– Obrigado. Foi muito inesperado.

– A vida é repleta de coisas inesperadas.

– Verdade.

Se alguém tivesse lhe dito há um ano que os dois estariam sentados ali, sem supervisão, depois da morte do pai, ele agora um soldado e ela ainda sem um companheiro? Ele teria dito que essa pessoa era louca.

Quando o silêncio se prolongou, quis lhe perguntar mais sobre o macho, e teve a sensação de que ela queria saber mais sobre o que acontecera com seu pai. Mas ambos estavam perdidos em sua tristeza, o luto fazendo vela, tomando conta de todo o espaço disponível no ambiente.

Os dois continuaram sentados um diante do outro, e o chá preparado para ambos permaneceu intocado até perder o calor.

Até ficar frio como uma pedra de gelo.

A aurora foi chegando devagar em Caldwell, os raios de sol indicando o início do dia de trabalho da população humana e o fim da noite de trabalho dos vampiros. O fato de o bastardo luminoso demorar um pouco para aparecer era a única coisa boa a respeito dos invernos, segundo Vishous.

Chegou do clube dos LARPers ao berço da Irmandade bem a tempo, e, ao retomar sua forma diante da entrada da mansão digna de uma catedral, suas retinas ardiam e a pele formigava sob o couro. Acima, o céu estava carregado de nuvens, mas isso não significava porra nenhuma, considerando-se o que havia em jogo. Se fosse pego do lado de fora? Uma única porção de céu azul aparecendo em meio às nuvens e precisaria de molho de churrasco e uma urna para suas cinzas.

Abrindo a porta pesada da frente, entrou no vestíbulo e enfiou a cara na câmera de segurança. Fritz cumpriu seu trabalho do lado de dentro, e o rosto enrugado do mordomo se esticou num sorriso.

– Senhor, bem-vindo de volta!

Tá certo, V. odiava pessoas alegres. Espirituosas. O pessoal que poderia ser descrito como "feliz", "vivaz", "jovial" e/ou "animado".

Especialmente os malditos animados.

Mas Fritz, o chefe da criadagem na Irmandade, era outra história. O velho mordomo ficava simplesmente extasiado com as pessoas ao seu redor. Ele vivia para cuidar das necessidades dos seus senhores e senhoras, e como alguém poderia, mesmo um maldito misantropo como Vishous, não amar o cara? Afinal, só porque 99% dos ocupantes da mansão não toleravam a luz do sol, isso não significava que o lugar não pudesse se beneficiar com um pouco de raio de sol. E só o que Fritz tinha que fazer era entrar num lugar e o *doggen* trazia esse tipo de calor e otimismo consigo.

— Como você está, meu chapa? — V. perguntou ao fechar a porta que dava para o vestíbulo atrás de si.

— Posso lhe oferecer um pouco de Grey Goose, senhor?

— Não, estou bem assim. Eu...

Quando o rosto do *doggen* despencou em sinal de total e abjeta tristeza, a voz de V. secou. Jesus Cristo, era o mesmo que chutar um filhotinho.

— Isso seria maravilhoso. Obrigado. E quero um duplo.

Deixa para o retorno do sorriso brilhante e para a alegria nas passadas.

— Eu lhe prepararei o copo mais perfeito! Imediatamente!

Fritz disparou para a sala de bilhar como se um bilhete premiado de loteria tivesse sido deixado no bar, e V. só pôde menear a cabeça. Não queria mesmo que o servissem, mas, por conta de todo o BDSM que apreciara no decorrer da vida, não suportava causar sofrimento ou desapontamento ao *doggen*.

O mordomo era como criptonita.

Do outro lado do átrio majestoso e multicolorido, a Última Refeição estava em pleno curso na sala de jantar, com os residentes da casa sentados ao redor da imensa mesa, todo tipo de *doggen* servindo comida e bebida, as vozes altas e o riso animado eram o tipo de coisa que emanava para fora e preenchia todos os cômodos da casa, mesmo que mais remotos. Costumeiramente, V. teria seguido para lá, mas pegou o celular e verificou suas mensagens. Sim, Jane estava terminando de arrumar umas coisas na clínica do centro de treinamento e depois os dois jantariam sozinhos no Buraco.

Agradável e privativo.

Hummm.

E, não, ele não estava pensando em comida preparada com esmero ou um bom vinho. Nem mesmo na torta de pêssegos que ele pedira para o jantar.

Não. Ele estava pensando em outro tipo de... pêssego.

Graças à sua natureza impaciente – que acabara de ter sua lâmina afiada por uma boa dose de desejo sexual, ainda bem –, V. se virou para a escada ornamentada que levava ao segundo andar. Queria estar já lá em cima, queria estar já na frente do Rei para fazer seu relatório. Queria estar em direção ao Buraco para ver sua *shellan* muito, mas muito nua mesmo. Nuazinha em pelo...

– Aqui está, senhor!

Fritz estendeu a bandeja de prata. No meio dela, um copo alto cheio de gelo e uns belos doze centímetros de Grey Goose. Também havia uma cunha de limão cortada na beira do copo e um guardanapo de coquetel com monograma debaixo da produção, como um tapete.

– Obrigado, cara.

V. pegou o copo e o guardanapo. Com a mão enluvada, largou o limão e tomou um gole para experimentar... e o longo suspiro que emitiu não foi uma mentira. O drinque estava perfeito. Bem do jeito que ele gostava e preparado com o tipo de amor e devoção que ele jamais entenderia, mas por certo acabara apreciando.

Não que ele fosse anunciar esse fato sentimental a alguém tão cedo.

– Isto está ótimo.

Fritz ficou radiante como um garoto recebendo uma medalha de ouro por presença absoluta, e tinha-se de admitir que essa reação aquecia o coração. Mas, mesmo que V. fosse de dar abraços, o que ele não era – a não ser para estrangular alguém por trás –, não se podia sequer dar a mão ao mordomo. A última pessoa que de fato abraçara o *doggen*, imaginando-se que a história fosse verdadeira, fora Beth, na época em que se mudara para ali, antes de ter aprendido o protocolo. Fritz quase precisara de suporte de vida devido ao choque. Sim, ele ficava extasiado em ser valorizado, mas se você de fato lhe dissesse o quanto ele significava para você e para toda a casa? Ou, que Deus não permitisse tal coisa, demonstrasse afeto? Ele desmaiaria na sua frente.

– Obrigado de novo – murmurou V.

Fritz se curvou tanto que foi um milagre o queixo não ter resvalado no tapete.

– É o meu maior prazer servi-lo.

Subindo a escadaria, V. terminou seu Goose quando chegou ao segundo andar. As portas do escritório estavam abertas, e o grande Rei Cego, Wrath, filho de Wrath, pai de Wrath, estava sentado no trono de seu pai. Por trás da mesa ancestral do tamanho de um SUV.

– Mais boas notícias, hein? – O Rei rolou os ombros para trás, que estalaram como um graveto. – Mal posso esperar.

Apesar de Wrath estar completamente cego por trás daqueles óculos escuros, é claro que não havia nada de errado com sua audição ou olfato.

– Só para manter o ritmo. – Entrando no escritório, V. fechou as portas duplas. – Você sabe, porque gosto de seguir tendências.

A sala, com suas paredes azul-claras e mobília francesa, estava em total dissonância com o último vampiro puro-sangue do planeta, mas assim eram as coisas. Era ali que a Irmandade e os lutadores da casa se encontravam, todas as vinte toneladas de macho enfiadas ali dentro, tentando acomodar apenas uma das nádegas nas poltronas e namoradeiras bergères Luis XIV. Àquela altura, contudo, o absurdo já não era novidade, o hábito se acomodara e agora simplesmente seria muito estranho se reunirem em qualquer outro lugar.

– Então a fêmea morta não foi um alarme falso? – Wrath disse enquanto V. se aproximava e se acomodava junto à lareira.

– Não. – Girou o gelo que derretia no copo e tomou mais um gole. – Era verdade.

– Conseguiu identificá-la?

– Não. Ela estava nua. As roupas não estavam na cena do crime.

Debaixo da mesa, George, o golden retriever do Rei, sacudia o rabo para cumprimentá-lo, mas o cão não abandonou o lado do seu dono.

– Estava muito ruim? – perguntou Wrath.

– Muito. Contivemos tudo e removi o corpo com a ajuda de Zypher e Balthazar. Está na clínica de Havers, do outro lado do rio. A única coisa que podemos fazer é esperar que alguém anuncie um desaparecimento ou poste algo num dos grupos das redes sociais. Ninguém na clínica a reconheceu, mas alguém tem que conhecê-la e dar pela sua falta.

– Um tremendo desperdício. Estamos atrás de um criminoso humano?

– Não sei. Muitos cheiros lá embaixo, de ambas as espécies. E no depósito em que ela estava pendurada também.

– É o terceiro corpo no Pyre. – Wrath estalou as juntas uma a uma.
– A terceira fêmea, correto?

– Isso mesmo, mas uma era humana. É basicamente o mesmo *modus operandi* até onde sei. No clube, depois de sexo, tudo levado, corpo deixado para trás para sangrar. Acho que temos um assassino em série. Acho que precisamos trazer ajuda profissional pra isso.

– De acordo. Quero encontrar esse filho da puta que gosta de brincar com facas. E quero que poste um aviso nas mídias sociais. Estou tentado, até mesmo, a fechar a porra desse clube do jeito antigo.

Por "jeito antigo" V. bem sabia que o Rei não estava pensando em abrir uma petição junto ao prefeito humano de Caldwell para que colocasse um cadeado na porta da frente daquela decrépita fábrica velha. Estava mais para um caso de doze quilos de C4, um tanque de gás de acelerador, dois fósforos e um pouco de pipoca.

E quem sabe seria bom um pouco de marshmallows também.

– Vou postar os avisos on-line – disse V. – E precisamos nos certificar de que a Casa de Audiências tenha panfletos. A notícia se espalhará rápido.

– Quero alguém monitorando aquele lugar. Se é um assassino em série, ele irá querer voltar para seu terreno de caça. Podemos observá-lo desse modo mesmo que não tenha deixado pistas de sua identidade.

– Pode ser "ela".

– Não pode ser uma fêmea.

– Quem disse?

– Bem pensado.

Enquanto considerava sobre a necessidade de reunir uma equipe, V. quase escondeu uma imprecação. Já estavam com menos gente do que precisavam, e depois do conflito contra aquelas sombras mais cedo naquela mesma noite? A situação seria ainda mais acirrada enquanto tentava entender exatamente o que acontecera naquela festa da *glymera*.

Mas, tudo bem, alguém fora do turno de trabalho teria que simplesmente ficar socializando com aqueles vampiros falsos porque o Rei estava certo. Precisavam de alguém no local para apanhar o filho da puta.

– Vamos cuidar de tudo – prometeu.

O Rei baixou o queixo e olhou por cima dos óculos escuros, os olhos verde-claros iluminados por uma luz profana. Ele podia ser incapaz de enxergar, mas ainda conseguia enviar uma mensagem efetiva com aqueles olhos.

– Encontre esse assassino – Wrath disse num grunhido baixo – e cuide dele. Está me entendendo?

Vishous assentiu uma vez.

– Vou encerrar a questão eu mesmo.

Humanos tinham prisões para esse tipo de coisa. Vampiros, por outro lado, acreditavam no olho por olho. E quer o criminoso pudesse lidar com a luz do sol ou não, isso seria resolvido do "jeito antigo".

Se atacar membros da raça, sabendo ou não o que eles eram? A pessoa bateu em uma porta que será aberta.

– Eu o manterei informado.

– Faça isso, V. – Wrath vociferou.

Capítulo 6

NA NOITE SEGUINTE, BOONE se desmaterializou na entrada dos fundos da Casa de Audiências do Rei, reassumindo sua forma junto à garagem anexa. Seguindo o caminho limpo de neve, entrou pela porta reforçada e passou pela cozinha, erguendo a mão para cumprimentar os diversos *doggens* que preparavam bolinhos frescos para a sala de espera. O aroma da massa doce assando e das geleias de morango e cereja caseiras fizeram-no se lembrar de que não tomara a Primeira Refeição, mas, assim que passou pela porta vaivém, escapando do lembrete, esqueceu-se do seu estômago.

Com passadas longas, chegou à frente da mansão, indo na direção das vozes graves que escapavam pelas portas abertas da sala de jantar. E à medida que avançava, foi ensaiando o seu discurso: 1) o ombro estava completamente curado e ele estava disposto a deixar que o doutor Manello examinasse a dita cura; 2) tivera o dia inteiro para processar a morte do pai e da madrasta; 3) a Cerimônia do Fade poderia esperar até que tivesse folga do trabalho, dali a dois dias; 4) não havia nada no manual do *trainee* que exigisse um período de luto seguido ao falecimento de um familiar.

No meio do vestíbulo, parou e abaixou a franja. O que era uma idiotice e reflexo da sua juventude. Nenhum dos Irmãos se importaria com o modo com que seu topete estava se comportando.

Chutando-se no traseiro, marchou pelo arco de entrada e anunciou sua chegada ao bater no batente.

Do outro lado do amplo espaço onde civis tinham reuniões particulares com o Rei, dois dos Irmãos junto à lareira o fitaram. Eram Rhage, o maior e mais loiro da Irmandade, e Butch, o que costumava ser humano e tinha sotaque de Boston. O primeiro comia um litro de sorvete de menta com lascas de chocolate com uma colher de prata, a embalagem envolvida num pano de prato para mantê-la fria. O segundo parecia ver fotos no celular, passando de uma à outra com o dedo na tela, as sobrancelhas unidas na testa.

— Ei, Boone, e aí? — Rhage perguntou com a boca cheia. — Sinto muito mesmo pelo seu pai e sua madrasta.

Butch desviou o olhar do celular.

— Eu também, filho. Dureza isso. Por inúmeros motivos.

Para validar as declarações deles, Boone inclinou-se, mas não disse nada. Não queria ser rude, porém, no que lhe dizia respeito, seu pai e a segunda esposa dele nunca mais precisariam ser discutidos em seu trabalho.

— Eu deveria me encontrar com Tohrment? — disse.

— O Irmão deve chegar a qualquer minuto. — Rhage fez um gesto com a colher. — Entre.

— Posso esperar aqui fora.

— Não, tudo bem — disse Rhage. — Quer sorvete? Tenho litros de chocolate com menta, chocolate com nozes e marshmallows no freezer. Te dou até uma colher.

Boone meneou a cabeça porque a garganta ficou apertada. Era mais fácil lidar com palavras de condolência do que com gestos. Estava acostumado com aquela primeira reação estando na *glymera* — embora no caso de Rhage e Butch ele soubesse que havia sinceridade nas palavras de ambos. Quanto à segunda, a oferta de sorvete do estoque pessoal de Rhage, não estava acostumado com aquilo.

Sempre cuidara de si porque precisara.

— Obrigado, mas comi antes de vir para cá. — Não gostava de mentir, mas era melhor do que chorar por causa de sorvete.

— Avise se mudar de ideia. — Rhage voltou a se concentrar em Butch. — E o que V. fez?

Butch não respondeu de pronto. Estava concentrado no aparelho de novo, e esperou até ter terminado de ver qualquer que fosse a série de imagens na tela antes de erguer o olhar novamente.

— V. tirou o corpo e o embalou. — O Irmão guardou o celular no bolso das calças Peter Millar. — Enviou os restos mortais de van para Havers e temos esperança de que alguém apareça para reconhecer porque não temos como identificá-la. V. me pediu para assumir a investigação.

– Bem, é como você costumava se sustentar, senhor detetive de homicídios. – Rhage passou a colher ao redor do recipiente para pegar o sorvete derretido. – Por onde você começa?

Boone tentou fingir que não ouvia ao andar no que esperava ser um caminhar casual pelo largo tapete oriental até o centro da sala. Nesse meio-tempo, seus ouvidos zuniam – e não havia como camuflar seu interesse. Ao chegar à mesa onde Saxton, o advogado do Rei, se sentava durante as horas de trabalho, fez uma pausa e se inclinou para baixo. Havia uma pilha de panfletos amarelos e, quando leu o aviso escrito neles, teve que pegar um e se virar para os Irmãos.

– O que aconteceu ontem à noite? – perguntou.

– Outro homicídio – respondeu Butch. – No Pyre's Revyval.

– No clube de LARP? – Boone devolveu o panfleto ao topo da pilha. – Que acontece na fábrica de camisas abandonada?

– Lá mesmo. Sabe alguma coisa a respeito?

– Alguns dos meus primos costumavam ir. Não sei se ainda vão.

– Poderia ligar para eles por mim? Quero conversar com qualquer um que esteja familiarizado com o lugar.

– Claro. – Boone pegou o celular. – Vou mandar uma mensagem agora mesmo.

Afastando-se da mesa, começou a escrever uma mensagem para um primo de terceiro grau outrora distante e um de segundo grau pelo lado de sua *mahmen*. Enquanto digitava as mensagens, não pôde deixar de pensar que mais alguém perdera um membro da família na noite anterior.

Estariam passando por um luto convencional?, perguntou-se. O que, por certo, seria sofrido, mas também, imaginou, um tipo de alívio ao ser "normal" no estado de luto.

Em vez do que sentia em relação ao pai. Ou seja, nada.

Estava apertando o botão de enviar da segunda mensagem quando Tohrment entrou pela porta da frente da Casa de Audiências. O Irmão bateu a neve dos cabelos escuros com a reveladora mecha branca e depois desceu o zíper da jaqueta de couro. As armas por baixo reluziam à luz tranquila do vestíbulo, fazendo Boone se sentir ainda mais determinado.

– Ei, filho – disse Tohrment ao entrar na sala de jantar. – Como estamos?

Boone pigarreou e se lembrou dos seus 1), 2), 3) e 4).

– Queria conversar com você por um instante...

– Não, você não vai voltar a campo. – O Irmão tirou a jaqueta. – Sei que está convencido de que vai enlouquecer sem nada para fazer, mas já disse o que precisa acontecer antes de ser liberado para as trocas de turnos. Você vai conversar com Mary e receber uma autorização de saúde mental da parte dela. Em seguida, vai tirar umas noites de folga até a Cerimônia do Fade. Depois disso, reavaliaremos.

Boone baixou o tom de voz porque não queria parecer insubordinado demais.

– Não há nada no manual que exija…

– Não precisa haver. – Tohrment deu as costas para os Irmãos e também baixou a voz. – Já cometi um erro com você. Não vou cometer outro.

– Do que está falando?

– Você não devia estar em campo. Estava distraído por um bom motivo, por conta de onde o seu pai estava, e eu sabia disso, mas ignorei.

– Abati um assassino sem nenhum problema.

Tohrment se inclinou na direção dele, os olhos azul-marinhos quase negros.

– Você poderia ter morrido porque se esqueceu do colete. Se tivesse sido apunhalado no coração e tivesse tido uma hemorragia, ou se tivesse sido letalmente ferido por uma bala, isso pesaria na minha consciência pelo resto da minha vida. Não quero ofender, mas esse porta-malas já está cheio o bastante sem que eu tente apertar mais uma bagagem com o seu nome nela.

Boone abriu a boca. Fechou-a. Abriu de novo.

Mas, que droga, como poderia argumentar contra isso?

– Você não entende – murmurou. – Vou perder a cabeça se tiver que ficar sentado em casa, ruminando a respeito…

– Você pode me ajudar.

Boone olhou de relance para Butch.

– Com o homicídio no Pyre?

– Isso. Me leve até os seus primos, e depois vamos dar uma olhada no clube. – O Irmão ergueu a mão para Tohr. – Ele estará comigo o tempo inteiro. Cuidarei dele e aceitarei toda responsabilidade pelo seu bem-estar.

Quando Tohr pareceu que ia argumentar, o outro Irmão continuou falando:

– Concorda comigo, meu irmão, que não é trabalho de campo. Não estaremos procurando pelo inimigo, e, antes que me fale sobre o risco de encontrarmos, por acaso, algo de que devamos cuidar de certa forma, a menos que o coloque em prisão domiciliar, ele pode se deparar com um *redutor* ou uma sombra em qualquer lugar da cidade, como qualquer um. Vou garantir que nada aconteça com ele, e tenha dó do garoto. Você também não ia querer ficar sem ter nada para fazer, na mesma situação.

– Não vou me arriscar – Boone se apressou. – Faço tudo o que ele me disser pra fazer.

– Também é uma boa oportunidade para partilhar o básico do protocolo de investigação. – Butch deu de ombros. – É uma habilidade que os *trainees* deveriam ter no caso de serem chamados para atender a um crime. Como não interferir na cena do crime. O que procurar. Como documentá-lo. Existe um benefício de treinamento legítimo nisso.

Tohr cruzou os braços diante do peito e praguejou. E foi então que Boone soube que teria permissão para ajudar.

Bem nesse instante, seu celular avisou sobre a chegada de uma mensagem. Verificando o que havia sido enviado, virou a tela para os Irmãos.

– É do meu primo de terceiro grau. Ele pode nos encontrar mais tarde hoje.

– Então vamos para o Pyre primeiro. – Butch pegou o celular e digitou alguma coisa, depois estendeu o aparelho para Boone. – Aqui está a chamada recebida ontem à noite. Ouça e depois pode tentar ligar para o número enquanto eu dirijo. Já deixei uma mensagem, mas ninguém me respondeu.

Boone olhou de relance para Tohr ao pegar o que lhe era oferecido. Aproximando o Samsung do ouvido, ofereceu um sorriso conciliatório para o Irmão.

Tohr apontou um dedo para o rosto de Boone.

– Se você morrer fazendo isso, eu vou te estrangular mesmo você já estando morto. Estamos entendidos?

– Sim, senhor – Boone respondeu enquanto a gravação começava. – Perfeitamente.

E, de repente, o mundo cessou, seus sentidos e consciência sendo suplantados pelo som da voz desesperada de uma fêmea.

… Alô? Alô… Preciso de ajuda. Ah! Ela está morta. Ela está… morta como a outra…

Vinte minutos mais tarde, Butch parou o R8 V10 Performance Plus do seu melhor amigo, estacionando-o numa vaga no centro da cidade. O carro foi desligado, tudo escureceu, e ele era elegante como uma nave espacial, capaz de chegar à velocidade da *Millenium Falcon* apesar de seu peso ser equiparável ao de Rhage. A coisa também era um dinossauro, no melhor sentido do mundo, um retorno aos carros de motores pesados do passado que soavam como lutadores e bebiam gasolina como um velocista consome oxigênio.

Em outras palavras, era bem o estilo de V.

E quanto à parte do "estacionar", Butch o deixou muito perto mesmo do monte de neve, acumulada pelo limpa-neve, grande o bastante para descer de esqui. Ah, o inverno em Caldwell, Nova York. Onde a camada branca sofria uma metástase como se tivesse aprendido o truque da singularidade e tentasse dominar o mundo.

Você entende, a versão invernal de IA.

— Eu não sabia que estes carros se davam bem na neve — Boone murmurou enquanto fitava a pequena montanha sem ter a certeza de que conseguiria abrir a porta do carro.

— Desmaterialize-se pelo meu lado.

— Boa ideia. Obrigado.

Butch saiu e segurou a porta aberta.

— Quanto ao R8, a suspensão nas quatro rodas da Audi funciona o ano inteiro. Você só precisa de bons pneus. Só não dá muito pra negociar com o spoiler dianteiro. Cinco centímetros no máximo, é o que dá para fazer.

De todos os *trainees*, Butch sempre gostara mais de Boone. Talvez porque o garoto fosse do tipo sem firulas, honesto, que tendia a ser a espinha dorsal de uma boa equipe. Afinal, ele mesmo sempre quisera ser esse tipo de cara — e fracassara espetacularmente quando humano. Mas, no fim depois de umas três décadas tentando sufocar as emoções com bebida, estava alcançando esse objetivo. Só foi preciso encontrar a fêmea dos seus sonhos, passar por uma transição forçada para uma espécie completamente diferente e permissão total para se expressar através das roupas.

Mas havia um motivo diferente para se importar com o garoto depois da noite passada. Não tinha como não se interessar porque sabia muito bem como era perder um membro da família de um jeito muito ruim.

Boone reassumiu sua forma do lado de fora do R8 e olhou ao redor dos prédios abandonados com suas janelas quebradas.

– É seguro deixar o carro de V. aqui? E se ele for roubado?

– Ele tem cobertura completa do seguro. – Butch fechou a porta. – Mas, mais importante, todos vão imaginar que ele pertence a algum traficante. É garantido que vamos encontrá-lo na volta.

Butch apertou o botão do controle, e os dois começaram a andar lado a lado.

– Você não pode confiar em ninguém nas ruas, mas pode sempre botar fé em como as ruas se comportam.

Visto que as calçadas craqueladas estavam intransitáveis pelos montes de neve, os dois andaram no meio da rua limpa. Apesar de as únicas preocupações naquela parte da cidade serem os traficantes nas esquinas e as prostitutas pela rua, havia trânsito o suficiente para que a neve fosse nivelada sobre as tampas dos bueiros debaixo dela.

– Posso perguntar uma coisa? – Boone disse no frio.

– O que quiser.

– A gravação de voz. A da linha de emergência. V. conseguiu rastrear o número que discou? Quero dizer, ele é o cara que sabe fazer esse tipo de coisa, não é?

– Ele acha que é descartável. E, se for verdade, não vamos descobrir nada sobre quem o possui ou o usou, a menos que a pessoa atenda o maldito aparelho e esteja disposta a falar.

– E ela não deixou o nome. – Boone riu de pronto. – Comentário idiota, acho. Porque não ouvi um nome na mensagem.

– Conte-me o que ouviu.

– Ela estava com medo. Muito medo.

– E o que mais? – Quando Boone repetiu a mensagem palavra por palavra, Butch assentiu. – Isso, você captou tudo. Mas o que havia ao fundo?

– Quando ela ligou?

– Não, não, na ligação em si. – Butch olhou de relance para ele. – No que ouviu.

O *trainee* franziu o cenho.

– Nada... – As sobrancelhas escuras se ergueram. – Ah. Ela não ligou do clube. Se tivesse ligado, teríamos ouvido música e a multidão ao redor dela.

– Exato. E V. me disse que não havia sinal lá no andar debaixo da velha fábrica. Portanto, é um bom palpite dizer que quem ligou também não tinha.

– Ela deve ter ligado do lado de fora do prédio, então.

– Ou talvez nem estivesse ali.

– Como assim?

Butch olhou para os dois lados para atravessarem a rua apesar de não haver carros nas imediações.

– Confirmação tendenciosa é algo perigoso quando se está investigando um caso, ainda mais no começo. A verdade precisa de espaço e tempo para se revelar. O único modo de nos certificarmos que isso aconteça é deixar que o cérebro e os sentidos registrem cada nuance enquanto, ao mesmo tempo, você resiste ao desejo racional de chegar a uma conclusão imediata. Existe uma solução para o enigma por aí. Eu te prometo isso. Mas você tem que conquistar o direito a essa revelação, e o modo de fazermos isso é sacrificando nossas conclusões no altar do "ah, meu Deus, eu já sei o que aconteceu".

– Mas você tem que decidir algumas coisas logo de início, não? Como com quem falar e o que perguntar?

– A verdade lhe dirá quem você precisa interrogar e o que precisa perguntar e onde você precisa ir. Você não decide nada. – Butch meneou a cabeça. – Vou repetir. Você precisa ter cuidado com a confirmação tendenciosa. Ela chega de fininho e faz com que você, deliberada ou subconscientemente, negue a existência de fatos que não amparam uma dada conclusão que você tirou do nada. A verdade é absoluta, mas é como a existência de Deus. Você não sabe que a tem até tê-la.

– Você já fracassou na solução de um caso?

– Tive uma taxa de sucesso de noventa e dois por cento. O que, considerando-se o quanto eu bebia na época em que era detetive no departamento de polícia, é um milagre.

– Uau. Você deve ser muito bom naquilo que faz.

Butch pensou na última imagem que teve de sua irmã de quinze anos, Janie, acenando para ele ao ser levada ao encontro de sua morte naquele carro cheio de garotos adolescentes.

Meneou a cabeça.

– Não, eu só me recusava a desistir. Mesmo me matando, e quase que isso aconteceu, eu não ia parar até pegar cada um dos assassinos das minhas vítimas. – Olhou na direção do *trainee*. – Isso é outra coisa que você tem que guardar. As suas chances de encontrar um criminoso aumentam a um nível astronômico se você supera a necessidade deles de estar à sua frente. Cedo ou tarde, todos os assassinos, mesmo os bons, cometem erros. Você só tem que estar pronto para tirar vantagem dessa versão da Lei de Murphy.

– Vou me lembrar disso. Prometo.

E esse era o motivo de ele gostar de trabalhar com o garoto, Butch pensou. Boone prestava atenção, aceitava conselhos e críticas e sempre tentava se superar.

Butch estendeu a mão e deu um aperto no ombro do *trainee*.

– Sei que vai, filho.

Capítulo 7

Enquanto andava ao lado do Irmão, Boone sentiu alívio por deixar a mente ocupada com outra coisa que não consigo mesmo. Uma pena que o assunto fosse violência e morte, mas esse era o seu trabalho, não? E ele estava do lado certo da contabilização. Do lado dos mocinhos.

Isso importava.

— E o que mais em relação à ligação? — Butch lhe perguntou.

Mais adiante, agora meros três quarteirões distante, era fácil avistar a fila de espera de humanos do clube, todos batendo os pés no frio, as perucas extravagantes e a maquiagem estranha sendo as únicas coisas que apareciam das fantasias, porque todo o resto estava coberto por parcas e sobretudos. Nos meses mais quentes, imaginou, pareceriam uma fila de pavões, exibindo extravagâncias específicas num ritual de acasalamento projetado para ser bem-sucedido de acordo com o sistema de avaliação dos larpers.

O assassino está ali agora?, Boone se perguntou ao se lembrar do terror e do medo sufocantes na voz daquela fêmea.

— O que mais descobriu com a ligação? — insistiu o Irmão.

Os olhos de Boone passaram pela fila dos humanos, memorizando cada um dos rostos. Os tipos físicos. Os penteados.

A raiva se acumulou em suas entranhas. E para responder à pergunta de Butch? Bem, a outra coisa que descobriu com o telefonema foi que quem quer que tivesse provocado o terror na voz da fêmea, quem quer que tivesse matado a mais recente vítima, precisava morrer do mesmo modo horrendo.

De alguma forma, revelar isso não parecia muito bom...

Virou a cabeça de repente na direção do Irmão.

— "A outra." Na ligação, ela disse "como a outra".

– Exato. Então, o que isso nos revela?

Boone estreitou os olhos para a fila outra vez, as presas descendo.

– Haverá outras, a menos que impeçamos o assassino.

– Isso. Essa é a única conclusão a que me permito chegar a esta altura.

Dito isso, Butch desabotoou o elegante casaco de caxemira. Que era o protocolo quando qualquer um interagia com humanos. Só para o caso de ter que sacar a arma. Quando fez o mesmo com sua jaqueta, Boone sentiu a raiva se deslocar sob a pele. Desejava muito mesmo que encontrassem no mesmo dia o cara que tinha feito aquilo...

Butch parou de repente na rua.

– "Cara" não.

Parando também, Boone olhou ao redor.

– O quê?

– Você acabou de dizer que espera que encontremos o "cara" que fez isso hoje à noite. – Butch meneou a cabeça. – Não sabemos se o assassino é macho ou fêmea. Lembre-se, nada de suposições a esta altura, ok? E, quando estivermos lá, apenas observe. Deixe o trabalho para mim.

Jesus, Boone pensou. Nem sequer se dera conta de ter falado em voz alta.

– Sim, senhor.

Butch apertou a mão no ombro dele e voltou a andar.

– Você vai se sair bem.

Quando se aproximaram da entrada da antiga fábrica de camisas, ultrapassando a fila, os dois seguranças à porta flexionaram os braços, mas acabaram não seguindo em frente com a atitude de donos do pedaço; apenas fizeram um aceno de cabeça, como se tivessem sido atingidos na cara por dois passes VIP.

O controle mental sobre os humanos era algo a ser apreciado. E não foi surpresa que Butch fosse um mestre nessa manipulação.

– Então já esteve aqui antes? – perguntou o Irmão ao entrarem e passarem pela chapelaria.

Boone fez uma anotação mental para falar com a mulher encarregada dos casacos, só que o diálogo seria assim:

Ei, viu algum vampiro passando por você?

Sim, claro. Uns trezentos por noite. Procura por um específico?

Balançou a cabeça mentalmente para voltar a se concentrar.

– Só uma vez e já faz tempo. Mas, como já disse, meu primo vem umas duas vezes por ano.

– É, este não parece um lugar da sua preferência.

Boone deu uma espiada num humano seminu que vomitava num saco plástico num canto escuro.

– Não. Não mesmo.

Dentro do espaço mais amplo, havia uma multidão dançando, conversando, se pegando. A música estava tão alta que as pessoas tinham que chegar bem perto para se comunicarem. E a escuridão reforçava a necessidade de se encostarem: os humanos, com os sentidos limitados, tinham que ficar a poucos centímetros de distância para poderem ouvir e enxergar no ambiente escuro. E não eram apenas *Homo sapiens* envolvidos no LARP. Ele sentia a presença de alguns vampiros em meio aos homens e mulheres, mas apenas três ou quatro – e eles estavam afastados. Fazia sentido. Existia uma regra não escrita de que não se deve fraternizar com os ratos sem cauda, portanto ninguém da espécie os cumprimentaria e se revelaria num ambiente como aquele a menos que fossem obrigados.

– Vamos para o andar de baixo – disse Butch acima do barulho. – V. me disse que a saída para a escada fica em algum lugar ali no fundo.

Enquanto seguia o líder em meio aos corpos em rotação, Boone fixou o olhar adiante e deixou a visão periférica acompanhar as máscaras, as capas, a altura e o peso dos frequentadores do Pyre. Como fora treinado a fazer.

No fim, foi fácil encontrar a escadaria que dava para o subterrâneo, e eles desceram pelos degraus frios e úmidos até chegarem a um corredor comprido como um campo de futebol iluminado por uma sequência de lâmpadas fluorescentes no teto.

– Quarta porta à direita – disse Butch. – Depósito.

Boone olhou para a sequência de portas pesadas.

– É o que está por trás de todas elas?

– Acho que sim.

O som de um estalido fez a cabeça de Boone se virar. Butch pegara um par de luvas de nitrilo do bolso do casaco e as colocava.

– É um pouco tarde para isto – o Irmão levantou as mãos tal qual um cirurgião –, mas hábitos antigos são difíceis de esquecer.

– Por que é tarde demais?

– Não há como terem removido o corpo sem terem mexido na cena do crime. Pouco importa se tomaram cuidado.

De outro bolso, Butch tirou uma lanterna pequena e a ligou. Acionando o facho, parou diante da porta número quatro.

– Fique aqui, mas pode se inclinar para dentro e espiar. Como disse, a cena já está basicamente arruinada a esta altura, mas não há motivos para nós piorarmos a situação entrando os dois.

Quando o Irmão empurrou a porta pesada, o rangido das dobradiças parecia vir de um filme de terror – assim como o cheiro que acertou o nariz de Boone como um tapa.

Sangue. Não exatamente fresco. Mas muito fora derramado…

Deus do céu, Boone pensou.

Adiante no piso de concreto, bem no caminho da luz lançada por Butch, havia uma poça de sangue coagulado de tamanho impressionante.

Quando Butch passou pela soleira e olhou ao redor, as paredes do depósito vazio brilhavam na luz fria da sua lanterna. Mas pelo menos parecia ser causada por uma infiltração, e não por plasma.

O facho se ergueu para o teto e se moveu num círculo lento antes de parar no meio do cômodo diretamente acima da poça coagulada.

– Era aqui que o gancho estava. Num desses.

Uma série de ilhoses de ferro, grossos como o polegar de um macho, estavam enfileirados nas vigas pesadas do teto. Difícil imaginar para o que tivessem sido usados. Talvez fizessem parte de um sistema de tingimento da fábrica?

– Foram cordas? – perguntou Boone. – O método como ela estava pendurada, quero dizer.

– Um gancho de carne. – O Irmão se agachou e olhou ao redor, a lanterna iluminando o sangue parecido com gelatina vezes demais para o conforto de Boone. – Cara… Se ela não estava morta antes de ele pendurá-la, ela não durou muito.

– Ele? – Boone tentou se livrar do bolo na garganta com uma tossidela. – Pensei que tivesse dito que não deveríamos tirar conclusões.

– Muito justo, você me pegou. Mas, estatisticamente, a vasta maioria dos assassinos é do sexo masculino. E a natureza do ritual destas mortes, com as fêmeas penduradas, gargantas cortadas, todas elas sangrando aqui no clube, formam um padrão claro. O assassino encontra o que está procurando e faz o que tem que fazer com as vítimas fora do campo de visão aqui embaixo.

Boone abafou uma tossidela com o punho.

– O que exatamente ele fez com ela?

– Não te mostrei as fotos, mostrei? – O Irmão segurou o celular para trás com o braço esticado. – Estão na galeria da câmera.

Boone engoliu em seco ao pegar o aparelho e acessar as fotografias. Quando viu a primeira...

– *Cacete...* – sussurrou.

Uma imagem terrível depois da outra... e mais uma. Parecia haver um número infinito delas e, de repente, o cheiro de terra podre e mofada e a poça fria de sangue, e a ideia de que alguém perdera a vida bem ali o deixaram tonto.

– Me dê licença um instante.

As palavras educadas foram ditas com rapidez, e ele não esperou por uma resposta. O corpo se moveu antes que tivesse ciência de a mente ter ordenado a suas pernas que erguesse os pés para que ele recuasse. Quando bateu na porta oposta que estava aberta, tossiu mais algumas vezes e virou a tela do celular para a perna. Abaixando a cabeça, inspirou pela boca e sentiu o mundo girar...

O cheiro de ar fresco da primavera, de flores delicadas, de... luz do sol... fizeram com que ele erguesse os olhos.

No início do corredor, junto à porta, uma figura estava parada como uma estátua, encarando-o. E, apesar do manto de capuz preto que cobria a cabeça e descia até os pés, ele soube que se tratava de uma fêmea.

E a fragrância dela. Entrou pelo seu nariz e não parou ali. Em algum lugar dos caminhos neurais até seu cérebro, ou talvez fosse em suas veias, o que começou como uma coisa que ele tinha cheirado se transformou numa experiência sensorial completa.

Como um toque.

Como... uma carícia.

Endireitando-se, deu um passo adiante. E mais um. Certo como se ela estivesse chamando seu nome, e ele fosse incapaz de resistir ao chamado. Mas antes que fosse muito longe, ela desapareceu de novo pela porta da escadaria com um rápido arquejo.

Desesperado em não perdê-la, foi atrás dela, as passadas próximas a um disparo. Quando chegou aonde ela estivera, o painel de aço distorcido voltava à sua posição original contra os batentes, e ele puxou com força. Seguindo o aroma de primavera, galgou os degraus três de cada vez e invadiu o clube em si.

Pensou que ela devia ter corrido. Para conseguir ter subido tão rápido.

Olhou ao redor para avaliar se ela teria ido até a saída do prédio ou se tentava se misturar à multidão. Se essa última opção fosse seu objetivo, missão cumprida. Havia pessoas demais vestidas de preto com capuzes demais cobrindo a cabeça.

Lá estava ela. Seguindo para a saída. Rápido.

Empurrando os humanos em seu caminho, Boone não se importou em criar o caos. E, ao contrário dela, seu corpanzil não se curvava nem se misturava em meio à profusão de gente criada por homens e mulheres. Quando ele chegou à chapelaria, ela já passava pela porta de entrada, a fragrância dela começando a se dissipar.

No frio, ele passou com pressa pelos seguranças e olhou à esquerda e à direita...

Ali, virando a esquina do prédio. A ponta do manto em movimento atrás dela.

Boone fechou os olhos com a intenção de se desmaterializar, só que percebeu haver uma plateia digna de um teatro com os olhos concentrados nele. Não era exatamente o material publicitário que a raça dos vampiros necessitava: *Surpresa! Existimos de fato!*

Imprecando, disparou a pé e tentou seguir as pegadas na neve. Não havia como isolar as dela, porém, e o cheiro se dissipara na noite.

A fêmea sem dúvida procurava um pouco de privacidade para poder desaparecer dali. E, caso fizesse isso, ele nunca conseguiria apanhá-la.

Boone virou a esquina do prédio e desacelerou até chegar ao ritmo de uma caminhada... que acabou diminuindo até ele parar. Não havia luzes de segurança na lateral externa do prédio. Nenhuma na porta do armazém. E a iluminação dos postes de rua distantes só criava uma fatia visual entre os espaços das estruturas. Mesmo com a característica refletora da cobertura de neve e um par de poderosas retinas vampíricas, havia muito que ele não conseguia enxergar.

– Maldição...

O clique suave da trava de segurança de uma arma sendo liberada fez com que virasse a cabeça.

Encarando as sombras densas, suas narinas inflaram quando ele captou o cheiro dela na brisa fria.

Sim... Aí está você, ele pensou.

– Pode confiar em mim – ele disse para a escuridão. – Não vou machucá-la, prometo.

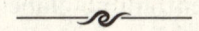

Não vou lhe dar chance para que me machuque, Helania pensou ao manter a nove milímetros apontada para o vampiro que a seguira para fora do clube.

O macho de cabelos pretos estava parado na luz fraca de um poste de luz a um quarteirão e meio dali, mas havia luz mais que suficiente para avaliá-lo. E, caramba... ele era simplesmente enorme, com ombros grossos e largos, peito amplo, e pernas longas e potentes. E essa espécie de propriedade estava coberta em couro preto, a jaqueta aberta apesar do frio, as mãos desprovidas de luvas.

Olhos claros fixos bem onde ela estava no escuro.

Você é bonito demais para ser um assassino, pensou consigo.

Mas, convenhamos, será que apenas os machos feios e corcundas matam pessoas?

Ainda assim, ela estava chocada com o quanto o rosto dele era bonito: forte, mesmo de feições, e um par de lábios que a fazia pensar em coisas que deveriam ser as últimas em sua lista cognitiva, dadas as circunstâncias em que se conheceram.

– Só quero lhe fazer algumas perguntas. – Mostrou-lhe a palma das mãos e lentamente as levantou, como nos seriados policiais da televisão. – Meu nome é Boone. E você pode abaixar a sua arma.

Talvez ele conseguisse vê-la, embora ela duvidasse disso. Estava muito distante da luminosidade em que ele estava parado. Como a encontrara? Ah, espere... Talvez ele a tivesse ouvido destravar a arma.

E a inflexão aristocrática de suas palavras?

– Pode me dizer o que estava fazendo no corredor de baixo agora há pouco? – perguntou ele.

– Não é uma área restrita. Qualquer um pode ir lá.

Fez-se uma pausa.

– É você. Foi você quem telefonou para nós.

Helania sentiu o coração duplicar suas batidas. E isso significava alguma coisa, considerando a velocidade com que sua pulsação já estivera. Mas, sim, ligara para o número de emergência da Irmandade. Sim, relatara o que encontrara na noite anterior. E, sim, acabara de descer ao andar inferior para descobrir o que ele e o outro macho vieram fazer ali.

Dois machos grandes entram no clube e ignoram todas as oportunidades de sexo? Enquanto seguem direto para os fundos onde a escada estava?

Quem diabos mais eles poderiam ser?

– Você é um Irmão? – perguntou ela.

– Sou um *trainee*. Mas vim com um e fui colocado neste caso. – Ele abaixou as mãos. – Juro, só quero conversar com você sobre o que viu na noite passada. É o único motivo pelo qual a segui até aqui. Não retornou nossas ligações, e estava preocupado em perdê-la.

Helania encarou o cano da arma apontada para ele. Por uma fração de segundo, a imagem da irmã lhe veio à mente e seus olhos marejaram. Foi esse o erro que Isobel cometeu? Abaixou a guarda perto de um macho com o qual acreditou estar a salvo... só para pagar por esse erro com sua vida?

– Pode confiar em mim – enfatizou ele com suavidade.

Não, ela não podia. Mas a imagem da fêmea pendurada no teto lhe voltou à mente, e ela percebeu que poderia precisar dele. Desde que o macho fosse quem dizia ser.

E isso não era certeza.

– O que quer me perguntar? – disse ela. – Já contei tudo o que sei para quem me atendeu.

– Qual é o seu nome?

– Helania.

– O meu é Boone. E lamento que tenhamos nos encontrado desta forma.

Se não estivessem afastados por seis metros – e uma pistola –, ela tinha a sensação de que ele teria lhe oferecido a mão, e ficou feliz por ele não fazer isso. Não queria tocá-lo – embora não por sentir repulsa em relação a nada nele.

Bem o oposto, e esse era o problema.

– Então, o que aconteceu na noite passada? – ele insistiu.

Helania pigarreou. Como se isso ordenasse seus pensamentos.

– Vi um macho da espécie descer até o andar de baixo com uma fêmea. Não voltaram a subir por um bom tempo, e eu desci para ver se ela estava bem.

– Você vem ao clube com frequência?

– Nos últimos meses, sim.

Na verdade, nos últimos oito meses, ela pensou. Desde que Isobel fora assassinada.

– A fêmea em questão, você era amiga dela, então? Você a conhecia.

– Não, só fiquei preocupada com a segurança dela.

– Já a tinha visto no clube antes?

– Isso eu não sei. Ela estava usando uma máscara, e ainda estava com ela quando eu... – Helania engoliu as imagens horríveis que inundaram os olhos de sua mente. – De todo modo, com todas essas fantasias, é impossível afirmar se ela já esteve aqui antes.

– Por que estava preocupada com o bem-estar dela? – Boone ergueu as mãos como se tentasse não ofendê-la, deixando-a na defensiva. – Quero dizer, as pessoas fazem sexo no clube, e isso já aconteceu lá embaixo, tenho certeza. É tudo parte da vivência, certo? Só estou tentando entender o motivo de ter sentido a necessidade de ir ver como ela estava.

– Fêmeas têm permissão para cuidar umas das outras.

– Sem dúvida. Mas estou tentando entender como você sabia que ela estava em perigo...

– Eu não a matei.

O macho – Boone – se retraiu.

– Não achei que tivesse. Por que teria avisado sobre o corpo caso tivesse?

– Tenho que ir...

– O macho que estava com ela também estava de máscara? Pode me dizer qual a aparência dele?

Ela balançou a cabeça em uma negativa. E depois lembrou que ele não conseguia enxergá-la.

– Nenhuma máscara, mas estava de óculos escuros, então não vi os olhos dele. Usava um gorro preto puxado até bem baixo na cabeça. Era grande, maior do que você. – Parecia estranho usar o corpo do macho como comparação, como se tivesse atravessado um limite do que era apropriado. – Ele a carregou para baixo enquanto se beijavam. É só o que sei.

– Quanto tempo demorou até você ir atrás deles?

Helania nem percebeu que tinha abaixado a arma. Num momento estava apontada para o peito dele, no seguinte, encostada em sua perna.

– Eu devia ter ido antes. – Ela sentiu os ombros pendendo debaixo do manto. – Deixei-os sozinhos por tempo demais.

– Quanto tempo?

– Não sei. – Distraíra-se observando a multidão, em busca de outros sinais de perigo. – Estava observando as pessoas… Eu não… Eu devia ter ido antes.

– Pode me dar uma ideia de quanto tempo se passou?

– Pode muito bem ter sido uma hora, mas também pode ter sido mais. Pensei ter sentido o cheiro de sangue, sabe. – Em sua mente, Helania repassou a descida pela escada degrau por degrau. – Senti o cheiro emanando do porão e o segui.

– Você estava com mais alguém?

– Não. Vim sozinha.

O macho – Boone – cruzou os braços diante do peito, e isso fez com que ele parecesse ainda maior. Ainda mais quando franziu o cenho.

– Tem algum treinamento especializado?

– O que quer dizer?

– Como defesa pessoal? Você disse, na mensagem que deixou para nós, que houve outra vítima. E mesmo assim desceu até lá, afastando-se da multidão, rastreando sangue. Não estava preocupada com a própria segurança?

Ela visualizou Isobel de um modo claro como se fosse dia.

– Na hora, não. Só estava preocupada com ela.

Capítulo 8

OU A FÊMEA ERA heroica às cegas ou... absolutamente descuidada, Boone decidiu enquanto fitava a escuridão lançada pelo prédio velho.

Graças à visão que se ajustara, ele conseguia divisar a silhueta dela, o preto do manto mostrando um contraste sutil ao encontro da densidade do resto do breu em que ela se escondera. Ela abaixara a arma junto à lateral do corpo, mas parecia pronta para fugir, o peso do corpo inclinado sobre a parte de trás dos pés, um pouco de lado. Ele queria com um desespero perturbador ver seu rosto, mas o capuz dela ainda estava erguido – e, sem motivo aparente, Boone imaginou se ela o estivera segurando no lugar enquanto fugira correndo.

Queria sentir seu cheiro de novo, mas o vento estava sendo bloqueado pelos prédios de ambos os lados. Visto que o calor se dissipava, mesmo em corpos vestidos por completo, todo aquele perfume natural estava sendo desperdiçado indo para as alturas...

Uau. Desde quando o botão do romantismo fora acionado?

Antes que a pergunta pudesse ser respondida, Butch veio apressado virando a esquina do clube. Ele avançava a passos largos e parou de súbito ao ver Boone.

– O que está acontecendo? – o Irmão exigiu saber. – E aceito o meu celular de volta, muito obrigado.

– Esta é Helania – Boone disse como que se desculpando. – Foi ela quem ligou avisando sobre a vítima.

A aura de Butch mudou de imediato, e ele se moveu à frente, dirigindo-se a Helania nas sombras.

– Obrigado por nos avisar sobre ela. Lamento muito que a tenha visto daquela maneira, mas saiba que fez o que era certo. Somos muito gratos pela sua ajuda e vamos encontrar quem a matou.

A fêmea – Helania – permaneceu em silêncio, mas, pelo menos, pareceu assentir. E Boone notou que a arma continuou junto à coxa.

– Só queremos conversar com você – disse Butch. – Estamos aqui para encontrar quem a feriu, e foi por esse motivo que você ligou para a Irmandade, não foi? Você quer ajudá-la.

– Já contei tudo o que sei a ele. Não tenho mais nada a acrescentar.

– Então talvez possa repetir tudo para mim?

Houve um silêncio demorado, durante o qual as batidas de fundo da música e as conversas dos humanos na fila de espera virando a esquina pareceram ficar mais altas. Se ela estivesse se acalmando para se desmaterializar, Boone pensou, eles jamais voltariam a vê-la. Claro, ele tinha seu nome, mas, por viverem entre humanos, os vampiros eram bons em desaparecer – e isso inclusive das pessoas de sua espécie.

Se ela sumisse, ele jamais a veria de novo.

E por qual motivo isso lhe pareceu uma enorme tragédia?

– Podemos entrar onde está mais quente – ofereceu Butch. – Podemos encontrar um canto na chapelaria. Prometo que não vai demorar. Só estamos tentando juntar o máximo de informações a fim de podermos ajudá-la...

– Como posso saber que são quem dizem ser? – perguntou ela.

Butch ergueu as mãos devagar diante do casaco de caxemira.

– Não atire em mim, por favor. Não estou usando colete à prova de balas.

Aquela arma subiu num movimento rápido que fez Boone concluir que a fêmea – Helania – poderia ter algum tipo de treinamento e experiência com armas. Bom saber – e isso lhe dava certa medida de tranquilidade, visto que ela estivera sozinha no clube.

– Vá em frente – disse ela.

Movendo-se com cuidado, Butch abriu as duas partes do casaco.

Um arquejo veio das sombras. Em retrospecto, aquela bem podia ser a primeira vez em que a fêmea via o par formidável de adagas negras, presas com os cabos para baixo junto ao peito de um guerreiro. Segundo as Leis Antigas, era uma violação punível com banimento ou até a morte se alguém que não fosse da Irmandade possuísse uma adaga negra, e ainda mais se a usasse do modo tradicional.

A arma não só foi abaixada. Ela foi guardada em algum lugar do manto. Em seguida, a fêmea saiu das sombras. E, quando emergiu, a primeira coisa que Boone fez foi tentar enxergar sob o capuz, mas não conseguiu ver seu rosto.

— Você está em segurança conosco — garantiu Butch.

— Não me sinto mais segura em nenhum lugar.

— Venha, vamos para um lugar mais quente.

De volta à frente do clube, os seguranças deixaram os três entrarem; em seguida, Butch comandou que três cadeiras dobráveis fossem colocadas num canto da chapelaria, formando um pequeno círculo atrás de uma meia cortina pendurada no teto. Houve um instante de constrangimento em que todos continuaram de pé, mas logo Butch tomou a iniciativa de acomodar a bunda.

Enquanto se sentava imediatamente à frente da fêmea, Boone tentou transparecer que estava se concentrando nela de maneira profissional, e não pessoal. E era verdade. Ele pensava nela como uma testemunha que poderia possuir mais informações do que partilhara até ali.

Mas também existia um interesse subjacente que ele não conseguia negar.

— Como já disse — o Irmão declarou enquanto pegava um pequeno bloco de notas —, isto não vai demorar. Sou o detetive O'Neal... quero dizer, o Irmão Butch. Sou Butch. E você é...?

— Helania. — Ela balançou a cabeça coberta. — Mas já contei tudo o que sei, o que não é muito.

Cruzando as pernas na altura dos joelhos, Butch a fitou com seus olhos castanho-esverdeados repletos de compaixão e compreensão.

— Aposto como não tem conseguido dormir nem comer desde que a encontrou.

Houve uma longa pausa, depois da qual Helania voltou a menear a cabeça.

— Não. Na verdade, não.

— Lamento muito mesmo que a tenha visto daquela maneira. — Os olhos de Butch continuaram firmes na fêmea, mesmo enquanto a caneta anotava algo. — Sei que isso está acabando com você. Minha vítima sofreu muito quando morreu. Pode me dizer qual o nome dela?

— Não a conheço — Helania respondeu com tristeza. — Eu só... eu fiquei preocupada porque ela estava lá embaixo com aquele macho por muito tempo.

– Claro que estava preocupada com ela. As fêmeas têm que cuidar umas das outras.

O capuz do manto assentiu.

– É assim que me sinto. Poderia ter sido eu.

– Eu sei. É perigoso aqui. É perigoso em todo lugar. – O Irmão se inclinou para a frente com seriedade. – Sei que é difícil confiar em nós. Mesmo com as adagas negras que estou usando, você não me conhece, nem a ele. Mas só quero que saiba que ela agora é minha vítima. Vou cuidar dela e, do meu ponto de vista, farei isso descobrindo o que aconteceu com ela e me certificando de lidar com quem quer que a tenha matado. O modo de continuar a ajudá-la é me contar tudo o que sabe. Não importa quão trivial seja. E, quanto antes fizer isso, melhor para ela.

Houve um longo silêncio, e as batidas de fundo da música preencheram o vazio. Nesse meio-tempo, Boone tentou não interromper. Mexer-se. Dar uma de idiota.

– Pode confiar em nós para cuidar dela – Butch reiterou. – Estamos todos no mesmo time.

– O que farão se encontrarem o assassino? – A pergunta foi feita com suavidade.

– Quando – Butch a corrigiu. – É "quando" o encontrarmos. E, quer seja humano ou um de nós, a pessoa vai ter o que merece, eu lhe prometo.

Depois de um momento, um par de mãos trêmulas se levantou para o capuz que cobria a cabeça de Helania. Quando ela empurrou o tecido para trás, Boone arquejou antes de conseguir refrear sua reação. Suas feições eram refinadas a ponto de serem delicadas, os olhos amarelados e redondos, as sobrancelhas arqueadas, a boca em forma de laço e o nariz empinado em equilíbrio perfeito com o rosto oval. Os cabelos eram longos e ondulados, com fios loiros e acobreados e a pele era mais escura que a sua.

Ela era... estonteante.

– Não consigo parar de enxergá-la – sussurrou Helania. – Toda vez que fecho os olhos, eu... eu a vejo pendurada no teto. Aquele gancho...

– Eu sei. – Butch apoiou uma mão paternal no joelho dela. – É terrível de fato. Mas, juntos, poderemos fazer algo a respeito.

Os olhos amarelos se ergueram para o Irmão.

– Não vai deixar que ele se safe dessa.

– Não, não vou.

– Venho procurando por ele, sabe. – Ela apontou com a cabeça para o espaço aberto em que os frequentadores do clube estavam. – Sei que ele voltará aqui.

– Porque matou antes.

O olhar amarelo se fixou no chão.

– Sim.

– Como sabe sobre as outras mortes?

– Houve mais que uma? – perguntou ela, surpresa.

– Sim.

– Ah, meu Deus... Bem, eu só fiquei sabendo sobre uma. – As pálpebras dela se abaixaram. – O homicídio daquela fêmea foi publicado em todos os grupos das mídias sociais da espécie. Todos ficaram preocupados.

Boone falou:

– Então foi por isso que estava preocupada com a vítima ontem. Apesar de não a conhecer.

– Todos estão nervosos – disse Helania. – Isto é, quem é vampiro.

– O que é compreensível – murmurou Butch. – Agora o macho ou homem que viu com a vítima. Você o viu no clube antes?

– Acho que sim, mas não tenho certeza. É escuro aqui e tem tantas pessoas.

– Como ele é?

– Enorme. Usava óculos escuros. Gorro preto puxado até bem baixo na cabeça. Roupas de couro preto... embora isso não signifique muita coisa.

– Poderia identificá-lo se o visse de novo?

– Talvez. Mas nunca consegui ver bem o rosto dele. O gorro e os óculos escondiam boa parte das feições, e, de novo, é difícil enxergar aqui.

– E quanto ao cheiro dele. Você o reconheceria?

– Não sei. – Helania tocou a lateral do nariz. – Segui o sangue, não ele, nem ela.

– Então você viu o macho com a vítima. O que estavam fazendo?

Um rubor coloriu as faces dela.

– O que as pessoas fazem aqui. Estavam se beijando. Você sabe.

Os olhos de Boone se concentraram na boca dela e se recusaram a ser redirecionados. Em toda a sua vida, não se lembrava de ter se sentido tão cativado por um membro do sexo oposto. Estava propenso a se esquecer do motivo de estar tão próximo dela, e isso seria inaceitável.

Chutando-se no traseiro, mudou de posição na cadeira e pensou no cadáver que vira no celular de Butch.

Butch assentia.

– E você lembra que horas notou a fêmea saindo com ele para o andar de baixo?

– Não. – O olhar de Helania se desviou para Boone. E, veja só, ele se sentiu como se tivesse sido colocado debaixo de uma lâmpada de calor. – Como já disse a ele, vi o macho levá-la para baixo. Fiquei no andar principal até sentir o cheiro de sangue. Era tão tênue que não tive certeza se o estava imaginando. Mas, então, pensei na fêmea sozinha com o macho e me preocupei, e fui atrás dela.

– Quanto tempo entre vê-los juntos e ter ido procurá-la?

– Talvez uma hora, mais ou menos? Mas não sei precisar ao certo.

Butch fez umas anotações, em boa parte sem olhar para o bloco.

– Viu mais alguém lá? Quando a encontrou?

– Não havia ninguém.

– E você estava sozinha?

– Isso mesmo.

– Alguma ideia de que horas eram?

– Difícil dizer. Eu não estava olhando. Eu devia estar no clube já há umas duas horas quando o vi.

– Veio ao clube com alguém ontem à noite? – Depois que ela meneou a cabeça, Butch disse: – Pode nos dar o nome das pessoas com quem conversou enquanto estava aqui? Você sabe, alguém que possa nos dar uma ideia de quando chegou e quando foi embora?

O maxilar dela se cerrou.

– O que, exatamente, está sugerindo?

– Absolutamente nada. Só estou pensando se não há ninguém que tenha dado uma olhada no relógio ou no celular enquanto conversava com você, para que possamos ter uma ideia do período em que as coisas aconteceram.

– Não conversei com ninguém. Nunca converso.

– Então por que estava aqui?

Os olhos de Helania se acenderam de raiva.

– Sou adulta e não sou uma fêmea *ehnclausurada*. Posso ir aonde bem quiser.

– Desculpe. – Butch tocou o meio do peito em sinal de desculpas. – Isso soou errado. E não tive a intenção de sugerir que você estivesse envolvida em machucá-la.

– Terminamos?

– Claro, podemos terminar. – O Irmão virou a página e escreveu algo. Arrancando a folha, estendeu-a a Helania. – Este é o meu número. Vou permanecer em contato e quero que faça o mesmo. Deduzo que o número do qual ligou para nosso serviço é do seu celular. Conseguiremos falar com você nele?

Helania se inclinou adiante para pegar o papel, o pulso estreito aparecendo debaixo da manga do manto.

– Sim, é. E você consegue, sim.

– Telefonei algumas vezes esta noite.

– Eu estava aqui, e ele estava no silencioso.

Butch assentiu.

– Caso se recorde de algo, avise.

Helania enfiou o papel em algum lugar dentro do manto. Depois se levantou da cadeira, Butch fez o mesmo e algumas coisas foram ditas. Quando Boone se pôs de pé, não conseguia acompanhar a conversa. Estava ocupado demais desejando que a fêmea olhasse para ele uma última vez.

E ela o fez.

Citrinos. Ela tinha olhos como aquelas pedras ensolaradas, profundos, misteriosos… irresistíveis. Era fácil demais se perder neles.

– Meu nome é Boone – deixou escapar. O que foi uma idiotice. Como se já não tivesse dito isso antes. Duas vezes. Ou já tinham sido três, pelo amor de Deus.

Ela só assentiu. Ou, pelo menos, ele achou que sim. Em seguida, ela voltou a levantar o capuz sobre os cabelos espetaculares e andou em direção ao clube, o corpo magro desaparecendo na multidão.

Ela deveria estar indo embora, Boone pensou. *E não voltando para dentro.*

– Venha – Butch disse. – Temos que dirigir até a clínica de Havers em seguida. Antes de encontrarmos o seu primo perto do alvorecer.

Levou um tempinho ainda para Boone se virar, e quando os dois saíram do clube, ele sentiu como se estivesse deixando uma parte crucial do seu bem-estar para trás. A necessidade de dar meia-volta era esmagadora.

Disse a si mesmo que pelo menos ela sabia como mirar uma arma.

Estavam quase a meio caminho do carro – e, sim, Butch tinha razão, o R8 ainda estava ali – quando o Irmão parou no meio da rua. Boone ainda deu mais uns dois passos antes de se virar na neve, imaginando que o Irmão estivesse verificando alguma chamada ou mensagem no celular.

Errado.

Os olhos castanho-esverdeados estavam fixos nele.

– Cuidado, filho. Ela pode estar metida nisso, pouco ou muito. Você não tem como saber.

– O quê? – Boone franziu o cenho. – Ela nos avisou sobre o corpo. E você disse que ela não estava em apuros.

– Qualquer coisa que eu disse lá foi para fazê-la falar. Não confunda interrogatório com sinceridade, mesmo que a pessoa com quem estejamos falando faça isso. A primeira regra num homicídio é que você não confia numa testemunha, numa pessoa com qualquer tipo de interesse ou em um suspeito até ter corroboração ou provas de que a história confere. Não importa a aparência da pessoa.

– Mas por que ela teria telefonado se estivesse envolvida no crime?

– Não é problema nosso a esta altura. Só precisamos nos ater aos fatos. – Butch apontou para trás do ombro. – Aquela fêmea telefonou para nossa linha de emergência na noite em que nossa vítima foi pendurada pela parte posterior do crânio com o que provavelmente era um gancho de açougueiro, como um pedaço de carne. É a única coisa que sabemos com certeza sobre qualquer coisa até agora...

– Ela não fez isso.

Butch lançou-lhe um olhar de poupe-me.

– Como sabe disso? Por causa da cor dos cabelos dela? Ou por conta daqueles olhos que você ficou tentando interceptar?

Quando Boone bateu a bota na neve e imprecou, Butch meneou a cabeça.

– Olha só, não estou chamando a sua atenção nem nada assim. Esta é a primeira vez em que se encontra numa situação assim, portanto não é surpresa que precise de treinamento. Só preciso que fique com a cabeça no lugar certo. Eu já vi muito mais coisas do que você nesse tipo de merda. Sugiro muito que aceite meu conselho... e se não puder? Sem problemas, mas você não estará mais envolvido nesta investigação. Estamos entendidos?

Boone abriu a boca, com a intenção de mencionar o quanto Helania estava perturbada com tudo. O quanto, evidentemente, estava traumatizada. Como ela...

... tinha lindos olhos citrinos e cabelos que faziam com que ele quisesse passar os dedos por eles.

Fechando a boca, manteve a torrente de imprecações para si.

– Ei – disse Butch –, perder o foco acontece com qualquer um. Ainda mais quando você nunca fez nada assim. Só preciso da sua cabeça no jogo, entendeu?

Quando Boone assentiu, os dois voltaram a andar. E, quando ele enfiou as mãos frias nos bolsos da jaqueta de couro, decidiu que uma coisa a respeito de Helania era certa. Tirando o fato de ela não ser, definitiva e certamente, a assassina.

Ele voltaria a vê-la.

De um jeito ou de outro.

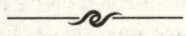

As instalações médicas da raça ficavam do outro lado do rio, um labirinto enorme subterrâneo de unidades de tratamento enterrado sob campos planos de terras de plantio, cercada por um perímetro de floresta. Havia quatro entradas para o lugar: uma na fazenda em si – que servia de fachada como operação para o mundo humano – e mais outros três quiosques espalhados pela propriedade em meio a pinheiros.

Quando Boone se materializou diante do quiosque oeste, não tinha nenhuma familiaridade com o centro médico. Como aristocrata, antes de se juntar ao centro de treinamento da Irmandade, estivera acostumado às visitas domiciliares de Havers se alguém precisasse de cuidados. Agora, como *trainee*, era tratado pela equipe particular dos Irmãos na própria clínica. Além do mais, se a memória não lhe falhava, esse lugar era novo, uma instalação aprimorada, inaugurada depois dos ataques.

Butch se reconstituiu ao seu lado e inseriu a senha num teclado acoplado ao lado da sólida porta de aço. Depois que a trava se soltou, os dois entraram numa saleta estreita, cujo ponto focal era um par de portas de elevador fechadas.

– Pronto para isso? – perguntou o Irmão.

– Estou – respondeu Boone, apesar de não ter certeza se estava.

Butch apertou o único botão na parede para chamar o elevador. Quando as portas se abriram, os dois entraram e depois foi como se a música tema de *Jeopardy!* tocasse durante a descida. Ao fim do curto trajeto até o centro da terra, ele e Butch saíram para um corredor imaculado. Olhando à esquerda e à direita, Boone viu todo tipo de placa de indicação, mas nenhuma delas apontava para o lugar a que precisavam ir.

– Vamos por aqui – Butch anunciou sério. – É meio longe.

Boone acompanhou Butch, e os dois seguiram em silêncio, virando em corredores e continuando em frente. Não havia motivo para perguntar como Butch sabia onde ficava o necrotério, e o fato de essa parte específica das instalações ficar fora do caminho pareceu-lhe apropriado visto que Havers e sua equipe se dedicavam a preservar vidas. Também fazia sentido que não houvesse placas de indicação. Ao contrário das várias setas indicadoras que mostravam Radiologia, Cirurgia Ambulatória, Serviços de Emergência e coisas do tipo, não havia nada sobre o local para onde os mortos eram levados e estocados.

Tinha-se que imaginar que essa discrição fosse proposital. Não havia motivos para lembrar os pacientes e familiares que, às vezes, as pessoas não saem pela porta da frente, por assim dizer.

Dito isso… Os restos mortais de seu pai tinham sido levados até ali.

Tinham sido cremados ali. A pedido de Boone como seu parente mais próximo.

Depois de mais cinco minutos de caminhada, Butch os conduziu até uma virada final, e foi nessa hora que o odor sutil e artificialmente doce de formaldeído floresceu no ar. E lá estava, logo adiante, um par de portas não identificadas, e Boone soube que tinham chegado ao destino deles.

Quando chegaram às portas do necrotério, Butch foi à frente e segurou a porta aberta. Boone, por sua vez, parou de pronto. E não conseguiu ir adiante.

– O que foi, filho? – perguntou o Irmão baixinho. – Você está bem?

Era difícil dizer as palavras em voz alta. Ainda mais para um macho que respeitava.

– É… é errado que eu não tenha pedido para ver o corpo dele?

Não havia motivo para especificar quem era o "ele" a quem se referia.

– Não, Boone. Não é errado. Às vezes é melhor não ver certas coisas.

– Mandei que o cremassem. – Concentrou-se no Irmão. – Só não queria que ele voltasse, entende? Não queria… isso. Apesar de estar sendo paranoico, não? Quero dizer, ninguém retornou à vida uma segunda vez depois de…

Depois de ter levado um tiro no lobo frontal à queima-roupa com uma bala recheada com água da fonte sagrada da Virgem Escriba.

De alguma forma, ele era incapaz de colocar isso em palavras. A boa notícia era que o Irmão não parecia precisar que isso lhe fosse soletrado.

– Você fez o certo – Butch disse baixinho. – Qualquer coisa que torne isso mais fácil para você é o certo.

– Nada disso, no fim, é fácil. Não enquanto meu pai estava vivo nem agora com ele morto. Minha fantasia não aconteceu como pensei que seria quando eu era jovem e vingativo.

– Sofrer por um relacionamento complicado pode ser mais difícil do que um que lhe fazia bem. Quer esperar aqui enquanto eu…

– Não, eu vou com você. – Inspirou fundo e tomou coragem. – Vou ser profissional em relação a isso.

Passando pela porta aberta, olhou para uma sala acarpetada mais parecida com um escritório do que com uma clínica mortuária: havia mesas e computadores, prateleiras do teto ao chão, arquivos codificados bem como uma mesa de reuniões com fotografias depositadas sobre a superfície polida. Não queria dar atenção a elas.

Na parede oposta, havia outras portas duplas – e o fato de não haver janelas nelas? Devia ser ali que os cadáveres eram mantidos.

– Ele mesmo é quem faz as autópsias? – perguntou. – Quero dizer, Havers?

– Sim, sou eu quem faz.

Boone se virou. O curandeiro de longa data da raça entrava pelo corredor externo, os óculos de armação de casco de tartaruga, a gravata-borboleta e o jaleco branco algo saído de uma faculdade de medicina de primeira. Talvez da virada do século anterior.

– Rexboone. – O macho se aproximou e lhe estendeu a palma. – Minhas sinceras condolências pelo falecimento de seu pai. Conheci Altamere muito bem e sempre o considerei uma companhia das mais agradáveis. Sua ausência será muito sentida.

Boone apertou a mão estendida e produziu o que esperava ser um murmúrio de agradecimento adequado. O fato de Havers ter uma boa opinião sobre seu pai fazia sentido. O curandeiro da raça era da *glymera* e ao agrado de Altamere: rico, bem-educado, proveniente de uma boa linhagem. Não se admirava que tivessem se dado bem.

– Se estiver pronto para receber a urna dele – disse Havers. – Eu a preparei para você.

Boone piscou.

– Ah... sim. Obrigado, eu levo.

– Muito bem. Depois que tivermos concluído esta triste história, então.

Havers se virou para Butch. Conversaram sobre a vítima, e depois Butch assinou uma espécie de formulário. Nesse meio-tempo, Boone estava mais do que ciente do coração batendo forte e da boca seca – embora não por causa do homicídio.

Mas, convenhamos, era como se esperasse que o fantasma de Altamere empurrasse a tampa da caixa de lata, aparecesse pelo corredor vindo sabe-se lá de qual prateleira em que tinha sido colocado e se mostrasse todo irritado por conta da cremação.

Cinzas eram muito melhores do que um cadáver de smoking aparecendo para a Última Refeição e pedindo mais uma rodada de uísque...

Com uma imprecação silenciosa, Boone se forçou a se concentrar novamente enquanto Havers abria uma das metades do par de portas. O cheiro de formaldeído quintuplicou. Enquanto Butch entrava na área de exames com o médico, Boone se obrigou a segui-los. Não foi muito além do lado interno do batente.

Havia quatro estações de trabalho na sala de azulejos do teto ao chão, cada uma delas dominada por uma bancada de aço inoxidável da altura do quadril com uma pia numa das pontas, um ralo no meio e um sistema de metais e cabos elétricos debaixo delas. Mesas com rodinhas estavam no local com o que ele imaginava serem instrumentos e amostras de tecido, além de uma balança pendurada para pesar órgãos, caixas iluminadas penduradas para as chapas de raio-X e resultados de exames de imagens, de forma que se pudesse fazer tudo num só lugar.

Nenhum gasto fora poupado. Ali não havia nada de segunda mão.

Nem corpos sobre as mesas, tampouco. Graças a Deus.

– Ela está logo ali – murmurou Havers.

"Logo ali" era uma unidade refrigeradora com duas dúzias de portas de um metro por um metro e vinte empilhadas de duas em duas com suas faces de aço inoxidável. E, quando Butch se adiantou, Boone ficou beeem para trás enquanto Havers destrancava um compartimento da parte de cima.

O médico puxou a prateleira deslizante, e Boone parou de respirar.

A fêmea nua estava deitada de costas com a cabeça num apoio na nuca, os braços ao longo do corpo e as pernas esticadas com os pés pensos para a esquerda e para a direita. Os cabelos escuros sujos estavam grupados ao crânio, e a pele era uma mortalha cinza com hematomas espalhados. Sangue, seco e craquelado, cobria boa parte do tronco, e o gancho de açougueiro que o deixara nauseado quando estivera olhando as fotos no celular de Butch ainda estava no lugar, apoiado no bloco.

Como se fosse algo intrínseco a ela desde sempre.

Boone baixou os olhos em sinal de respeito. E também porque a ânsia começava a forçar o fundo da garganta.

— Estamos com a peruca e a máscara que ela usava — Havers disse com suavidade.

— Sim, vimos as fotos da cena do crime. — Butch emitiu um *hum* ao se inclinar para perto. — Venha aqui, Boone. Consegue ver onde a garganta foi cortada? Cortes bilaterais nos punhos também. Ela ainda devia estar viva quando foi pendurada, a julgar pelo sangue vertido no piso de concreto abaixo dela.

— Tenho que concordar com essa avaliação — disse Havers. — Não executei um exame extensivo dos restos mortais, mas a entrada do gancho foi limpa, o que sugere que ela não estava consciente ou estava em choque quando isso foi feito. Ela não se defendeu. Mas você está certo. Pelo volume de sangue perdido, o coração dela ainda bateu por um tempo depois que ela foi pendurada.

— Aqui do lado — Butch comentou ao mudar de posição —, você consegue ver por onde ela foi arrastada no chão áspero. — O Irmão se endireitou. — Daí ele a cortou. Arrastou-a. Inseriu o gancho e a agarrou aqui… e aqui… — Butch fez que apoiava as mãos na parte superior dos braços dela, exatamente onde havia uma série de hematomas bilaterais, parecendo pontas de dedos. — Para erguê-la. Depois disso, ela continuou a sangrar.

Enquanto Boone se concentrava nas marcas preto-azuladas, a raiva que sentira ao ouvir pela primeira vez a ligação gravada de Helania voltou com tudo. A ideia de que alguém tivesse feito isso a essa fêmea... ferindo-a dessa forma... matando-a desse jeito... deixou-o verdadeiramente furioso.

— Sabe se ela teve relações sexuais? — Butch perguntou.

Havers inclinou a cabeça.

— Acredito que tenha tido, mas não sei a esta altura se foi antes ou depois da morte. Como disse antes, fiz apenas um exame preliminar.

— Preciso que me responda a essa pergunta.

— Temo que, até encontrarmos a família, não me sinta confortável em realizar a autópsia.

— Talvez tenha que superar esse sentimento. — Butch olhou para o médico por cima do corpo. — Não podemos esperar muito porque o rastro do assassino dela pode estar esfriando ainda enquanto conversamos aqui.

Boone tossira ante a menção de sexo, mas enquanto o médico e o Irmão continuavam conversando, ele começou a olhar para o corpo de maneira diferente, vendo as marcas em sua pele, os ferimentos, as partes inchadas, as fontes de informação, em vez de...

— O que é isso debaixo da pele dela? — perguntou, apontando.

Na parte de cima de um dos braços, parecia haver uma farpa de algo escuro debaixo da pele acinzentada. Devia ter apenas um centímetro de comprimento, no máximo, e era fina como um grafite — e parecia ter entrado num ângulo na pele.

— Não sei — disse Butch ao se inclinar para baixo. — Havers, pode tirar isso dela, seja lá o que for?

— Claro. Só um instante.

Butch pegou o celular e tirou uma série de fotografias, não apenas daquele ponto discreto, mas de outros, como o gancho, os hematomas nos braços, o esfolado na lateral, nos joelhos e nas canelas. Nesse meio-tempo, Havers voltou com um bisturi e um pratinho coletor de tecido. Depois de cortar a pele, puxou o objeto com a ponta da lâmina.

— Parece um fragmento minúsculo de unha — observou ao colocar o que quer que fosse num recipiente de plástico.

A coisa produziu um som de impacto suave, um *plunc*, ao aterrissar.

— Parece — Butch comentou ao olhar dentro do frasco. — Talvez seja do local, quando ele a arrastou para onde a penduraria. Havia muito entulho naquele depósito.

— Prefere ficar com isto? — Havers perguntou ao atarraxar uma tampa azul. — Preciso etiquetá-la antes, mas você está juntando as provas, não?

— Estou. E, sim, vou levar. Estou montando uma sala de investigação para este caso no centro de treinamento.

— Muito bem.

Depois que Havers apoiou o bisturi e escreveu na etiqueta com uma caneta dourada, o recipiente trocou de mãos, e Boone percebeu o silêncio constrangedor.

— Como está minha irmã? — Havers perguntou em voz baixa.

— Perfeita de todos os modos.

— Bom. Isso é… muito bom.

O Irmão assentiu para o corpo como se quisesse redirecionar a conversa.

— Avise-nos se alguém aparecer para identificá-la.

— Sim, farei isso.

— Se ninguém vier nas próximas vinte e quatro horas, vou ordenar que faça a autópsia. E, mesmo que alguém apareça, vamos fazer isso com ou sem o consentimento da família.

— Precisarei da assinatura do Rei. Seja qual for o caso.

— Farei com que a receba.

— Obrigado. — Havers olhou para Boone. — E, agora, gostaria de assinar a liberação da urna do seu pai?

Boone engoliu sua resposta sincera — porque preferiria deixar os restos mortais dele ali. Para sempre. Aceitá-los significava que não poderia evitar a Cerimônia do Fade, e a última coisa que queria fazer era se encontrar socialmente com um punhado de curiosos da *glymera*. Ou, em outras palavras, da família estendida.

Sem dúvida, todos já sabiam como o pai morrera. E todos iam querer aquecer o coração frio com uma fofoca imperdível.

— Sim — forçou-se a responder. — Levarei a urna para casa comigo.

Capítulo 9

Quando a luz do sol ameaçou surgir a leste, Boone entrou pela porta de entrada da casa do pai e fechou o painel pesado atrás de si. Em todo o entorno, as persianas das janelas começavam a descer, o zunido sutil em todos os cômodos formais sendo um som conhecido, com um suave clique quando travavam, mal audível acima do sibilo do antigo sistema de calefação inserido sob o assoalho.

O fato de ter uma urna de latão com as cinzas do pai debaixo do braço – como se a coisa fosse um jornal apanhado no gramado da frente – era outra distorção bizarra no modo como sua vida deveria estar se encaminhando.

Não que passar pela mesma porta depois de uma noite longa em campo para enfrentar o pai tivesse algum dia sido um piquenique. Mas a familiaridade não provocava apenas desdém. Às vezes formava os bibliocantos de sua vida, apoiando os volumes de ficção e não ficção igualmente para que permanecessem de pé e não caíssem das prateleiras.

Quando esses fatores limitadores são subitamente removidos, mesmo tendo sido desagradáveis, você se depara com uma situação desordenada que o abala.

Com isso em mente, preparou-se e correu o olhar até o lado oposto do vestíbulo. As portas do escritório do pai estavam abertas, e as paredes de nogueira cintilavam na luz amarelada do fogo que brilhava na lareira de mármore. Dirigindo-se para lá, encostou-se no batente da entrada, e seus olhos trafegaram pelas filas de livros com capas de couro que preenchiam as prateleiras. E pelos retratos a óleo de cavalos que Altamere possuíra no Antigo País. E pelas arandelas de latão e pelos dois candelabros que lançavam uma iluminação complementar àquela emanada pela lareira.

– Necessitava de algo.

As palavras, tecnicamente, eram uma pergunta. O tom, uma exigência desconfiada.

Boone olhou por sobre o ombro. Marquist se materializara do nada, ainda que, por existirem câmeras de segurança espalhadas pela casa, seu timing perfeitamente podre não era uma surpresa. O macho também voltara ao seu comportamento padrão. Em comparação à noite anterior, quando estivera evidentemente chocado com a notícia, o mordomo estava em perfeita forma, o terno bem passado abotoado, a camisa engomada branca e imaculada como a neve, a gravata apertada com tanta firmeza junto à garganta que era um milagre ele conseguir respirar.

Não havia mais mãos trêmulas. Desta vez, seu pano de polimento perene estava tão firme quanto sempre esteve.

– Não – respondeu. – Não necessito de nada.

Entrando no escritório do pai, fechou as portas deixando o macho do lado de fora delas, bem ciente de que isso seria uma declaração de guerra evidente. Mas os dois nunca se entenderam, certo? A morte não mudava algumas coisas.

Outras coisas a morte piorava.

Atravessando o tapete persa, Boone depositou a urna num dos cantos da escrivaninha da Era Jacobina, bem ao lado do abajur Tiffany e da escultura de cristal de um garanhão. Talvez as cinzas continuariam ali por um tempo, como qualquer outro vaso da sala. Nada dentro daquele receptáculo apodreceria, de todo modo.

Ao contrário do cadáver refrigerado daquela fêmea.

Com um peso se instalando nos ossos, Boone deu a volta na escrivaninha e se sentou à poltrona de couro do pai. Apoiando as mãos no mata-borrão, encarou o vazio.

Onde estaria o testamento?

A pergunta que vinha fervilhando em sua mente pelas últimas 24 horas – não, correção. Mais do que isso. Ele vinha se perguntando sobre isso pela última década, mas, mais especificamente, nos doze meses anteriores desde que fizera a ameaça quanto à sua paternidade, se o pai o deserdaria. Deixando o dinheiro, a casa e suas posses pessoais para outra pessoa.

Ou para um gato. Não que tivessem qualquer bicho de estimação.

Mas Altamere sempre fora um grande fã de Karl Lagerfeld.

Inclinando-se para o lado, Boone tentou puxar a gaveta de cima à esquerda. Trancada. O mesmo com as demais. Ao se endireitar, perguntou-se o que seria mais importante para o pai, seu decoro póstumo ou a vingança em relação a um possível erro de sua primeira *shellan* com outro macho...

A batida à porta foi breve.

Falando no diabo...

E Boone ponderou a ideia de não responder e ver até onde Marquist forçaria. Mas, maldição, estava cansado.

– Entre.

O mordomo afastou as portas e, quando o macho viu Boone sentado na poltrona do pai, a raiva que aflorou em seu rosto não pôde ser disfarçada.

– Diga uma coisa – disse Boone, ao se recostar na poltrona do pai, cruzando as pernas confortavelmente à altura do joelho. – Onde estão as chaves desta escrivaninha?

Uma máscara de profissionalismo abafou a hostilidade do mordomo, abafando suas emoções.

– Não sei.

– Há quanto tempo mesmo esteve encarregado desta casa? Era o braço direito de meu pai e não sabe onde estão as chaves? – Boone indicou atrás do ombro para uma pintura intitulada *Beleza evidente do grande campeão de Altamere*. – E quanto ao cofre atrás daquilo?

Quando o mordomo mostrou surpresa, Boone sorriu com inocência.

– Sim, eu sei que ele está ali. Vai me dizer que não sabe a combinação?

– Estes são aposentos particulares de seu pai...

– Meu pai está morto. São meus agora. Tudo debaixo deste teto é meu.

Havia uma possibilidade de isso ser mentira. Era uma boa ideia testar o mordomo para ver se ele sabia de algo, no entanto.

Os olhos de Marquist se estreitaram.

– Esta ainda é a casa do meu senhor.

Boone agarrou os braços da poltrona, pronto para se colocar de pé e expulsar o mordomo. Mas parou. Até que encontrasse o testamento, ele precisava manter o macho por perto – e havia um motivo maior para conduzir Marquist para uma falsa sensação de segurança: nunca entendera o relacionamento entre seu pai e o mordomo. Os dois foram mais próximos do que o senhor de uma casa e um criado deviam ter sido. Com a morte de Altamere, finalmente havia a oportunidade de chegar à razão por trás disso. E se houvesse transferências impróprias favorecendo Marquist? Presentes? Benefícios?

Então Boone estaria em posição de descobrir e recuperar as coisas. Não que se importasse com o valor monetário, mas por uma questão de princípios.

Também uma parte sua tinha esperanças de que o mordomo fizesse algo verdadeiramente estúpido.

Relaxando na poltrona, tamborilou os dedos no mata-borrão.

— Farei a Cerimônia do Fade duas horas antes do alvorecer de amanhã.

As sobrancelhas de Marquist se ergueram.

— Como isso pode ser possível? O correio não trabalha tão rápido assim e os convidados não…

— Convites eletrônicos são instantâneos. Num clique eles chegam às caixas de entrada das pessoas. Como mágica.

O horror evidente do mordomo fez Boone pensar no necrotério, onde estivera perto do corpo maltratado da fêmea. Aquilo sim era algo horrendo. A forma com que convites eram enviados para um punhado de pessoas? Mesmo que para uma Cerimônia do Fade? Não chegava nem aos pés.

Tente explicar isso a alguém que aprecia usar o decoro social como um porrete.

— Não pode estar falando sério — gaguejou Marquist.

— Não há por que esperar para realizar a cerimônia.

— Onde está o corpo agora…

— Cinzas.

— O quê?

— Mandei cremar o corpo e as cinzas estão bem aqui. — Ele se inclinou sobre a escrivaninha e deu uma batidinha na urna com a unha do indicador, e um sonzinho baixo foi produzido. — É com isto que faremos a Cerimônia do Fade.

Marquist encarou a urna, descrente. E, quando os olhos por fim retornaram para Boone, a ira neles foi uma surpresa. Quem havia de acreditar que o macho seria capaz de sentir isso?

— O seu pai *jamais* o aprovou.

Boone arquejou e levou a mão ao peito.

— Não… *Jura*? Deus meu, estou de coração partido. Durante todos esses anos pensei ser um filho-modelo. — Deixando a encenação de lado, fixou o olhar do outro lado da escrivaninha. – Acha que a opinião dele importa agora?

– Ele não merecia você.

– Nem eu a ele. Éramos uma maldição um para o outro, mas isso agora acabou. – Boone fez um gesto de dispensa com a mão. – Vá. Cansei desta conversa...

– Você *não* é o seu pai...

– E você pode deixar esta casa quando quiser. Assim que quiser. Na verdade, se continuar com esse tipo de atitude, eu o colocarei para fora tão rápido que vai ficar zonzo.

Do outro lado da cidade, num bairro de periferia em um prédio de apartamentos da década de 1970, Helania estava sentada sozinha no apartamento subterrâneo de dois quartos. Os humanos que moravam acima dela começavam o dia, os passos abafados percorrendo um circuito do que ela imaginava ser banheiro, quartos e cozinha.

A mesma planta do seu. Só que um dos seus quartos não era utilizado há oito meses.

O sofá em que estava era velho e gasto e, para disfarçar a idade do móvel, ela e Isobel tinham colocado uma colcha *king size* por cima dos assentos e braços. Havia almofadas com bordados de flores e plantas feitos à mão para se apoiar, embora nada daquilo fosse permanente. Sua loja na Etsy tinha um bom volume de trabalho, portanto havia um rodízio de mercadorias ali mesmo no apartamento. Assim como rolos de veludo e caixas de enchimentos e borlas.

Mas essa atividade extra ao seu trabalho de editora não era apenas uma forma agradável de complementar a renda. Foi o que a mantivera sã depois do assassinato da irmã.

Às vezes, a única coisa que a sustentava dentro da própria pele durante as horas do dia era preencher blocos coloridos com fios de lã, e a natureza repetitiva do bordado forçando sua mente a se concentrar em algo além do homicídio da irmã, de sua colega de apartamento, de sua melhor amiga.

De sua única amiga.

Virando-se, ela olhou para a porta fechada à esquerda do banheiro. Do outro lado, havia doze caixas de papelão de tamanhos variados, todas elas repletas das roupas de Isobel, de seus artigos de higiene, de suas lembranças, livros e...

Tirara os pertences de Isobel das paredes, das prateleiras, da cômoda também. Esvaziara o armário, as gavetas, o baú diante da cama. Despira a cama, empacotara os lençóis, dobrara as cobertas. Mas só chegara até aí. Tivera a intenção de doar tudo para a caridade. Ainda queria fazer isso.

Mas ainda não.

Talvez... nunca.

Era difícil se separar dos objetos inanimados que a irmã escolhera e usara, colecionara e mantivera. Por mais que se dissesse que nada daquilo era Isobel, e por mais que seu lado lógico acreditasse nisso, seu coração não cedia.

Era como se estivesse dando partes do seu corpo.

Esfregando os olhos cansados, voltou a se recostar no sofá e abaixou as pálpebras. Não demorou a visualizar aquele macho, aquele de cabelos escuros e roupas pretas com inflexão aristocrática na voz.

A imagem que invadia persistentemente seus pensamentos era a dele iluminado pelo feixe de luz entre os dois prédios, com a respiração saindo num vapor branco e o corpo grande de prontidão, com os olhos fixos na escuridão.

Direcionados a ela.

Quando voltaram para o clube e se sentaram naquelas cadeiras dobráveis com o Irmão, ele a encarou o tempo todo. Parte dela queria acreditar – precisava acreditar – que se devia apenas ao interrogatório, à investigação, ao trabalho que ele fora enviado pela Irmandade a fazer.

Uma obrigação profissional.

Mas outra parte dela, mais íntima, mais preocupante... ficou imaginando coisas nas quais não deveria estar pensando.

Como ele a fitar por outros motivos.

– Você *tem* que parar com isso – disse em voz alta.

No andar de cima ouviu-se uma batida, o que era bom. Era a porta da frente do apartamento dos humanos se fechando. Tudo ficaria mais tranquilo agora.

Outra imagem do macho pipocou em sua mente. Foi de quando o viu pela primeira vez no corredor do porão. Ele recuava do depósito em que a fêmea fora morta, a cabeça desviada do celular que segurava, os olhos fechados com força como se apagasse algo da mente.

Talvez a foto da fêmea assassinada.

Pode confiar em mim. Não vou feri-la...

Quando seu celular anunciou a chegada de uma mensagem, ela franziu o cenho e olhou de relance para o manto. O tecido negro estava pendurado num gancho, junto à parca e a capa de chuva amarela. Levantando-se, ficou imaginando quem estaria mandando mensagem para o número errado.

Não seria ninguém procurando por ela.

Seus pais estavam mortos. Sua irmã... também. Não havia parentes distantes. Quanto a amigos? Isobel era a sociável entre elas e, depois da sua morte, todas as pessoas que orbitaram ao redor do eixo carismático da irmã se afastaram em busca de outro sol ao qual circundar.

Talvez fosse a Irmandade.

Enfiou a mão no manto e pegou do bolso o celular descartável que usava. Era uma mensagem de número desconhecido:

> Só queria me desculpar por não ter lidado muito bem com a situação hoje à noite. Fiquei preocupado em tê-la deixado pouco à vontade por ter corrido atrás de você. Lamento muito. Por favor, não deixe que isso a impeça de compartilhar os fatos com Butch ou qualquer outra pessoa. Tudo o que importa é encontrarmos quem está matando essas fêmeas. Obrigado por ler isto, Boone.

Helania ficou imobilizada no lugar.

Depois olhou para onde estivera sentada e ficou imaginando se ele tinha, de alguma maneira, percebido que estivera pensando nele.

De volta ao sofá, leu a mensagem mais duas vezes, percebendo que, ao contrário das mensagens que costumava receber de Isobel, não havia abreviações. Nenhum emoji. Nem erros gramaticais. Mais se parecia com um e-mail. Ou uma carta escrita de próprio punho.

De repente, ela percebeu que estivera sentada inclinada à frente amparando o celular nas mãos.

Como se fosse fazer algo a respeito.

Como se fosse responder para ele.

Os batimentos cardíacos aumentaram, e ela sentiu um rubor subindo pelo rosto. Quando a ponta do dedo flutuou em direção à tela do celular, ela observou de longe.

Nada de mensagens. Nada disso.

O telefone estava chamando.

Levou o aparelho ao ouvido, chocada por ter feito a ligação. Não fazia ideia do que diria e do motivo de estar ligando para ele. Ainda mais por ser uma simples cidadã civil e ele, além de evidentemente pertencer à aristocracia, também estar afiliado à Irmandade da Adaga Negra...

– Alô – disse uma voz masculina do outro lado. – Alô?

Helania pigarreou.

– Olá.

Houve uma inspiração profunda.

– Helania?

– Recebi sua mensagem. – Como se ele não soubesse disso? – E eu... hum... – Correu o olhar pelo apartamento como se a mobília barata e a cozinha embutida pudessem lhe dar alguma sugestão silábica. – Eu só queria garantir que... Veja bem, a situação é constrangedora. Você não fez nada de mal. Eu só... é só difícil. Tudo isso é difícil.

Mais barulhos de algo se movendo. Definitivamente ele estava na cama e, caramba, ela de repente ficou imaginando como ele ficaria sem toda aquela roupa preta. Não *nu*, claro. Só em roupas normais. Jeans... camiseta...

Ai, droga. Estava imaginando o que ele usava para dormir. Ou se o fazia como viera ao mundo.

– Alô? – repetiu ele.

– Desculpe. – Helania meneou a cabeça. – Está tudo bem. Tudo está bem.

Ah, claro, pensou ela. Nada estava bem. Não o motivo de terem se conhecido nem tê-lo notado quando se conheceram... ou o que estava pensando neste exato momento.

– Nunca fiz nada assim antes – murmurou ele.

Olha só. Eu também nunca liguei para um macho do nada só para conversar. Ainda mais depois de conhecê-lo na cena de um crime.

– De que maneira está ligado à Irmandade? – perguntou de repente. – Acho que mencionou algo a respeito, mas não me lembro.

– Faço parte do programa de treinamento.

– Para a guerra?

– Sim, sou um soldado.

– Então você luta? – Ok, isso foi algo idiota de se perguntar. Mas, caramba. – Contra *redutores*?

– Dentre outras coisas – respondeu ele sucinto. – Estou afastado no momento.

– Porque está machucado? – Por algum motivo, isso fez sua ansiedade aumentar. O que era loucura, visto serem estranhos. O que lhe importava se ele estivesse ferido? – Desculpe, isso não é da minha conta...

– Não. Não estou ferido. – Fez-se uma pausa. – Meu pai morreu recentemente.

– Ah, não. – Helania se esqueceu de tudo a respeito de camas e o modo como as pessoas vêm ao mundo. – Lamento *muito*.

Fechando os olhos, quis saber a causa da morte com a mesma premência com que não o queria ferido pelo inimigo.

O que está acontecendo comigo?, perguntou-se.

E, puxa, era como se houvesse três pessoas naquele telefonema: ele, ela e sua voz interior que insistia em falar em sua cabeça.

– Ele foi morto na noite passada, pra falar a verdade. – Boone exalou profundamente. – Então é bem recente.

Helania se recostou no mar de almofadas bordadas.

– Não passou tempo nenhum.

– É verdade.

Era difícil acreditar que ele pudesse agir daquele jeito. Nas duas primeiras noites depois que Isobel fora para o Fade? Não houvera como ela lidar com nada. Diabos, tinha sido assim a primeira semana inteira. Ou mês, talvez.

– O que aconteceu? – ouviu-se perguntar.

Capítulo 10

A SUÍTE DE BOONE ficava na frente da casa do pai, e o conjunto de cômodos ocupava quase um quarto da extensão da mansão. Ele tinha uma sala de estar, um santuário interno sem janelas para dormir e um banheiro de ágata que sempre fora um dos seus lugares prediletos no mundo. Havia ainda uma pequena copa com um frigobar, micro-ondas, cafeteira e aparelhos similares.

Era um mundo por si só dentro do enorme universo da casa, e, quando esticou as pernas debaixo das cobertas e fitou as prateleiras tomadas pelas obras de Nietzsche, Hegel, Sartre e os grandes gregos, percebeu que nunca levara ninguém até ali.

Bem... até agora.

Sim, ele sabia que Helania não estava ali exatamente com ele. Mas, enquanto segurava o celular junto ao ouvido, sentiu como se aquela única faixa musical que vinha tocando estivesse se partindo.

Era como se ela estivesse ali com ele, em carne e osso... e ele gostou disso.

Mas voltando ao assunto.

— Pode me dar licença um instante? — pediu.

— Se não for uma boa hora...

— Não! — Ele se sentou tão rápido que derrubou o travesseiro na mesinha de cabeceira e teve que apanhar o abajur com a mão livre. — Quero dizer, não, não é isso. Só preciso de um segundo.

Foi apoiar o celular com a tela para baixo na mesinha de cabeceira, mas pensou melhor e o enfiou debaixo dos outros travesseiros. Em seguida, afastou as cobertas e saltou nu em pelo da cama. Seu corpo não gostou nada do frio, mas não foi esse o motivo de ele se apressar para o closet. Sentia como se estivesse passando pelado diante da fêmea, com suas partes íntimas à mostra, o rosto flamejando, com tudo o que viera ao mundo num desfile.

No closet, acendeu as luzes e apanhou de dentro de uma das gavetas embutidas uma calça de náilon e o moletom de Syracuse que Craeg lhe emprestara no mês anterior. De volta ao quarto, pulou na cama e enfiou a mão sob os travesseiros. Depois de tatear um pouco, agarrou o celular como se ele fosse se autodestruir caso não o pegasse logo.

– Helania? Alô?

– Oi. Ainda estou aqui.

Boone sentiu o rubor chegar ao rosto e ficou muito feliz por ela não conseguir vê-lo. E já ia se enfiando debaixo das cobertas – só para decidir que seria inapropriado. Voltando a saltar da cama, aterrissou no travesseiro caído, perdeu o equilíbrio e esticou um dos braços – chocando-se contra a parede ao mesmo tempo que batia a lateral do pé na mesinha de cabeceira.

– Boone? Tudo certo aí?

– Tudo... Tudo ótimo. – *CARALHO. Caralho. Caralhocaralhocaralho.* – Só bati... – *Todo o lado direito do meu corpo.* – ... o dedo do pé.

Ao diabo com arrumar os lençóis como se estivesse num leito hospitalar, resolveu. Naquele ritmo, se não acomodasse logo o traseiro, acabaria ligado a aparelhos de sustentação à vida, com uma concussão e o quadril fraturado.

– Não tive a intenção de ser invasiva – disse ela.

– Não. Está tudo bem.

Esticando-se sobre a colcha, ergueu o pé e inspecionou o estrago. Belo trabalho. Um pé de cabra não teria feito serviço melhor.

Pigarreando, disse:

– Só não estou acostumado a falar sobre a morte do meu pai, entende? Tudo parece surreal. Vim para casa hoje à noite e me sentei à sua escrivaninha pela primeira vez na vida. Fico na expectativa de acordar e encontrá-lo aqui.

– Você deve sentir muito a falta dele.

Abrindo a boca para responder com a verdade, resolveu deixar o assunto por ali mesmo. De alguma maneira, não achou que "infernos, não, estou muito feliz que esteja a sete palmos – ops, preenchendo sua urna" fosse ajudá-lo a causar uma boa primeira impressão.

Segunda impressão, na verdade. A primeira foi persegui-la até um beco escuro tal qual um perseguidor.

Precisava muito mesmo de uns conselhos dos caras do programa de treinamento sobre essa coisa de cortejar.

Voltou a se concentrar.

– Disseram-me que aconteceu muito rápido. Que ele não sofreu. E isso serviu de consolo.

– Quer dizer que não estava... lá.

– Não quando ele faleceu, não estava.

– Posso perguntar uma coisa?

– Tudo o que quiser.

– Você se sente responsável? Por não ter estado com ele, quero dizer? Mesmo que... não houvesse nada que pudesse ter feito?

Boone esfregou o meio do peito quando uma dor de repente aflorou transformando-se em algo com que estava se familiarizando – e com o que provavelmente teria que se acostumar. A culpa, como se via, tinha uma meia-vida como algo radioativo.

E uma ferroada igual a de quando se é apunhalado.

– Sou totalmente responsável – disse com secura.

– Sei qual é essa sensação.

– Quem você perdeu?

Quando ela não respondeu de imediato, pela sua cabeça passou o pensamento de que esperaria para sempre pela resposta dela. E, no instante que essa percepção foi notada, ele se lembrou do aviso de Butch: a verdade era que não sabia nada sobre essa fêmea, e tinham se conhecido em circunstâncias dramáticas e pouco habituais. Uma combinação de desejo masculino e muito drama provavelmente o fazia sentir uma conexão mais profunda do que de fato era.

Risque esse "provavelmente".

Depois de um bom tempo, ela sussurrou:

– A minha irmã.

Boone se sentou à frente, chegando a algumas conclusões.

– Conte-me.

Apesar de já saber. Ele *sabia* – e foi um alívio, de uma maneira trágica. Isso explicaria o motivo de ela estar no clube, atenta a outras fêmeas.

– Ela foi assassinada há oito meses – sussurrou Helania.

– No Pyre – insistiu ele, apesar de ter resolvido deixá-la seguir o próprio ritmo. – Ela foi assassinada no clube também, não foi?

Houve outro longo silêncio.

– Sim.

Boone fechou os olhos e agarrou o celular com força.

– Isso é simplesmente terrível – disse ele. – Não consigo sequer imaginar pelo que você passou. O que a sua família…

– Sou só eu. Isobel era tudo o que eu tinha. Nossos pais morreram nos anos 1950.

– Pode me contar o que aconteceu com ela? Estou perguntando como amigo, não como parte da investigação, juro…

– Tenho que desligar.

Boone praguejou para si, e teve que se esforçar para não pressioná-la.

– Eu entendo. É só que… se um dia quiser conversar, sabe onde me encontrar, certo?

Quando não houve resposta, percebeu que ela já tinha desligado.

A coisa que Butch mais gostava no Buraco eram as pessoas ali.

Ao se sentar no sofá de couro preto, com uma garrafa de Lagavulin na mesa de centro e um copo com gelo e uma dose contra a palma, sorriu para seu colega de apartamento. Vishous estava atrás dos seus Quatro Brinquedos, a fila de computadores e monitores, o tipo de coisa que poderia ser usada para aterrissar uma estação espacial sobre a cabeça de um alfinete no meio de um furacão.

Só para o caso de você estar entediado ou algo assim. E não tivesse nada de melhor para fazer do que salvar a humanidade.

Ele e V. tinham se mudado para a cocheira quando a Irmandade resolvera morar na grande mansão cinza do outro lado do pátio. E depois, quando ele se vinculou a Marissa e V. se acertara com a doutora Jane, seus dois quartos foram capazes de abrigar todos.

Além do guarda-roupa de Butch.

Ok, tudo bem, as formas de vida com base em carbono estavam bem acomodadas naquela configuração de quatro paredes. Suas roupas, por sua vez, tinham meio que sofrido uma metástase para fora do closet, indo para o corredor. Mas ninguém estava reclamando sobre o extremamente dispendioso e muito elegante risco de incêndio.

– Pra que esse sorriso – foi o resmungo por trás dos equipamentos de computador.

– Só estou de bom humor. – Butch rolou o Lag dentro do copo. – Sabe, tenho certeza de que já sentiu isso. Mas provavelmente o assustou.

– Não, abri mão disso na Quaresma.

– Você não é católico.

– Você me infectou. – V. se inclinou para trás e correu o olhar pelo entorno, observando os monitores. – Me transmitiu um tipo de mono-Papa-esmose.

– Esse tipo de piada é blasfêmia, mas, ainda pior, não é engraçada.

– Bem, pelo menos acho que consigo descobrir a causa de todos esses raios de sol e tal. Marissa ainda está na cama se recuperando?

– Espera, espera, não posso falar agora. – Butch pegou o pesado Jesus de ouro de trás da camisa de seda e apertou os olhos. – Estou rezando pela sua alma eterna.

– Não se dê ao trabalho.

– Qual é, não quer ir para o Paraíso?

– Eu não conheceria ninguém lá em cima. E não me venha com todo esse puritanismo religioso, ok? Não quero passar a eternidade sem você, portanto, precisa ir para o *Dhunhd* comigo.

– Eles têm Milk Duds lá?

– Sim, mas estarão todos derretidos. E estaremos cercados por fãs dos Yankees, evangelizadores de televisão, e não terá álcool.

– Encontraremos uma maneira de passar o tempo.

– Sempre conseguimos.

Butch tomou outra longa golada do copo e deixou sua onda de felicidade se espalhar. E, sim, era verdade, sua linda *shellan* de fato dormia depois de uma maratona de sexo que acontecera entre eles durante a Última Refeição, e a maratona deixara Marissa tão satisfeita que nem precisara de comida. E isso o fazia se sentir um bom marido. Ou *hellren*, para usar a palavra vampírica.

Apanhando o controle remoto, direcionou-o por cima da mesa de pebolim e ligou a tela plana. Não havia motivo para mudar de canal. A ESPN estava sempre sintonizada e fazia parecer que todos os outros canais tinham sido expulsos de uma briga de bar.

V. pigarreou de trás dos monitores.

– Seguinte, cometi um erro.

Deixa para pneus freando.

Butch inclinou a cabeça de modo a enxergar o cara.

– O que disse?

– Você me ouviu.

– Pronunciando a palavra que começa com E, hein? Deve ser algo sério. O que aconteceu? Tentou solucionar *pi* em doze mil dígitos e o dígito número 11.999 deu errado?

Os olhos diamantinos o fuzilaram.

– Estou falando sério.

Butch deixou a brincadeira de lado.

– Me conta.

V. digitou algo no teclado, e o olhar gélido foi de um lado a outro como se lesse algo em uma das telas. À medida que o silêncio se estendeu entre eles, Butch não teve problemas em esperar pelo cara. O Irmão não era lá muito de conversar, para início de conversa, a menos que estivesse exercitando seu direito constitucional de ser sarcástico. Nesse caso, era um tagarela absoluto. Mas no que se referia a algo remotamente emocional? Isso era difícil para ele.

– Estraguei a cena do crime no depósito daquele clube – murmurou V. – Não estraguei?

Butch piscou.

– Você tirou todas aquelas fotos antes.

– Mas não tomei cuidado depois disso. – Antes que Butch pudesse responder, ele prosseguiu: – Estava concentrado em tirar o corpo dali para levá-lo para a clínica de Havers antes do amanhecer e acabei bagunçando tudo. Foi só depois que você foi lá hoje à noite que percebi o que eu tinha feito… pisando em todo lugar, afastando coisas, chamando Zypher e Balthazar com todo aquele tamanho deles.

– Foi uma situação que evoluiu com rapidez. Muitas coisas estavam acontecendo.

– Não é desculpa. – Os olhos o fitaram de novo. – Dificultei o seu trabalho na investigação. Posso até ter impedido que você encontre quem fez aquilo. Isso é indesculpável.

Repensando no depósito, Butch não tinha como negar que deslocamentos substanciais tinham sido feitos na cena quando da remoção do corpo. Mas, por mais que ele quisesse ter um período adequado de quarentena para a investigação, eles nunca tinham discutido qual era o protocolo de atendimento a um caso de homicídio. Além do mais, havia circunstâncias atenuantes.

— A questão é a seguinte – disse ele –, há prioridades para nós que não existiam quando eu trabalhava no lado humano das coisas. Remover o corpo de lá era a principal diretiva. Você podia ter mexido menos nas coisas? Não sei. A maior parte do clube já estava vazia, pelo que me contou, mas ainda havia humanos no local. Não foi uma remoção segura, longe disso. Você fez o que tinha que fazer. Eu cuido do resto.

— Da próxima vez, se houver, ligo primeiro para você. Todos ligam primeiro para você.

— Combinado. – Butch franziu o cenho ao pensar no caso. – Sabe, estou com uma sensação ruim sobre tudo isso.

— Por quê?

Bebeu o que restava no copo e ficou girando o gelo. Girou e girou.

— Não sei, talvez por estar enferrujado quanto a esse tipo de trabalho.

— Abri meu coração. É a sua vez.

Butch deu um leve sorriso, pensando que isso era mais do que justo.

— Bem, acho mesmo que o assassino é um dos nossos. As vampiras são fortes. Seria necessário um tremendo de um humano para subjugar uma.

— Espere, pensei que tivesse dito que a fêmea que encontrou o corpo já tinha dito que a vítima esteve com um vampiro naquela noite.

— Estou tentando não me precipitar nas minhas conclusões.

— Inteligente. Ok, e se a vítima estivesse drogada? Um humano poderia levar vantagem com isso.

— É uma possibilidade. Havers vai fazer um exame toxicológico no corpo dela quando a autópsia for feita. Mas, mesmo assim, e aquele gancho de carne? É preciso muita força para empalar a base do crânio de alguém com aquilo.

— Talvez a pessoa tenha recebido ajuda. E se forem dois assassinos?

— Outra possibilidade. – Butch deu de ombros. – Não houve muita luta, isso eu posso afirmar. A minha vítima não brigou com o agressor. Então ou ela conhecia o assassino, ou estava comprometida. Examinei as unhas e as mãos dela, não havia nada ali. Não havia ferimentos de defesa do lado de fora dos braços nem nas juntas dos dedos.

— E se ela o quis, mas o sexo desandou?

— Isso definitivamente poderia ter acontecido.

– Acha que temos um assassino em série? – V. murmurou ao digitar mais algumas coisas e olhar para a tela.

– Três vítimas mortas no mesmo lugar no intervalo de um ano e meio. Eu diria que isso é suspeito. Você se lembra do que aconteceu com a primeira e a segunda vítimas?

– Sei da segunda. Recebemos um telefonema na noite seguinte e fomos lá. O corpo já tinha sido retirado por alguém e a cena estava fria, o telefonema tinha sido feito por um celular descartável que não consegui rastrear. Não havia corpo, nem o nome da pessoa que ligou, e ninguém alertou sobre um desaparecimento depois disso.

– Nenhum rastro.

– Cheguei a pensar que tivesse sido trote. Agora estou pensando que não foi o caso.

– E quanto à vítima número um?

– Foi uma humana. Encontrei um artigo no CCJ cerca de uma hora atrás. Vou mandar a matéria para você assim que terminar aqui.

Butch encarou a mesinha de centro sem ver o laptop, a revista *Sports Illustrated*, o saco de Doritos que trouxera da cozinha embutida junto ao uísque. Se houve três corpos no mesmo lugar, então sim, provavelmente lidavam com um assassino em série, mas, pensando bem, tinha em mente a explicação dada a Boone. Nada de conclusões precipitadas. Tudo devia ser exposto naquela fase da investigação.

– Só porque uma humana e duas de nossas fêmeas morreram naquele clube – disse ele em voz alta –, não quer dizer que tenham sido mortas pela mesma pessoa. Podem ou não ter sido. O que preciso é de mais informações sobre as duas outras mortes...

– Consegui.

Butch se inclinou adiante e se serviu de mais Lag.

– O quê?

– A gravação que recebemos sobre a morte ocorrida há oito meses.

Butch parou enquanto se servia.

– Espera aí, você tem isso gravado?

Sem despregar os olhos do monitor, V. suspendeu a sobrancelha em cuja têmpora tinha a tatuagem.

– Me dá só um segundo pra eu baixar a coisa.

Butch assobiou baixinho.

– Você é um gênio.

– Eu sei.

Um momento depois, o celular de Butch vibrou na mesa de centro. Abaixando a garrafa, apanhou o aparelho e olhou para a notificação na tela.

Um e-mail de Vishous com arquivo de áudio anexado.

– Está totalmente perdoado por ter mexido na cena do crime – Butch murmurou para o colega de apartamento.

V. acendeu um cigarro enrolado à mão e o corpo imenso se recostou na cadeira de couro.

– Se houver outra vez, vou cuidar da situação de maneira diferente. Tem a minha palavra.

– Espero que não haja, mas tenho a sensação de que não teremos essa sorte. – Butch acionou o áudio no alto-falante, inserindo a senha de acesso e esperando que começasse. – Não sei como encontrou, no meio de centenas de mensagens.

– Em seguida, vou investigar um pouco mais sobre a vítima humana. O assassino pode ter começado com eles e depois mudado para nós.

Butch abriu a boca para dizer algo, mas uma voz feminina soou no seu celular: *E-eu quero relatar uma morte. Um assassinato… um homicídio. No Pyre's Revyval, no centro. Aconteceu há duas noites. Uma fêmea. Ela… ela foi encontrada no andar de baixo por uns amigos. Ela foi levada… para fora do clube por eles… estava morta…*

– *Filhodamãe* – murmurou Butch.

– O que foi? – perguntou V.

– É a mesma fêmea. É a mesma que denunciou a morte de ontem à noite.

Capítulo 11

NA NOITE SEGUINTE, BOONE saiu de casa às nove. Tinha umas boas sete horas antes da Cerimônia do Fade do pai, e só um lugar para ir. Desmaterializando-se até o centro da cidade, retomou sua forma no lugar em que Butch estacionara o R8 na noite anterior. Com passos claudicantes, os coturnos cobriram a distância até a entrada do Pyre's Revyval, as biqueiras de aço reforçado das botas deixando uma marca na neve fresca caída durante o dia.

Ele teria corrido. Só que isso significaria estar desesperado.

Na verdade, sabia que estava desesperado, mas era o tipo de coisa que ele ficava mais do que feliz em manter para si, muito obrigado.

Bem, isso e seu tornozelo. No fim, o resultado foi mais do que um dedo batido quando saltou da cama e aterrissou de mau jeito naquele travesseiro. Mas não permitiria que um pouquinho de dor o retardasse.

Ao se aproximar da entrada do clube, viu a extensão da fila de espera e pensou em quantas pessoas sem dúvida já estavam lá dentro. Fantasiadas e mascaradas. Movendo-se na escuridão. Pelo menos poderia tentar localizar Helania pelo seu cheiro. Embora a pergunta mais importante fosse se ela queria ou não vê-lo. Ainda assim, existia um motivo oficial para ele estar ali, por assim dizer – e contara a Butch que viria para monitorar o local.

Não conseguiria viver consigo mesmo se aquela fêmea fosse a próxima vítima.

Deus, não conseguia tirar Helania da cabeça. Ao longo do dia, ficara deitado na cama sem conseguir dormir – recusando-se a bater punheta, porque isso lhe pareceu de muito mau gosto –, repassando a conversa que tiveram de frente para trás, repetidas vezes. Enquanto relembrava os "eu disse, ela disse", percebeu que a perda da irmã dela e a sua perda meio que os aproximavam: ele e essa desconhecida estavam unidos pelo fato de ambos estarem acorrentados pelo luto. Pela autorrecriminação. Pelo arrependimento.

Apesar de seus colegas de treinamento, os Irmãos e os lutadores terem todos entrado em contato, percebeu que o apoio deles era um eco de fontes distantes, algo do outro lado do vale, de uma cadeia de montanhas, do Grand Canyon. E não era que não tivesse apreciado as mensagens, os recados de voz… as confirmações para a Cerimônia do Fade no começo da noite.

As quais, P.S., foram recebidas por e-mail.

Porque o maldito correio sem papel funcionou muito bem para convites, Marquist, seu tolo.

Mas, sim, estava verdadeiramente grato por todas as palavras e demonstrações de amor de todos os envolvidos no programa de treinamento. Era só que… enquanto estivera ao telefone com Helania, não sentira que tinha que traduzir nada sobre o momento atual. Ela simplesmente parecia estar lá com ele. E ele precisava desse tipo de conexão intuitiva no momento, porque havia tanto que não entendia a respeito daquela situação em que se encontrava.

No que se referia a Altamere, esse sentimento triste, vazio que ele sentia toda vez em que pensava no pai não era nada que ele conseguisse determinar com exatidão – e talvez Helania pudesse levar um pouco de luz a isso. Mesmo tendo sido próxima à irmã, talvez ela também tivesse seções discordantes em seu luto. Poderiam conversar sobre isso. Tomando um café. Ao telefone. Mediante e-mails, cartas… sinais de fumaça ou pombos-correios.

Não se importava com o modo.

E caso ela não quisesse nada com ele? Bem, nesse caso, ele só ficaria nas sombras, certificando-se de ela não ser morta.

Ah… o romance.

Quando chegou ao início da fila, estava preparado para invadir a mente do segurança a fim de não ter que invadir o clube, mas não foi preciso mexer com os neurônios do humano.

– Ei, você voltou. – O humano abriu caminho. – Pode entrar.

Boone pensou que não se podia deixar de amar o controle das mentes. Ainda mais quando o efeito perdurava.

Passando diante da chapelaria, entrou no clube em si e perscrutou a multidão. Enquanto procurava por Helania, avaliou os homens, pulou as mulheres e tentou encontrar algum vampiro.

Tantos corpos. Tantos cheiros. O ambiente amplo do clube, juntando-se os pontos escurecidos, os perfumes, as fantasias e máscaras, tornaria aquilo mais difícil do que imaginou que seria...

Foi complicado determinar quando seus instintos se aguçaram com o reconhecimento, e, a julgar pelos estímulos visuais e olfativos, seria impossível isolar quem exatamente chamara sua atenção. Não Helania, ela não.

Mas alguém ali chamou sua atenção.

Boone deu liberdade total aos olhos para ir aonde queriam. E enquanto tentava determinar quem entrara em seu radar, seu telefone tocou dentro do bolso frontal do peito. Ignorou a primeira rodada de vibrações enquanto avançava em meio ao aperto de corpos. Quando o aparelho parou e voltou no mesmo instante a vibrar, ele praguejou e pegou o Samsung.

Era Butch ligando. Merda.

– Alô? – atendeu.

O Irmão foi direto ao ponto.

Assim como Boone:

– *Cacete.*

Helania se materializou na calçada diante da adorável casa antiga. O bairro era elegante, as outras casas amplas também afastadas da via estreita, os gramados extensos cobertos de neve com árvores grandes que, sem dúvida, seriam magníficas durante os meses mais quentes.

Caramba, as garagens dali eram maiores do que qualquer lugar em que ela já tinha morado.

Ao aprumar os ombros na calçada que dava acesso à entrada elegante e imponente, sentiu falta do manto. Uma vantagem de ir ao Pyre era que podia se proteger debaixo das dobras do tecido preto. Agora, na rua vestindo jeans, suéter e parca, sentia-se exposta.

A porta preta ampla e lustrosa se abriu e ela saltou para trás.

– Entre – o Irmão Butch a chamou com seu sotaque de Boston. – Está bem frio hoje.

O macho estava vestido com um casaco esportivo azul-escuro e uma camisa social rosa aberta no colarinho; as calças tinham uma estampa sutil. Ele parecia o proprietário da casa em vez de um guerreiro da espécie, mas ela não se deixou enganar. Encarara aqueles olhos dele.

Debaixo das vestes de um cavalheiro, ele tinha a alma de vingador, e mais do que um pouco de sabedoria advinda das ruas.

Aninhando-se em sua parca acolchoada, avançou pelo caminho limpo. Apesar de a neve ter sido empurrada com a pá e depois o caminho ter sido salpicado com sal, prestou atenção onde botava os pés, como se o piso fosse desnivelado.

Isso era mais fácil do que enfrentar os olhos do macho que a aguardava.

Os degraus para a mansão rangeram quando ela os galgou, e logo ela se viu no interior, parada num vestíbulo adorável, e as luzes amareladas, o calor dali de dentro e o aroma de delícias saídas do forno tão bom quanto um abraço.

Interessante as coisas que se notam quando se vive sozinha.

– Obrigado por ter vindo. – O Irmão apontou para trás do ombro. – Pensei que poderíamos conversar na sala de estar logo ali. Ou sei lá como chamam aquilo. Gostaria de algo para comer ou beber? Temos bolinhos recém-saídos do forno… os de cereja vão renovar sua fé em Deus, juro.

A ansiedade formigava na nuca de Helania e apertava o meio do seu peito.

– Comi antes de vir. Mas obrigada.

Era mentira e, por uma fração de segundo, ela olhou de relance para o Irmão, pensando que talvez ele tivesse um sexto sentido e conseguiria saber que ela mentira sobre a comida. Mas não havia como comer ou beber naquele momento. Seu estômago estava revirado como se houvesse uma mistura de concreto ali, e todo tipo de pedras proverbiais e cascalho giravam e giravam em seu abdômen.

Dito isso, ela tirou a parca antes que a recusa ao bolinho se tornasse um "vou vomitar neste belo tapete".

– Ok, avise se mudar de ideia.

O Irmão a conduziu para o que parecia ser uma sala de estar de um lado e algo maior com portas fechadas do outro.

– Então esta é a Casa de Audiências – murmurou.

– Sim. Imaginei que se sentiria mais segura aqui.

Do outro lado daquelas portas fechadas, ela ouvia o som grave de vozes masculinas, e ficou imaginando se seriam de outros membros da Irmandade da Adaga Negra. A ideia de que estava debaixo do mesmo teto de sequer um daqueles grandes machos a maravilhava. Enquanto crescia, tinha ouvido histórias que circulavam entre a espécie sobre os guerreiros famosos que protegiam a raça dos vampiros e o Rei, mas nenhum dos seus conhecidos jamais vira um deles.

Butch tinha razão. Ela se sentia segura ali e isso fazia diferença.

– Aqui estamos nós.

O Irmão indicou o caminho para uma sala parecida com um museu, com um retrato a óleo imenso de algum tipo de aristocrata pendurado na parede oposta, mobília linda e antiga, uma lareira feita de um espetacular mármore cheio de veios. Não estava surpresa com a opulência. Desde que Wrath, filho de Wrath, pai de Wrath, começara a receber os cidadãos civis para solucionar seus problemas, histórias da grandiosidade daquela casa se espalharam em meio à população civil.

Onde mais o Rei passaria seu tempo?

– Gostaria de se sentar aqui? – O Irmão apontou para uma poltrona forrada de seda.

Helania lançou um olhar para a lareira que não só emitia estalos joviais das achas de madeira e iluminação tremeluzente, mas também calor. Calor demais. O que não caía bem com um estômago revirado.

Passou a mão na testa úmida.

– Posso me sentar um pouco mais distante da lareira?

– Claro.

Quando parou numa poltrona virada num ângulo na ponta oposta do sofá, uma brisa fria a atingiu, e isso foi perfeito.

– Obrigada.

Enquanto Butch se acomodava no sofá, ela secretamente verificou quantas maneiras havia para escapar daquela sala. Havia portas duplas logo ali... a porta pela qual passaram... e janelas francesas logo atrás dela, que seriam sua melhor aposta por onde se desmaterializar – ou, em caso de emergência, dar uma de dublê de Hollywood.

Depois da morte violenta de Isobel, acostumou-se a procurar por rotas de fuga.

– Só vou fechar esta porta para que não sejamos perturbados. – O Irmão aproximou as portas duplas. – E quero que saiba que existem câmeras aqui... ali... e outra ali. Então tudo está sendo gravado... não porque eu ache que tenha feito qualquer coisa de errado, mas apenas porque faz parte do sistema de segurança da casa.

Onde está Boone?, perguntou-se.

Ainda que, levando-se em consideração o motivo de ela estar ali para conversar com o Irmão, parecia ridículo preocupar-se com o outro macho. Com o tom da voz dele em seu ouvido. Com a aparência dele na noite anterior.

Se voltaria a vê-lo ou não.

Não conseguia acreditar que praticamente desligara na cara dele. Fora incrivelmente rude, mas estivera perturbada. Não falara sobre a morte da irmã desde o acontecimento porque não tinha com quem conversar. Suas emoções levaram a melhor, uma tampa sendo erguida da confusão das suas emoções.

Nenhuma das quais agradável.

– Então, está de acordo em ser filmada? – perguntou o Irmão.

– Ah, desculpe, sim. – Pigarreou. – Descobriu algo?

O Irmão se inclinou para a frente das almofadas luxuosas, os cotovelos se apoiando nos joelhos. O olhar castanho-esverdeado foi direto, mas sua expressão estava relaxada – e ela ficou se perguntando se essa última era proposital para deixá-la à vontade.

Difícil de isso acontecer.

– Na verdade – disse ele –, tenho algumas perguntas adicionais a fazer...

O som de passos pesados interrompeu o Irmão, e os olhos penetrantes se desviaram para a porta que ele fechara.

Os painéis pesados de madeira foram abertos e Boone invadiu o cômodo como se estivesse prestes a aplicar manobras de ressuscitação em alguém, fazer o parto de um bebê e salvar uma ninhada de filhotes. Com o rosto corado e o corpo ainda na inércia do movimento apesar de ele já ter chegado ao seu destino, ele inspirou fundo uma vez. E de novo.

– Desculpeoatraso. – Tudo numa palavra só. E mais uma inspiração funda. – O trânsito está infernal.

Helania não teve a intenção de rir. Mas uma risada escapou pela garganta e flutuou para fora da boca antes que ela conseguisse contê-la. Era evidente que ele se desmaterializara de onde quer que tivesse estado e a ideia de que estivesse tão apressado para chegar ali?

Talvez encerrar o telefonema tão abruptamente não o tivesse ofendido tanto assim...

Ok, uau. Ele estava sorrindo para ela.

Abaixando a cabeça, tentou não parecer que corava. E logo ficou olhando para ele pela visão periférica. Hum... veja só. Cabelos pretos, roupas pretas, a altura e a largura dele... tudo era exatamente como se lembrava. Talvez até melhor. Talvez... mais atraente.

Ah, a quem tentava enganar? Tudo era exatamente muito melhor do que sua memória lhe servia.

E olha que ela não o visualizara corcunda e manco.

Falando nisso, ele estava...

– Você está mancando? – o Irmão perguntou.

– Não. – Boone fechou a porta. – Nem um pouco.

Quando ele claudicou para a frente, ela ficou obcecada com o fato de que estava na cara que ele machucara algo – e chegou a enfiar a mão no bolso atrás do telefone. O que não fazia sentido. O único número para o qual poderia ligar pedindo ajuda era a Irmandade, e eles *já* estavam com um Irmão.

Além do mais, a saúde e o bem-estar de Boone não eram da sua conta.

Com isso em mente, tentou se lembrar de que sua preocupação com o macho era um sintoma da solidão – e um sinal de alerta. Com a quantidade de vezes que repassara o telefonema entre eles mentalmente, palavra por palavra, ela tinha quase certeza de que desgastara partes e que seu cérebro vinha obedientemente preenchendo as partes erodidas, e a composição resultante se transformava mais no que ela queria acreditar dele do que na verdade ele era. O que era a natureza da atração inicial, certo? O frisson e o choque de consciência tendiam a ser mais sobre o objeto da busca do que no que de fato encontrou.

Só que... considerando que estava ali no mesmo cômodo que ela? Em vez de se deixar decepcionar pela aparência de Boone – como um leve desvio no nariz em vez da aquilina perfeição presumida, ou o topete numa posição estranha sobre a cabeça hesitante, ombros menos largos, peito mais estreito do que nas suas fantasias –, ela tinha que se forçar a não encará-lo fixamente.

Felizmente, ele conversava com Butch no momento, desculpando-se pelo atraso. E o Irmão o perdoava, apesar do tom sério.

Garota, você precisa se controlar, pensou. *Agora.*

Concentrando-se na mesa de centro baixa logo à frente, ela descobriu uma coleção de animais de cristal sobre ela, os ursos e coelhinhos e um cervo e esquilos todos barrigudinhos e com focinhos rechonchudos, com a luz da lareira atravessando-lhes os corpos e feições, fazendo o vidro parecer água.

O reflexo de Boone estava em cada um deles, como um caleidoscópio do macho, mas tudo era uma distorção da realidade, partes dele se expandindo e comprimindo alternadamente.

Estaria só solitária e tornando-o uma fantasia? Ainda que, se teve que fazer essa pergunta...

Helania não queria olhar para ele de novo.

Mas não conseguiu resistir ao impulso.

E ficou imaginando o que mais não conseguiria negar a ele.

Capítulo 12

Incrível como conhecer alguém significava conseguir interpretar tão bem as vibrações da pessoa.

Por exemplo, enquanto Boone lançava um olhar rápido para Butch, pôde dizer que o Irmão estava aborrecido. Era menos por conta da expressão, e mais pela aura do macho, um cheiro ruim que emanava dele sentado ali no sofá. Seria pelo fato de ter chegado atrasado? Ou pela quantidade de mensagens e telefonemas sem resposta enquanto estivera a caminho do clube?

Não podia ser porque ele estava animado em estar respirando o mesmo ar que Helania, e o Irmão captara isso.

Não. Ele estava de boa. Tranquilão.

Deu uma tossidela.

– Queira se sentar – Butch disse em um tom de voz seco. – Comigo. Aqui no sofá.

Isso não foi uma sugestão. Um "que tal". Um "por acaso gostaria". Estava mais para "faça o que eu digo ou lhe quebro as pernas".

Mas pelo menos o Irmão não o estava chutando porta afora. Um bônus.

Boone claudicou pela sala e aterrissou com a bunda no sofá como se fosse apagar um incêndio com ela. Cruzou as pernas. Descruzou-as. Depois começou a brincar de "agora eu te vejo, agora eu não te vejo" com Helania. Tinha quase certeza de que ela o fitou quando ele entrou na sala, embora, se o tivesse feito mesmo, não foi por muito tempo.

Mas o que ela fez *de fato*? Sorrira da sua piada idiota. Ela chegou a dar uma risadinha.

Nos recessos de sua mente, porque isso seria insano, ele resolveu que isso significava que eram totalmente compatíveis e destinados a ficarem juntos para sempre.

Isso mesmo, um simples erguer dos lábios dela e uma risada envergonhada eram sinais irrefutáveis de paixão e felicidade.

Dito isso, ele teve que recuar um pouco dessa sua vida fantasiosa.

Sentada naquela poltrona, com roupas normais, os cabelos presos numa trança e olhos citrinos abaixados para as esculturas Baccarat de cristal, ele não fazia ideia se ela se importava com a sua presença ali ou não. Se tinha dispensado dois pensamentos sobre a conversa que tiveram naquela manhã. Se aquele sorriso tinha sido de nervoso ou por tê-lo visto. Ele não conseguia interpretá-la.

Era um bom lembrete para ele que só porque os quatro minutos em que estiveram juntos ao telefone mudaram tudo para ele, isso não significava que aqueles 240 segundos foram percebidos do mesmo modo pela outra participante do telefonema.

– Então, o motivo de estarmos aqui – Butch disse a ela naquele seu tom de voz impassível – é que eu gostaria que ouvisse o telefonema anterior à central de despachos de emergências. Vai deixar que ele coloque para você?

Helania mudou de posição na poltrona, reajustando a parca no colo.

– Tudo bem.

O Irmão afastou o coelhinho de cristal e apoiou o celular nas duas patas dianteiras dele. Um momento depois, uma voz que Boone reconheceu de imediato saiu pelo alto-falante.

E-eu quero relatar uma morte. Um assassinato... um homicídio. No Pyre's Revyval, no centro. Aconteceu há duas noites. Uma fêmea. Ela... ela foi encontrada no andar de baixo por uns amigos. Ela foi levada... para fora do clube por eles... estava morta... Sons indistintos. *Ela foi... foi pendurada pelo pescoço num depósito e...*

A mão de Boone se esticou e parou a gravação.

– Já basta.

Quando os olhos do Irmão se viraram rápido para o *trainee*, ele meneou a cabeça.

– Ela sabe o que a gravação diz. Não precisa ouvi-la novamente.

Na poltrona, Helania se envolveu com os braços e fechou os olhos com força, a cor do rosto sumindo até se tornar de um pálido doentio.

Butch pegou o bloco de anotações.

– Era você?

Boone teve que se conter para não ralhar com o Irmão. Claro que era ela, porra... e Butch sabia muito bem disso.

– Sim – ela sussurrou. – Era eu.

Quando o celular de Butch tocou com uma chamada, o Irmão o silenciou e fez uma anotação.

– Pode nos contar o que aconteceu naquela noite?

Quando Helania não respondeu, Butch disse:

– Você é a única pessoa a quem podemos fazer perguntas a esta altura. Em duas das três mortes naquele clube no centro da cidade.

Ela abriu os olhos.

– Então foram três?

– Sim. A primeira foi uma humana, cerca de um ano e meio atrás. Estamos fazendo o possível para investigar isso. – O celular de Butch tocou de novo, e ele o silenciou pela segunda vez, enfiando o aparelho no bolso do peito do casaco esportivo. – Sei que é difícil, Helania. Sei disso...

– Não – ela disse rouca. – Não sabe.

– Então explique pra mim. – Butch juntou as mãos como se estivesse rezando. – Por favor.

O silêncio se seguiu no que pareceu ser para sempre. Mas, em seguida, Helania abriu a boca...

A batida à porta foi forte, exigente.

Butch praguejou e se levantou.

– Podem me dar licença? Vou dar um jeito nisso.

Enquanto o Irmão avançava a passos largos, era de dar pena em quem quer que estivesse do outro lado. Mas o drama não era algo que interessava a Boone.

Deixado a sós com Helania, concentrou-se nela.

– Lamento que tenha tido que ouvir a gravação.

Ele queria pegá-la nos braços. Protegê-la de tudo e qualquer coisa. Mas eram desconhecidos.

Butch voltou para a sala.

– Boone? Pode vir aqui?

Com um aceno, ele se levantou e foi até lá.

– O que foi?

O Irmão abaixou a voz.

– Havers quer que eu vá até a clínica. Uma família deu entrada com um chamado de pessoa desaparecida cuja descrição bate com a nossa vítima. Ele quer que eu lide com a possível identificação do corpo. Teremos que remarcar com Helania...

– Eu posso falar com ela. – Apressou-se antes que o Irmão rejeitasse a ideia. – Posso até gravar a conversa no meu celular. Olha só, ela já passou por muita coisa. Não precisa voltar aqui só porque você não confia no meu profissionalismo.

Butch olhou de relance ao redor dos ombros de Boone.

– Ok. Mas atenha-se aos fatos.

– Prometo. Não vou te desapontar.

Butch assentiu e se aproximou de Helania para se despedir. Em seguida, Boone fechava a porta atrás do outro macho.

Inspirando fundo, sentou-se no sofá onde o Irmão estivera.

– Você concorda em conversar comigo sobre isso?

Demorou um pouco até ela responder e, no silêncio, ele transformou isso numa situação de múltipla escolha: *A) Ao diabo, não, não quero ficar sozinha com você; B) Perdeu o juízo? Tenho que ir; C) Você tem ideia do que está fazendo ou está só seguindo a maré? e D)...*

– Na verdade, até prefiro fazer isto com você.

Ok. Uau. A sua opção "D" estava mais na linha: *Não sou uma celebridade, tire-me daqui.*

– Com a sua permissão, vou começar a gravar no meu celular, ok? – Viu, ele conseguia ser profissional. – Só para o Butch poder ouvir e, deste modo, talvez a sua parte esteja acabada aqui.

– Pensei que a sala estivesse gravando?

Boone olhou ao redor e viu câmeras de segurança em toda parte. Claro.

– Bem, é só mais uma precaução.

– Tudo bem.

Boone deixou o celular na mesa de centro e, depois de se certificar de que estivesse gravando, recostou-se.

– Pode me contar o que aconteceu? Leve o tempo de que precisar. Tenho a noite toda.

Helania ficou encarando o celular porque era mais fácil. Dava para saber que o aparelho estava gravando porque havia um contador no alto da tela em que os segundos se tornavam minutos.

Isto pode ser perda de tempo, pensou, visto que a voz parecia tê-la abandonado. Não queria mesmo falar sobre o pesadelo que se desenrolara oito meses antes e que ainda estava muito presente. Mas ligara para a Irmandade pedindo ajuda. O que achou que iria acontecer?

Mais precisamente, se queria deter quem estava matando aquelas fêmeas...

— Minha irmã, Isobel...

Quando o nome saiu pelos seus lábios, ela se viu mergulhada em tristeza e se viu calando uma vez mais enquanto as lembranças voltavam.

Pigarreou.

— Isobel não era como eu. Era extrovertida... Gostava de estar com as pessoas, e as pessoas gostavam de estar com ela. Ela tinha um namorado, e ia bastante ao Pyre com ele.

Boone franziu o cenho.

— Fale-me sobre o macho.

— Ela estava mais feliz com ele do que já a vi antes. Teve namorados de tempos em tempos, mas ele era diferente. Os olhos dela cintilavam quando falava dele.

— Qual o nome dele?

— Não sei. — Helania deu de ombros. — Nunca o conheci.

Quando a expressão de Boone ficou escondida atrás de uma máscara, ela meneou a cabeça.

— Não foi ele quem a matou. Conheço Isobel e ela jamais teria ficado com alguém abusivo. Além disso, ela estava sempre feliz quando falava dele. Mal podia esperar para reencontrá-lo.

— Ele era da espécie?

— Sim, era.

— Quanto tempo ficaram juntos?

— Ela me contou sobre ele pela primeira vez uns dois meses antes do assassinato, mas eu tinha a impressão de que ela devia estar saindo com ele um pouco antes disso.

— Quanto é esse "um pouco"?

Helania tirou a parca de cima do colo e a deixou no chão junto à poltrona.

– Deixe-me pensar... Ela o mencionou em algum momento em fevereiro do ano passado. Mas a disposição dela melhorou próximo às festividades humanas antes disso? Então, acho que eles começaram a sair talvez em dezembro. Mas é difícil precisar com certeza. Ela sempre foi muito sociável e, na maioria das noites, já saía com os amigos de todo modo. Mas, volto a repetir, algo mudou próximo às festas do ano passado. Ela estava diferente. De uma boa maneira.

– Você é próxima de algum dos amigos dela?

– Não de verdade. – Helania meneou a cabeça. – Eu costumo ficar em casa.

E isso lhe pareceu bem sem graça aos seus ouvidos.

– Acredita que algum dos amigos de Isobel estaria disposto a conversar comigo? Sobre o namorado?

– Repito, eu não passava muito tempo com ele, mas os perfis dela no Instagram e no Facebook ainda estão ativos porque não tive coragem de apagá-los. Alguns deles devem estar lá e eu poderia entrar em contato com eles.

– Isso seria ótimo.

Boone deu um leve sorriso, e o movimento sutil fez com que ela se concentrasse nos lábios dele. Ele tinha uma boca muito bonita, concluiu, o lábio inferior cheio, com certa proeminência no superior. Parecia macia...

– Então Isobel tinha um namorado – disse ele. – E, até onde você sabia, eles tinham um bom relacionamento.

Ok, ela precisava muito mesmo parar com aquele lance da boca.

– Isso.

– E ela o encontrava no Pyre. Eles iam a algum outro lugar? Ou ela ficava na casa dele?

– Não, na verdade, não. Não com frequência, quero dizer. Na maior parte dos dias ela ficava no nosso apartamento. – Abaixou os olhos para as mãos. – Acho que ela sentia que devia cuidar de mim. Um resquício de quando éramos pequenas.

Na época em que Helania era diferente e em desvantagem. E Isobel era sua defensora.

– Sua irmã parece ter sido uma fêmea de valor – disse Boone com suavidade.

– Ela era a melhor pessoa que já conheci.

Quando disse essas palavras, percebeu algo. Isobel ter morrido e ela continuar viva? Isso parecia um desperdício, e essa era parte da sua culpa.

– Conte-me sobre a noite em que ela morreu...

– Foi assassinada – corrigiu-o. – A noite em que ela foi assassinada.

Boone assentiu com gravidade.

– Conte-me o que aconteceu. E, como já disse, leve o tempo de que precisar. Não importa quanto tempo seja. Ficarei aqui até o amanhecer se precisarmos.

– Isso traz tudo de volta, entende. – De repente, Helania sentiu que o ar lhe faltava, e se sentou mais ereta, como se isso fosse dar mais espaço aos pulmões para se expandirem. – Traz... tudo de volta.

Enquanto ela tentava controlar as emoções, Boone continuou sentado no sofá ao lado da poltrona, com os olhos firmes, o corpo parado. No fim, a presença calma dele foi a única coisa que tornou possível para ela continuar.

Inalando fundo, ela sussurrou as palavras:

– Eram quatro da manhã quando eu a encontrei. Mas, pelo menos, tive tempo de ir vê-la.

– No Pyre?

– Não, na casa para a qual a levaram. Depois que foi encontrada no Pyre. – Helania revirou os dedos, entrelaçando-os e forçando-os a se soltarem.

– Ela tinha duas amigas que via sempre. Uma ela conheceu na escola de enfermagem. A outra é alguém com quem cruzou na noite. Eram as fêmeas que saíram para procurá-la naquela noite... e uma delas a encontrou.

Quando Helania se emocionou, Boone estendeu algo. Um lenço. E claro que tinha um monograma, conforme seria adequado à sua posição social. Ela quis recusar, mas não suportava chorar. Pelo amor de Deus, se não conseguia falar sobre a morte de Isobel sem se descontrolar, como diabos seria forte o bastante para encontrar seu assassino?

Aceitando o que lhe era oferecido, levou o tecido às bochechas.

– Obrigada.

– Gostaria de um pouco de água?

– Não, só quero acabar logo com isto. – Inspirou fundo de novo e voltou no tempo, nomes e rostos na cabeça, sílabas se misturando na garganta. – Naquela noite, Isobel... Isobel e as duas amigas foram ao

Pyre. Pelo que me disseram, as amigas a perderam no meio da multidão do clube. Quando chegou a hora de irem embora, não conseguiam encontrá-la e tentaram o celular dela. Disseram que chegaram a ir ao andar de baixo, mas não viram nada nem sentiram nenhum cheiro fora do comum. Foram para casa, acreditando que ela tivesse voltado para a casa delas, e se preocuparam quando não a encontraram.

— Então, como a encontraram?

— Uma delas voltou lá. Invadiu um dos depósitos e foi lá que... — Helania pressionou o lenço nos olhos que ardiam. — Foi lá que a fêmea encontrou Isobel pendurada no gancho do teto. A garganta dela fora... cortada. Ela estava dura, me disseram. Fria. A... fêmea que a encontrou chamou a outra amiga. Juntas, tiraram-na do lugar. Havia muitos humanos no clube, sabe. Não podiam deixá-la lá, ainda mais com o amanhecer chegando.

— Claro que não podiam.

Helania olhou de relance para o celular dele e os números continuaram a subir.

— Nunca vou esquecer a batida na porta do nosso apartamento. Quatro da manhã. Eu soube que algo de ruim tinha acontecido porque ninguém nunca vinha nos visitar. Isobel estava sempre fora. Bem, fui espiar no olho mágico... havia uma fêmea do outro lado e ela chorava. Abri a porta e faltou pouco para ela desmaiar em cima de mim. Precisei de três tentativas para tirar a história dela, e não sei se foi porque não estava ouvindo direito ou se porque ela não estava conseguindo falar. Em seguida, estávamos dirigindo até o outro lado da cidade. Nem me lembro do modelo do carro, mas foi bom ela ter um, porque estávamos ambas desestruturadas demais para nos desmaterializar.

Erguendo o olhar do celular sobre a mesa, concentrou-se no rosto de Boone.

— Senti o cheiro do sangue da minha irmã no carro. Foi o mesmo que usaram para retirá-la de lá.

Boone fechou os olhos e praguejou.

— Não consigo nem imaginar.

— Só continuei pensando: ela não pode estar morta. Ela não pode estar morta... não pode estar morta. Parecia tão... Quero dizer, Isobel era a pessoa mais vibrante que já conheci. Como alguém como ela podia não estar respirando?

Helania dobrou o lenço e enxugou o rosto. Ao inspirar, sentiu uma fragrância suave como se o quadrado de algodão tivesse sido lavado à mão com um produto tanto delicado quanto caro.

Prosseguiu:

– Fomos até uma casa. Uma casa bonita, não tão elegante quanto esta, mas mais retirada na estrada com muitos arbustos e uma garagem anexa. – Piscou e vislumbrou o lugar com a mesma clareza como se fosse naquele instante. – Por dentro ela era limpa, e a mobília era nova. Isobel… estava no chão da sala de estar, envolta em um tecido branco. Um lençol. Como uma múmia. Deitaram-na no piso de madeira. O cheiro do sangue dela era mais intenso e, mesmo envolvida daquele jeito, eu consegui ver uma mancha vermelha na parte de trás onde ficava a nuca. A amiga, aquela que a encontrou, e eu a lavamos para a Cerimônia do Fade. A outra amiga ficou mais para trás e assistiu. Ao cair da noite, nós três a levamos para um parque estadual com muitos pontos escondidos no meio das árvores. Era início de junho, então a terra estava fofa. A amiga que a encontrou e eu tínhamos pás. Cavamos 1,5 metro. Levamos horas. Nós a enterramos lá. Não sei quem chorou mais. – Helania mostrou as palmas. – Machuquei as mãos.

Boone se inclinou para perto.

– Você tem cicatrizes.

– Eu queria me lembrar de Isobel. – Helania inalou longa e lentamente. – Quando cheguei em casa, mergulhei as mãos em água salgada. Como um tributo.

Tracejou a rede de marcas que atravessavam a linha da vida, passando a ponta do dedo sobre o que restou de todas aquelas bolhas. Como vampira, qualquer ferimento na pele não só se repararia, como também se regeneraria, de modo que, costumeiramente, não restaria nada das feridas.

No entanto, um ferimento ou corte em contato com água salgada? As cicatrizes ficariam por toda a vida.

– Eu só queria honrá-la de alguma maneira.

– Claro que sim. Como poderia não ter feito isso?

Helania olhou para ele.

– É esse o motivo de eu estar indo ao clube. A razão de eu ter me preocupado com aquela fêmea na noite anterior. O porquê de eu ter ido atrás dela. Preciso descobrir quem fez isso com Isobel, e não quero que faça com ninguém mais... Já fracassei uma vez, ou você e eu não estaríamos conversando agora.

Boone franziu o cenho.

— Escute, Helania, não quero dizer que não sabe cuidar de si. Eu mesmo tive o cano da sua arma na cara, lembra? Mas, por favor, não banque a heroína à custa da própria segurança.

— Não vou deixar de ir ao Pyre — disse ela com firmeza.

— Não estou pedindo que faça isso. Apenas ligue para mim. A qualquer hora. Se vir algo, se achar que está em perigo, não hesite em me telefonar. Estarei lá num segundo.

Uma sensação estranha se espalhou pelo seu corpo, e precisou de um minuto para entender o que era. Com Isobel tomando conta dela, mesmo depois de ela ter passado pela transição, Helania sempre tivera alguém que a protegesse. Agora, Boone queria assumir o posto tragicamente vazio, e a ideia de ter alguém a quem procurar de novo a tranquilizava profundamente.

— Prometa — disse ele — que vai me ligar.

— Prometo. — Ouviu-se dizer. — É só isso? Em relação às perguntas.

Esfregando os olhos como se estivesse cansado, Boone pareceu ter que se concentrar.

— Na verdade, em relação ao namorado. Ele deu notícias depois da morte dela? Tentou ligar no celular dela, entrou em contato pelas redes sociais, com você ou com alguma das amigas?

— Não sei quanto às amigas dela. Deduzo que tenha tentado o celular, mas não sei onde ele está.

— Não está com o celular dela?

— Foi perdido naquela noite. — Quando Boone franziu o cenho e se recostou para trás, ela soube exatamente o que se passava na cabeça dele. — Não foi o namorado, estou te dizendo. Ela ficava animada toda vez que falava sobre ele. Nunca a vi tão feliz como naqueles últimos dois meses.

— Acredito em você. É só que... você não sabe o nome dele, nunca o conheceu, e ele não apareceu procurando por ela depois que ela desapareceu. Isso não parece estranho?

Helania queria argumentar, se opor a isso, mas a verdade era que muitas vezes se perguntara a mesma coisa. No entanto, duvidar do amor verdadeiro de Isobel lhe parecera desleal.

— Eu não fazia parte da turma dela. — Helania inspirou fundo. — E se ele tentou entrar em contato pelo telefone, eu não teria como saber, certo?

— E quanto às roupas que ela usava? Algo se salvou?

— A amiga me disse que jogaram fora porque estavam arruinadas.

— Você precisa muito falar com essas amigas. Qual o nome delas?

— Não sei o nome delas. Mas posso encontrá-las nas mídias sociais. Não consigo me esquecer do rosto delas.

— Isso seria de muita ajuda.

Helania se deixou cair contra a poltrona. Fechar os olhos era uma má ideia. O mundo começou a girar.

— Você está bem? — Boone perguntou.

— Estou um pouco tonta.

— Quando foi a última vez que comeu?

Helania forçou os olhos a abrirem enquanto tentava fazer o cálculo. Quando horas foram se somando e somando, ela franziu o cenho.

— Você precisa comer. — Boone esticou a mão e desligou o celular. — E eu também. Vamos fazer uma pausa e comemos a Primeira Refeição juntos.

Sua reação imediata teria sido se recusar, encerrar a reunião e voltar para casa a fim de se trocar. Ainda teria tempo de ir ao Pyre com folga até o amanhecer. Só que… bem quando a decisão de se ater ao plano original, encontrar o assassino, manter-se distante lhe ocorreu, do nada, ela visualizou a irmã.

Isobel sempre teve cabelos curtos e espetados, o ruivo ainda mais forte e brilhante sem os fios loiros que marcavam as longas ondulações dos de Helania. E tivera olhos azul-claros. De um tom brilhante e vivo como a cor de um tordo. E um sorriso largo e muito brilhante.

Até mesmo a cor da pele era mais vívida.

E acrescentando a tudo isso o riso dela? Isobel sempre fora cativante. Poucas vezes, Helania saíra com ela, observando meio de lado enquanto a irmã envolvia amigos e desconhecidos com seu charme, e se maravilhara com a presença da fêmea. Assim como todas as outras pessoas.

Tantas vezes durante os últimos oito meses Helania lamentou ter sido a sobrevivente. Isobel sempre foi melhor na arte de viver. Por que a reclusa teve que continuar no planeta? Pensando nisso, se a irmã tivesse recebido o convite para uma refeição com um macho agradável enquanto estava morrendo de fome? Ela não teria dito sim. Ela teria dito que era uma tremenda de uma boa ideia, e depois teria se certificado de que a conversa fosse ainda melhor do que a comida.

Helania olhou nos olhos de Boone. Eram olhos... lindos. Com cílios espessos. Profundos.

Pensou no corpo que encontrara na noite anterior. Se aquela fêmea tivesse sabido que morreria naquela noite, se soubesse a data da sua morte, o que teria feito diferente?

Estou viva, Helania pensou. *Neste instante, eu não estou morta.*

Então, estava mais do que na hora de começar a viver, não?

– Sim. – Ouviu-se responder. – Gostaria de comer com você. Mas onde? Aqui?

As sobrancelhas de Boone se ergueram, como se sua aceitação ao convite o surpreendesse. Só que ele logo se apressou.

– Os *doggens* estão ocupados servindo as pessoas daqui. Mas conheço um lugar maravilhoso para onde te levar. Você vai amar.

Capítulo 13

O Hotel Remington era um marco de Caldwell, um retorno aos "loucos anos 1920" que, de alguma maneira, sobreviveu à modernização do centro. Cercada por arranha-céus, a construção de trinta andares com duas alas era uma grande dama graciosa na companhia de robôs; seu pátio, o tipo de imagem que aparecia em toda propaganda turística da cidade. Era o tipo de lugar onde as pessoas tomavam chás aos domingos em suas melhores roupas, e casais ficavam noivos na sala principal, e havia suítes com placas nas portas indicando que o Presidente Taft se hospedara lá em 1911, Hemingway em 1956 e o Presidente Clinton em 1994.

Boone voltou a se materializar no beco ao lado do hotel e, por uma fração de segundo, enquanto ficava parado no frio sozinho, se perguntou se Helania mudaria de ideia e redirecionaria suas moléculas para algum outro lugar.

Mas, em seguida, ela apareceu do seu lado. Em carne e osso.

– Estou vestida casualmente – observou ela indicando a parca e os jeans.

Ele acenou para o próprio conjunto de couro.

– Eu também. É por isso que vamos ao Remi's.

Quando ele indicou a saída do beco, eles andaram juntos na direção dos carros que passavam pela rua East Main.

Diga alguma coisa, ele pensou. *Diga... alguma coisa...*

– Está se referindo ao filme?

Boone sacudiu a cabeça.

– O quê?

– "Diga alguma coisa." Você sabe, que nem no filme *Digam o que quiserem*, com John Cusack? – Quando ele lançou um olhar sem entender para Helania, ela explicou: – Tem aquela cena clássica dele segurando um *boom box* acima da cabeça e Peter Gabriel cantando. O que o fez pensar nele?

Humm, devia ter falado em voz alta.

– Ah, sim, claro... É um dos meus filmes prediletos.

– Meu também. – Ela deu uma risada de leve. – Um dos melhores de Cameron Crowe, em minha opinião. Também gosto de todos os filmes de John Hughes dos anos 1980. Tive uma paixonite eterna por Jake Ryan... A propósito, você está mesmo mancando.

Estava? Não conseguia sentir o rosto, muito menos as pernas – tampouco falar sobre representantes da cultura pop. Muito obrigado, The Weeknd, por sua canção "I can't feel my face".

– Como você se machucou? – perguntou ela. – Estava lutando?

– Sim. – Com um travesseiro que tinha uma tremenda luta de solo, como se pôde ver. – O inimigo quase me pegou de jeito.

Helania parou onde estava.

– Ah, meu Deus, está falando sério? Você consultou um médico...

– Desculpe, não. – Estendeu a palma da mão. – Olha só, eu queria te impressionar. Se te contar como aconteceu de verdade, vai achar que sou o maior energúmeno do planeta.

– Nem sei o que energúmeno quer dizer.

Enquanto ela o fitava, com aqueles enormes olhos amarelos tomando conta do rosto oval e mechas de cabelo ruivo e loiro flanando no vento e aquele rubor nas faces por causa do frio... ela era a coisa mais linda que ele já tinha visto na vida.

Todas as fêmeas aristocráticas em todos os vestidos de gala do mundo não chegavam aos seus pés.

– Está querendo dizer "boçal"? – ela sugeriu.

– Não ouço essa palavra há mil anos.

– Bem, sendo justa, foi você quem mencionou os anos 1980 primeiro. – Aquele leve sorriso, aquele que tanto amava, repuxou a boca dela de novo. – Conte-me como se machucou. Prometo que não vou julgar. Quero dizer, sou a pessoa mais socialmente inapta que você chegará a conhecer. Vivi uma vida inteira através dos filmes que assisti em casa. Posso citar cem mil falas de mil comédias românticas, mas se me pedir para conversar com alguém que não conheço? Eu congelo. Portanto, não estou na posição de julgar ninguém.

Quero te beijar, ele pensou. *Neste instante.*

– Quandoligounanoitepassadaeuestavapeladoenãoacheiapropriado entãocorriparaoclosetemevestiequandovolteiacabeitropeçandono travesseironãomeperguntecomoacabeibatendoodedodopée torciotornozelo.

Helania piscou. E depois riu alto.

– Desculpe, pode repetir isso?

– Pelado quando você ligou. Corri para me vestir. De volta pra cama, tropecei num travesseiro. Bati o dedo do pé, torci o tornozelo. Carta de macho revogada. Tragédia que segue.

Quando ela riu de novo, ele resolveu que faria aulas de *stand-up comedy*. Só para poder ouvir aquele som.

– Então você estava nu? – perguntou ela.

– É. – Muito bem, agora ele estava corando. – Não quis desrespeitá-la.

– Não estávamos no FaceTime. Não ia ver nada.

– Mas eu sabia que estava sem roupas.

Ele teve a intenção de manter o tom leve e engraçado. Mas algo em sua voz mudou, e ela percebeu no ato – porque aquele adorável sorriso abandonou seu semblante.

– Não sei como fazer isto – disse ela, rouca.

– Andar pelo beco, você quer dizer? – Ele tentou fazer com que a descontração voltasse. – Acho que está mais bem equipada do que eu para essa tarefa...

– Não. – Ela gesticulou entre os dois. – Isto.

No mesmo instante, Boone ficou sério.

– Então também está sentindo.

Os olhos dela foram para a parte aberta do beco onde o trânsito estava carregado, cheio de carros um atrás do outro. Algum jogo de basquete devia ter chegado ao fim, ele pensou. Ou um show. Uma apresentação.

Talvez tivesse sido um erro arrastá-la para o mundo dos humanos.

– Não quero que me interprete mal. – Ela balançou a cabeça. – Isobel faria algo assim. Não eu...

– É com você que quero partilhar uma refeição. Ninguém mais.

– Só não quero que tenha muita expectativa. Muitas vezes, antes até de perder Isobel, eu não me sentia bem com outras pessoas. É como uma engrenagem que não quer funcionar. Sempre foi assim, e não quero que pense que a culpa é sua. Eu sou meio diferente...

Boone esticou o braço e pegou na mão dela. No instante em que o contato foi feito, Helania se calou.

– Não estou esperando nada além de um jantar – disse ele. – Tem a minha palavra de honra.

Houve uma pausa. Depois da qual, aquele sorriso voltou ainda maior, e veja só, ele trouxe um amigo. Uma covinha apareceu, tão doce quanto possível, em uma das bochechas.

Dobrando um cotovelo, ele sorriu.

– Me dá a honra de acompanhá-la?

Abaixando a cabeça, ela passou o braço ao espaço que ele criou para ela, e depois seguiram andando pelo beco juntos novamente.

– Você tropeçou num travesseiro? – murmurou ela.

– Pelo menos foi depois de eu ter me vestido ou sabe lá Deus o que mais teria se machucado naquela mesinha de cabeceira.

O riso dela fez com que ele se sentisse mais alto e mais forte, apesar de suas dimensões físicas não terem se alterado.

E, veja só, Helania ainda sorria ao chegarem à rua Main e entrarem no famoso pátio do Remington. Graças às duas alas do hotel, havia um enorme calçadão a céu aberto ladeado pelas duas extensões de concreto, a entrada principal era um esteio majestoso com bandeiras penduradas e detalhes de *art déco*. Iluminado por antigas lamparinas a gás e marcado por filas de árvores circundadas por milhares de luzinhas de Natal, era um conto de fadas em meio ao anonimato de aço e asfalto do centro da cidade.

– Que beleza – disse ela ao olhar o entorno.

– Sim – ele murmurou, concentrando-se no rosto dela. – Você é.

Ela estava tão absorta pelo espetáculo que pareceu não tê-lo ouvido. Provavelmente era melhor assim. Logo abaixo da superfície havia uma intensidade que ele não queria lhe revelar. Ainda.

– É mágico. – Ela estendeu uma mão e parou pouco antes de tocar num dos troncos iluminados. – Algo saído de um livro.

– O hotel é famoso pelo seu pátio.

– Eu só tinha visto em fotos antes. – Ela parou e depois girou num pequeno círculo. – O brilho me lembra da luz do sol pouco antes da minha transição.

Ela tinha razão, ele pensou quando seguiu o exemplo dela e olhou ao redor. Todas aquelas lampadinhas lançavam uma luz contida e alegre semelhante a um pôr do sol de verão.

– Você também saía escondida da casa dos seus pais para olhar o sol?

– Isobel me disse que eu tinha que fazer isso. – Helania sorriu. – Ela disse que eu absolutamente tinha que ver o sol antes da minha transição. Como a mais velha de nós duas, ela já tinha passado pela dela e me mostrou como passar pelo porão da casa dos nossos pais, seguindo um espaço em que tinha que me rastejar para sair por uma antiga porta corta-tempestade.

– Sempre pensei que os humanos que fumam escondidos dos pais são como nós, sorrateiros, saindo para ver o sol.

– Exato. – Helania balançou a cabeça. – Não demorei muito. Era julho quando fiz isso e… sim, é isso o que a cor destas luzes me lembram. Foi pouco antes do pôr do sol que eu saí. Meus pais estavam preparando a Primeira Refeição, e Isobel os distraiu na cozinha. Nunca vou me esquecer da sensação do calor no meu rosto.

Boone lembrou as vezes em que ele e os primos se esgueiraram para assistir ao nascer e ao pôr do sol. Fizeram isso tantas vezes. Até quase passarem pela transição. Depois disso, tudo ficou diferente. Sem sol.

– Isobel teve tanto orgulho de mim. Me abraçou e me disse que eu tinha que repetir mais de uma vez. Mas isso era ela. Eu nunca mais saí.

– Você sente saudades dela.

– Todas as noites. – Helania olhou de relance para ele. – Deve sentir o mesmo pelo seu pai.

Boone deu de ombros.

– Com certeza percebi sua ausência.

Recomeçaram a andar, dirigindo-se para a entrada formal com suas portas de vidro e floreios de latão. Acima disso tudo, a bandeira americana, assim como a do estado de Nova York, do Reino Unido e da Espanha.

– Bem-vindos ao Remington – um porteiro uniformizado disse com um leve curvar.

– Obrigado – Boone respondeu quando o humano deu um empurrão na porta giratória para Helania passar primeiro.

Lá dentro, na recepção cavernosa, tudo era de mármore preto, com carpete dourado e prateado e acessórios de metal polido. Áreas com assentos dispostos ao redor de bases de colunas quadradas largas eram como presentes debaixo da árvore de Natal dos humanos, e funcionários discretamente vestidos sussurravam ao atender os hóspedes.

– Uau… – Helania voltou a desacelerar, com os olhos cintilando. – Que palácio.

– Por aqui. – Quando ele a segurou pela mão, sentiu a rede de cicatrizes e desejou ter podido ajudá-la a enterrar sua irmã. – O Remi's fica por aqui.

No canto oposto, havia cortinas pesadas de veludo à altura das de teatro com borlas douradas e, quando ele a puxou para além delas, as primeiras notas de jazz puderam ser ouvidas ao longe. A escada que surgiu tinha suas marcas, os degraus de mármore gastos em certos lugares pelo século de uso dos pés que por ali haviam passado. Nas paredes pretas lustrosas, centenas de fotografias antigas emolduradas de melindrosas e dândis dos anos 1920 e 1930 penduradas lado a lado, formando um mosaico de ladrilhos pretos e brancos.

No fundo, a música suave estava mais alta, e no posto do *maître d'stand*, Boone passou uma nota de cem ao cavalheiro e foi recompensado com uma das melhores mesas da casa, bem diante do pequeno palco. Ele se sentou de costas para o trio que tocava, para que Helania tivesse uma vista melhor.

Enquanto ela fitava o pianista, o clarinetista e o baixista, ele sentiu algo quente aflorar no meio do peito.

Não havia nenhum outro lugar do planeta em que gostaria de estar. E a alegria que sentia, a sensação de conexão e comunhão, foi um choque que lhe revelou quanto estivera sozinho.

Por muito, muito tempo.

Helania sentiu como se estivesse debaixo de uma lâmpada que emite calor. E não de uma maneira ruim.

Ao tirar a parca e se sentar diante de Boone, a música sensual envolveu-os num abraço, aproximando-os mais do que estavam próximos de verdade. A luz fraca e os garçons atenciosos praticamente não atrapalhavam, e até a mesa pequena e as cadeiras inclinadas para a frente pareciam encorajar a intimidade.

Antes de que se desse conta, porções de queijos e frutas apareceram, e depois uma refeição mais encorpada, cozido de carne com legumes, que, possivelmente, foi a melhor coisa que já comera na vida. Ou, quem sabe, a companhia foi o tempero que transformou um prato simples numa obra de arte gastronômica: a despeito de sempre se sentir tímida perto de outras pessoas, não foi assim com Boone. Houve uma variedade infinita de tópicos a serem discutidos, desde os livros e gêneros musicais prediletos até atualidades, lembranças de infância felizes, partilhadas junto ao cesto de pães.

Foi incrível. E, mesmo depois que os pratos de sobremesa foram levados, ainda continuaram conversando.

Passando a ponta do dedo pela taça de vinho, ela encarou o Chardonnay que estivera saboreando... e ficou imaginando como a noite terminaria.

– No que está pensando? – murmurou Boone.

Meneando a cabeça, ficou curiosa se ele tinha ideia de que já estivera com um macho antes – e se isso seria ou não um problema. Evidentemente ele pertencia à aristocracia, e havia muitas regras para eles. Bem, também existiam regras para os civis. Mas Isobel a incentivara a romper sua carapaça e arranjar um macho, portanto, fizera isso cerca de uma década antes. O relacionamento durou mais ou menos um ano e depois perdeu o encanto, um experimento social fracassado no laboratório.

– Fale comigo – ele pediu. – O que quer que seja, apenas converse comigo.

Foi uma surpresa perceber que ela queria mesmo lhe contar tudo. Mas não conseguia exatamente encontrar as palavras certas.

Deliberadamente, visualizou o rosto de Isobel e inspirou fundo.

– Nasci com um defeito auditivo. – Tocou um dos ouvidos. – Não era completamente surda, mas não ouvia muito mais do que sons baixos. Falar era difícil para mim, e é por isso que me comunicar com as pessoas sempre foi um desafio. Aprendi linguagem de sinais nos anos 1960 e ainda sou boa em leitura labial, mas, você sabe... as coisas eram diferentes na época. Problemas físicos em crianças não eram bem-aceitos. Então foi complicado para mim. Para toda a minha família.

Olhou de relance para ele e ficou aliviada em descobrir que ele não se retraíra em sinal de desgosto – que não só era algo que pessoas tinham feito no passado, mas também algo pelo que a aristocracia era conhecida.

Boone, contrariando sua posição social, se inclinava para mais perto, a expressão franca… acolhedora.

Inspirando fundo novamente, disse:

– Outras crianças eram de fato muito cruéis, mas Isobel sempre esteve presente. Lembro-me da primeira briga em que ela se meteu por causa da minha deficiência. – Teve que sorrir. – Ela encheu de socos o menino que estava tirando sarro de mim. Eu estava ocupada demais tentando me encaixar no mundo para me preocupar com o que as pessoas pensavam da minha surdez, mas ela se importava e demonstrava isso.

– É por isso que acha que não consegue se socializar com as pessoas?

– É uma ressaca de todos aqueles anos, entende? – Voltou a tocar o ouvido. – Voltando, me disseram que havia uma possibilidade de que a transição resolvesse o problema com meus canais auditivos, mas nunca acreditei nisso. Quando passei por ela, fiquei surpresa em ouvir tudo com clareza. Odiei, a princípio. Tudo era alto demais, especialmente os sons agudos de coisas como dobradiças rangendo, telefones tocando, assobios. Foi um ajuste difícil.

– Deve ter sido um mundo diferente para você – comentou ele.

– Totalmente diferente. Quero dizer, antes disso eu era reservada. Depois que minha audição funcionou? Eu me isolei por um ano inteiro. Foi quando Isobel insistiu para que nos mudássemos e começássemos a viver sozinhas. Ela pareceu entender que eu precisava de um espaço só meu, e meus pais estavam… estavam muito preocupados e muito bem-intencionados. Mas eram incansáveis em tentar me fazer sair da minha casca, e toda aquela insistência surtiu o efeito oposto. A situação melhorou depois que eu e Isobel começamos a morar juntas. Os filmes me salvaram. Enquanto Isobel saía com os amigos, eu os assistia na TV. Primeiro naqueles discos, lembra aqueles que vinham em capas como os álbuns de música?

Boone riu.

– Sim. Puxa, não penso neles há anos.

– Não é? E depois Beta e VHS. Em seguida os DVDs. Agora temos Netflix e Hulu. – Sorveu um gole de vinho. – Então, enquanto Isobel explorava o mundo, eu ficava em casa sozinha, assistindo a filmes, primeiro com o volume bem baixo e, aos poucos... – Deu de ombros. – Acabei me acostumando. Hoje em dia até consigo ficar em meio a uma aglomeração e não me sentir subjugada com todas as camadas de sons. Mas isso levou anos. Li um artigo certa vez que dizia que o ajuste a um sentido se deve a caminhos neurais que se desenvolvem. O meu cérebro teve de fazer algumas conexões novas, em outras palavras.

– Mas você ainda não se sente completamente à vontade perto das pessoas.

– Não. Não me sinto. Seria a natureza na forma de uma introversão inata? Ou resultado do ambiente daquelas duas décadas e meia em que fui surda e ridicularizada por crianças da minha idade assim como pelos seus pais? Não tenho certeza. E acho que não importa. Sou o que sou.

Havia uma nota de desculpas em seu tom, mas há tempos sentia que existiam coisas que precisava compensar, estragos a explicar, limitações a justificar...

Boone esticou o braço ao longo da mesa e segurou sua mão, aquela que tinha cicatrizes na palma.

– Eu não mudaria nada em você.

– Que bom para mim – sussurrou –, uma vez que não tive muita sorte sendo diferente.

Quando o ritmo do jazz mudou, o polegar dele acariciou sua pele.

– Dança comigo?

Uma pontada de calor surgiu no meio do peito dela, bem onde ficava o coração. O brilho foi uma surpresa, semelhante a um fogo sendo ligado no cômodo frio, cheio de correntes de vento. Uma mudança surpreendente e muito agradável.

Isobel aprovaria isto, ela pensou de repente. *Tudo isto.*

Boone. O jazz. A atmosfera acolhedora parecida com a de um pub. Ela... dando uma chance a alguém.

E, naquele momento, sentiu como se os dados que jogava não fossem tanto em relação a Boone... mas a si mesma.

– Sim – respondeu com um sorriso lento. – Eu gostaria.

Levantaram-se ao mesmo tempo, e uma vez que a mesa estava bem diante do palco, em dois passos ela já estava junto ao corpo dele.

Santa Virgem Escriba, ele era grande. Sua cabeça chegava somente ao peitoral dele, e os braços pareciam enormes ao seu redor. Mas ele a segurava com gentileza, deixando-a decidir quanto queria se aproximar, e sabe…

Ela queria ficar perto.

Foi uma meta difícil de alcançar, porém. Ele não chegara a tirar a jaqueta antes, e foi só quando deslizou um braço debaixo da peça que se deparou com a pistola no coldre e percebeu o motivo.

– Desculpe – ele disse, contrito.

– Está tudo bem. – Ela o fitou nos olhos. – Pelo menos sei que estou em segurança.

O rosto dele ficou mortalmente sério.

– Sempre. Nunca vou deixar que nada aconteça com você.

Quando lágrimas arderam nos cantos dos olhos, ela depositou a mão no peito coberto por couro. Não queria estragar o clima, mas, na verdade, para ela era difícil ouvir tal coisa.

Muito parecido com o passado. Muito parecido com Isobel.

Arrastando-se de volta ao presente, ela se concentrou no modo como ele se movia, o balanço sutil de todos aqueles músculos, a promessa de coisas ainda a serem exploradas.

Coisas nuas. Coisas prazerosas.

Deus, o cheiro dele era maravilhoso. De couro, um vestígio de metal da arma… Mas, principalmente, o cheiro de macho por baixo disso.

Helania pensou mais uma vez que não tinha noção de como aquilo aconteceria ou o que, exatamente, estava acontecendo entre os dois. Mas queria que as coisas acabassem na cama.

Logo…

Uma das mãos de Boone afagou seu ombro e desceu pelas costas, seguindo o contorno das curvas. O calor, a pressão sutil da carícia, a largura da palma e dos dedos hábeis… tudo isso reverberou em todo o seu corpo, fazendo-a se sentir um diapasão calibrado para ele, e apenas para ele. Inclinando a cabeça para trás, ela o fitou novamente.

O rosto dele era uma máscara de avidez e os olhos ardiam enquanto a fitava.

Só que ela não precisava ver a expressão contida dele para saber quanto ele a desejava.

Ela sentia sua ereção.

Capítulo 14

– Não. Vou eu.

O tom decidido interrompeu a conversa ansiosa na sala particular de reuniões da clínica, uma bomba fazendo um buraco na paisagem da conversa. No silêncio que se seguiu, Butch se concentrou na fêmea que se pronunciara em meio ao grupo tenso. Sentada numa cadeira mais para o lado, ela devia estar na meia-idade, o que para os vampiros não significava grande coisa em termos de mudanças físicas. Levando em conta a expectativa de vida da espécie, ela ainda tinha a aparência de alguém de 25 anos, que tivera logo depois de passar pela transição, uns trezentos e poucos anos atrás.

Mas os séculos se revelavam naqueles olhos dela.

E naquele tom de voz.

Evidentemente, superara muitas coisas ruins no decorrer da vida. Isto, todavia... vir averiguar se um cadáver era o da filha, sem dúvida era a pior delas. E aqueles machos ao redor dela, o *hellren*, o filho, o tio e o avô? Todos se calaram e abaixaram as vistas para o chão em deferência a ela.

Sem dúvida, em parte se devia porque não queriam discutir com ela, mas mais do que isso? Butch tinha a sensação de que ninguém além dela teria forças para executar a triste tarefa.

E não ficou surpreso com o fato de ser a *mahmen* a ter a coragem necessária. Depois de tantos anos na divisão de homicídios, aprendera a diferença entre os sexos. Os homens eram fisicamente mais fortes, sim, era verdade. Mas as mulheres? Elas eram guerreiras. Por mais que os machos que vieram ali com ela fossem capazes de entrar num prédio em chamas para salvá-la, nenhum deles era forte o bastante para assumir o lugar dela naquela tarefa sofrida.

Porque não conseguiriam lidar com a situação.

– Muito bem – disse ele. – Avise-me quando estiver...

A fêmea se levantou.

– Estou pronta agora.

A sala particular de reuniões em que se encontravam ficava ao lado da sala de observação do necrotério, e quando Butch manteve a porta aberta, ela não olhou para trás para a família. Entrou no corredor de cabeça erguida e com ambas as mãos na bolsa. Ainda vestia o casaco, um três-quartos de lã marrom de corte e feitios simples.

Pensou em sugerir que ela o tirasse. Mas ela não parecia do tipo que fosse desmaiar.

Não, ela estava firme como uma rocha embora ele conseguisse sentir o medo emanando dos poros dela.

Butch manteve outra porta aberta para ela, e eles entraram numa saleta azulejada com três cadeiras num dos lados e um filtro de água. Do lado oposto, um vidro horizontal de 1,80 por 1,20 metros mostrava as cortinas afastadas do lado interno.

– Não – ela disse ao ver a janela. – Não assim.

– Será mais fácil para você...

– Se for a minha filha, não vou identificar seu corpo através de um pedaço de vidro.

Butch só pôde assentir.

– Dê-me um segundo.

Aproximando-se da porta estreita junto à janela, deu uma batida. Quando Havers a abriu, Butch manteve a voz baixa.

– Nós vamos entrar.

– Mas não é assim que...

– É exatamente assim que vamos fazer isto – Butch sussurrou. – A pedido dela.

Havers olhou de relance por cima do ombro de Butch e depois se curvou.

– Claro. Faremos de acordo com o pedido dela.

Quando o médico da raça se pôs de lado, Butch olhou para a fêmea.

– Estamos prontos quando você estiver.

A fêmea inspirou fundo várias vezes, e a pegada forte na bolsa começou a tremer.

– Senhora – disse ele –, vou sugerir que tire o casaco e deixe a bolsa aqui.

Ela olhou para onde ele apontava como se nunca tivesse visto uma cadeira antes. Em seguida, atravessou a saleta e abaixou a bolsa. Retirando o casaco, tomou o cuidado de dobrá-lo sobre a cadeira e, ao se endireitar, ajeitou a blusa dentro das calças. As roupas não eram elegantes, mas tampouco eram casuais; eram do tipo que uma assistente executiva usaria para trabalhar.

E ele entendia por completo a necessidade dela de se preparar. Às vezes, a compostura na superfície é só o que uma pessoa pode pedir.

Quando ela se aproximou dele, ele lhe ofereceu a mão. Só queria certificá-la de que não estava sozinha.

— Vou entrar com você.

A fêmea fixou o olhar no que lhe era oferecido.

— Não é sua família.

— Ela se tornou da minha família no instante em que assumi este caso.

— Já fez isto?

— Uma centena de vezes.

Depois de um momento, ela assentiu. E colocou a palma sobre a dele, fria e úmida, deixando-o imensuravelmente triste.

— O que é esse cheiro? — ela perguntou antes de passar pela soleira.

— É o desinfetante que usam para limpar a sala.

— Certo.

Quando Butch a levou para dentro, os olhos dela se voltaram para o corpo deitado de costas numa maca. Um lençol branco o cobria dos pés à cabeça, as pontas penduradas em todos os quatro lados.

A fêmea empalideceu e cambaleou. Quando Butch a amparou, Havers pareceu reconhecer que sua presença era extrínseca e teve o bom senso de sair da frente e se postar contra uma parede.

— Ajude-me até lá – disse a fêmea com suavidade. – Parece que não consigo andar.

— Apoie-se em mim. – Butch a segurou com mais força pela cintura. – Não deixarei que caia.

— Obrigada.

Escoltando-a dos pés à cabeça, ele podia sentir a pressão em seu braço, onde ela se apoiava, e visualizou sua Marissa no lugar dela, diante de uma maca, prestes a ver se sua filha morta estava diante deles.

— Leve o tempo de que precisar – ele disse emocionado quando pararam diante dela.

A fêmea inspirou fundo, mas depois fez uma careta e esfregou o nariz como se não gostasse do odor adstringente da sala.

Ele dissera uma meia verdade no que se referia ao desinfetante. Era usado, sim, para limpeza. Mas também ninguém queria que um familiar sentisse cheiro de sangue ou de decomposição e, neste caso, em especial, embora a tivessem mantido refrigerada grande parte do tempo, houve períodos em que ela não tinha ficado exposta a uma temperatura adequada.

– Muito bem – disse ela, rouca. – Deixe-me ver.

Butch esticou a mão livre e afastou o lençol do rosto, dobrando-o no alto do pescoço para que nenhum dos ferimentos ficasse à mostra.

A fêmea levou uma mão à boca enquanto a cor se esvaía do seu rosto.

Butch fechou os olhos brevemente e praguejou.

– Sinto muito. Mas tenho que lhe perguntar. Está é a…

– Sim, é a minha filha – disse a mulher emocionada. – Ela é… nossa.

Quando Butch foi cobrir novamente o rosto, a fêmea meneou a cabeça.

– Não. Ainda não.

Inclinou-se para baixo e, quando seu cabelo pendeu solto, ela o enfiou atrás da orelha. Esticou a mão trêmula e tocou nos cabelos curtos tingidos de preto junto à têmpora. Depois afagou a bochecha acinzentada e fria.

Lágrimas caíram dos seus olhos, aterrissando no lençol na altura do braço. As duas primeiras escorregaram pelo algodão seco. As seguintes foram absorvidas.

– O que aconteceu com ela? – A fêmea ergueu os olhos desesperada. – Quem fez isso com a minha Mai?

Do outro lado do rio Hudson, bem no meio do conflito no centro da cidade, Syn avançava por um beco em busca do inimigo, com os instintos muito adiantados em relação a ele, depois para o lado, em seguida para trás… e mais uma vez voltado para o que jazia adiante. Era mais uma noite límpida e fria, sem vento para espalhar os flocos de neve soltos caídos durante o dia, nada para perturbar o frio denso, seco e profundo que pairava sobre Caldwell.

– ... lá naquele clube. Vishous levou o corpo para a clínica de Havers e agora estão tentando descobrir quem ela é e quem a matou...

Costumeiramente, Syn não se importava em ser pareado com Balthazar. O Bastardo era um tremendo assassino e raramente dizia muita coisa, dois dos maiores elogios que Syn poderia dar a algo vivo.

Infelizmente, esse intervalo abençoado de silêncio estava sendo abreviado naquela noite. Pelo visto, só o que era preciso para acabar com a boa média de personalidade vencedora de Balthazar era uma fêmea morta naquele clube humano.

Embora, sendo muito justo, não fosse a conversa que estava enlouquecendo Syn.

Debaixo da pele, seu *talhman* oscilava à espreita... aguçado pela conversa sobre a fêmea que fora encontrada pendurada no andar inferior do Pyre, nua.

De maneira espontânea, uma das suas mãos subiu para as adagas de aço colocadas com os cabos para baixo diante do peito. Ficou imaginando se era possível que os cortes na garganta da fêmea, nos pulsos, e os outros estragos feitos ao corpo da fêmea tivessem sido cometidos pelas suas lâminas? Pelas suas mãos? Ele se lembrava muito bem de ter descido os degraus úmidos e frios com uma fêmea enroscada ao redor do seu quadril. E também se lembrava vividamente dos dois encostados numa daquelas portas, e do sexo rude e apressado o levando para dentro do depósito. Teria trancado os dois ali depois que a trava fora aberta?

Fizera outras coisas com ela além de penetrá-la?

Não se lembrava. E, pela primeira vez em muito tempo, avisos de alerta soaram na nuca.

De fato, não se lembrava de quando o sexo terminara. Sabia, claro, que não tinha chegado ao orgasmo. E que se certificara que ela tivesse, certa quantidade de vezes. Mas além disso? A coisa seguinte da qual se lembrava era de ter saído do clube. Sozinho.

Abaixou os olhos para as mãos e tentou forçar o cérebro a lembrar se havia sangue nelas quando saíra do Pyre. O fato de ter sofrido novo blecaute fez com que praguejasse baixinho. Para onde fora depois de ter saído? Para casa, pensou. Para a mansão da Irmandade, onde ele e os Bastardos moravam agora...

Não, isso não estava certo. Bem quando estava para se desmaterializar, farejou um *redutor*. Seguindo o fedor adocicado, rastreou sua presa por uns dois quarteirões mais distante do clube.

Portanto, sim, quando retornara à mansão da Irmandade, estivera coberto pelo sangue negro e oleoso que fluíra das veias do assassino: mãos e braços. Roupas. Coturnos. E conseguia se lembrar de ter mostrado a cara na câmera de segurança do vestíbulo, de um *doggen* ter aberto a porta. Não prestara muita atenção em quem fora. Alguém mais o vira entrar?

Mesmo com o fedor do inimigo cobrindo-o, por certo alguém teria comentado o fato de ele ter sangue de uma fêmea no corpo, não?

– … surpreso por você ter faltado à reunião.

Syn olhou de relance na direção do outro.

– O quê?

– A reunião que Wrath convocou esta noite. Sobre a fêmea morta no clube.

– Eu estava ocupado.

Balthazar parou no meio do beco.

– Fazendo o quê?

Syn estreitou os olhos.

– A mesma coisa que faço todas as noites. Fico encarando o meu reflexo e lamentando o dia em que nasci.

– Sério.

– Muito bem, vamos tentar algo mais alegre. Que tal ioga. Pilates. Não, espere, eu estava encomendando uns trecos de que não preciso na Amazon…

– O que estava fazendo quando devia estar na reunião, Syn?

A pergunta foi feita de maneira calma e imparcial. Que também era uma característica de Balthazar. O cara ia certeiro ao ponto – e, sendo justo, ele tinha motivos para estar desconfiado. Ele sabia sobre… coisas… que tinham acontecido no Antigo País. Coisas envolvendo fêmeas e sangue e corpos encontrados.

– Não fui eu – disse Syn com secura. – Não matei quem quer que tenha sido.

A mentira pareceu convincente, pelo menos aos seus ouvidos. Infelizmente só convencia a eles.

– Syn, eu não te julgo. – Balthazar meneou a cabeça. – Sabe que nunca julguei.

– Mas que porra, não vou perder o meu tempo com isso...

– *Sempre* te deixei fazer o que bem quisesse. Nunca fiz perguntas. Sei que as coisas são... diferentes... para você. – Balthazar voltou a menear a cabeça. – Mas me deixe ser bem claro. Você não pode fazer esse tipo de coisa aqui. Estamos no Novo Mundo agora. Esse tipo de coisa vai ser notado, e teremos problemas porque você não está mais sozinho. Estamos alinhados com o Rei, e Wrath não vai amparar ninguém em sua casa que faça isso. As pessoas dão pela falta dos mortos por aqui.

– Não se preocupe com isso. Tenho tudo sob controle.

Quando Syn voltou a andar, Balthazar não se moveu.

– Não acredito que tenha.

Syn parou e se recusou a virar. Dirigindo-se para o beco vazio diante dele, disse:

– No Antigo País, fiz o que fiz com um bom objetivo. Eu canalizava adequadamente.

– É bem verdade, mas existem regras deste lado do oceano.

Encarando um ponto adiante, Syn viu latas de lixo derrubadas e um gato de rua cavoucando com a pata um saco de lixo rasgado. Enquanto observava o gato procurar pelo jantar, pensou na fêmea da outra noite. Não havia nenhuma justificativa que conhecesse para tê-la matado. Mesmo se ela fosse uma criminosa, uma assassina, uma ladra – que eram suas presas-alvo –, não tinha como saber disso ao levá-la para o andar de baixo. Onde fora encontrada não só morta, mas violada também.

Portanto, talvez ela fosse inocente. E ele fizera uma coisa muito, muito ruim.

Não queria ouvir o que Balthazar dizia.

Não queria esses buracos em sua memória.

Não queria mais... ter que lidar com aquela porcaria.

– Faça-me um favor – disse com suavidade.

– Não – Balthazar replicou. – Não vou fazer isso. Não me peça para fazer isso, porra.

Syn se virou. Quando seus olhos mudaram de cor, o beco foi inundado por um brilho vermelho, seu primo sendo iluminado pela cor do sangue. Atrás dele, o gato sibilou e fugiu em disparada, fazendo uma garrafa rolar.

Sua voz saiu distorcida quando ele falou:

– Nesse caso, você precisa parar de falar sobre fêmeas mortas comigo.

Balthazar praguejou baixinho.

– Tem que existir outro modo.

– Eu lhe disse há um século. Cedo ou tarde, vai ter que meter uma bala no meu crânio. Ou encontrar outro que faça isso.

Seria um serviço público a esta altura. E um alívio para ele.

Deus bem sabia que ele teria feito isso consigo mesmo anos antes, se o suicídio não significasse ser trancado para fora do Fade. Ainda que, a julgar pelo que fizera ao longo dos anos?

Acabaria indo para o *Dhunhd* de qualquer maneira.

– Você sabe que só há uma maneira de me deter – disse ele com um grunhido. – E, se não fizer isso, o sangue das fêmeas que eu ferir estará nas suas mãos também.

Capítulo 15

BOONE VOLTOU À CASA do pai com cerca de duas horas de folga antes da Cerimônia do Fade que convocara. Ao entrar pela porta da frente, estava simplesmente puto. Deixar Helania era a última coisa que queria fazer, e o fato de que teve que ir por causa de algo ligado a Altamere?

Não estava feliz em sacrificar nem um segundo de sua vida em memória do macho, muito menos algo tão importante quanto passar tempo com sua fêmea.

Não que ela fosse tecnicamente sua. Era só que parecia ser.

Fechando o frio para fora, levou as mãos aos quadris e encarou o piso de mármore. Que, convenhamos, não fizera nada de errado. Só estava ali para ser pisado, como estivera a vida inteira.

– Preciso relaxar – murmurou.

Claro, isso seria mais fácil se ele não estivesse com o maior par de colhões duros deste lado de uma convenção de balões de ar quente. Caraaaaaalho. E ele pensava que o tornozelo o fazia claudicar? A cada passo que dava, sentia como se tivesse *kettlebells* pendurados à virilha.

Olhando ao redor da escadaria principal, espiou a porta para o lavabo masculino de hóspedes. Poderia entrar lá, descer o zíper e pôr a palma ali. No ritmo em que iam as coisas, só precisaria de duas bombeadas para gozar no ambiente inteiro.

Mas ainda não conseguia se livrar da ideia de que estaria de alguma forma desrespeitando Helania. Ela era mais do que YouPorn. Do que algum corpo feminino aleatório à lembrança do qual se masturbar. Do que uma fantasia bidimensional customizada ao seu gosto só para ele bater uma punheta.

Ela era uma jovem fêmea inteligente e incrivelmente bela que...

Ele não a beijara ao se despedir.

Deus, como desejara. Na pista de dança. De volta à mesa. Quando estiveram andando pelo pátio do Remington's e depois quando se esgueiraram para as sombras junto à alta fachada lateral do hotel para poderem dar uma de fantasma.

A sensação do corpo dela se movendo junto ao seu enquanto dançavam próximos e devagar mudou todos os seus interruptores para a posição "Isso aí". Para o "Agora, porra". Para o "Pelo amor de Deus, estou suplicando". Ele a desejava tanto que ficava desorientado, seu sangue fervia espesso com uma luxúria que nunca chegara sequer perto de sentir antes. E ela o acompanhara nisso. Sentira o cheiro da excitação dela e o vira no brilho dos olhos, e soube que ela também o desejava.

O que o detivera? Duas coisas: Não conseguiria parar só num beijo... e nem ela. A menos que a tivesse interpretado muito mal – e não achava que isso tivesse acontecido –, lábios nos lábios seria apenas o começo para eles, um precursor para pele nua e muito mais, e ele queria o lugar e o tempo para levar esse "sim" de ambos os lados para sua conclusão natural.

E, sabe, *Ah, desculpa, mas tenho a Cerimônia do Fade do meu pai* seria um tremendo estraga-prazeres.

O outro par de breques na situação foi o fato de que ele não queria que ela pensasse que aquilo era apenas sexo de sua parte. Fora um alívio descobrir que tinham tanto em comum além do sofrimento pela perda de alguém, e ele queria ter a oportunidade de estar perto dela tanto quanto queria todas as coisas que a posição horizontal poderia proporcionar. Mas sabia que sua posição aristocrática falava por si só: os machos de sua classe tinham a tendência de usar fêmeas civis para o sexo casual, levando-as para a cama e descartando-as. A última coisa que ele queria era que Helania pensasse que a desrespeitaria dessa forma. E, embora não tivesse discutido sua linhagem diretamente, ele não tentara esconder seu sotaque nem seu passado.

Portanto, fora um cavalheiro com ela no beco: abraçara-a; beijara-a castamente no rosto; certificara-se de que ela havia se desmaterializado em segurança primeiro.

E agora ele estava ali. Naquela maldita casa. Esperando que pessoas com as quais de fato não se importava chegassem para uma cerimônia que lhe parecia uma mentira, de forma que pudesse fechar a porta de uma morte que o abalara e, ao mesmo tempo, não lhe era importante.

Com isso em mente, provavelmente deveria ir verificar os preparativos.

Ao menos enfrentar Marquist permitiria que ele canalizasse parte de sua frustração sem direcionamento.

Enquanto caminhava até a sala de jantar e depois empurrava a porta vaivém que os criados usavam, a ideia de que se comportava como o pai o irritou. Deus, Altamere e Marquist se consumiam com preparações e acomodações adequadas aos hóspedes da casa, quer fossem pessoas vindas para um coquetel, um jantar, um evento ou uma estadia.

Aqueles dois passaram horas no escritório de Marquist, analisando gráficos de assentos, menus, vinho e encomendas de bebidas mais fortes.

Loucura.

Do outro lado dessa porta de vaivém, havia uma saleta para o serviço das refeições, a sala da prataria, e depois uma despensa gigantesca. Também a porta fechada do escritório de Marquist e seus aposentos privativos – que, como se via, não tinha uma carta de demissão colada no batente. Ou caixas de papelão da U-Haul empilhadas ao lado dele. Ou um alvo de tiros com a fotografia de Boone no meio e buracos de bala formando a carinha de sorriso bem na testa em nenhum lugar ali perto.

O macho não devia ter pedido demissão ainda, então. E era difícil decidir se isso era uma coisa boa ou ruim.

A resposta para a pergunta "onde está Marquist?" foi solucionada na cozinha em si: o mordomo estava à bancada diante do fogão, sem o paletó bem passado e com as mangas enroladas. Sua atenção estava centrada no ato de retirar o excesso de gordura de um rosbife do tamanho de um carrinho de golfe, a faca Henckels voando ao redor do pedaço de carne, mãos habilidosas fazendo o trabalho de um perito.

O mordomo não ergueu o olhar.

– Pois não.

– Estamos prontos?

– Sim. – A faca reluziu quando Marquist mudou o ângulo do corte. – Tudo está sendo administrado.

– Onde estão os outros *doggens*?

– Estou cuidando dos preparos sozinho. É a última coisa que farei para servir meu mestre e ninguém é bem-vindo neste lugar sagrado.

– Os outros haverão de querer participar. Meu pai também era senhor deles.

– Não como era para mim.

Boone franziu o cenho.

– Então, há quanto tempo vinham dormindo juntos? Começou logo depois que você foi trazido para cá ou ele o contratou porque isso já estava acontecendo?

Marquist sibilou e ergueu o olhar. E, veja só, uma faca descuidada muito se assemelha a uma panela no fogo – faz seu trabalho ainda melhor sem ser observada.

Claro, a ressalva foi que a lâmina fatiou o mordomo em vez da camada grossa de todo aquele bife.

O mordomo largou a Henckles e correu para a pia. Enquanto Boone observava a água quente lavando e o pano de prato sendo enrolado, não conseguia decidir se seu desgosto pelo macho era o que o impedia de se desculpar… ou o fato de que, depois de todos esses anos monitorando seu comportamento social, ele deixara de se importar com essa merda toda por completo.

Não dava a mínima para o fato de o mordomo estar machucado. E não fingiria que se importava.

Marquist aprumou os ombros antes de se virar, e, quando fez isso, Boone enfrentou o olhar do macho.

– Não se dê ao trabalho de negar – disse. – E, para sua informação, não me importo se é ou não verdade. Bem como, pelo visto, isso não foi um problema para minha madrasta. Talvez ela tivesse sentido como se você lhe prestasse um favor.

Quando os olhos do mordomo se estreitaram como se avaliasse respostas, Boone ponderou como seria se fosse excluído do testamento em favor do outro macho. Bem… ora veja. A ideia de abrir mão daquela casa infeliz e de todas as porcarias existentes nela lhe pareceu um evento libertador em vez de alienante.

A expressão de Marquist se tornou arrogante, como se estivesse acima das acusações. Ainda mais da variação sexual – embora ambos soubessem o que acontecera com Altamere detrás daquelas portas fechadas.

– Eu faria qualquer coisa para servir o seu pai. Qualquer coisa.

– Estou pensando que isso talvez seja verdade – murmurou Boone.

– É verdade. Eu o servi de maneiras que sequer pode imaginar, protegendo-o e a esta casa, garantindo que tudo ficasse bem. E a morte não mudou a minha devoção a ele.

Quer um obelisco?, pensou Boone. *Um selo comemorativo. Não, espere, um cartaz na Times Square por conta de todos os boquetes.*

Ok, isso foi grosseiro. Mas, convenhamos.

– Não dignificarei isso com uma resposta sobre qualquer que seja a pergunta. – Os olhos de Marquist se estreitaram de novo. – A não ser para dizer que o seu pai e eu éramos excelentes parceiros. Na administração desta casa.

Boone cruzou os braços diante do peito e se recostou numa das bancadas.

– Meio conveniente que minha *mahmen* tenha morrido tão logo que você chegou a esta casa.

– O que está sugerindo exatamente.

Não foi uma pergunta. E, não pela primeira vez, Boone se perguntou exatamente qual era a origem de Marquist. Seus motivos, por sua vez, pareciam óbvios. Costumeiramente, nenhum macho civil escolheria ser mantido como criado na casa do seu amante. Pense em algo degradante. Mas havia vantagens em estar com um membro da *glymera* – e Deus bem sabia que a única maneira de Marquist ter contato diário com alguém da estatura social de Altamere seria se ele se mudasse para a casa com o pretexto de ser empregado.

Na aristocracia? Não havia tolerância para a homossexualidade aberta entre machos. O decoro social ditava que não importava quanto isso o tornasse infeliz, você devia se vincular a um membro do sexo oposto e procriar pelo menos uma vez – preferivelmente duas, se sua devota e leal *shellan* sobrevivesse ao primeiro parto. Se tivesse, como diziam, uma "convicção secundária", poderia ter amantes do sexo masculino com discrição. Mas os relacionamentos nunca deveriam interferir com seu par, sua família ou sua linhagem – e a Virgem Escriba o salvasse caso alguém descobrisse sobre suas atividades extracurriculares.

E, ah, em relação às fêmeas da aristocracia? Elas não tinham permissão para terem amantes lésbicas. Nunca. Em nenhuma circunstância.

Só mais um exemplo do patriarcado da *glymera*. Da intolerância. Da injustiça. Tudo isso era tão injusto.

– Meus pais nunca foram felizes juntos – declarou Boone. – Mas nenhum deles foi criado com a esperança de nada diferente disso. Dito isso, eu sempre fiquei me perguntando se minha *mahmen* cometeu suicídio, ou se foi algo mais, algo sinistro que a matou. Como, exatamente, ela morreu? Ninguém nunca me contou nem falou sobre o assunto.

– Isso porque o véu da privacidade continua a ser apropriado após a morte. A sua *mahmen* era uma exemplar fêmea de valor que cumpriu seu dever, como era apropriado.

– Uau. Você usou "apropriado" duas vezes. Bom trabalho. Não me admira que meu pai confiasse a você o planejamento de suas festas. – Boone acenou com a cabeça para os pés do mordomo. – Cuidado. Está pingando. Melhor ir à clínica de Havers para dar uns pontos nisso aí.

O mordomo olhou de relance para o rosbife como se contemplasse a ideia de voltar ao trabalho.

– Ah, não, não mesmo. – Boone meneou a cabeça. – Você não vai sangrar em toda a comida, mesmo que esse naco de carne ainda vá para o forno. Vou buscar os outros *doggens*, e eles cuidarão de tudo. Como deveriam ter feito desde o começo para a cerimônia. Foi muito inapropriado da sua parte excluí-los.

O sorriso de Marquist foi lento enquanto os olhos se revelaram interesseiros.

– Atenção, jovem senhor Boone. Detestaria que a sua linhagem seja maculada por algo um tanto infeliz. A *glymera* é lenta em perdoar até o menor dos deslizes. Um *hors-d'oeuvre* mal cozido ou um *foie gras* mal preparado pode ser devastador para a reputação de uma casa. Muito menos algo de muito maior importância.

– Está deduzindo que dou a mínima para o que qualquer um deles pensa. – Boone abaixou o queixo e o encarou por debaixo das sobrancelhas. – E permita-me deixar isto óbvio: você jamais conseguirá outro emprego numa propriedade deste calibre se sugerir qualquer indiscrição como falar sobre o seu caso com meu pai. Os aristocratas não permitirão que sequer lave o carro deles ou limpe suas calhas se espalhar rumores sobre meu pai.

– Isso vindo de um macho que alega não se importar com o que pensam as pessoas.

– Só estou tentando ajudá-lo caso não tenha ainda pensado sobre o seu próximo emprego.

– Está presumindo que meu futuro não tenha sido providenciado. Por acaso, sei com certeza que não tenho nada com que me preocupar.

Marquist não se curvou antes de sair. Mas, considerando-se a quebra de protocolo que acabara de confirmar – assim como a ameaça –, quem é que estava contando?

Logo antes de o mordomo sair para a sala de estar, Boone disse por cima do ombro:

– Não use a porta da frente. Aqui você é empregado, não é da família.

Marquist fez uma pausa e ajeitou o pano de prato ensanguentado sobre a mão cortada.

– Sou melhor do que família. Assim que a Cerimônia do Fade se encerrar, saberá exatamente quão melhor.

– Não vou deixar esta casa – Boone disse, os dentes cerrados.

– Nem eu.

Quando Butch retomou sua forma no gramado lateral da mansão da família de Boone, não se surpreendeu com a boa e velha demonstração de fortuna. O lugar era tão grande quanto uma embaixada e iluminado como um estádio. Através do vidro ondulado antigo nas janelas, conseguia ver as antiguidades e os retratos a óleo, as esculturas e os vasos de flores. Era exatamente igual ao luxo venerável e anônimo que vira em cada casa da *glymera*, prova de que o valor intrínseco não tornava nada acolhedor, e quando havia apenas um padrão aceitável em decoração, você acaba com uma simplicidade monótona.

Escolheria o Buraco com sua *shellan* e seus dois colegas de apartamento em vez desse pavilhão de exposições todos os dias da semana e duas vezes no domingo.

– Pobre garoto – disse Rhage ao chegar.

– Dificilmente – V. resmungou ao aparecer. – Boone está muito melhor assim, certo? Aquele pai dele era um filho da puta.

Butch lançou um olhar ao amigo.

– Poderia, por favor, tentar não mencionar isso na maldita cerimônia? É de mau gosto.

– Odeio protocolos.

– Sério? – Rhage se meteu na conversa. – Espera aí, deixa eu colocar a minha cara de surpresa.

O Irmão se virou e depois olhou de volta rápido com o lindo rosto demonstrando surpresa, com olhos arregalados e boca aberta.

Quando ele arquejou e levou a mão ao coração, V. o encarou bravo.

– Venha cá.

– Pra quê?

– Pra eu poder te chutar no saco. Eu me aproximaria, mas os seus sinos de igreja não valem o meu esforço…

– Será que vocês *podem parar*? – Butch sibilou. – Esta é uma ocasião solene. Preciso que vocês dois se controlem e finjam que podem agir de maneira adequada por dez minutos.

V. revirou os olhos.

– Isso vindo de um macho que tem um lançador de batata.

Rhage passou o braço ao redor dos ombros de Butch e se inclinou na direção dele.

– Por favor, me diga que não está tentando argumentar com o Corcunda do "estou pouco me fodendo com isso"?

Enquanto Butch considerava se deveria fazer seu próprio exercício de chutar gônadas dos irmãos Clark – Frick e Frack –, Tohr se materializou e mudou o clima com sua presença. Com a frivolidade se esvaindo do grupo, todos caminharam até a frente da casa. Junto à entrada, bateram a neve das botas no capacho e fizeram uso da aldrava de latão. Um *doggen* adequadamente vestido de preto – segundo o protocolo, naturalmente – atendeu e eles entraram, saindo do frio.

Na entrada previsivelmente elegante, umas boas cinquenta ou sessenta pessoas estavam reunidas, e quando Butch olhou de relance pela aglomeração, viu Phury e Z. com John Matthew, Qhuinn e Blay. O grupo de companheiros de time estava junto, logo do lado de fora da sala de estar, e mãos de adaga se ergueram num cumprimento.

Rhage pegou um Tootsie Pop de cereja e o desembalou.

– Onde está nosso menino?

Butch acenou com a cabeça para além da entrada em arco da sala de estar. Boone estava junto à lareira, parecendo estar no piloto automático enquanto conversava com um casal endinheirado diante dele. Quando ele olhou de relance acima das cabeças bem penteadas, teve que olhar de novo ao ver os membros da Irmandade, e pediu licença, passando em meio aos machos e fêmeas aristocratas.

– Vocês estão todos aqui – disse ele com suavidade.

Butch puxou o garoto para um abraço forte.

– Wrath também queria vir, mas seria um risco de segurança grande demais. E o Bando de Bastardos também queria ter vindo, mas estão em casa, protegendo o Rei.

Pense numa briga dura e arrastada. Com Wrath, entenda-se. A discussão sobre ele ter que ficar em casa não correu muito bem. Depois que argumentações sensatas fracassaram, Vishous ameaçara prender o último vampiro de raça pura ao trono com fita isolante. Nessa hora, Wrath perdera a cabeça, sendo que V. observou que a coisa grudenta funcionava muito bem também com bocas.

CA-BUM!

Beth, também conhecida como Artilharia Pesada, no fim enfiara um pouco de juízo em seu *hellren*. Graças a Deus.

– Mas Wrath está aqui em espírito – disse Rhage quando mais abraços foram trocados.

Além do mais, além das questões de segurança, a presença de Wrath seria muita distração. No mesmo instante, o tópico de discussão da aglomeração seria o Rei – e a julgar pelo que acabara de acontecer na festa de Throe com o ataque das sombras? A última coisa de que precisavam era um punhado de aristocratas exigindo saber o que estava sendo feito para proteger a espécie contra o novo inimigo.

Ainda mais quando ninguém da Irmandade sabia muita coisa.

Do outro lado, quando a porta foi aberta de novo, e os *trainees* chegaram com seus pares, Boone pediu licença e foi receber o apoio dos companheiros.

– Formam um belo grupo de garotos – comentou Tohr.

– O melhor – concordou Butch.

Paradise, Craeg, Axe, Novo e Peyton – junto a Boone – provaram ser muito mais do que qualquer um poderia ter previsto. Era um grupo firme, inteligente e também despachado, e vinham ajudando muito enquanto a guerra contra a Sociedade Redutora chegava ao fim e agora com essa nova leva de más notícias.

Butch meneou a cabeça ao abrir caminho até onde estavam os demais Irmãos. Tinham que descobrir mais coisa a respeito dessas entidades--sombra – e também exatamente o que acontecera na casa de Throe. A morte de Altamere marcara uma linha divisória, bem visível, de um acontecimento muito bem relatado que aumentara o risco de ameaça no perfil daquelas sombras. Antes disso, os ataques tinham sido pontuais; o homicídio do pai de Boone, no entanto, acontecera diante de outros 23 aristocratas numa casa particular. E também houve a morte secundária da *shellan* de Altamere.

Imagine um boato se espalhando. Sem dúvida, as linhas telefônicas ficaram congestionadas e, cedo ou tarde, Wrath teria que se pronunciar a respeito da situação.

Mas aquele não era o lugar e aquela não era a hora para isso.

Com isso em mente, Butch catalogou os aristocratas que o cercavam. Os tipos elegantes percebiam que os Irmãos estavam presentes, e dedos apontados discretamente assim como comentários sussurrados se espalhavam, um burburinho percorrendo toda a sala. Só que era engraçado – e nada surpreendente: nenhuma das pessoas que esteve naquela mal fadada festa onde Altamere fora assassinado estava ali. Claro, houve alguns ferimentos superficiais durante o ataque das sombras, mas todos relativamente desimportantes em sua natureza, e com o modo com que a espécie se curava? Todos aqueles almofadinhas já estariam de pé em seus mocassins e estiletos a esta altura.

– Nenhum deles apareceu – Rhage observou ao redor do Tootsie Pop.

– Você leu a minha mente – murmurou Butch.

– Covardes – anunciou V. – Todos eles.

Quando os *trainees* se aproximaram e os cumprimentaram, Butch não pôde deixar de notar os dois mundos em que Boone andava, o de sua linhagem e o da sua vida profissional. E a julgar pela expressão contida ao retornar para os aristocratas na sala de visitas, ficou tremendamente claro qual ele preferia. Ainda assim, ele era um bom filho por fazer aquilo...

Quando uma rajada de ar frio anunciou a chegada de alguém atrasado, Butch olhou de relance para a porta. Uma fêmea loira e delgada com óculos escuros estilo Jackie O. chegava, com o elegante casaco de caxemira num refinado tom de café destacando pernas longas e espetaculares e Louboutins novos em folha. Quando ela fechou a porta atrás de si, Butch farejou o cheiro de lágrimas.

Fêmea sozinha. Estilo fantástico. Evidentemente triste?

Como esperado, Boone ficou a postos e de pronto voltou para a porta para cumprimentá-la com um curvar formal que ela retribuiu com um aceno gracioso. Seguido por uma imobilidade constrangida entre eles, como se, em suas cabeças, estivessem se abraçando.

Ora, ora, ora... se isso não o fazia se sentir melhor em relação à atenção que Boone vinha dispensando para aquela fêmea ligada às mortes no clube. Talvez ele estivesse apenas se mostrando um cidadão preocupado com ela. Evidentemente, o macho tinha história com aquela adorável dama que acabara de chegar – e ele também gostava dela. Pareceu incomodado com o fato de ela estar visivelmente abalada pela morte do seu pai.

Rhage se inclinou para perto e sussurrou:

– Percebo amor no ar?

– Formam um tremendo casal – Butch comentou.

– Verdade – V. concordou. – Dá pra ver a conexão entre eles.

Rhage revirou os olhos.

– Ele escreve uma coluna de conselhos com a minha Mary e se acha perito em relacionamentos.

– Ainda acho que deveríamos ter usado o molho de churrasco.

– Hum… Churrasco… – disse Rhage com um suspiro enquanto esmagava o recheio de chocolate do pirulito. – Estou com fome.

Butch teve que rir. Uma coisa boa sobre seus amigos mais próximos? Podia-se confiar em Rhage em sempre querer comer alguma coisa e em V. sugerindo danos físicos como solução de conflitos e em Tohr para dizer a todos que se acalmassem.

Era bom saber em que pé as coisas estavam naquele mundo perigoso e confuso em que todos viviam.

Capítulo 16

DEVO TER CONSEGUIDO PASSAR pela Cerimônia do Fade.

Foi esse o pensamento que passou pela cabeça de Boone quando ele sinalizou para o *doggen* parado num canto da sala, avisando que era hora de a comida ser servida. Sim, era verdade... De alguma forma parecia apropriado que *hors-d'oeuvre* fossem servidos e que drinques fossem oferecidos e que se começassem as conversas.

Quando o *doggen* se curvou e se retirou para a cozinha, as pessoas saíram da formação de ferradura que havia se estabelecido ao redor da urna – e Boone achou impossível se lembrar das orações que dissera no Antigo Idioma, quais partes foram repetidas em coro pelos ali reunidos, quais palavras de tributo ele, como único filho e parente, dissera para o agora falecido Altamere.

– Que cerimônia maravilhosa. Foi mais do que apropriada.

Ele baixou o olhar para a fêmea mais velha que se dirigira a ele. Quem quer que fosse, trajava um vestido preto, um colar de pérolas de três voltas e luvinhas de pelica brancas. O que valia dizer que ela se parecia com qualquer outra das fêmeas da sua geração ali na sala.

Quem é ela?, pensou ele em pânico.

Algo saiu da sua boca em resposta, uma sucessão de sílabas, e, veja, elas devem ter tido algum sentido, porque a fêmea disse algo em resposta. Em seguida, lançou-se numa história, os lábios pintados com esmero, enunciando as palavras com deliberação como se estivesse acostumada, e esperasse, que as pessoas absorvessem cada frase sua.

Enquanto isso, Boone não conseguia traduzir nenhuma maldita coisa em nenhuma das línguas que conhecia. Tampouco sentia as pernas. Não conseguia sentir... nenhuma parte do corpo.

Nos recessos da mente, enquanto a sala e as pessoas dentro dela pareciam se retrair ainda mais em seus sentidos, ele ficou se perguntando se estava sofrendo um colapso psicótico. Talvez nada daquilo fosse real? E se de fato estivesse sozinho na sala e seu cérebro apenas tivesse esboçado aquelas pessoas a partir da sua memória, invenções de uma alucinação ainda mais assustadora porque nada daquilo estava sob seu controle: não conseguia fazer aquela fêmea parar de falar, e não conseguia expulsar todos eles *nesteexatoinstante...*

Ah, Deus, sua boca se mexia novamente. O que estava dizendo?

Deve ter sido algo "apropriado", porque ela estendeu o braço e deu um apertão em seu antebraço antes de se afastar. Não houve oportunidade de parar para respirar. Um macho se aproximou com a mão estendida – e Boone ficou maravilhado por ser capaz de segurar aquela palma.

Considerando-se que os dois estavam a sete mil metros de distância um do outro.

Personagens de um desenho animado. Todos ao redor não só eram bidimensionais, mas também pareciam desenhados e não fotografados, esboçados de modo simples e preenchidos com cores primárias, de modo a agradar o olhar sem discernimento de uma criança. Não tinham cheiros, nenhum perfume ou colônia, e suas escolhas de drinques, vinho, água com gás... de caviar ou canapé... de charuto ou cigarro... eram como um sussurro num concerto, algo mal perceptível na algazarra do palco principal.

Debaixo do terno, suas axilas transpiravam, e o colarinho e a gravata que se ajustaram muito bem lá no segundo andar, antes do início da cerimônia, agora estavam tão apertados quanto a corda de um piano nas mãos de um assassino.

Não conseguia respirar.

–... sim, mas é claro – ouviu-se dizer. Porque poderia usar essa frase como resposta para praticamente tudo com a *glymera*.

Sente falta do seu pai? *Sim, mas é claro.*

Vai manter esta casa? *Sim, mas é claro.*

O testamento foi decidido? *Sim, mas é claro.*

Se a resposta era verdadeira ou não, não importava. De fato, mal sabia dizer com quem conversava, quanto menos o que lhe perguntavam. E isso incluía quando seus aparentemente colegas *trainees* e os Irmãos e outros lutadores vieram cumprimentá-lo ou se despedir.

Quando eles se foram, soube que não suportaria aquilo nem mais um maldito minuto.

– Boone. Olhe para mim.

Ele piscou... e enfim conseguiu enxergar alguém nitidamente. Rochelle estava parada diante dele e puxava sua manga com a mão enluvada, como se tentasse chamar a sua atenção há algum tempo.

Concentrando-se no rosto dela, ouviu-se dizer:

– Preciso tirar estas pessoas da minha casa.

Rochelle tirou os óculos escuros. Seus olhos estavam vermelhos por ter chorado, e ele ficou tocado por ela se importar tanto com o falecimento do seu pai.

– Venha comigo – disse ela. – Você precisa de uma folga disto aqui.

Ela agarrou a manga do terno dele e o puxou em meio à aglomeração que diminuía. Quando saíram, todos os encararam – sim, mas é claro –, por causa do passado deles. E, caso ele estivesse de posse do seu juízo, teria dito à amiga que não se expusesse a boatos.

Ainda mais quando ela o conduziu para o lavabo dos homens do outro lado do vestíbulo.

Sem supervisão.

Rochelle os fechou dentro do espaço de ônix e o fez se sentar num canapé de couro junto à pia. Deixando a bolsa Longchamp de lado, pegou uma toalha com monograma do suporte e a abanou diante do rosto dele, e a brisa criada resfriou seu rosto corado.

Distraído, notou que Rochelle estava sem rímel e a sombra estava borrada.

Você é tão gentil, pensou ele.

– Quer afrouxar a gravata? – ela perguntou.

– Não é apropriado – murmurou. – Se sairmos deste banheiro sem que eu esteja de gravata? Vão deduzir que fizemos sexo.

Cara, isso foi rude.

– Desculpe – disse. – Não tive a intenção de ser grosseiro.

– Bem, não me importo com o que eles pensam – disse Rochelle com brusquidão. – E, se você se importar, pode sempre voltar a colocá-la.

Boone meneou a cabeça, embora não soubesse a que exatamente estava respondendo. Não sabia de nada. A boa notícia, contudo, foi que gradualmente começava a sentir como se Rochelle estivesse de fato diante dele. E junto com essa revelação, ela começou a sentir os pés e as pernas de novo: o entorpecimento que tomara conta dele recuava de baixo para cima, e o tronco aos poucos foi despertando, os ombros voltaram a ficar no lugar, a cabeça retornou à sua programação normal.

Enquanto ele exalava longa e lentamente, Rochelle foi parando de abanar.

– Sua cor está um pouco mais normal.

– Não sei o que aconteceu ali.

– Ataque de pânico. – Ela se sentou ao lado dele. – Acontece.

– Não é lá algo muito viril.

– Não se trata de uma questão de força. Todos podem se sentir estressados. – Mudando a bolsa para o colo, ela tirou um maço de Dunhill e um isqueiro dourado. – Você se importa?

– Não sabia que você fumava.

– Se preferir que eu não fume...

– Não, não, tudo bem. Não me importo.

Quando ela foi acender o cigarro, a mão enluvada tremia.

– A aristocracia condena fêmeas que fumam.

Boone apoiou os cotovelos sobre os joelhos e esfregou o rosto.

– Foi muito gentil de sua parte vir.

– Não poderia ter perdido.

– Você é mesmo uma fêmea de... – Boone franziu o cenho. – Você está chorando.

Comentário idiota de se fazer. Como se ela não tivesse se dado conta? E, no entanto, ela pareceu surpresa.

– Desculpe. – Pegou a toalha que estivera usando nele e a levou aos olhos. – E pode ficar com seu lenço. Vou usar isto aqui.

Enquanto ele a fitava, pensou no macho dela. Aquele que não ficara por perto. Que a desapontara.

Que precisava de uma bela surra por abandonar alguém de tanto valor quanto ela.

– É a Cerimônia do Fade – disse ela ao inspirar fundo. – Esperam-se lágrimas.

Levantando-se, ela foi até a parte do toalete e se inclinou para bater as cinzas no vaso. Ao se endireitar, apertou o interruptor que acionava a ventilação e soprou a fumaça com a cabeça inclinada para trás, exalando discretamente na direção do teto.

Ficaram se fitando, ele sentado no canapé, ela na soleira da toalete, até terminar o cigarro e jogar a bituca no vaso sanitário.

Dando a descarga, ela disse:

— Vamos voltar para a confusão...

— Conheci alguém — ele deixou escapar.

As sobrancelhas de Rochelle se ergueram.

— Conheceu?

— Sim.

Quando ele avaliou o tom normal da voz dela e a expressão franca no rosto, percebeu que tocara no assunto porque não queria que ela interpretasse mal a situação. Estava feliz em ver Rochelle e se emocionara por ela ter se importado tanto com a morte de seu pai – e talvez, se não tivesse conhecido Helania, poderia ter tentado começar algo com ela.

Mas Helania mudara tudo.

— Isso é maravilhoso. — Rochelle voltou para perto dele e pegou a bolsa. Tirando uma embalagem de Certs, ofereceu para ele primeiro.

— Quando isso aconteceu?

Ele pegou uma balinha porque isso dava algo a fazer para as suas mãos. E, na verdade, quando a menta tomou conta da sua boca, isso meio que o fez despertar.

— Bem recentemente. — De propósito ele não contou as horas, em oposição a noites ou meses. — Sinto que... Eu acho que estou apaixonado por ela. Parece loucura, mas estou nessa posição. Estou apaixonado.

— Está? — Rochelle sorriu. — Eu a conheço?

— Não, não conhece.

Boone hesitou. Não estava pronto para ver o preconceito pela qual a classe deles era tão conhecida no rosto ou nas atitudes de Rochelle. Não queria ficar desapontado com ela.

Só que não estava disposto a esconder nada sobre quem ele queria.

— Ela é uma cidadã civil.

— Mesmo? — A surpresa aflorou nos olhos de Rochelle. — Ela não é uma de nós?

— Não — respondeu. — Ela não é aristocrata.

O olhar de Rochelle baixou para o chão, e ele se preparou para responder. Maldição, pensou que sua amiga fosse melhor do que isso. Mais decente do que...

– Também me apaixonei por um cidadão civil – disse com a voz apertada.

Quando Boone inalou profundamente, ela assentiu e sorriu com tristeza.

– Sim, também não era um de nós.

– Por que não disse nada? – perguntou ele.

– Como poderia? – Ela inspirou fundo novamente. – Embora, se eu soubesse que você era tão liberal assim... Talvez tivesse conversado com você a respeito.

– Não deu certo entre vocês por causa da diferença entre classes sociais?

Rochelle fechou os olhos. Em seguida, começou a chorar copiosamente, a emoção dilacerando o corpo delgado com tanta força que ele se preocupou que isso fosse parti-la ao meio.

Capítulo 17

QUANDO O CELULAR DE Helania tocou com uma mensagem de texto vinte minutos antes do nascer do sol, ela deixou o bordado de lado e apanhou o aparelho do sofá antes mesmo que o *bing!* tivesse terminado de tocar. Quando viu quem era, sorriu – até abrir a mensagem. Leu as palavras duas vezes. E depois mais uma.

Deixando o iPhone de lado, encarou adiante. Por talvez uns dois segundos.

A mão voltou logo a pegar o celular, e ela digitou uma rápida resposta. Apertando no botão de enviar, saltou para fora do sofá e correu para o banheiro. Ligando a luz, escovou os dentes e, antes de pensar melhor a respeito, soltou os cabelos do elástico, espalhando os fios ruivos e dourados por cima dos ombros.

E depois os afofou.

Chegou a… afofar… os cabelos. Mas eles ficaram melhores mesmo, emoldurando o rosto pequeno, dando-lhe uma personalidade que, de outro modo, lhe faltava.

Encarando o reflexo no espelho, lembrou-se das noites em que Isobel ficara parada naquele exato lugar, esfregando os cabelos curtos até que ficassem todos espetados. Ao fundo, sempre havia uma canção dos Beatles tocando. Talvez de Bob Dylan. Às vezes, Bob Marley.

Isobel brincara quando Justin Bieber aparecera e ela gostara de um dos seus lançamentos, que evidentemente tinha que ter algum B no nome para ela estar a fim de baixar a música.

Franzindo o cenho, Helania abaixou as mãos, apoiando-as na beirada da pia. Sem um motivo aparente, pensou na quantidade de tempo que passava pensando na irmã: o que Isobel fizera, no que pensara, do que gostara e desgostara.

Lembrar-se dos mortos provavelmente não era algo ruim, ainda mais nos estágios iniciais do luto. O problema era que... ela sempre fizera isso. Mesmo antes da morte violenta de Isobel, ela se sentia mais confortável à margem da vida, experienciando os acontecimentos de maneira filtrada, a irmã existindo no mundo exterior e trazendo as histórias para casa.

Filmes, de fato. Só que os eventos e as pessoas existiam na verdade.

Aquele namorado que ela tivera? O relacionamento fora apenas uma incursão numa vida só sua fora do apartamento. E mesmo assim, se fosse bem honesta, ela só ficara com ele porque Isobel lhe dissera que ela deveria tentar encontrar alguém...

A batida à porta foi suave, e quando Helania virou naquela direção, seu coração acelerou.

Ainda que não de medo.

Não, definitivamente, não foi de medo.

Rapidamente desligou a luz do banheiro numa tentativa de negar que perdera tempo com sua aparência. No entanto, faltando pouco para correr até a porta, puxou os jeans e alisou o blusão para que o tecido macio não ficasse embolado. Quando espiou pelo olho mágico, inspirou fundo.

Abrindo a porta, não se deu ao trabalho de esconder o sorriso que chegou ao seu rosto.

– Oi.

Boone parecia exausto. Ainda assim, seu olhar se iluminou.

– Oi.

Os dois ficaram ali parados como bobos. Mas logo ela se recobrou e recuou um passo.

– Por favor, entre. Mas, como disse na mensagem, a casa é simples.

– É perfeita – disse ele, apesar de ainda estar encarando-a e não olhando ao redor, para onde ela morava.

Quando Boone passou pela soleira e fechou a porta atrás de si, ela concluiu que ele estava certo quanto à perfeição. Porque, veja só, com ele em seu pequeno apartamento? O lugar de repente adquiriu uma atmosfera animada e renovada. Arrumado por um decorador de renome. Equipado com janelas de belas vistas em vez de paredes sólidas de concreto encravadas na terra.

Ele era transformador. E não só no que se referia a paredes e telhado.

Ele também era, percebeu, a primeira visita que já tinha recebido.

– Posso te oferecer alguma coisa para beber? Tenho leite. – Como se ele fosse um garotinho de cinco anos de idade? – E, hum, acho que também tenho um pouco de suco de laranja na geladeira.

– Estou bem assim.

– Posso pegar o seu casaco? – Balançou a cabeça. – Melhor dizendo, gostaria de tirá-lo? O casaco, quero dizer.

– Ah, sim, claro.

Ele tirou a jaqueta de couro, revelando um suéter delicado de caxemira, e ela percebeu que ele vestia calças sociais, e não de couro. Quando ele lhe entregou o casaco pesado, ela inspirou profundamente, captando o cheiro dele.

– Devia ter pensado em comprar comida – disse ela ao apoiar a peça no encosto da cadeira. – Eu teria…

O peso da jaqueta era tamanho que puxou a cadeira para trás, e tudo aterrissou num baque.

– Desculpe – disse Boone –, eu… tenho coisas nos bolsos.

Ela chegou à jaqueta antes dele e, dessa vez, depositou-a sobre a mesa. Uma arma?, pensou ela. Ou *armas*, no plural? Munição também?

Era um lembrete do que ele fazia durante as noites, e a fez pensar, visto que ele devia estar em algum tipo de licença por óbito devido à morte do pai, a respeito de quanto tempo exatamente ele teria de folga.

Quando ela se virou de frente, ele a encarava com uma intensidade que não foi difícil de interpretar. E, quando se deparou com seu olhar, ela sabia que estava dizendo sim para uma pergunta que ele ainda não fizera.

O silêncio entre eles se tornou carregado com tensão sexual, e Helania sabia que ele esperava por algum sinal dela. Também estava ciente do zunido estouvado em sua cabeça, de uma energia crescente tão vívida quanto desconhecida para ela. Isso tudo estava acontecendo rápido demais. Boone fora um estranho em quem não ousava confiar uma noite atrás. E agora ela o convidava para o seu apartamento, onde estariam sozinhos.

O dia todo.

A menos que ele fosse embora nos próximos cinco minutos.

– O dia está chegando – disse ela numa voz rouca.

– Sim.

– Você é bem-vindo para ficar.

Boone fechou os olhos e exalou com força.

– Graças a Deus. Obrigado… Não posso ficar preso naquela casa hoje. Simplesmente não consigo.

– Qual casa?

– A minha. – Ele balançou a cabeça. – Não quero pensar nisso agora.

Helania se aproximou devagar, consciente de cada movimento do seu corpo, desde os pés batendo no piso, os quadris se movendo, até os ombros encontrando equilíbrio nos passos deliberados. Quando estava diante dele, ergueu os olhos e levantou as palmas para os peitorais.

– Então não vamos conversar.

Quando as palavras escaparam, ela não fazia ideia de quem era ela. Não era assim que agia normalmente. Ou falava. Ou pensava. E, no entanto, com Boone, tudo parecia natural.

– Me beija – disse ela.

Boone fechou os olhos com reverência como se reconhecesse que uma súplica fora atendida. E logo ele a puxava para seus braços, o corpo grande se encaixando com perfeição contra o seu, muito menor, apesar da diferença de altura. Inclinando a cabeça para trás, ela abriu os lábios e ficou pronta não só para a boca dele. Seu peito estava contraído de excitação e desejo, o coração batia acelerado e a respiração era superficial.

As mãos dele subiram para a sua garganta e ampararam o maxilar com os polegares. Quando ele se inclinou para baixo, virou a cabeça de lado e… fez o que ela tinha pedido. Ele a beijou, suave, lentamente, e a pressão quente e aveludada disparou em suas veias, espessando seu sangue com um desejo sexual revelador.

Isso, pensou ela, era assim que era para ser. Elétrico e desesperado, mas nada que você deseje que acabe logo.

Arqueando-se em direção ao peito dele, levantou bem os braços, bem mesmo, até as mãos se entrelaçarem atrás da nuca dele, as pontas dos dedos brincando com o cabelo sedoso enquanto as línguas se encontravam. Quando os seios resvalaram no peitoral, ele gemeu e apertou a pegada em sua cintura, a fragrância deliciosa dele se espalhou, as especiarias exóticas ampliando o calor gerado entre eles.

Roupas demais. Havia barreiras demais entre a pele deles.

Entre o centro dela e a ereção dele…

Quando ele rompeu o contato das bocas de repente, ela se sobressaltou, imaginando se havia feito algo de errado. Mas, quando ele ajeitou seu cabelo atrás da orelha, o sorriso de Boone lhe garantiu que ela mais do que bastava para ele.

– Não vim aqui só para isso – disse ele sério. – Preciso que saiba disso.

– Sei que não. – *Mas, pelo amor de Deus, não pare.* – Ou eu não teria permitido que entrasse. Mas obrigada por me dizer.

– Só precisava te ver.

Helania afagou seu rosto, sentindo as faces lisas. Chegou a pensar que ele devia ter se barbeado de novo antes de vir.

– Parece que eu te deixei há várias noites – sussurrou ela. – Mas só se passaram horas.

– Sinto a mesma coisa.

Então estavam embriagados um com o outro. Bom saber que ela não estava sozinha naquela loucura.

Dentro do corpo de Boone, um rugido de luxúria ameaçava sobrepujar seu juízo. A ereção pulsava dentro das calças, o sangue corria rápido nas veias, sua avidez por Helania era como uma faca nas entranhas.

Levando a mão para a lombar dela, rolou os quadris contra ela e aproximou os lábios dos dela de novo. Quando sua língua invadiu-lhe a boca, segurou-a com mais força na nuca e beijou-a mais profundamente, penetrando-a e recuando, penetrando e… recuando. Ela deve ter gostado do ritmo deslizante e ardente tanto quanto ele porque, de repente, estava agarrada a ele, com o peso do corpo pendurado no seu.

– Onde posso te deitar? – disse com urgência.

– Vem. Por aqui.

Quando Helania o segurou pela mão, ele teve que ignorar a sensação das cicatrizes naquela palma. Não queria ser lembrado de nada daquilo pelo que ela passara – pelo menos não naquele instante. Se pensasse demais na situação da fêmea, acabaria parando, e sabia que, caso fizesse isso, jamais teria outra chance com ela. Ela se afastaria. Desapareceria.

Ou talvez fosse só seu medo falando mais alto.

O que quer que fosse, agora não era a hora das mentes. Era dos corpos.

O quarto para o qual ela o levou era simples ao extremo. Nada nas paredes, nada muito além de uma cama com um único travesseiro e uma colcha feita à mão. Quando ela fechou a porta, a luz do outro cômodo foi bloqueada e, na escuridão mais absoluta, ele se desnorteou.

No entanto, bastou ela se aproximar de novo que ele não se importou com o lugar em que estavam. Só o que ele precisava – só o que ele queria – era ela. Helania era a gravidade que o mantinha na Terra e o oxigênio nos seus pulmões e o sangue que enchia suas veias.

– Só pra você saber – disse ela rouca –, não costumo fazer isto. Não sei bem o que deu em mim, mas o que sei com certeza é... que não quero parar com você.

Boone teve que fechar os olhos quando uma descarga elétrica atravessou seu corpo. Mas foi fácil se controlar novamente, para garantir a ela algo acerca do que ela evidentemente não estava nem um pouco preocupada.

– Só pra você saber, vou parar se quiser. A qualquer instante, não importa até onde tenhamos ido.

Quando ela o puxou para baixo, rumo à sua boca novamente, Boone foi levando-os de lado até que o colchão batesse em sua perna, em seguida, ergueu-a pela cintura e tirou-a do chão para colocá-la sobre a colcha. Quando se esticou ao lado dela na cama estreita, percebeu-se rodeado pelo perfume dela em toda parte, no travesseiro e nas cobertas.

Enquanto continuavam se beijando, sua mão subiu de onde a segurava, resvalando a lateral do seio e chegando ao ombro. O nariz de ambos colidiu quando reposicionaram o boca a boca, mas logo se reencontraram. Indo devagar, deixou parte do peso sobre ela, fazendo o corpo se afundar no colchão. No entanto, manteve os quadris afastados.

Pelo amor de Deus, não queria gozar tão cedo e já estava no limite.

Com seus olhos incapazes de enxergar, cada um dos sentidos estava aguçado, e ele quis tirar as roupas para poder sentir mais dela. E Helania deve ter lido sua mente. Suas mãos se direcionaram para o suéter de caxemira e o puxaram tronco acima. Afastando-se dos lábios dela, sentou-se e passou a lã macia pela cabeça.

– A camisa também – ela disse rouca.

– Sim, senhora.

Soltando os punhos, Boone arrancou a camisa social pela cabeça sem se importar com os botões – e, quando algo se rasgou no processo, não deu a mínima. Descartou o algodão passado e engomado com o mesmo cuidado demonstrado com o suéter: nenhum.

Ao se abaixar sobre ela novamente, as mãos dela deslizaram pelas costelas e ele ficou imóvel quando o pau latejou por trás da braguilha.

– Tudo bem se eu fizer isto? – ela sussurrou no escuro.

– Toque em mim onde quiser.

Rolando de lado, deixou-se cair de costas no colchão e esticou os braços para cima da cabeça. A sensação de estar entregando seu corpo para ela era tanto excitante quanto um pouco assustadora. Preferia o controle, mas por ela? Estava mais que disposto a ceder.

Ceder todo o controle a ela.

A primeira coisa que atingiu seu peito nu foram as pontas dos cabelos, pinceladas suaves em uma provocação que foi direto para a cabeça do seu pau. Mordendo o lábio inferior, sibilou pelos dentes da frente e arqueou a coluna até ela estalar. Em seguida, as pontas dos dedos encontraram sua pele e trafegaram pelos músculos do peito, descendo para os abdominais. Enquanto ela explorava seu tronco, sua respiração acelerou e ficou mais superficial, e um batimento cardíaco à parte teve início em sua excitação, endurecendo-o ainda mais.

Maldição... quanto mais ela tocava nele, mais Boone queria estar fazendo o mesmo nela, pairando acima dos seios nus – só que, no seu caso, seria a sua boca na pele dela, não os cabelos, nem as mãos. Enquanto a necessidade de descobri-la por inteiro o assolou, ele quase cedeu... Só que teve a impressão de que ela estava mais à vontade descobrindo o dele primeiro, antes de se deixar ficar vulnerável.

Quando os dedos resvalaram abaixo do umbigo, logo acima da braguilha, o som que saiu dele foi o de um animal no cio.

– Posso?

A voz de Helania no meio do breu foi como o canto de uma sereia, e ele se sentiu fraco demais para não concordar. Não que um dia negaria algo a ela.

– Por favor... – A voz dele se partiu. – Ah, Deus... *por favor...*

Ele sentiu tudo. O safanão no primeiro botão. A cintura afrouxando. O zíper descendo. Sua ereção, forçada de lado e comprimida pelo osso da pelve, era um barômetro de tudo aquilo, as ondas de prazer descendo pelo mastro e atingindo-o no saco...

A liberação, quando chegou, foi de uma variedade constritiva, e não orgásmica, e ele tinha à Virgem Escriba para agradecer: quando ergueu o quadril, Helania puxou as calças pelas coxas e a ereção se soltou do aperto, batendo no ventre. Para ajudá-la e também se distrair de todas as sensações que o abalavam, chutou os sapatos e, quando as calças chegaram ao fim da cama, tirou as meias com os dedos dos pés.

Finalmente, estava onde queria estar.

Ok, isso não era inteiramente verdade, mas estar nu era um passo nessa direção.

Ela estar nua seria o restante...

Quando a cama balançou e ele ouviu ruído de roupas sendo retiradas, seu coração bateu forte por trás do esterno como se a coisa fosse a porta pela qual o músculo cardíaco precisava passar.

– Deixa eu te ajudar com isso. – Estendeu a mão às cegas. – Eu posso...

Ele parou de falar quando Helania se deitou sobre ele, o corpo nu dela sendo o melhor cobertor do planeta, os quadris comprimindo sua ereção, os seios, ah, tão macios ao encontro de todos os seus músculos. Com uma avidez mordaz, encontrou seus lábios novamente, e os corpos se moveram juntos na escuridão, a fricção erótica e primitiva, uma crescente antecipação.

Erguendo-a em seu peito, fez carinho no pescoço com o nariz e deixou uma presa correr sobre a jugular – e, quando ela se moveu, ele disse:

– Não vou morder. Prometo.

– Quero que você morda.

Seu corpo inteiro parou diante disso. Mas ele sabia que já estava ardente demais para qualquer tipo de alimentação. Seria capaz de dre-ná-la apesar de ter tomado de uma veia meras 48 horas antes. Então, em vez de perfurá-la com seus caninos, deu uma mordiscada na clavícula e deslizou-a ainda mais para cima. E lá estava seu prêmio. Enquanto sugava um dos mamilos, ela arquejou no escuro e ele ouviu uma batida na parede, como se ela tivesse plantado uma mão para se equilibrar. Subindo e descendo as palmas pelas costelas, ele a adorou com a boca, rolando a língua ao redor dos seus pontos sensíveis, sugando-os e depois beijando abaixo deles.

Enquanto ela o cavalgava, o quadril esfregando o sexo para a frente e para trás em seu abdômen, a excitação o deixou louco, seu aroma de primavera tomando conta do quarto.

Ele quis ir devagar. Quis mesmo.

Mas, quando ela se afastou de sua boca, acomodando o peso no quadril, soltou uma imprecação e se arqueou tanto, que a cabeça bateu na parede e mudou a cama de lugar.

Só o que sentia era o centro quente e úmido dela sobre o mastro duro do seu sexo, e isso foi demais.

O orgasmo começou antes que conseguisse conter a liberação do jato quente que explodiu para fora dele, quase arrancando a cabeça do seu pau. Cerrando os dentes, praguejou por um motivo diferente.

A risada baixa de Helania era só satisfação. E ela não hesitou.

Suspendeu-se acima de sua pelve, pegou a ereção supersensível e espasmódica na mão e a ergueu.

O que ele sentiu em seguida foi o envolvimento incrível, estreito e úmido do sexo dela, a gloriosa pressão aumentando seu prazer e fazendo-o gozar ainda mais.

Só que, maldição, odiou estar tão fora de controle; ele a desapontava com toda aquela merda prematura. Deveria estar incitando uma reação sensual dela, montando nela com cuidado, lento e gostoso, até que ela chegasse ao orgasmo primeiro.

Estragara por completo a primeira vez deles.

Totalmente.

Capítulo 18

PELO FATO DE BOONE ser tão grande, não foi surpresa que seu tamanho geral se refletisse em cada parte de sua anatomia.

Em especial a parte que o definia como macho.

Quando Helania se sentou sobre a ereção rija, ele a preencheu e a alargou. E a primeira coisa também foi literal. Ele chegou ao orgasmo de maneira frenética e, quando começou a cavalgá-lo, amou tudo sobre o sexo que estavam partilhando: o fato de estar por cima, que ele perdera o controle, que ele a desejava tanto assim. Rolando o quadril sobre o dele, as coxas subiram e desceram sobre a ponta do mastro, e ela se arqueou e passou as mãos pelos cabelos, erguendo-os por cima dos ombros e deixando os seios balançarem livremente.

Foi nessa hora que fez as luzes se acenderem com a mente.

A iluminação afugentou a escuridão, e o brilho sobre a mesinha de cabeceira a banhou com uma luz suave.

Fechando os olhos quando as retinas se irritaram, continuou com o que estava fazendo, bombeando a pelve dele, o sexo dele saindo e entrando no seu, seus seios balançando. Parecia bizarro que ela estivesse tão desinibida com alguém que não conhecia tão bem, mas Boone a fazia se sentir bela, e, além disso, ela queria aquilo.

Ela *o* queria.

Quando ela levantou as pálpebras, ele a fitava enfeitiçado, os olhos se desviando dos mamilos rosados eriçados para a boca… até o ponto em que estavam unidos.

– Ah, Deus… *Helania*. – As mãos largas se esticaram e capturaram os seios, os polegares afagando as pontas hipersensíveis. – Não pare nunca.

– Não vou.

Abaixando os braços, ela se inclinou sobre ele e apoiou o peso nas laterais de seu tronco, para aumentar a amplitude dos movimentos, os seios balançando ainda mais, resvalando para a frente e para trás nas pontas dos dedos dele, aproximando-a do prazer que ele já encontrara.

Ela não queria se entregar. Não queria que aquilo acabasse jamais. Queria poder passar uma eternidade unida a ele.

Seu corpo tinha outra ideia. Em questão de momentos, contrações ritmadas começaram em seu centro e a levaram ao limite, o orgasmo tão forte que beirou a dor, o prazer inundando-a.

– Isso mesmo – ele grunhiu –, goza pra mim.

O mundo, àquela altura, começou a girar, mas não porque estivesse desfalecendo – ainda que, com todas aquelas sensações assolando-a, foi um milagre ela não perder a consciência. Mas não, não estava desmaiando; Boone a tirava de cima e a rolou de lado. Por sua cama ser uma de solteiro simples, tiveram que reajustar braços e pernas para não acabarem no chão, mas logo ela já não pensava mais na gravidade.

Ele estava em cima, e as suas coxas se afastaram para acomodar o corpo pesado, o sexo rijo voltando para o seu interior como se ali, e nenhum outro, fosse o seu lugar. Fitaram-se por um instante antes de ele a beijar com suavidade.

– Está bem assim? – ele perguntou rouco.

– Ah, sim... – ela sussurrou.

– Você é tão mais do que eu esperava.

Erguendo a mão, ela afagou seu rosto.

– E eu digo o mesmo de você.

Boone se moveu lentamente a princípio, mas isso não demorou muito. Em pouco tempo, ele a bombeava com força, a cama batendo contra a parede, a pelve se chocando contra o ninho formado pela dela. Agarrando-se aos ombros dele, ela tentou não marcar sua pele com as unhas e fracassou.

Segurou-se a ele como se disso dependesse sua vida e isso foi incrível. Primitivo. Poderoso. Dominador.

Ele era tudo o que um guerreiro deveria ser, dizimando as experiências sexuais prévias dela, desengonçadas e insatisfatórias em grande parte, destruindo tudo, até mesmo suas fantasias. E, enquanto seu corpo absorvia as penetrações, sua cabeça ia para cima e para baixo no travesseiro, a vista do teto vacilando à medida que ele avançava e recuava com toda a força de seu corpo definido.

Apesar de ainda não terem terminado, ela mal podia esperar para estar de novo com ele.

Não fazia ideia de quanto tempo durara.

Quando seu quadril por fim travou no de Helania, e seu sexo expeliu o último jato de ejaculação, ele estava completa e absolutamente exausto. E, quando seus braços subitamente perderam as forças, mal conseguiu girar de lado para não esmagá-la.

Os dois arfavam, os sexos ainda unidos graças ao torque de sua coluna, as peles cobertas por uma camada de suor.

Fizera a maior lambança em cima dela. E a julgar pelo sorriso sensual no rosto dela? Ela não se importava nem um pouco com isso.

Abrindo a boca, quis dizer algo perfeito. Expressar a alegria e a reverência que estavam em seu coração. Juntar uma combinação de palavras que a fizesse saber quanto tudo aquilo significara para ele.

Nada saiu.

Havia coisas demais a serem ditas, e estava saciado demais para fazer qualquer outra coisa além de murmurar.

Então deixou que seus dedos falassem.

Afagou-lhe os cabelos para trás do rosto, acariciou-a no pescoço, na clavícula... no esterno. Com um toque gentil, desenhou círculos ao redor de um dos seios e depois uma linha pela barriga. O corpo dela era tão bem definido quanto suas feições, as curvas e os planos sutis e perfeitos, e ele levou o tempo que quis nas suas preguiçosas explorações amorosas.

Em resposta, ela também fez sua exploração, subindo e descendo a mão pelo seu braço, demorando-se no volume dos bíceps e na divisória dos tríceps.

Enquanto os corpos esfriavam, comunicaram-se pelo contato, tudo partilhado e aceito, todos os pensamentos e sentimentos à mostra, a experiência que tiveram decorada no rescaldo tranquilo e pacífico...

Um baque fez com que ele se erguesse de pronto à procura da arma que não portava no coldre – porque, claro, estava nu. A batida aconteceu de novo, e ele olhou para o teto.

Helania riu.

— São os humanos no andar de cima.

Crrr! Slam! Bam!

— Estão entrando no chuveiro.

Boone estudou os sons, irritado.

— Até parece. Estão dançando quadrilha com sapatos de concreto.

— Vamos ter oito minutos de silêncio em seguida.

Boone deu uma olhada no relógio digital.

— Você cronometrou?

— Com a quantidade de barulho que fazem toda manhã nos dias de semana, tive que me adaptar, e ajuda a conhecer os diferentes estágios. É possível suportar quase tudo contanto que se saiba que não vai durar para sempre.

Reacomodando-se ao lado dela, trouxe-a para perto de si e acariciou seu braço.

— Oito minutos?

— Sabonete, xampu e condicionador.

— É um homem ou uma mulher lá em cima?

— Um de cada.

— Ah, Deus, e eles podem procriar. E, então, haverá mais deles.

— Sempre posso me mudar.

Boone abriu a boca, mas logo a fechou quando percebeu que estava prestes a sugerir que ela poderia se mudar para a casa dele. Isso sim era algo acontecer rápido – e cedo demais, demais mesmo para isso.

Na semana que vem tocaria no assunto. Ou, quem sabe, no dia seguinte.

Brincadeirinha, ele pensou.

Mas, falando sério, muitas vezes ouvira Craeg, Peyton e Axe falando de suas fêmeas no centro de treinamento ou depois, quando já estavam no ônibus relaxando. Era uma preocupação constante a dos colegas: quando veriam as companheiras, aonde iriam com elas, o que fariam para divertir-se. Nunca entendera isso. Claro, apreciara uma bela fêmea de tempos em tempos. Rochelle, por exemplo; não estivera cego à sua evidente beleza e postura apesar de ter reservas quanto a passar o resto de sua vida com ela.

Mas nunca chegou perto daquilo que vira com seus amigos.

Agora? Entendia completamente a situação. E, assim como seus camaradas, não era só sexo para ele. Queria contar a Helania sobre a

Cerimônia do Fade. Descobrir quais eram os sentimentos dela em relação à investigação. Pedir-lhe conselhos sobre os assuntos relacionados a Marquist, os bens do pai e o maldito testamento.

A ligação que sentia com uma pessoa que lhe era essencialmente estranha era igual à que chocou os outros três machos: em vez de tempo e de experiências revelando uma compatibilidade que levou a um relacionamento, com Helania, foi menos uma evolução gradual de sentimentos para ele e mais como se o cofre de um banco tivesse sido aberto pela senha correta.

O destrave instantâneo de algo...

Bum! Ba-bum, ba-bum, ba-bum!

Boone olhou para o relógio.

– Ah, meu Deus, oito minutos. Você tinha razão.

– Tenho experiência com eles. – Ela pressionou os lábios contra seu peito. – Em seguida, eles se vestem. Vai ser mais barulhento porque estão bem acima de nós.

Cara, ela não havia subestimado o espetáculo. As batidas e colisões, os rangidos e sacolejos, o fizeram duvidar de que roupas eram as únicas coisas envolvidas ali.

– Tem certeza de que não estão brincando de *jai alai* lá em cima? – Quando ela deu uma risadinha, olhou para ela. – Olha só, quer que eu dê um jeito nisso para você? Posso fazer isso desaparecer.

– Fazendo o quê?

– Posso quebrar ambas as pernas deles. – Deu uma piscadela. – E, se houver mais que duas para cada, quebro todas as pernas existentes ali em cima. Isso vai diminuir bastante o barulho.

Helania sorriu.

– Está brincando, né?

– Sim. – Ficou sério. – Não sou de machucar ninguém , a menos que seja necessário.

No instante em que disse isso, soube que não era bem a verdade. Mas *redutores* não contavam. Nem eram seres vivos, pelo amor de Deus.

– Posso te perguntar uma coisa? – sussurrou ela.

– Claro. – Ajeitou uma mecha de cabelos dela para trás da orelha. – O que quer saber?

– Quando chegou e eu abri a porta... – A voz dela se perdeu. – Você parecia exausto. Está tudo bem?

Boone girou uma mecha dos cabelos ruivos e loiros ao redor do dedo.

– Sinto como se precisasse escolher bem minhas palavras em relação a esse assunto.

– Por quê?

– Meu pai morreu, como bem sabe. Mas eu não... não estou triste por ele como você está por causa da sua irmã. Ele e eu não tínhamos um bom relacionamento. Eu era uma vergonha para ele, basicamente desde que nasci, porque não me parecia com um aristocrata. Sempre fui maior, mais musculoso, não tinha o corpo delgado que a *glymera* prefere. – Hesitou em partilhar que poderia ser o fruto de um caso. – Em seguida, depois que a minha *mahmen* biológica foi para o Fade, ele apenas passou para outra fêmea, sem conversar comigo a respeito. Como se ela fosse um sofá substituindo um divã manchado. Não suportei mais nenhuma dessas idiotices depois disso. Tentei atender às expectativas dele, mas só é possível chegar até certo ponto com esse tipo de censura até você se distanciar ou...

– Ou o quê?

– Se matar. – Deu de ombros, como se isso não fosse grande coisa. Mesmo tendo sido. – A última gota para mim foi essa questão da madrasta. Para ele foi um compromisso desfeito que levou vergonha à linhagem. E depois eu ter me juntado ao programa de treinamento da Irmandade, claro. Então, é isso, quando ele morreu... foi um alívio para mim em muitos sentidos.

– Lamento muito que tenha tido tantas dificuldades com seu pai.

– Acontece. Ainda mais na *glymera*, acredito eu.

– Não sei o que é pior. Perder alguém a quem amou tanto quanto eu amei Isobel... ou sofrer num relacionamento como o que teve com seu pai.

– São situações acirradas de tristeza. – E provavelmente uma das raízes do relacionamento entre eles. – O sofrimento tem muitos sinônimos, não?

Fez-se um período de silêncio.

– Você esteve compromissado?

– Estive. Ela terminou e a verdade é que eu estava mais do que tranquilo com isso. Estava preparado para ir até o fim para preservar as aparências por ela e todos os da minha família. Mas o amor verdadeiro não estava lá para mim, e tampouco para ela.

Helania respirou fundo.

– Desculpe ter perguntado sobre isso. E, só para você saber, nunca estive nem remotamente perto de algo assim.

Boone sorriu lentamente.

– Pode me perguntar qualquer coisa. E caso eu soubesse de um compromisso rompido seu, eu também me concentraria nisso.

– O seu pai deve tê-lo magoado profundamente ao longo dos anos.

– Está tudo bem. É assim que as coisas são.

Helania ajeitou a cabeça em cima do próprio braço e ficou brincando com a mão dele.

– Conte-me mais sobre como foi sua infância. E sobre o programa de treinamento. E… sobre o que aconteceu com o seu pai quando ele foi para o Fade.

Em vez de se sentir pressionado ou compelido, foi um alívio se abrir com alguém. Com ela, especificamente.

– Por onde quer que eu comece?

O sorriso de Helania estava cheio de compaixão, assim como os belos olhos amarelos.

– Por onde quiser. Temos o dia inteiro.

Sim, ele pensou consigo. *Temos mesmo.*

E isso era maravilhoso.

Capítulo 19

Butch silenciou o gravador que tocava pelo pequeno alto-falante do celular e virou a cabeça no travesseiro na direção da sua *shellan*. Marissa estava enroscada debaixo das cobertas a seu lado, os cabelos loiros espalhados sobre os ombros nus e os olhos azul-claros sérios.

– Ele realizou um tremendo trabalho – murmurou Butch. – Boone tem um talento natural para o interrogatório. Eu estava preparado a ter que conversar com ela de novo, mas ele cobriu todos os pontos que eu teria perguntado.

– Pobre fêmea. – Marissa meneou a cabeça. – Será que não seria bom pedir a ela que converse com Mary? Ela passou por muitos traumas. Primeiro a irmã e depois ter encontrado o corpo.

Butch abaixou o celular sobre o edredom entre eles.

– Vou sugerir isso.

– Mas... o quê?

Relanceando para sua fêmea, deu de ombros.

– Nada. – Quando Marissa só continuou olhando para ele, Butch imprecou e olhou para o teto do quarto. – Deus, como você me conhece bem.

O que, em momentos assim, era tanto uma bênção quanto uma maldição.

– Você acha que ela tem algo a ver com as mortes? – perguntou Marissa.

Butch deu de ombros e esfregou a cruz pesada pendurada no pescoço.

– Não confio em ninguém. Não neste estágio da investigação. Embora colocar isso em palavras depois de ouvir a essa gravação faz com que eu me sinta um babaca.

– Você tem um trabalho a fazer. Está sendo profissional. – Ela franziu o cenho. – Então aconteceram duas mortes?

– Três. – Virou-se para Marissa de novo. – Vishous está investigando a primeira. Foi uma humana. Houve várias reportagens no *Caldwell Courier Journal* a respeito. Ela foi encontrada num depósito do clube, assim como as outras duas, e foi morta com uma faca. No entanto, não foi pendurada. De acordo com a última atualização do Departamento de Polícia de Caldwell, ainda é um caso aberto. O departamento de homicídios não encontrou o assassino, mas isso não significa que seja um vampiro, portanto é difícil saber como a vítima se encaixa. Ou temos um assassino em série que está refinando sua técnica, ou é uma coincidência.

– A terceira fêmea morta... a família dela está com o corpo agora?

– Não. – Balançou a cabeça. – Havers está fazendo a autópsia. Com a permissão da família, ainda bem. Quando se apresentaram e confirmaram a identidade dela, eu não quis fazê-los passar pelo inferno de forçar esse tipo de procedimento. Mas eles querem saber quem fez isso.

Enquanto se calavam, ele ficou pensando que não pareceu nem um pouco estranho referir-se ao irmão de sua *shellan* como um macho desconhecido. Havers era extremamente competente em seu trabalho, cuidando muito bem dos seus pacientes e da sua equipe. Mas como irmão? De Marissa?

Ele jamais o perdoaria por expulsá-la de casa quando ela não tinha um lugar para ir. Pouco antes do amanhecer.

A questão com a família de verdade, de tudo que ele já aprendeu? Às vezes eles partilham o seu DNA. Às vezes, não. E visto que a ligação consanguínea só chega até certo ponto, os amigos que você escolhe mais do que compensam quando a família deixa a desejar.

– Havers fará um trabalho detalhado. – Marissa desviou o olhar. – Essa é uma coisa na qual pode confiar em relação a ele. Ele é um médico acima da média.

Depois de tudo pelo que ela passou com seu único irmão, ela ainda tinha a classe de destacar o lado positivo do macho. Mas assim era a sua *shellan*. Boa demais para ele. E para aquele irmão dela.

Butch tirou o celular do caminho e a puxou para si.

– Você é uma fêmea de valor. Sabe disso, não sabe?

– Você é parcial – ela sussurrou ao beijá-lo na boca.

– Tá me gozando? – Afagou o lábio inferior dela com o polegar. – Sou um cara ligado em fatos. Digo a verdade e apenas a verdade, e que Deus me ajude.

– A verdade, hein? Então me diga uma coisa, senhor Veracidade. Que tal isto?

Quando a mão dela envolveu uma parte muito pessoal e particular do seu corpo, ele fechou os olhos e gemeu.

Cerrando os molares, disse:

– Não sei. Não dá pra saber. Talvez você deva apertar um pouco ou dar uma mexida ao redor... ah... *isso*... mais disso. Acho que estou chegando ao ponto.

O riso de Marissa veio do fundo da garganta. Ela mordiscou o lábio dele com a presa.

– Está mais para "explodindo" do ponto, não?

– Sim. Definitivamente. Sempre... Qual era a pergunta mesmo?

As horas do dia chegaram e foram embora com uma rapidez deprimente.

Pelo menos foi o que Boone pensou quando olhou de relance para o relógio digital na mesa de cabeceira de Helania e viu que passava pouco das seis.

Merda, pensou. Sentia como se tivesse acabado de passar pela porta.

– Pra onde foram as horas? – murmurou.

Helania bocejou.

– Conversamos o dia inteiro.

E, no entanto, não houve um instante em que ele teve dificuldades para encontrar algo para contar a ela ou que estivera menos interessado em tudo o que ela tinha a dizer. Bem... também tinham feito outras coisas que não pediam muita conversa.

– Oito minutos – murmurou.

– Hum?

– Sinto como se todas essas horas não tivessem demorado mais do que os oito minutos que os humanos passaram no chuveiro...

Bum! Ba-bum, ba-bum, ba-bum!

– Falando nos diabos... – ela disse com uma risada enquanto olhavam para o teto.

– Já voltaram? – Boone reclamou. – Eu os invoquei com algum feitiço maligno?

– O dia de trabalho dos humanos acabou e o trajeto deles para casa é curto.

O som de algo tocando ao longe fez com que ele virasse a cabeça. Era o seu celular. Dentro da jaqueta, sobre a mesa da cozinha.

– E a nossa noite de trabalho está apenas começando. Esse é o meu. Pode me dar licença?

– Claro.

Quando ele saiu da cama, espreguiçou-se até sentir a coluna estalar e voltar ao lugar. Aproximando-se da porta, abriu-a e andou até a jaqueta de couro, onde espalmou o celular.

– Alô? – atendeu. – Sim. Ok, claro. Pode contar. Hum… preciso de uns vinte minutos? Ok, obrigado. Tchau.

Encerrando a ligação, encarou o Samsung por um momento. E depois se virou. Helania estava no batente da porta do quarto, o espetacular corpo nu uma vista tão maravilhosa que ele perdeu a linha de pensamento.

– Não tem que se explicar – disse ela com gentileza. – Você tem uma vida para a qual voltar, e não estou pedindo explicações…

– É sobre o meu pai.

Ela franziu o cenho.

– Algo em que eu possa ajudar?

– Só tenho que lidar com alguns assuntos desagradáveis, mas sabia que isso ia acontecer. De um jeito ou de outro, tudo vai ficar bem.

Aproximando-se da sua fêmea, ele segurou o rosto dela nas mãos e deixou os olhos passarem pelas suas feições, a mente memorizando cada uma delas certo como se nunca mais fosse vê-la.

– Quando posso te ver? – sussurrou.

O sorriso de Helania foi tão belo que ele sentiu o coração se expandir, preenchendo todo o corpo.

– Quando quiser. – Ela se ergueu nas pontas dos pés e o beijou na boca. – Estou aqui.

– Bem, os meus amigos Craeg e Paradise me convidaram para uma Primeira Refeição tardia hoje à noite. Gostaria de se juntar a nós?

– Sério? – A alegria tímida que tomou conta dela a fez reluzir. – Adoraria.

– Combinado. Eu te mando uma mensagem com o local e a hora assim que possível.

– Ok. Eu te encontro onde for.

Boone a puxou para junto do peito e apenas a abraçou contra o corpo nu. O contato ficou eletrizado de imediato, mas não podia ceder à tentação. Seria possível que ele não ressurgisse antes do amanhecer.

Dali a vários dias.

E, pensando no lugar para onde devia ir, tinha que sair agora para não se atrasar. Além disso, se a Virgem Escriba assim o permitisse, esta não seria a última vez em que teria a oportunidade de estar com Helania.

– Mal posso esperar para te ver de novo – disse ao apoiar o queixo no topo da cabeça dela. – E vou fazer uma contagem regressiva dos oito minutos até isso acontecer.

Quando ela riu, ele sentiu a reverberação na pele.

– Bem pensado – disse ela ao encará-lo. – Vou fazer o mesmo.

Capítulo 20

QUANDO SE MATERIALIZOU NA entrada de casa, Boone estava distraído pelo espetáculo de imagens de Helania que aparecia por trás de suas pálpebras. E, veja só, gostava em especial da imagem dela quando as luzes do quarto se acenderam na primeira vez em que fizeram amor, com o corpo arqueado enquanto o cavalgava, as mãos capturando os cabelos no alto, os seios espetaculares ao balançarem junto com as ondulações do quadril.

Espere, o que ele estava fazendo mesmo?

Ah, sim. A porta. Estava tentando abrir a porta da frente da casa, mas a maçaneta não estava cedendo.

Franzindo o cenho, olhou ao redor. Só para se certificar de que era a mansão certa. Isso mesmo. Aquelas eram as janelas do seu quarto.

Tentou abaixar a maçaneta de latão de novo e depois tentou abrir com a mente – mas, obviamente, a coisa era de cobre, portanto não conseguiria obrigar a trava a se soltar com a mente. Como último recurso, forçou o ombro no painel pesado – o que foi estupidez, pois a porta não estava emperrada. E só o que conseguiu foi um ponto dolorido.

Recuando para o jardim coberto de neve, verificou todas as janelas. As persianas que permaneciam fechadas durante o dia estavam erguidas e ele conseguia enxergar os objetos familiares com os quais crescera através dos painéis de vidro antigo. Depois, olhou de relance pela propriedade. Nada extraordinário fora de lugar. Nenhuma marca de pneu recente. Nenhum cheiro estranho.

Portanto, Marquist não encaixotara suas tranqueiras e se mudara, trancando-o para fora.

Voltando a se concentrar, esteve prestes a bater à porta com a aldrava da sua maldita própria casa.

Olhando ao redor de novo, marchou até perto da cerca-viva que ancorava as moitas de flores. Atrás de uma delas, havia uma mangueira ao redor de um pesado enrolador de metal. A mangueira não estava ligada à torneira por ser inverno e devia ter sido guardada. Mas, tudo bem, aquela devia ser a sua noite de sorte.

Com um grunhido, segurou o enrolador e o tirou da cerca. Certificando-se de ter uma boa pegada, deu uma de lançador de discos com o item de vinte quilos e a mangueira verde, fazendo-a voar... No ar, com a maior facilidade.

Ou... na verdade, não. Aquilo tinha a aerodinâmica de uma poltrona, mas conseguiu alcançar o resultado desejado, atravessando a janela emoldurada de chumbo do escritório do pai, estilhaçando tudo, criando um buraco denteado de cerca um metro e vinte de diâmetro.

Parecia bastante com a boca de um tubarão com os dentes afiados num círculo malfeito. Mas, pelo menos, ele não tinha que galgar a nova entrada da mansão. Desmaterializando-se para a casa através da entrada por ele criada, retomou sua forma bem quando Marquist entrava apressado vindo de algum outro cômodo, evidentemente chamado pelo som de vidro se quebrando.

O macho estava sem uniforme. Estava vestido com um dos ternos de alfaiataria de Altamere.

Também vestia um dos casacos compridos do seu pai.

– Bela vestimenta – observou ele enquanto se dirigia às escadas.

Ao passar pelo mordomo, fez questão de empurrar Marquist com o mesmo cotovelo com que tentara forçar a porta.

– Eu o vejo em dez minutos – disse enquanto o outro se esforçava para manter o equilíbrio, assemelhando-se a um pino de boliche. – E sei que mandará consertar esse buraco, levando em conta as demais liberdades que tomou com a porta da frente.

Subindo os degraus acarpetados dois de cada vez, sua fúria cresceu dentro do peito e lançou seus tentáculos, a torpeza tóxica afastando a paixão serena que encontrara com Helania. E, graças a essa raiva, uma parte dele queria ir direto para a Casa de Audiências naquele instante, só para poder acabar com o mordomo. Mas não entraria lá com o perfume da sua fêmea.

O que ele e Helania fizeram fora algo privado – e isso teria sido verdade quer ou não ele estivesse envolvido naquela investigação com Butch.

Quando chegou à sua suíte, ficou imaginando se teria que arrombar a própria porta, mas ela se abriu com facilidade.

Lá dentro, não perdeu tempo. Tomou banho. Barbeou-se. Escovou os dentes.

Pensou em vestir um terno. Mas, no fim, vestiu a roupa de couro e as armas que usava em campo.

Fazia sentido. Visto que estava entrando em guerra.

Helania tomou um banho longo e prazeroso, demorando-se a passar o xampu e o condicionador, sem pressa para se ensaboar, chegando a se sentar na banheira e se recostar, deixando que a água quente caísse em seu corpo.

Estava incrivelmente relaxada, os músculos e os ossos frouxos, a pele brilhava e o sangue corria preguiçoso nas veias. Mas isso não queria dizer que não sentisse pontos de dor e desconforto. A parte interior das coxas reclamava, dependendo da posição da perna; seu centro estava esfolado; a lombar enrijecida.

Tudo isso a fez sorrir.

Feito por merecer, e que exercício! Estava ansiosa por mais desse tipo de atividade física.

Quando a água começou a esfriar, passando do estado de fervura à temperatura ambiente, não teve escolha a não ser sair e se enxugar. Enrolando-se no tecido atoalhado, olhou de relance pela porta aberta do banheiro e avistou o manto que usava no Pyre.

Em qualquer outra noite, teria se vestido com as roupas pretas, se coberto com aquele tecido pesado e seguido para o centro da cidade a fim de observar a multidão. Mas só faltavam quatro horas até se encontrar com Boone e os amigos dele naquela lanchonete 24 horas, e tinha um serviço a fazer para o seu trabalho freelance como editora.

Trocando a toalha úmida por um roupão grosso, foi para o quarto e encarou o colchão despido. Jogara os lençóis e a manta na lavadora, e, quando enfiara tudo na máquina acrescentando sabão, sentiu uma pontada de orgulho pelo fato de que ela e seu amante tinham sujado tudo aquilo.

Ela tinha um *amante*.

Não um namorado que se convencera em ter, como uma mala numa viagem, mas um relacionamento sexual completo que não era do tipo que se fica uma vez só.

Isobel teria muito orgulho dela.

Franzindo o cenho, Helania voltou à mesa pequena na cozinha embutida. Sentando na cadeira em que tentara apoiar a jaqueta de Boone, puxou o laptop e levantou a tela. Ligando o equipamento, percebeu um buraco se formando em seu estômago quando entrou no Facebook.

Entrando como Isobel, acessou a página da irmã com a senha que criaram juntas: Isolania101.

Seus olhos lacrimejaram quando encarou a imagem no banner. Era um close da irmã, com o sorriso tão amplo e feliz, os reveladores cabelos ruivos espetados sendo algo que lhe passava a impressão de não vê-la há uma década.

Ela tirara aquela foto. Isobel estivera sentada logo ali no sofá, prestes a sair, claro, com o casaco no colo. A blusa era uma que Helania se lembrava de ter colocado numa das caixas de papelão: xadrez branco e azul com o colarinho erguido na nuca. Casual, mas elegante – e assim era Isobel.

Embora nunca tivessem tido muito dinheiro, ela estava sempre bem arrumada porque era uma perita em compras. Durante os meses mais escuros do outono e do inverno, ela sempre ia para o shopping dos humanos e abocanhava promoções antes de as lojas fecharem. Brincavam que com vinte dólares e a pilha correta de cupons e descontos, ela conseguia montar um conjunto digno da Quinta Avenida de Nova York.

Inspirando fundo, rolou a página. Doía olhar para tudo aquilo, especialmente a parte dos dados pessoais em que Isobel dizia estar num relacionamento sério.

Fazia sentido que Boone tivesse suspeitas sobre o macho que estivera na vida de Isobel, mas ela conhecia sua irmã. O tipo de felicidade que ela demonstrou era legítimo.

Não era?

Descendo um pouco mais, Helania leu as mensagens que as pessoas escreveram depois que Isobel foi morta. Ver as datas de oito meses antes foi difícil, a natureza repentina da morte – numa noite ali, na seguinte não – era representada cruamente. E havia muitas pessoas que sentiam a falta dela.

Tantas publicações de homenagem, embora fosse complicado determinar quem eram as pessoas. Como de costume, os membros da espécie camuflavam suas reais identidades nas mídias sociais, uma precaução extra, tomada como medida de segurança tanto em relação à Sociedade Redutora quanto em relação aos humanos...

Helania parou. Inclinou-se para perto da tela.

Uma das mensagens só tinha cinco palavras: *Eu te amo, Issie. Eternamente.* Não havia imagens incluídas, mas Helania não estava concentrada nisso. Olhava para o avatar, o círculo pequeno com parte de um rosto.

Clicou duas vezes no nome e foi direcionada para outra página.

– É você... – sussurrou.

Recostando-se na cadeira, encarou a foto parcialmente escurecida do maxilar de uma fêmea, da bochecha e dos lábios. Não era um perfil completo, mas uma pinta reveladora na orelha foi o que garantiu a identificação: era a fêmea que batera à sua porta naquela noite terrível. A que a ajudara a preparar o corpo de Isobel para a Cerimônia do Fade. Aquela que empunhara a outra pá na floresta.

Algumas pessoas você simplesmente não esquece.

Esfregando o rosto, ela sentiu o corpo suar de repente, mas se forçou a refrear os pensamentos fugidios.

O nome era estranho: Rocky B. Winkle.

Helania pensou sobre algumas questões por um tempo. E depois foi para a parte de mensagens diretas e redigiu um pedido desesperado para a fêmea que, esperava, não soasse muito maluco.

Enquanto digitava, não conseguiu evitar a mudança em seu curso de pensamento.

Aquele namorado. Quem era ele?

E onde estaria?

Capítulo 21

Quando Boone foi conduzido à sala de jantar da Casa de Audiências de Wrath por Rhage e Tohr, foi impossível não se lembrar de ter ido ver o Rei apenas poucas noites antes para falar sobre a reunião a que seu pai havia sido convidado.

Parando no tapete oriental debaixo do enorme candelabro, Boone percebeu que estivera aterrorizado com a possibilidade de que seu pai fosse assassinado devido à informação partilhada com o Rei. E seu medo se concretizara, não pelo motivo que acreditava... não por seu pai ser um traidor. Embora, talvez, se a noite tivesse prosseguido sem interrupções, a traição acabasse acontecendo. Altamere por certo não amava o Rei.

— Como tem passado, Boone?

Voltando ao presente, concentrou-se em Wrath. O enorme macho estava sentado numa das poltronas junto à lareira, o corpo imenso recostado para acomodar todo aquele cachorrão loiro no colo. George sacudiu o rabo para Boone, mas hoje não haveria um cumprimento mais próximo, e o golden parecia saber disso.

— Estou bem, meu senhor. — Boone se curvou ainda que o Rei não visse. — Obrigado por nos receber.

Num tom mais baixo, Wrath disse:

— Onde está a outra parte disto?

Rhage falou de junto à porta.

— Na sala de espera. Acho que está falando com Saxton.

Boone não prestara atenção a Marquist quando chegara, e percebeu que tinha sido trazido até ali com presteza, como se os Irmãos de turno estivessem preocupados que algo pudesse acontecer.

Mas, pensando bem, ele estava com três pistolas automáticas, muita munição reserva – e a corrente de aço estava pendurada no ombro. Você entende, só para o caso de ter que estrangular alguma coisa.

– Você está bem mesmo, filho? – Wrath insistiu. – E responda com honestidade.

Boone baixou o olhar. Mesmo que aqueles óculos de sol não encobrissem um par de olhos funcionais, não era capaz de enfrentar o olhar do Rei ao contar a lorota:

– Ah, sim. Estou bem. Tudo está bem.

– Tem certeza?

Ouviu-se uma batida no batente, e Boone olhou naquela direção. Saxton, o advogado do Rei, estava à soleira.

– Meu senhor, podemos entrar? – pediu o advogado.

– Sim. Vamos acabar com isso.

Saxton se aproximou com um documento grosso nos braços, e depois de acenar com a cabeça para Boone, acomodou-se atrás da sua mesa. Com terno de tweed e camisa e gravatas contrastantes, além do quadradinho de lenço aparecendo no bolso do peitoral, ele parecia o aristocrata que nascera e fora criado para ser. Mas os olhos cinza eram aguçados – e ficaram ainda mais quando Marquist entrou e as portas foram fechadas.

Boone deu dois passos para o lado a fim de não ficar perto demais do mordomo, porque, adivinha? A vista daquele macho nas roupas do seu pai fazia com que quisesse esvaziar o clipe de munição no lobo frontal dele.

– *Meu senhor* – disse Marquist no Antigo Idioma –, *é minha honra suprema estar diante da sua presença. Permita que eu jure minha lealdade a...*

Quando o mordomo avançou alguns passos, Wrath lançou um olhar para Rhage, e o Irmão logo entendeu, interceptando o mordomo e segurando-o pelo ombro.

– Tudo bem – Rhage disse entredentes. – Você fica aqui.

Marquist pareceu francamente afrontado.

– Como cidadão civil, tenho o direito de prestar homenagem ao meu Rei.

Rhage segurou o macho pelos braços, levantou-o como se ele fosse uma torradeira e carregou-o para onde estivera antes, acomodando no chão o par de mocassins que Boone lembrara que o pai comprara seis meses antes.

Num tom entediado, Rhage disse:

– Considere a homenagem prestada. Continuando.

Marquist piscou, o cérebro evidentemente tentando se recalibrar para o modo como as coisas estavam se desenrolando. E Boone não estava surpreso. O macho se comportava como se tivesse alguma posição social. Na verdade, ele pegara emprestado um terno e um pouco de atitude, na melhor das hipóteses.

Bem... provavelmente também uma herança.

Saxton pigarreou.

– Estamos aqui presentes para a divisão dos bens de Altamere, filho de Himish. Como talvez se lembre – o advogado olhou de relance para Boone e curvou a cabeça –, o cavalheiro passou para o Fade há duas noites e, na noite passada, seguindo as tradições, uma Cerimônia do Fade foi realizada diante de testemunhas. Tendo sido cumprida essa formalidade, agora parece ser apropriado que seu último desejo e testamento seja lido e certificado. Uma cópia do documento em questão a ser lido me foi fornecido por Marquist, filho de Merihew, e agora a tenho em mãos.

Boone encarou o advogado, ciente de que respirava de forma entrecortada.

– O que ele diz? – o Rei exigiu saber.

Houve uma pausa constrangedora, e Saxton baixou o olhar para o volume de páginas de mais de dois centímetros de espessura, mantidas unidas por uma cordinha do lado esquerdo. Na frente do que parecia ser um livro, fitas de cetim laranja e azul-claro denotavam a linhagem de Boone.

Foi Boone quem falou:

– Meu pai me excluiu do testamento. Não foi?

Os olhos de Saxton mostravam tristeza ao pigarrear.

– Sim, parece que esse foi o caso. A alteração foi acrescentada cerca de um ano atrás.

– E ele deixou tudo para Marquist.

– Exato.

O mordomo olhou para os dois.

– Desculpe... Mil perdões, mas o que exatamente me foi deixado?

– Tudo – respondeu Saxton. – Se este documento de fato é a versão final do testamento, ele prova que você receberá todas as propriedades de Altamere, tangíveis e intangíveis. Além do mais, todos os depósitos em custódia estão atualizados para deixá-lo como beneficiário.

A surpresa de Marquist foi sendo devagar substituída por um sorriso satisfeito.

– O meu senhor foi mais generoso do que imaginei.

– Isso foi forjado? – o Rei exigiu saber. Quando o mordomo abriu a boca e começou a responder, o Rei se irritou: – Faça um favor a si mesmo e cale a porra da sua boca. Não estou de bom humor agora e, se por algum motivo você não falsificou isso, vai querer que eu decida a seu favor em vez de ordenar que alguém o transforme num doador de órgãos.

Marquist acatou a ordem com tanta presteza que os molares se chocaram.

Saxton abafou uma tossidela com a mão.

– Boone, quer esteja ou não no testamento, legalmente você é o parente mais próximo de Altamere, visto que a segunda *shellan* dele também faleceu. De tal modo, gostaria que se aproximasse para verificar a assinatura do seu pai.

Quando o advogado começou a folhear as páginas para chegar às últimas do volume, Boone falou:

– Quando a alteração foi feita?

Saxton terminou de virar as páginas e alisou as últimas contra a encadernação.

– Parece que… a assinatura foi datada em dezessete de fevereiro do ano passado.

Boone meneou a cabeça.

– Marquist não a falsificou. A assinatura é legítima.

– É verdade – disse apressado o mordomo. – Não fiz isso. Altamere mencionou o fato de ter feito certas mudanças, e suspeitei de que fossem a meu favor, mas não tinha certeza. Muito certamente não imaginei que se tratasse de… tudo.

– O que tem essa data? – Wrath perguntou a Boone. – Por que isso é relevante?

Boone cruzou os braços diante do peito e, ao sentir as adagas cruzadas no esterno embainhadas com os cabos para baixo, começou a ficar inquieto.

– Isso foi vinte e quatro horas depois que o arranjo de minha vinculação foi desfeito – disse sem emoção. – É por isso que tenho certeza. Meu pai ficou furioso que a fêmea em questão me considerou inadequado, portanto a data faz sentido.

Ok, não era totalmente mentira. Mas tampouco era totalmente verdade. No frigir dos ovos – e parecia que Boone não teria nem isso –, a ameaça sobre sua paternidade fora mais motivadora do que o fracasso do acordo feito com Rochelle.

Mas, àquela altura, águas passadas, certo?

Quando as sobrancelhas de Wrath se ergueram acima da armação dos óculos, Saxton pigarreou.

– Bem… pode ter sido assim, mas talvez possa vir até aqui para dar uma olhada, de qualquer maneira?

Boone atravessou o tapete e se aproximou da mesa. Quando Saxton virou a página para ele, inclinou-se para baixo. A série familiar de riscos e floreios do pai estava como devia estar – não era algo fácil de imitar.

– Isso é legítimo.

Saxton parecia prestes a lhe oferecer condolências.

– Estaria disposto a assinar uma declaração juramentada confirmando isso?

– Sim. Prepare os papéis e faço o que quiser…

A voz de Wrath o interrompeu:

– Só para que entenda bem, se assinar um documento como esse, estará abrindo mão de tudo. Se afirmar que essa assinatura é real, e não uma falsificação por conta de um acordo de vinculação cancelado, mesmo que acredite nisso, ainda assim poderia contestar o testamento como herdeiro dele. Você tem esse direito. Durante a investigação, algo de que não esteja ciente no momento pode ser revelado. Influência indevida, por exemplo.

Leia-se: o Rei não confiava muito nas intenções de Marquist.

Boone meneou a cabeça.

– Não vou contestar.

A voz de Wrath abaixou.

– É a herança da sua linhagem, filho. Se a sua família for como qualquer outra da *glymera*, estamos nos referindo a séculos e séculos de obras de arte e antiguidades. E também tem o dinheiro, as ações. Não seja tolo apenas porque está bravo.

– Não estou bravo. – Olhou de relance para Tohr e Rhage porque eles o conheciam e o entendiam bem. – Não estou sentindo nada. Marquist pode ficar com tudo. Para fazer o que bem quiser. Gastar, poupar, vender todas as merdas, doar. Realmente não me importo. Depois de todo esse tempo... prefiro estar livre a ter segurança financeira.

Houve um silêncio demorado ante seu anúncio, e estava disposto a apostar que pelo menos um dos Irmãos, e provavelmente Wrath também, devia estar pensando que ele precisava de uma avaliação psicológica.

Marquist, por sua vez, começava a parecer com alguém que acabara de ganhar na loteria.

O que, evidentemente, acabara de acontecer.

Wrath afagou a cabeçorra do cachorro.

– Vou lhe dar duas semanas para pensar a respeito.

– Não preciso delas...

– Vai tê-las de todo modo. – O Rei encarou na direção de Marquist e, olha só, ser atingido por aquele olhar firme, ainda que nenhum detalhe fosse registrado sob um ponto de vista ótico, arrancou a tapas o sorriso do rosto do mordomo. – E escute aqui, você vai permitir que ele fique naquela casa pelas próximas catorze noites. Se eu ouvir qualquer tolice em contrário, de qualquer pessoa, rasgo esse testamento no meio e dou tudo a uma caridade da escolha de Boone.

– V-você não pode fazer isso – gaguejou Marquist.

Wrath sorriu, revelando presas enormes.

– Este não é o mundo dos humanos, babaca. Eu sou o Rei e posso fazer a porra que eu quiser, inclusive mandar alguém visitá-lo enquanto você dorme e impossibilitar que chegue à Primeira Refeição. Faça o que eu digo e provavelmente se safará com dezenas de milhões de dólares e um belo lar. Fique sentadinho, caladinho, ou te ponho debaixo da terra.

Bem. E havia isso, Boone pensou.

Só que ele só balançou a cabeça de novo para o Rei.

– Está tudo bem. Mas, se quer que esperemos duas semanas, tudo bem também. – Olhou para Marquist. – Você pode ficar com o dinheiro e todas as coisas, mas, se acha que vai tomar o lugar do meu pai só porque calça o mesmo número que ele e cabe nas roupas dele, vai acabar se dando muito mal. A *glymera* não aceita sequer o seu povo. Você jamais terá nada além de uma casa vazia na qual visitar cômodo por cômodo, e coisas que não são suas para ficar encarando. A riqueza só é bela do lado de fora, acredite em mim.

Dito isso, caminhou para as portas duplas.

Ao se aproximar de Tohr e Rhage, já esperava algum tipo de conversa sobre ele não dever ir a campo naquela noite. Que não estava escalado. Que precisava de mais tempo, ainda mais depois da notícia maravilhosa que acabara de receber.

Mas os Irmãos simplesmente abriram a porta e lhe deram passagem.

Não soube se porque entendiam que não poderiam detê-lo ou por não saberem para onde ele se encaminhava.

E isso não importava.

Assim como tantas outras coisas em sua vida.

Capítulo 22

QUANDO BOONE ESMAGOU UMA porção de neve suja congelada de um beco sabe-se lá Deus onde no centro da cidade, o vento frio ardeu em seu rosto e nas orelhas. Também nas mãos. Na pressa de sair de casa para o embate com Marquist, esquecera-se das luvas, mas não se importava em congelar. Nem com o que fora revelado no testamento. Ou com o fato de estar basicamente sem-teto.

Ou que seu pai considerara adequado praticamente apagá-lo da linhagem. Beneficiando um desconhecido que entrara nas vidas deles num impulso e mudara o caminho da história da família. De mais de uma maneira, muito provavelmente.

Só que, de novo, isso não estava no seu radar.

Pelo menos não conscientemente.

Embora sua mente estivesse completamente vazia, havia enormes vagalhões de raiva atravessando seu corpo, o motor que incitava seu estado de prontidão para a luta como um reator nuclear que ameaçava derreter o seu centro.

Mas não estava irritado com o pai. Não. Estava Absolutamente Tranquilo pra Cacete.

Só queria matar cada *redutor* que existia na face da história da guerra. E depois de ter terminado? Teria que encontrar algo mais contra o que lutar, porque, naquele momento, no seu estado mental, estava insaciável numa escala épica.

Chegando ao fim do beco, não parou antes de entrar numa rua lateral de quatro pistas, sem dispensar sequer um olhar para os carros que buzinaram e frearam para evitar atropelá-lo. Em seu rastro, ouviu metal se chocando e vozes imprecando e, em seguida, sirenes. Mas já teria se afastado há tempos quando elas chegassem.

Seguiu em frente, avançando pelo beco, atravessando outros cruzamentos no quadrante de prédios decaídos. Cerca de um quilômetro adiante, uma oportunidade finalmente se apresentou. Mas foi um caso fortuito de achado não é roubado.

Em vez dos *redutores* pelos quais vinha procurando.

A fêmea humana que atravessou seu caminho estava semidespida, descalça e sangrando em vários pontos. E, assim como todos os Hondas e Nissans que surpreendera naqueles cruzamentos, foi forçado a brecar sem aviso – embora os solados das suas botas fossem muito melhores do que qualquer Michelin naquela cobertura de neve. Seu peso colossal parou sob demanda.

A mulher virou a cabeça para trás, deu uma olhada nele e gritou alto. Em retrospecto, ele havia exposto as presas uns doze quarteirões atrás. E tinha fácil o triplo do tamanho dela.

Derrapando e tropeçando, ela disparou pelo beco, afastando-se dele, deixando um rastro de sangue à medida que corria.

Boone só ficou ali parado, arfando, e grandes nuvens brancas escapavam da sua boca aberta. Ah, pelo amor de Deus. A última coisa que queria era ficar preso a um dramalhão humano. Mas aquilo se parecia com um trajeto até a Starbucks mais próxima onde você vai comprar um *venti latte* e acaba batendo num vira-lata com o seu para-choque dianteiro.

Sim, claro, sempre se pode seguir em frente e comprar o seu maldito café.

Mas desperdiçaria o resto da noite pensando que diabos acontecera ao maldito cachorro.

E nenhuma quantidade de espuma de leite iria fazê-lo se sentir melhor.

– Ah, qual é… – murmurou enquanto visões de matar um assassino eram substituídas pela chateação de ter que apagar memórias e ligar para a polícia.

Só que, quando ela continuou correndo, ele percebeu que ela estava nua da cintura para baixo… e que havia sangue no interior das coxas dela.

Uma porta se escancarou uns cinco metros mais adiante dele, o painel de quinta categoria batendo na lateral do prédio como um ponto de exclamação nítido e claro de um machado acertando a madeira.

O macho humano que saiu erguia as calças e tinha uma faca entre os dentes. Ao contrário da mulher, ele nem notou Boone. Estava ocupado demais rastreando as pegadas ensanguentadas na neve com os olhos – e, quando viu a fêmea humana, a gargalhada que escapou dos lábios dele era pura maldade.

Ele não a perseguiu correndo. Andou, de botas, atrás dela, com o tronco nu cheio de tatuagens pretas e os músculos cobertos por uma saudável camada de gordura.

– É o fim da linha, vadia – ele gritou. – Ninguém vai te salvar.

Syn recebeu a mensagem sobre o *trainee* desaparecido no início do seu turno. Não comentou nada com Balthazar porque não era preciso. Primeiro, o macho também recebera o alerta. Mas, mais precisamente, embora os Bastardos ajudassem com o programa de treinamento de tempos em tempos no caso de a Irmandade estar com poucas pessoas, na maior parte das vezes, Syn e seus amigos não se pareavam com os jovens soldados.

Portanto, o fato de que um dos garotos estava nas ruas, bem armado e sem um parceiro, não era um problema que alguém esperasse que ele fosse resolver.

Com isso, esqueceu-se do assunto enquanto ele e Balthazar cobriam o quadrante oeste da cidade. O conjunto de prédios sem portaria abandonados e dos antros de crack por acaso era sua tarefa predileta porque os humanos que estavam naquelas paragens ficavam na deles. Pouco importava quantos tiroteios, gritos ou cheiros estranhos apareciam no ar noturno. A privacidade para trabalhar era garantida.

Naturalmente, a Sociedade Redutora também sabia disso e, como resultado, aquela faixa de dez a quinze quarteirões era o melhor ponto de caça da cidade. E sabe do que mais? Dois assassinos apareceram cerca de uma hora e meia após o início da varredura. Syn matou o seu rapidamente – um desapontamento, mas é isso o que acontece quando você se descuida da sua faca e acerta a jugular cedo demais: enquanto mirava no ombro, a fim de postergar a morte, o maldito fez um zigue quando deveria ter feito zague.

E foi um exemplo ao estilo Old Faithful, um maldito gêiser de óleo negro fedorento.

O maldito filho da puta sangrou tão rápido que Syn concluiu que Ômega devia estar administrando alguma espécie de anticoagulante aos novos recrutas.

Enquanto isso, Balthazar, o filho da puta sortudo, estava contra um *redutor* que tinha boas habilidades de combate. Os dois estavam firmes no mano a mano no beco apesar de haver um amplo arsenal de armas à disposição, pelo menos do lado do Bastardo. Mas a caçada vinha diminuindo nos últimos tempos, o que significa que, caso você dispusesse de uma chance de treinar suas habilidades, era preciso tirar vantagem disso.

Quem é que poderia saber que o fim da guerra seria tão entediante?

Depois que Syn esfaqueou o inútil hemorrágico de volta ao seu chefe, saiu do caminho deles, apesar de estar morrendo de vontade de "ajudar" Balthazar. E, por "ajudar", ele queria dizer tomar conta da luta e esfaquear o inimigo. Uma centena de vezes.

Ou quase isso.

A questão era que ainda estava muito cedo e fazer tal coisa tornaria seu parceiro rabugento pra caramba pelo resto do turno, o que garantiria uma noite longa e nada divertida...

Quando o vento mudou de direção, o cheiro de sangue vermelho que chegou ao seu nariz foi suave e meio que distante. Mas o perfume cuprífero fez com que suas presas se alongassem e a boca salivasse. Ambos sinais claros de que não se alimentara há tempo demais – ainda mais que o plasma que chamara sua atenção era de proveniência humana, e não vampírica, e habitualmente a versão aguada nunca lhe interessava.

Erguendo o queixo, farejou o ar. Muito fresco. Tipo... fresco pra cacete.

Assobiando entre os dentes da frente, esperou que seu companheiro respondesse – e Balthazar não perdeu tempo. Deu um gancho de direita certeiro que fez o assassino recuar até uma lata de lixo, e depois olhou para o outro Bastardo.

Syn deu um toque no nariz e depois apontou para além do beco.

Balthazar assentiu uma vez e voltou a lutar, atacando seu *redutor*, agarrando-o pelos cabelos e usando o rosto dele como bola pula-pula contra a lateral de tijolos do prédio...

Jesus, aquela mancha preta era o melhor teste de Rorschach urbano que Syn já vira.

Virando-se, sabia que Balthazar tinha a situação sob controle. E se, por acaso, outros assassinos aparecessem para ajudar? Syn não estaria tão longe.

Seguindo o cheiro, avançou pelo beco e, uns trezentos metros adiante, encontrou pegadas ensanguentadas na neve – e dois outros pares de pisadas. E bem quando começou a seguir o espetáculo, ouviu uma voz masculina adiante, os sons graves ricocheteando como se quem quer que falasse estivesse num beco sem saída.

Algo claro reluziu adiante, nas sombras.

Syn começou a trotar e, quando entrou nas partes mais escuras do beco, seus olhos se ajustaram rapidamente: uma mulher corria na neve como se sua vida dependesse disso, com porções de roupas penduradas do corpo, sangue escorrendo pelas pernas, movimentos descoordenados como se estivesse com dor ou drogada. Diminuindo a distância, um homem se aproximava dela a passos lentos, num metrônomo da morte iminente...

Uma terceira figura apareceu sem aviso, uma forma grande e sombria materializando-se no ar diretamente entre o homem e a mulher.

Como só um vampiro consegue fazer.

Syn reconheceu a jaqueta preta de couro e a postura de imediato. O rosto ele demorou um segundo a mais para perceber de quem era.

Veja só. Encontrara o *trainee* desaparecido. E Boone era uma montanha de músculos bloqueando o caminho do homem, protegendo a mulher ferida.

Gesto galante, mesmo a vítima sendo humana. Uma pena que a rotina de Bom Samaritano era uma infração enorme a muitas das regras da Irmandade, a começar pela "Não se meta nos assuntos dos humanos que não nos dizem respeito". Que, basicamente, era a primeira da lista de coisas a não se fazer.

Felizmente para o garoto, contudo, seu tipo de livre-arbítrio, acoplado à sua localização e à porrada de coisas que certamente pretendia fazer, não eram um problema que Syn quisesse resolver.

E, no fim da noite, quem era ele para querer atrapalhar um espetáculo como aquele?

Capítulo 23

Enquanto Boone reassumia sua forma corpórea entre o homem e a mulher, a aparição repentina provocou uma forte reação de ambas as partes: a vítima atrás dele gritou e o seu agressor com a faca na mão deu um pulo para trás, caindo de bunda no chão.

E os anjos cantam no coral, só para combinar com o tema natalino. Boone olhou para a mulher por cima do ombro.

– Feche os olhos.

O rosto pálido estava muito machucado, os cabelos, sujos de sangue. Ela não tremia mesmo a temperatura estando baixa, o que não era um bom sinal.

– Meu bem – disse ele com suavidade –, cubra os olhos com as mãos. Eu te digo quando pode olhar de novo. Confie em mim. Não vou deixar que nada lhe aconteça, mas não precisa ver isto.

O peito dela arfava e o olhar estava arregalado. Mas algo nele fez com que ela o compreendesse. Assentindo repetidamente, ela levantou as mãos manchadas de sangue para o rosto e se curvou sobre si mesma, agachando e se enrolando toda como uma bola.

Como se, talvez, estivesse acostumada a se proteger de golpes.

Boone voltou a se concentrar no homem e expôs as presas.

O agressor enfiava os calcanhares na neve enquanto tentava se arrastar para trás, a faca na mão atrapalhando seus movimentos. Já não havia mais ameaças, nem agressão, toda aquela postura de "te peguei".

Chegara até a mijar nas calças.

Enquanto caminhava na direção do homem, Boone sabia qual arma usaria para matar o cara.

– Ela é só uma puta – disse o humano. – Pelo amor de Deus.

Houve mais um punhado de palavras verbalizadas, mas Boone já estava farto da situação.

Lançando-se no ar, fez um ataque frontal, com uma mão mirando a garganta do homem e a outra se certificando de imobilizar o pulso que controlava a faca. Não houve luta, por assim dizer. Humanos, mesmo os machos, não eram páreo para a força dos vampiros, e demorou só um instante para Boone girar aquele braço para fora da junta de modo que a faca foi largada.

O som de dor genuíno saindo do agressor era música aos ouvidos de Boone, mas ele não poderia deixar que aquilo se prolongasse demais.

Forçando os dedos na boca aberta do homem, puxou a mandíbula com tanta força que boa parte do tronco também subiu. Em seguida, bateu a parte de trás do crânio na neve compactada, machucando bem o cara. O impacto alcançou o grau de imobilidade atordoada que ele buscava: o homem ainda estava vivo – o peito subia e descia, as veias da garganta continuavam a pulsar –, mas a cognição tinha diminuído.

Logo, porém, ela voltaria.

Não que houvesse alguma saída para esse agressor...

Pelo canto do olho, Boone notou a faca que o homem usara contra a mulher. A arma estava de lado, a lâmina manchada um tanto cega.

Que bom, Boone pensou. Aquilo seria bem mais divertido já que não estava afiada.

Espalmando o cabo, acomodou-se sobre os calcanhares e esperou que os olhos injetados voltassem a ter foco. Não demorou nada, uma evidência tanto da juventude relativa do cara quanto da absorção de impacto provocada pela camada de neve.

Quando teve certeza de que o agressor estava pronto, Boone se inclinou para baixo e aproximou a faca do rosto dele.

Murmúrios. Muitos murmúrios. Seguidos de súplicas desesperadas.

– Quero que me observe – Boone disse devagar. – Ok? Está me entendendo? Não me irrite, isso não seria uma boa ideia. Está pronto? Responda.

Quando a cabeça assentiu, Boone apontou a extremidade com o indicador. Depois a moveu para a cintura do homem e apontou para a virilha.

Muitos gemidos, e o braço que ainda funcionava cobriu a área sensível com a mão.

– Não, não – Boone disse com suavidade. – Não vai ser assim.

Pescou uma bandana, que sempre levava consigo para o caso de ter que fazer pressão num ferimento, de dentro de um dos bolsos da jaqueta. Em seguida, com um movimento ágil, enterrou a faca no dorso da mão do agressor.

Quando o homem abriu a boca para gritar, Boone enfiou o tecido de algodão entre os dentes dele.

Depois disso, cerrou o punho e socou o cara no ombro machucado com tanta força que algo se quebrou ali. Foi um bom teste para o silenciador – e a bandana foi aprovada. O grito foi abafado da mesma maneira que seria caso a cabeça do cara estivesse dentro de um saco de aniagem. As pernas inquietas, no entanto, eram uma chateação à parte, chutando a neve, movendo-se na direção do tronco – e Boone teria cuidado desse assunto se não estivesse preocupado com a fêmea humana perdendo sangue demais e calor corporal.

Puxando a faca da mão, esperou que o humano voltasse a si mais uma vez. Em seguida, agarrou a frente das calças e inseriu a ponta da lâmina. O tecido, azul-marinho como o de uniformes usados por zeladores, encharcado com a urina das calças, estava relativamente resistente, mas não se opôs à lâmina cega.

Sem cueca. Era de imaginar.

Posicionando-se entre as pernas do homem, Boone imobilizou as pernas inquietas com os joelhos. Bem quando estava para posicionar a lâmina, parou e pensou se não estava levando a coisa longe demais.

Mas logo pensou na mulher atrás de si.

– Isto é por ela – disse com um grunhido.

Helania chegou à lanchonete aberta 24 horas pouco antes da meia-noite. Ao retomar sua forma nas sombras do estacionamento, teve que sorrir. O lugar era chamado, literalmente, Lanchonete 24 Horas.

Exatidão na missão.

Subindo na calçada que dava a volta até a entrada da frente, ela gostou dos vidros imitando vitrais e das janelas curvas, e do fato de haver um número surpreendentemente considerável de humanos ocupando as cabines junto às vitrines e os bancos diante do balcão.

Entrando, hesitou junto à caixa registradora perto da porta. A decoração era o que se esperaria de algo saído dos anos 1950: esquema de cores em vermelho e branco, toalhas e cortinas de algodão, garçonetes de saias com blusas e aventais de babados. O cardápio estava afixado acima do balcão, havia *jukeboxes* individuais em cada cabine e um compartimento de vidro todo dedicado a fatias de bolo junto à máquina de refrigerante.

Boone não estava ali, e ela não reconhecia ninguém da espécie.

A sensação de estar deslocada de tantas maneiras criou um pânico irracional no meio do seu peito, e ela considerou virar e sair de lá. Em vez disso, aprumou os ombros e disse a si mesma que ficaria ali, mesmo se isso resultasse em ninguém aparecendo ali e nela comendo uma fatia de torta sozinha.

Já passara da hora de estender seus horizontes. Mesmo que fosse só até a Lanchonete 24 Horas.

Uma mulher de meia-idade com o nome "Ruth" no crachá se aproximou.

– Olá, doçura, pronta pra sentar?

O sotaque sulista foi uma surpresa. Mas, pensando agora, Helania jamais tinha ouvido um pessoalmente.

– Hum... acho que era pra eu encontrar uns amigos aqui?

– Já chegaram?

Helania olhou ao redor de novo. Sabe, só para o caso de não ter notado três vampiros sentados em meio a humanos.

– Hum, não. Acho que não.

– Quantos vão?

Pelo menos foi o que ela pensou que a mulher tivesse dito.

– Desculpe, pode repetir?

Retrocedendo aos antigos hábitos, leu a resposta nos lábios: *quantos vão ser?*

– Três? – Muito bem, aquela coisa de responder com uma pergunta estava ficando cansativa. Como se a mulher estivesse em condições de confirmar o número para o caso de Helania estar errada. – Quero dizer, quatro. No total. Três mais eu.

O sorriso que recebeu foi tão inesperado e tão... gentil... que Helania quase se emocionou.

– Tá nervosa – concluiu a mulher. – Vai encontrar um homem?

– Hum… bem… sim. Acabei de começar… a ver… alguém. E ele e os amigos vão me encontrar aqui… um casal. Quero dizer, há outro casal chegando. Com ele.

– Ah! Um encontro duplo! Venha, pode se sentar ali onde é mais tranquilo.

Helania seguiu a garçonete até uma cabine no fim de uma fileira do lado oposto ao balcão. Quando ela se acomodou no fim para ficar de frente para a porta, Ruth trouxe quatro copos de água e apoiou o quadril contra a lateral acolchoada desocupada da cabine.

– Então, me conta sobre o seu namorado – disse a humana.

Bem, ele é vampiro e mata mortos-vivos como profissão. Também beija muito bem.

– Estamos começando a nos conhecer agora. – Por dentro e por fora, no caso dela, pensou ao corar. – E ele é um cara bem legal.

– Meu bem, você está certa, então. Fiquei casada com meu Merv por cinquenta anos, e o amava do mesmo jeito no dia em que o enterrei como no dia em que entrei na igreja. – A mulher se inclinou para baixo e sussurrou: – Guarde bem as minhas palavras, os caras legais são aqueles que você quer ter por perto para sempre. Os malandros só servem para partir seu coração, e esse é um rito de passagem pelo qual uma mulher inteligente só passa uma vez na vida. Os bons? É com esses que você se ajeita.

Ruth deu uma piscadela para Helania e se endireitou.

– Quer café?

Será que quero?, Helania se perguntou.

– Sim, por favor? – Deus, de novo com o maldito ponto de interrogação. – Quero dizer: sim, por favor.

– Creme e açúcar? E, veja bem, não temos nenhuma daquelas coisas chiques como leite de amêndoas ou de soja. O nosso creme é de vaca. O resto é tranqueira que só faz estragar um bom café.

Como àquela altura Helania não sabia nada sobre como preferia as coisas, disse que queria café puro. E enquanto Ruth voltava para o balcão em busca da cafeína, Helania enxugou as palmas suadas nos jeans. Deduzindo que a parca não estava ajudando na situação das ondas de calor que a percorriam, e sabendo que logo teria que dar a mão para cumprimentar, despiu a jaqueta e a enfiou dobrada entre a coxa e a parede da cabine.

Bem quando analisava o *jukebox* individual, seus sentidos se aguçaram e ela ergueu o olhar.

Um casal muito bonito passava pela porta. A fêmea era loira e muito linda, com aquele tipo de beleza que faz as pessoas olharem duas vezes e transformava os jeans casuais e o casaco de lã em roupas formais. O macho ao lado dela era alto e usava um boné do Syracuse, o corpanzil estava relaxado – mesmo enquanto os olhos vasculhavam a lanchonete como se esperasse a eventualidade de quem sabe, talvez, ter que atacar algum agressor.

Quando os dois a fitaram, Helania primeiro pensou: *O que Isobel faria?* E a resposta para isso era óbvia: a irmã teria saltado para fora da cabine, corrido até junto deles, os teria abraçado apesar de serem estranhos e os levaria de volta à mesa para que começassem a se tornar grandes amigos e confidentes.

Ok, muito bem… quando pensou em imitar esse tipo de comportamento, teve que negar cada um deles com veemência. Pelo amor de Deus, estava tão nervosa que provavelmente tropeçaria e cairia de cara enquanto tentasse deslizar para fora do banco. E, então, antes que conseguisse pensar num plano B, o casal acenou e começou a andar em sua direção.

Engolindo em seco, Helania fitou o vidro ao seu lado. Desmaterializar-se sempre era uma opção. Poderia deixar que cuidassem de apagar as memórias dos humanos. Voltar para o apartamento e nunca mais tentar aquele tipo de circunstância.

Nunca mais.

Só que, então, percebeu uma coisa. Aquilo não se tratava do que Isobel faria.

Era mais uma questão do que ela, Helania, faria. E só porque não conseguiria ser desenvolta e se tornar amiga de cara de duas pessoas que nunca vira não significava que falhava em algum tipo de teste. Também não era uma condenação moral sobre sua natureza tímida.

Quando o casal chegou à mesa, inspirou fundo. Em seguida, numa voz surpreendentemente tranquila, disse:

– Oi, acho que vamos comer juntos? Sou Helania.

Com uma sensação de medo, esperou para ver o que eles fariam…

A fêmea sorriu e deslizou pelo banco da frente.

– Estamos muito felizes em te conhecer! Sou Paradise, e este é meu *hellren*, Craeg. Boone só tem coisas boas a dizer sobre você.

– Isso mesmo – concordou o macho. – Ele é louco por você.

Paradise o encarou.

– Não vamos deixá-la constrangida...

– Só estou dizendo. – Craeg deu de ombros. – Qual é, *leelan*, ele está como eu era com você. E não há nada de errado em ela saber disso.

Paradise olhou para ela e sorriu.

– Olha só, se estragamos alguma surpresa, nos desculparemos com ele mais tarde. Mas é verdade. Ele pareceu tão animado quando nos enviou uma mensagem dizendo que você viria.

– Muitos emojis. – Craeg sorveu um gole de água. – E ele nunca manda emojis.

Quando Ruth chegou com seu café e alguns cardápios, Helania sentiu os olhos marejarem de novo. Piscando rapidamente, exalou de alívio... e alegria.

Veja só ela. Conhecendo pessoas. Fazendo amigos, quem sabe.

E esperando pelo cara que era "louco" por ela.

Somando-se tudo, a noite não poderia estar melhor.

Capítulo 24

No TOCANTE A FACAS cegas, a arma de escolha do agressor fez um trabalho de porrete. Bem, digamos, de estilete. Sem querer ser muito franco.

Rá-rá.

E, veja só, Boone devia estar se sentindo um pouco melhor se conseguia fazer piadas ruins para si mesmo. O humano, por sua vez, estava se sentindo muito pior, por tantos motivos diversos. Embora, a julgar pelo modo com que seu peito não se movia mais nem para cima nem para baixo, era de se concluir que ele já não devia estar sentindo muita coisa mais.

Tão rápido, Boone pensou ao se afastar da sua presa. Mas tivera que trabalhar com agilidade – e agora havia muito que se limpar ali. Tanto vermelho na neve, tanto vermelho na pele do homem, tanto vermelho...

Boone ergueu o olhar. O fim inteiro do beco estava banhado num brilho avermelhado, a luz estranha iluminando a parede, as laterais dos prédios, o lixo que se acumulara e fora enterrado pela neve... bem como a humana que estava onde ele a deixara, agachada, enroscada, com as palmas cobrindo os olhos.

Saltando de pé, passou a faca de merda para a outra mão e tirou a pistola do coldre com sua palma de lutar. A iluminação sinistra se irradiava das sombras mais densas cerca de nove metros adiante, vinda de dois pontos de laser...

O cheiro de um vampiro macho chegou até ele na brisa fria, e Boone franziu o cenho.

– Alto lá. Identifique-se ou eu mesmo vou identificá-lo de uma maneira que não vai gostar...

– Valentão para um *trainee*.

Boone abaixou a pistola. Reconheceu a voz. E também reconheceu o cheiro. E mais do que devido a essas duas coisas, algo foi acionado em sua mente, alguma coisa… que ele não conseguia definir muito bem.

– Apareça – disse ele.

A tremenda figura que saiu das sombras estava vestida com o mesmo couro preto que Boone vestia. Mas com a luz vermelha que saía pelo que pareciam ser seus olhos, não havia como enxergar seu rosto.

– Belo trabalho – disse o macho lentamente. – Você poderia ser cirurgião. A limpeza, contudo, vai ser um porre.

Boone se retraiu.

– Syn?

Um assobio alto e agudo atravessou a noite, o som vindo de alguns quarteirões na direção oposta.

No mesmo instante, o brilho vermelho se extinguiu, e foi então que Boone conseguiu enxergar bem o macho: o moicano, o rosto severo e inflexível, os ombros largos.

– Me dê a faca. – O Bastardo se adiantou. – Rápido.

– O quê? Por quê?

– Porque eu mandei, porra. – Quando Boone não acatou suas palavras, Syn praguejou e repetiu a frase mais devagar. Como se imaginasse que a audição de Boone estivesse comprometida. – Me dê a faca do humano e vá cuidar dela. A menos que ache que ela ficaria melhor comigo.

Ah, é… Hum, não, essa não seria uma boa ideia. Sem querer ofender o Bastardo, mas alguém que tivesse corrido para proteger a vida não precisava de Syn em seu resgate.

Jogando a faca para o Bastardo, Boone se aproximou da humana, ajoelhando-se ao seu lado. Ela ainda cobria os olhos e, Deus… havia sangue demais debaixo de onde ela estava agachada.

– Está tudo bem. Está em segurança agora. – Guardou a pistola e enfiou a mão no bolso. – Vou te ajudar.

Pegando um pano quadrado e dobrado, ele arrancou a proteção plástica e chacoalhou a manta de tecido Mylar para abri-la. Quando foi passá-lo ao redor da vítima, ela gritou e tentou se afastar dele. Sem o auxílio das mãos para se equilibrar, caiu na neve suja.

– Não, não. Você está a salvo agora. – Ele passou o tecido ao redor dos ombros dela e apertou com cuidado. – Pronto. Isto a ajudará a conservar o calor do corpo.

Boone ficou segurando a manta no lugar e relançou na direção de Syn.

Alguém estava vindo pelo beco e, com Syn postado perto do corpo ensanguentado, segurando a faca? Só restava rezar para que fosse outro vampiro...

— Jesus Cristo — disse a voz aborrecida. — Que *diabos* você aprontou agora?

— Merdas acontecem — respondeu Syn.

— Sabe, na verdade não acontecem quando você não está envolvido.

Quando Boone franziu o cenho, reconheceu Balthazar, outro dos Bastardos. Mas o que não estava entendendo era aquela conversa.

— Você fez uma merda aqui. — Balthazar parou junto aos pés dos humanos. — E agora vamos ter que cuidar disso.

Boone abriu a boca para explicar a condição semelhante à de peneira do seu corpo, mas Syn foi mais rápido do que ele.

— Olha só, o filho da puta merecia. E não finja que não curtiu com aquele assassino lá atrás. A menos que, claro, estragos cranianos sejam o modo de enviar os assassinos de volta a Ômega. Se não for assim, pra mim parece que você se divertiu naquela festa de concussão que ofereceu...

— Não jogue a sua responsabilidade em cima de mim...

— Você também deveria ter só esfaqueado sua presa. Portanto, não venha me encher o saco por ter feito exatamente a mesma coisa.

Boone abriu a boca para esclarecer a situação, mas ambos o ignoraram.

— Aquilo — Balthazar apontou para o corpo — era um humano. Não um *pop!* e *fizzz!* e tchau, tchau.

— Quem são vocês?

Enquanto a discussão sobre o cadáver continuava, a pergunta feita foi suave, e Boone olhou para trás, para a vítima do humano. A mulher abaixara as mãos um pouco e agora o encarava com os olhos roxos devido aos hematomas.

— Só estou aqui para ajudar. — Tomou o cuidado de posicionar o corpo de modo que ela não conseguisse ver o que estava deitado no meio do beco. — Precisamos que você seja tratada...

— Não — sussurrou ela.

— Você está com hemorragia. Interna.

— De onde você veio? Isto é um sonho?

Boone pegou o celular e enviou um código no grupo do aplicativo de mensagens que continha as pessoas em serviço naquela noite.

– Vou chamar alguém para…

– Não! – Ela se afastou. – Não quero ir para o hospital…

– Não é uma ambulância humana. Não se preocupe.

– Humana…?

Porra, Boone pensou.

– Escuta, só fica comigo – disse ao reposicionar o Mylar. – Precisa continuar consciente.

– Ele ainda não me respondeu.

Quando a metade masculina do casal diante de Helania abaixou a tela do celular na mesa da cabine, ela sentiu a necessidade de sair dali de novo. Meia-noite e meia quase… e Boone não dava sinal de vida.

A única coisa que tornava aquilo remotamente suportável era que, pelo que parecia, ele também dera o bolo nos amigos. Por trinta minutos. E contando.

– Bem – disse Paradise ao se recostar no assento. – Estou morrendo de fome. Que tal se a gente pedir, daí quem sabe ele aparece?

– Pra mim tá ótimo. – Craeg abriu o cardápio. – O frio me deixa com fome. Além do mais, estão sentindo o cheiro desses cheeseburguers?

Quando a fêmea olhou em expectativa para o lado oposto da mesa, Helania ficou meio que sem saber o que fazer.

– Existe alguma possibilidade de Boone ter se ferido?

Apesar de que ele lhe dissera que não tinha sido escalado para trabalhar? Portanto, no momento não deveria precisar de cuidados médicos devido a um ferimento causado pela guerra.

– Está perguntando se ele teria se ferido em campo? – perguntou Craeg por trás da foto laminada de um sanduíche Reuben e de uma fatia de torta, a capa do cardápio. – Não tem que se preocupar com isso. Todos estamos equipados com localizadores quando estamos em campo. Mas ele está de folga. E vai chegar a qualquer instante. Tenho certeza.

Bem, pelo menos ele não lhe mentira a respeito disso.

Paradise assentiu.

– Acho que Craeg tem razão. Vamos pedir e continuar aqui. Ele vai aparecer. O que me diz, Helania? Come com a gente?

A sensação de não conseguir respirar retornou, e ela olhou de novo pela janela. Só que, quando abriu a boca para agradecer, mas recusar, Ruth os abordou.

– Ainda esperando por alguém? – perguntou a garçonete. – Querem café para passar o tempo? Vocês recusaram da última vez, mas estou me sentindo com sorte esta noite.

– Na verdade, estou pronto para pedir. – Craeg abaixou o cardápio. – Mas as senhoras pedem primeiro.

– Ora, ora, temos um cavalheiro aqui. – Ruth piscou para ele e pegou o bloquinho de pedidos. – Quem quer o quê?

Todos olharam para Helania.

Ela inspirou fundo e se visualizou voltando para o apartamento sozinha. Para sentar e esperar. E ver o que acontecera com Boone.

Pigarreando, empurrou a xícara de café intocada para o centro da mesa.

– Na verdade, prefiro chocolate quente. Acho que deveria ter pedido isso antes de o café chegar. E também quero dois ovos com gema mole, com torrada e bacon… porção dupla de bacon.

– Vou tirar esse Java das suas mãos – Craeg disse.

– Está frio – avisou Helania.

– Cafeína é cafeína.

Helania sorriu sem graça e empurrou a caneca para mais perto dele.

– Eles têm creme e açúcar, se quiser.

– Mas nada daquelas coisas estranhas – interveio Ruth.

E, enquanto a garçonete discorria sobre o mal que eram as alternativas à lactose, Helania ficou se perguntando sobre o que falaria com os amigos de Boone. Quando outro casal se acomodou na cabine seguinte e riu alto, seu antigo medo de não conseguir ouvir direito voltou.

Lábios, disse a si mesma. Ela sempre poderia fazer leitura labial.

Enquanto Paradise e Craeg faziam seus pedidos, resistiu à tentação de enxugar a testa. Debaixo da mesa, o calcanhar começou a bater e as palmas suavam…

– Conte como vocês se conheceram – disse Paradise. – Boone é sempre tão quieto, e nós queremos detalhes.

Helania piscou e voltou ao momento. Ruth não estava mais ali, os cardápios tinham sido levados, e Craeg já estava na metade da caneca de café frio.

– Ah… – A ideia de ter que contar tudo sobre sua irmã e o homicídio da outra fêmea embrulhou ainda mais seu estômago. – No Pyre's Revyval.

– Ah, aquele clube. – Paradise passou o braço pelo do seu *hellren*. – Não sabia que Boone curtia esse tipo de coisa. Ele basicamente fica na dele, mas era de esperar que algo assim fosse mencionado. Pensando bem, mesmo que sejamos parentes distantes, nunca o conheci de verdade antes. Ele ficava afastado da sociedade.

– Você também é da aristocracia? – Helania perguntou sem pensar.

A fêmea riu e deu uma puxada no moletom de *fleece*.

– Difícil de acreditar, não?

Não se você considerar a estrutura óssea do seu rosto, Helania pensou.

– Boone e eu somos primos de quarto grau, acho. – A fêmea deu de ombros. – Mas todo mundo é parente de todo mundo, não é mesmo?

– Eu também sou mais na minha. – Helania corou, e ficou se perguntando a necessidade de ter tocado no assunto.

Craeg falou:

– Não há nada de errado nisso.

– Concordo – Paradise acrescentou.

Helania olhou para os ombros relaxados e a expressão franca deles.

– Como vocês se conheceram?

– Nós dois entramos no programa de treinamento – disse Paradise. – Mas, mesmo antes disso, assim que ele passou pela porta… eu sabia que ele era o cara certo para mim.

– O mesmo comigo – concordou Craeg. – E, escuta, não se preocupe com esse atraso. Boone é um cara decente. Ele sempre faz a coisa certa, aparece quando diz que vai aparecer, assume responsabilidades e se compromete de verdade.

Paradise assentiu.

– Isso mesmo. Ele é um dos machos mais confiáveis que conheço.

Capítulo 25

DE PÉ DIANTE DO brilho vermelho dos faróis traseiros da unidade cirúrgica, Boone encarava as portas fechadas como se elas contivessem a resposta do universo nelas. O doutor Manello concordara de pronto em tratar da humana, e, para evitar atrair mais atenção para todas aquelas enormes manchas de sangue no beco, Boone a carregara por quatro quarteirões até ali para ser examinada.

Diante disso, o médico a ajudara a entrar na parte de tratamento e fechara a porta.

Observar a fumaça do escapamento subir em meio ao brilho vermelho o fez pensar no truquezinho ocular de Syn, que transformara tudo em uma obra de Freddy Krueger. Quem poderia imaginar que vampiros conseguiam fazer isso? Mas, pensando bem, havia tantas subespécies no mundo.

Talvez o macho tivesse alguma coisinha misturada em suas veias. Quem é que podia saber? Mas havia um assunto mais importante com aquele Bastardo – e não só o fato de que, por algum motivo inexplicável, Syn resolvera levar a culpa pelo humano morto lá naquela neve de trás.

Que era algo que Boone tentara corrigir no beco. Syn, porém, simplesmente falou por cima dele e depois as coisas meio que tiveram que ser resolvidas com a vítima. Mas a atribuição errônea de uma castração e de outros jogos divertidos ainda teria que ser resolvida.

Voltando a Syn. Quando o Bastardo aparecera no beco, a memória de Boone disparou uma conexão com o macho, mas não houve como ligar os gatilhos mentais. Agora ele se lembrava. Na noite anterior, quando fora ao Pyre procurando – entenda-se: indo atrás de – por Helania, ele sentira uma presença na multidão que reconhecera, mas não conseguira identificar de imediato.

Fora Syn. Ele tinha absoluta certeza disso.

E, costumeiramente, isso não seria nada demais. O Bastardo podia ser um tremendo guerreiro, mas isso não significava que não pudesse desestressar no meio de um monte de humanos. Outros membros da espécie iam para lá. É só que... por que ele não mencionara isso com Butch na mensagem de texto que incluía todos? O Irmão vinha atualizando todos sobre a investigação e perguntara especificamente se alguém estivera no Pyre's Revyval.

Talvez Syn não tivesse lido a mensagem? Ou tivesse tido uma conversa em particular sobre isso?

As portas da unidade cirúrgica móvel se abriram e o doutor Manello saltou para a neve. Depois de voltar a fechá-las, meneou a cabeça para Boone.

— Posso perguntar uma coisa? – disse o homem.

— Sim?

— Você pegou o maldito que fez isso com ela?

— Peguei. E cuidei do assunto.

— Ainda bem. Porque essa pobre garota... – O médico balançou a cabeça. – Ela está mal. Estou dando soro para ela poder recuperar fluidos e ministrei antibióticos. Suturei o que era necessário, mas ela vai precisar de cuidados posteriores com um médico para retirar os pontos. O problema mais imediato é que não acho que ela tenha um lugar seguro para ir e não podemos apenas deixá-la aqui.

— O que está sugerindo?

— Não sei. – O médico encarou as portas fechadas. – Vou entrar de novo. Aviso quando ela puder receber visitas e você, ou algum outro, terá que apagar a memória dela.

Retrocedendo quanto no passado?, Boone ficou se perguntando enquanto o médico voltava a entrar no veículo.

Boone ainda estava parado na direção das luzes do farol traseiro quando passadas pesadas fizeram-no virar a cabeça. Syn vinha na sua direção, as pernas grossas do guerreiro comendo a distância.

— A lambança se foi – anunciou ele.

— O que fizeram com o corpo?

— Embalamos e mandamos para longe daqui. Iniciamos um incêndio com o lixo em cima do sangue na neve. Mas ninguém vai dar a mínima...

– Por que me deu cobertura? – Boone exigiu saber. – E depois não me deixou falar?

Syn cruzou os braços diante do peito e houve um período de silêncio. Bem quando Boone estava prestes a perguntar de novo, o Bastardo apontou com a cabeça por cima do ombro na direção em que tudo acontecera.

– Com que frequência você faz isso.

Não era uma pergunta. Embora Boone soubesse a que o macho se referia, disse:

– Faço o quê?

– Canta canções natalinas a plenos pulmões. – Syn disse de forma brusca: – De que porra acha que estou falando?

Boone desviou o olhar. Na verdade, reconhecia que o que fizera com o agressor fora longe demais, e que isso era apenas parte do problema. A realidade de não ter conseguido se conter era um problema muito maior.

No entanto, não estava disposto a falar sobre isso.

– Eu o matei. Salvei a vida dela e tratei de cuidar do agressor...

– Você desarmou o filho da puta e depois o castrou enquanto ele ainda estava vivo. E depois começou a cortar pedaços até ele morrer.

– Balthazar fez a mesma coisa. Você mesmo disse.

– Não chega nem perto. Ele brincou com um assassino. Você, por outro lado, provocou dor de maneira deliberada.

– Dá no mesmo.

– Acha mesmo? Tinha uma vítima esperando por ajuda, e ainda assim deu sequência ao sofrimento, correto? Mesmo enquanto ela precisava de cuidados médicos, você tinha que soltar esse rugido que tem dentro do corpo que ia te destruir. Estou certo.

De novo, não foi uma pergunta. E Boone ficou bem ciente de que qualquer um dos Irmãos poderia aparecer em pleno ar a qualquer instante.

Boone praguejou para si mesmo. E para o que fizera. E para o fato de que o Bastardo parecia dar voltas dentro do seu crânio.

A voz de Syn abaixou de volume, o tom grave quase sedutor.

– Quando veio a campo esta noite, mesmo quando não era para ter vindo, você teria seguido em frente até encontrar algo com que brincar. Até tirar o veneno de dentro de você. Até ter extinguido essa sede de sangue.

Com um giro lento, Boone se virou para Syn.

– Como você sabe tanto sobre...

A mudança no Bastardo foi imediata. O olhar traiçoeiro de quem sabe demais desaparecendo, como se nunca tivesse estado ali.

– Só estou te dando um feedback sobre sua atuação – Syn disse, a voz seca. – Não é isso o que supostamente temos que fazer com os *trainees*?

Nada disso, Boone pensou. *Você sabe exatamente o que eu estava fazendo naquele beco. E os seus olhos se acenderam porque sabe quanto é gostoso ter algo à sua mercê.*

Uma repentina sensação de medo assolou Boone.

– Já esteve no Pyre's Revyval?

A expressão do guerreiro não se alterou. E seu corpo não se moveu. E seus olhos nem piscaram.

– Não – disse ele simplesmente. – Nunca estive.

Helania já estava de volta ao apartamento, sentada de pijama à mesinha da cozinha, com o laptop aberto e cópias físicas do seu trabalho espalhadas diante dela. Não que estivesse conseguindo avançar muito na edição. Estava naquela cadeira, encarando o vazio, há quanto tempo já?

Duas horas. Passava um pouco das quatro.

Depois de uma refeição agradável na Lanchonete 24 Horas, deixara Paradise e Craeg no estacionamento de trás lá pela uma e meia. Desmaterializando-se para casa, despencara no sofá e amparara o celular nas mãos como se ele fosse uma bola de cristal que logo lhe diria o que o futuro lhe reservava.

Depois de meia hora dessa tolice, forçou-se a se levantar, trocar de roupa e se mudar para a cadeira. Como se isso fosse muito mais produtivo, os papéis intocados sobre o tampo da mesa, o descanso de tela cuspindo bolhas por cima do documento do Word no qual deveria estar digitando, a bunda dormente.

Espreguiçando-se, olhou na direção da porta como se isso fosse enviar vibrações para o universo de que alguém precisava passar por ela. E, não, não estava se referindo a alguém da boa e velha Avon.

O manto preto pendurado junto a outras jaquetas perto da saída era um lembrete da distração do seu verdadeiro propósito. Do tempo desperdiçado. Do neutro em que se permitira cair.

Tudo por causa de Boone. E, ainda assim, não tivera notícias sobre ele.

Empurrando a cadeira para trás, levou as mãos ao abdômen. Comera demais na lanchonete, mas, visto que não conseguia se lembrar de qual fora sua última refeição antes disso, provavelmente não precisava se preocupar com calorias. Além do mais, pelo que parecia, ninguém a veria nua esta noite.

Santa Virgem Escriba, onde estava Boone? O que acontecera com ele...?

Seu celular começou a tocar, a vibração fazendo com que o dispositivo se movesse um tanto ao lado do laptop e, no mesmo instante, a mão se esticou para apanhar o aparelho. Quando viu quem era, exalou uma imprecação baixa.

– Boone...

– Helania, sinto *muito*. – A voz dele pela conexão foi a melhor coisa que ela já tinha ouvido. – Não tive intenção de não ir à lanchonete...

– Você está bem...

– ... mas tive que lidar com uma emergência...

– ... só me importo que você...

– ... estou bem.

– ... esteja bem.

Ambos terminaram com isso e inspiraram fundo ao mesmo tempo. O alívio foi tão grande ao fluir pelo corpo de Helania que seus músculos relaxaram e a cabeça girou até ela ficar tonta: pensara que ele estivesse morto. Talvez no meio-fio de uma estrada invernal escorregadia. Ou num beco no centro da cidade. Ou no chão do banheiro, a cabeça tendo se chocado contra a beirada da banheira de porcelana.

A morte se apresentava de diversas formas e, depois da perda de Isobel, Helania estava preocupada que o destino fosse colocar uma maldição em todos a quem amava...

Com quem se importava, corrigiu. Não seria possível que o amasse assim tão rápido... certo?

– Muito obrigada por ligar para mim. – Esfregou a cabeça, que doía. – Estava tão preocupada com você.

– Posso ir te ver? – ele perguntou. – Não preciso passar o dia. Eu só...

– Sim, por favor, adoraria ver você... – A batida à porta foi uma surpresa, e ela se virou naquela direção. – É você?

– Sim, sou eu – a voz dele soou tanto pela conexão telefônica quanto através do fino painel.

Helania largou o aparelho, correu e escancarou a porta. Nem se deu ao trabalho de olhar para ele; só se atirou em seu corpo. E ele fez o mesmo, os braços disparando ao seu redor, apertando-a com força.

Ele tinha cheiro de banho recém-tomado e as roupas eram casuais, como as da noite anterior – não que desse a mínima para o guarda-roupa dele. A única coisa que importava era o modo como o coração dele batia compassadamente dentro do peito, a pulsação forte. Saudável. Vivo.

– Ei, vamos entrar – disse ele ao movê-los para dentro do apartamento.

Quando Boone fechou a porta e trancou, ela levou as mãos às bochechas. O calor que a atravessou a deixou tonta, e ela foi se sentar no sofá. Abaixando a cabeça entre os joelhos, os mocassins dele acabaram aparecendo em seu campo de visão quando ele se aproximou.

– Você está bem? – perguntou ele.

– Por favor, não leve a mal, mas pensei que estivesse morto. – Balançou a cabeça. – Sim, percebo que isso parece loucura…

– Sinto muito. – Os joelhos dele estalaram quando se agachou. – Fiquei preso numa situação em campo que precisava resolver. Liguei assim que pude.

Helania ergueu os olhos e depois acariciou o rosto dele.

– O que aconteceu?

– Foi horrível. – Ele se moveu a fim de se sentar ao lado dela em meio a todas as almofadas bordadas. – Fêmea humana. Muito machucada. Estava no centro, e ela atravessou o meu caminho. Não quis me envolver, não mesmo, mas então um cara foi atrás dela, perseguindo-a com uma faca. Não consegui deixar isso passar.

– Você a salvou?

– Sim. E depois que… eu… resolvi… a questão com o macho humano, pedi que o cirurgião da Irmandade tratasse dela. Eles acabaram levando-a para o centro de treinamento, mas ela não pode ficar lá por muito tempo. Imagino que estejam explorando opções no mundo humano para ela e tenho esperança de que encontrem uma casa de acolhimento. Desde que a memória dela seja devidamente apagada, ela não se lembrará da nossa espécie… e quem sabe parte do trauma pelo qual passou.

Helania pegou a mão dele.

– Ela tem muita sorte de ter esbarrado em você. O que fez com o homem? Entregou-o à polícia?

– Ele não será mais um problema para ela. É só o que importa.

Helania piscou ao entender o que ele queria dizer.

– Bem... imagino que seria complicado reportar o crime.

– Sim, seria complicado e existem regras quanto à interação com humanos. Mas não tinha como deixar aquilo passar. Alguém tinha que ajudá-la.

Helania pensou no que Craeg e Paradise lhe disseram a respeito dele, que ele sempre fazia a coisa certa.

– Estou feliz que tenha interferido. – Sorriu. – Sentimos sua falta durante a refeição, mas você estava onde precisava estar.

– Não tive a intenção de te desapontar – ele disse sério. – Ou fazer com que se preocupasse.

– Tudo está bem agora. Contanto que você esteja bem.

Enquanto se fitavam, Helania percebeu a crescente intensidade da conexão entre eles, o laço, que fora instantâneo, se fortalecia, tornando-se algo inexplicável. No entanto, nenhum deles admitia o momento intenso.

Era cedo demais para as palavras serem ditas. Assustador demais. Mesmo assim, tudo o que acontecia era bem real, e talvez fosse o motivo de ambos permanecerem em silêncio. Quando se encontra um tesouro, não se quer revelá-lo até ter certeza de que não será roubado.

A autopreservação, afinal, acontecia de diversas maneiras, e nenhuma delas era covardia.

Com um murmúrio suave e doce, Boone a puxou para junto do peito, e o peso dos braços dele ao redor de sua cintura e ombros era bom demais.

– Você se divertiu com Craeg e Paradise? Eles são pessoas ótimas.

– Sabe, eu me diverti de verdade. Quero dizer, estou enferrujada no quesito socialização, mas, até para mim, foi fácil me abrir com eles.

– Sobre o que conversaram?

Inclinando a cabeça para trás, fitou os olhos dele.

– Craeg disse que você é louco por mim.

O sorriso sensual que se estendeu na boca de Boone trazia escrito "planos grandiosos" nele.

– Ah, é?

– Você é?

– Ora, se você bem se lembra de ontem durante o dia... – A mão larga afagou o caminho até a cintura dela. – Acho que "louco" parece uma descrição bem precisa.

– Hummm… – Ela se concentrou na boca dele. – Sim, se a memória não me falha, acho que sim, mas talvez tenha que refrescá-la.

– O prazer é meu.

Quando ele baixou a boca para a sua, seu sabor era de pasta de dentes, e ela inspirou fundo para poder sentir a loção pós-barba. A ideia de que ele se limpara antes de vir vê-la a fez sorrir.

– Você se importaria se formos para uma superfície mais plana? – ele disse com aquele seu sorriso sensual. – E se ficarmos mais despidos?

Pondo-se de pé, ela se viu acometida por um desejo irrefreável de estar com ele e o tirou do sofá com um puxão.

– Depressa.

– Gosto da sua atitude.

No quarto, ela se apressou em se sentar aos pés da cama, tirando a camiseta. Antes que ela conseguisse fazer o mesmo com os shorts, Boone se ajoelhou entre seus joelhos e a desacelerou.

– Deixa eu te ajudar.

Quando ele se moveu para beijá-la, ela o envolveu pelos ombros largos e ergueu o quadril.

– Só preciso estar nua com você.

O rugido que subiu pela garganta dele foi tão incrivelmente satisfatório que ele não perdeu tempo em abaixar os shorts pelas pernas e pés dela. Em seguida, as mãos grandes e calejadas afagaram as coxas enquanto ele continuava a beijá-la, a língua provocando e recuando, deixando-a ainda mais excitada. Na verdade, tudo parecia amplificado, cada mudança na posição do corpo dele, cada ponto de contato e, com certeza, cada lambida daquela língua.

Deitando-se no colchão, imaginou que ele viria junto para darem seguimento ao que interessava. Ele não foi. Pairando acima dela, as mãos se moveram para os seios, apertando-os juntos e segurando-os no lugar de modo que as pontas quase se encostavam. A boca se alternava entre os mamilos túrgidos, hipersensíveis, chupando, lambendo e…

O orgasmo que a atravessou foi tão surpreendente que ela suspendeu a cabeça ao mesmo tempo em que gemeu.

Ao mesmo tempo, Boone a encarou entre o monte dos seios, as pálpebras semicerradas, as presas expostas, os ombros imensos bloqueando a vista da sala logo atrás dele.

– Isso mesmo – disse ele enrouquecido –, goza pra mim.

A cena dele estendendo a ponta da língua rosada e circundando um mamilo rijo bastou para que ela começasse a gozar de novo. Deus, ela não fazia ideia de onde vinha aquela reação sua e pouco se importava com isso. Talvez porque já tivessem feito isso algumas vezes durante o dia e suas inibições tivessem diminuído. Talvez porque ele a tivesse despertado como fêmea.

Ou quem sabe era só porque ele era gostoso pra caramba e a desejava tanto quanto ela o queria.

Quando Boone por fim soltou seus seios, ela tinha certeza de que seria montada – e estava mais do que preparada para isso. Por mais incríveis que os gozos tivessem sido, ela o queria dentro de si com uma avidez tão chocante quanto o primeiro orgasmo.

Só que... não.

Ele não subiu. Ele desceu.

Bem para baixo.

As mãos travaram seu quadril enquanto os lábios beijavam um caminho até as costelas... a barriga... o umbigo...

Quando deduziu para onde ele ia, suas pernas se remexeram, impacientes, e ela se arqueou sobre o colchão, a cabeça pendendo de lado para poder ver. Mas, maldição, havia momentos para provocação, persuasão, para uma lenta antecipação. Aquele não era um deles. E ela rezou para que ele entendesse isso.

Naquela noite não estava para brincadeiras. Seu desejo era grande demais.

Boone a acariciou ao longo das pernas e as afastou, abrindo-a.

– Helania...

Sem preâmbulos. Graças à Virgem Escriba. Ele foi direto ao ponto, venerando seu centro com a boca, sugando seu sexo e lambendo bem no meio. Ela gozou de imediato, gritando seu nome, agarrando a colcha debaixo de si, contorcendo o corpo de prazer. E, quando rebolou ao encontro do rosto de Boone, recebeu tudo o que ele tinha para dar, o deslizar úmido da língua, a respiração quente, a atenção incansável sacudindo o seu mundo.

Fechando os olhos, Helania arquejou e gemeu. E teve que abrir os olhos de novo para observá-lo.

Como se ele soubesse que era observado com sensualidade e admiração, Boone deliberadamente lambeu seu centro enquanto sustentava o olhar, a língua rosada e os caninos brancos brilhantes alongados, o tipo de coisa que ela jamais esqueceria.

Mas e quanto a ele? Ele precisava...

Todos os pensamentos sumiram de sua mente quando outra onda de prazer a inundou, a pelve ondulante criando uma fricção contra a boca dele, amplificando tudo.

Boone podia não ter a intenção de provocá-la, mas era certo que levou o tempo de que precisava. Parecia satisfeito em permanecer pelo tempo restante da noite, e pelo dia seguinte, bem onde estava, o ronronar que emitia no fundo da garganta sugerindo que apreciava tudo aquilo tanto quanto ela.

Mas, no fim, ele se endireitou, e as mãos foram para o zíper da calça.

– Isso... isso mesmo... – disse ela. E teria se sentado para ajudá-lo, mas estava absolutamente sem ossos, o corpo saciado por completo, mas, ao mesmo tempo, desejando mais.

O que ela sentiu em seguida foi a ereção dura e gostosa dele penetrando-a. E não havia nada mais de que precisasse a fim de chegar ao limite de novo. Quando ele fez menção de se mexer, ela já estava lá. As sensações a assolaram e cresceram ainda mais quando ele começou a bombear – e ela observou um tremendo espetáculo quando ele puxou a camisa e o suéter pela cabeça, o peito e os braços musculosos à mostra quando a última peça de roupa desapareceu.

Ele a segurou pelo quadril de novo, puxando-a ao seu encontro, afastando-a ao ritmo de suas investidas. Os movimentos se aceleraram até que os seios passaram a balançar para cima e para baixo, as pontas ultrassensíveis carregando reverberações do sexo que faziam como se ele os estivesse tocando através da conexão mais abaixo.

Os olhos de Boone ardiam, e as presas brilharam quando ele recuou e depois a penetrou. A potência do orgasmo dele foi tão intensa que os músculos que percorriam os ombros e o pescoço criaram um alto-relevo, as veias grossas saltando, a força do corpo ativada enquanto a servia.

Boone era simplesmente magnífico.

E não parou de preenchê-la.

Por muito, muito tempo.

Capítulo 26

– Tenho que dizer – murmurou Helania – que a noite terminou ainda melhor do que imaginei que terminaria.

Quando sua fêmea se aninhou a seu lado, Boone teve que sorrir. Estavam deitados nus na estreita cama dela, ela esparramada por cima do seu peito, os corpos emanando tanto calor que cobertas eram algo impensável – apesar do fato de finalmente terem entrado em colapso após todo o sexo de uma hora antes.

A essência de especiarias estava espessa no ar, e ele ficou se perguntando se ela percebia.

A vinculação dos machos não era algo sutil. Sim, ele tinha ciência de que havia muitas coisas não ditas entre eles – nada ruim; muito pelo contrário, apenas coisas que pareciam boas demais para ser verdade.

– Sabe – murmurou. – Tenho que concordar com você. Muitos finais felizes de ambos os lados...

Fizeram amor por sabe-se lá quanto tempo, e do tipo sensual e forte. Por algum motivo – talvez o nervosismo pelo qual passavam e a liberação de toda a energia suprimida –, a sessão fora uma maratona. A ponto de ele se preocupar se não a esfolara.

E também havia outra questão. Limpeza.

– Será que devemos... – Pigarreou. – Eu te sujei toda.

A risada suave e sensual de Helania o fez se sentir o Macho do Ano.

– Não é sujeira. E boa parte está dentro de mim, onde pode ficar.

O sorriso dele foi tão amplo que as bochechas doeram.

– Você é incrível. Eu sei... parece uma cantada barata, mas não é. Você me deixa de joelhos e me leva às alturas ao mesmo tempo. Isso é a definição de magia.

– Eu diria que somos bons juntos. – Ela bocejou tanto que o maxilar estalou. – Muito bons.

Boone a beijou no topo da cabeça e os dois se calaram. Um instante depois, ela gemeu e se afastou dele, deitando de costas no colchão ao seu lado.

– Precisa de mais espaço? – perguntou ele ao se mexer.

– Acho que deixei o termostato alto demais. Espera aí.

Quando ela se levantou e foi até o termostato na parede, ele admirou a vista dos ombros, da cintura... da espetacular parte de baixo... e lembrou de quando esteve ajoelhado entre as pernas dela, fazendo amor com o sexo dela por meio de sua boca. Para lhe dar prazer, ouvi-la rouca dizer o seu nome, sentir o lugar mais íntimo em seus lábios...

Tudo o que queria era retornar àquela experiência.

– Está só nos vinte e um graus – disse, expressando confusão. – Acho que criamos nosso próprio calor.

– Pode crer.

Quando ela voltou a se virar, seus olhos miraram os seios. Os mamilos tinham um tom de rosado escuro e eram bem pronunciados, os bicos se projetando dos montes alvos, o balançar do corpo enquanto ela caminhava na sua direção fazendo-os se mover.

O desejo assolou sua pelve novamente e o pau se ergueu em reação. Mas, por mais que desejasse estar com ela de novo, o resto do corpo estava exausto.

Helania parou ao lado da cama e baixou o olhar para sua ereção.

– Não me leve a mal, mas como você ainda consegue estar...

– Duro? – completou ele lentamente. – É o que você faz comigo.

Só que, para falar a verdade, nem ele estava conseguindo acreditar que estivesse excitado de novo. E, de repente, não estava mais preocupado com o seu nível de energia: Helania subiu nele, aquelas coxas macias abertas ao redor do seu quadril, o centro dela pairando logo acima da sua excitação.

– Seja sincero – disse ela ao apoiar as mãos em cada lado do seu tronco. – E tem total liberdade de dizer não se não quiser...

– Nunca vou me negar a estar com você – ele gemeu, a pelve rolando, o pau muito bem usado implorando pela atenção dela.

– Se eu fizer todo o trabalho...

– Por favor, vem trepar comigo. – Ele mordeu o lábio inferior com as presas e se arqueou para cima. – Estou implorando. Eu te peço...

Abaixando-se sobre ele, ela o beijou na boca.

– Não precisa fazer isso.

As mãos dela seguraram a ereção e a levantaram. Quando abaixou o corpo sobre o seu, começaram a se mover juntos, o sexo sendo retomado como se não tivessem feito aquilo por duas horas seguidas. E, por algum motivo insano, ele não conseguiu se segurar muito. Nem ela.

Aquele era o melhor tipo de loucura, não?

Depois que ela despencou em seu peito, respiraram juntos por um tempo e depois ela saiu de cima, ficando de costas outra vez. Movendo--se, ele se certificou de deixar espaço suficiente para ela tanto no colchão quanto no travesseiro, e, quando a mão dela segurou a sua, ele apertou a palma em resposta.

E tudo ficou tranquilo... por um tempo. Contente... por um tempo.

Mas os lobos que mordiam seus calcanhares no fim retornaram, a realidade se intrometendo no espaço sagrado com Helania numa descarga, como se estivesse ressentida de ter sido afastada pela paixão: a morte do seu pai; o amante do seu pai; o testamento do seu pai. Dentre tantas outras coisas.

Fechando os olhos, decidiu não pensar no que acontecera na Casa de Audiências. Ou com aquela mulher que salvara no beco. Nem no que fizera ao humano – que ele reconhecia ter sido totalmente inapropriado, e o qual jamais voltaria a repetir.

E, depois, houve Syn...

Apesar de sua resolução, Boone rapidamente sentiu a pele se eletrizar, o estresse de tudo disparando a adrenalina numa onda renovada, como se a quietude e a tranquilidade do quarto de Helania fossem um solo fértil que ajudasse uma planta venenosa a crescer.

Mas, pelo amor de Deus, era de se esperar que todos aqueles orgasmos o tivessem drenado por completo de suas forças. Mas, pensando bem, sorvera sangue de uma Escolhida quando fora ferido em campo. Era sabido que isso dava forças extras a um macho...

– Eu procurei as amigas de Isobel – murmurou Helania.

Boone abriu os olhos e virou a cabeça no travesseiro.

– Procurou?

– No Facebook. Encontrei o perfil da fêmea que veio aqui me contar sobre Isobel. Aquela com quem… enterrei a minha irmã. Bem, mandei uma mensagem privada para ela. E depois resolvi: por que parar ali? Entrei em contato com todos que escreveram uma mensagem em homenagem à minha irmã.

– Alguém entrou em contato com você?

– Alguns. – Houve uma pausa. – Perguntei a todos sobre o namorado. Um nome. Algum contato. Possível localização.

Boone forçou a voz a ficar neutra.

– Alguém sabe dele?

– Não. Ouviram falar dele, mas ninguém o conheceu ou viu. – Outra pausa. – E ninguém o viu ou ouviu falar dele de novo desde então.

Boone tentou refrear uma imprecação.

– Talvez exista uma explicação plausível.

– Antes eu pensava que sim. – Suspirou. – Mas, se ele foi abusivo… não entendo por que Isobel teria mentido para mim. E sei o que vi aqui neste apartamento. Morei com ela a vida inteira, e eu a entendia melhor do que qualquer pessoa. Ela era feliz.

Só o que Boone podia fazer era menear a cabeça. Queria tocar no assunto do namorado com cuidado, por respeito a ela e a Isobel, mas, maldição, seus instintos de alerta estavam disparados. Mesmo que a irmã estivesse feliz, os machos às vezes perdem as estribeiras. Ei… ele mesmo fez isso naquele beco naquela mesma noite.

– Precisamos continuar investigando – disse. – E quanto à fêmea que veio aqui? Ela respondeu?

– Não. Ainda não. E, assim como tantas pessoas da espécie, ela evidentemente está usando um pseudônimo. Portanto, não sei qual o verdadeiro nome dela.

Quando um tremor a trespassou, ele levantou a cabeça e fitou a manta que tinha sido empurrada para o chão.

– Está com frio?

– Não sei como estou – disse exausta. – O que sei com certeza é que estou feliz por você estar aqui.

Boone afagou-lhe o braço.

– Eu também. Estou feliz por estar aqui.

Ficaram em silêncio por um instante, e Boone passou o tempo tentando controlar um tremor nos músculos das coxas. E as pernas não eram as únicas despertas. Ele estava totalmente ereto de novo, o membro apontando para cima, o sangue engrossando nas veias. Mas não importava, o senhor Alegria ali embaixo podia tirar certas ideias brilhantes da cabeça. Sexo era a última coisa na sua mente, mesmo sendo a primeira na agenda da sua libido. Já deixara sua fêmea exausta o bastante, e, quem sabe, com a bênção da Santa Virgem Escriba, teriam muito mais dias e noites juntos à frente.

— Os seus amigos gostam mesmo de você — disse ela.

— Também gosto deles. — Tentou forçar a mente a se concentrar em algo... em qualquer coisa. — Você precisa conhecer todos os outros da minha turma de *trainees*. Pelo menos duas vezes por mês nos reunimos. Vou descobrir quando vai ser a próxima vez e te aviso. E vou me certificar de não faltar nesse dia.

— Fico feliz quando você fala do futuro.

Dito isso, ele se sentiu tentado em perguntar se poderia se mudar para o apartamento dela, visto que não teria onde morar dali a catorze dias — e, então, talvez pudesse fazer piada perguntando se isso era futuro o bastante. Mas ficou calado quanto ao seu drama. Ela já tinha coisas demais acontecendo com ela...

— Você se importaria se eu fosse pobre? — perguntou num rompante.

Quando Helania olhou para ele, e estavam cara a cara, ele imaginou que aquela era a perfeita definição de conversa íntima.

— Não sabia que você era rico — respondeu ela. — Quero dizer, deduzi que você fosse um membro da aristocracia pelo seu sotaque, mas não pensei nas repercussões financeiras disso.

Ele apertou a palma dela de novo.

— Mas você se importaria? Se eu não tivesse dinheiro?

— Nem um pouco. Nunca soube o que é ser abastado. Portanto, se não for, isso não afeta em nada a minha situação, e estou feliz onde estou agora.

Quando Boone exalou aliviado, não se surpreendeu que a resposta dela significasse tanto para ele.

— Fico muito feliz. A maioria das fêmeas na *glymera* está mais interessada em cartões de crédito e em terem suas contas pagas por outra pessoa.

— O seu compromisso arranjado... — Ela hesitou. — Por que, exatamente, a fêmea o rompeu?

Como Helania pareceu constrangida em ter que perguntar, Boone sorriu, na esperança de tranquilizá-la e mostrar que o assunto não era confidencial.

– Não foi por dinheiro. Ela estava apaixonada por outra pessoa. Esse foi o motivo. E acho que ele também era civil. Um dia você conhecerá Rochelle. Ela é incrivelmente simples considerando suas origens, e foi mais corajosa do que eu quando foi de fato importante. Fez um favor a nós dois.

– Então você teria seguido em frente com o acordo? – Helania fez uma pausa. – Mas, escuta, se eu estiver sendo muito invasiva, pode…

– Não tenho nada a esconder de você.

Quando Boone sentiu a cama tremer, baixou o olhar para seu corpo nu e meio que esperou encontrar um cachorro enfiado na cama, balançando o rabo contra algo, mas não. Seu pé mexia de um lado para outro sem parar, como se estivesse grudado no corpo de outra pessoa.

Com força de vontade, fez com que ele parasse e depois se concentrou no que ela lhe perguntara.

– Se eu daria seguimento ao compromisso… Acho que o que eu sentia… Eu sabia que não a amava, mas por conta de como a aristocracia é, se eu saísse do compromisso, a vergonha que recairia sobre ela seria intensa e para o resto da vida. Ela nunca mais seria considerada apta para um compromisso com qualquer outro macho, e a família dela jamais a perdoaria por esse embaraço social. Isso teria arruinado a vida dela.

– Só por causa de um compromisso desfeito? – Quando ele assentiu, ela pareceu horrorizada. – Isso é cruel.

– É mesmo. Mas a boa notícia foi que consegui livrá-la disso. Contei ao meu pai, e por intermédio dele ao restante da sociedade, que ela não me considerava merecedor. Foi uma maneira de evitar que as repercussões recaíssem sobre ela.

– E o que aconteceu com você?

– Bem, sou macho. – Revirou os olhos. – Portanto, as regras são diferentes. Claro, enfrentei umas merdas… desculpe o palavreado… só que nada se compara ao que Rochelle teria que enfrentar. Não é justo, mas há dois pesos e duas medidas em toda a *glymera*, e eles costumam ceifar a liberdade e os papéis das fêmeas.

– Ela deve ter ficado muito grata pelo que fez por ela.

– Acredito que sim, e que ainda esteja. Mas, na verdade, não era culpa dela termos sido pareados, e tampouco minha. Era apenas essa situação, e por conta da realidade em que vivemos, preferi sacrificar minha reputação para que ela ficasse com quem amava do que ser condenada à solteirice, sendo ridicularizada vez após outra.

Helania sorriu.

– Foi o que os seus amigos disseram sobre você.

– O quê?

– Paradise e Craeg disseram que você sempre faz o que é certo.

Quando a imagem do humano, com o corpo ensanguentado e fatiado, lhe veio à mente, Boone pensou que nem sempre isso acontecia.

– Mas depois que o compromisso foi desfeito – prosseguiu Helania –, o seu pai não ficou feliz, certo? Você já tinha me contado que tinha problemas com ele e presumo…

– Ele ficou completamente furioso comigo. E é por isso que toquei no assunto do dinheiro. Em duas semanas, não terei onde morar e estarei basicamente sem um tostão. Meu pai me excluiu do testamento. Acabei de descobrir isso.

Helania levantou a cabeça de novo, e ele teve que admirar o rubor nas faces dela. A cor de sua pele combinada com os fios loiros e ruivos dos cabelos era linda demais, e ele estava maravilhado. Quanto mais a fitava, mais o desejo surgia debaixo de sua pele, à espreita, procurando uma via de escape.

Nesse meio-tempo, ele só conseguia pensar… machos são uns tremendos nojentos, não?

– Eu só não entendo – disse ela – como um pai pode deserdar o próprio filho por causa de uma situação como essa.

– Eis a *glymera* para você. E também outras coisas.

Por exemplo, a possibilidade de ele não ser parente consanguíneo de Altamere. Daria vazão a essa história sórdida algum outro dia, mas, de repente, sentiu cansaço de falar sobre o pai. Sentia como se o macho já tivesse ocupado espaço demais e, além disso, com ele morto e a alteração ao testamento feita daquela maneira? Boone não se sentia inclinado a despender muita energia numa situação que já era passado.

Helania levantou a cabeça e olhou para ele.

– Por isso que você foi ao centro hoje? Para desanuviar a mente?

Boone pensou nos olhos vermelhos de Syn brilhando no beco. Assim como no que fizera àquele humano.

– Sim – respondeu. – Ainda estou afastado, mas eu precisava… Eu só precisava sair e ficar um pouco sozinho. Andar pelas ruas. Respirar um pouco de ar fresco. Depois que saí da Casa de Audiências do Rei, tive que tirar tudo isso da cabeça, mesmo que só por um tempo.

Claro, o mecanismo que funcionou melhor foi matar o agressor daquela mulher. E Syn estava mais do que certo. Ele precisara daquele alívio para poder confiar em si mesmo ao redor de qualquer outra pessoa. Inclusive, e mais especialmente, sua Helania.

– Mas, repito – murmurou –, foi enquanto andava nas ruas que me deparei com aquela humana.

Helania voltou a deitar a cabeça no travesseiro.

– E, como disse antes, ela teve sorte de encontrar você. E eu também.

Boone beijou o topo da cabeça dela e sorriu para o teto do quarto.

Ficaram em silêncio por um tempo, no entanto, nenhum dos dois ficava parado. O corpo de Helania ficava se movendo em direção ao seu, como se procurasse uma posição confortável e tivesse essa recompensa negada, e o mesmo acontecia com ele, virando deste e daquele lado.

Parecia ironia que, em meio àquele mútuo desconforto, ele concluísse que a amava de verdade.

Ele *amava* Helania.

Sim, o momento não era ideal. Sim, acontecera rápido demais. Mas quando você sabe… você sabe. E o passo seguinte seria dizer à pessoa…

Helania ressonou baixinho, e, quando um segundo ronco suave surgiu, Boone fechou os olhos de novo e se ordenou a imitá-la. Haveria tempo para revelações mais tarde. E quem sabe de alguma maneira romântica, com rosas e luz de velas.

Ou, talvez, ele guardasse aquilo para si por um tempo. Uma semana. No máximo.

Desde que conseguisse guardar sua felicidade para si.

Pouco tempo depois, a exaustão levou a melhor, e sua consciência foi desaparecendo, sendo substituída por um denso vácuo de pensamentos, emoções e sonhos. Mas, quando sentiu como se estivesse caindo de um despenhadeiro, havia um sorriso em seu rosto.

Mal podia esperar para contar a ela que a amava. Fazendo isso do jeito certo.

Capítulo 27

A princípio, Boone não entendeu o que o acordou. Sequer tinha certeza de ter despertado do sono. Sentia como se flutuasse, tudo estava indistinto e distante, tanto seu corpo e o lugar onde estava, mais volátil que substancial, como no cenário de um sonho. Todavia, algo era muito, muito real no meio daquele torpor...

Seu nome. Do outro lado de uma vaga e mutante consciência, ele conseguia sentir seu nome sendo chamado ao longe.

Algo... chamava seu nome.

Alguém.

Uma sensação de precisar se apressar aguçou seus pensamentos, a urgência fazendo com que tentasse correr — só que ele não parecia estar conectado com nenhuma forma corpórea: não tinha pernas para pôr em ação, nenhum pé para se erguer, nenhum braço para impulsionar. Além disso, também não havia terra firme na qual se movimentar.

Será que morrera e fora para o Fade?

Quem chamava por ele?

O desespero acelerou seu coração, e foi então que ele sentiu o calor. Havia um foco de incêndio bem perto do seu corpo, a queimação tão intensa que por certo acabaria derretendo a pele sobre seus ossos...

Sentou-se na cama, uma explosão de respiração escapando pela boca quando ele se libertou do sonho — ou teria sido um pesadelo?

Olhando ao redor em frenesi, viu na luz fraca que o quarto estava basicamente vazio. Paredes despidas. Lençóis enroscados nas panturrilhas.

Demorou uma fração de segundo para perceber onde estava e, assim que o fez, com os últimos vestígios de confusão desaparecendo, estendeu a mão na direção de sua fêmea...

Estava sozinho na cama.

– Helania?

Um gemido torturado respondeu de algum outro lugar do apartamento, e um terror sem igual o fez saltar pela porta aberta, os pés mal tocando no chão. Só que Helania não estava nem na sala, nem na cozinha, o sofá e as cadeiras ao redor da mesinha estavam desocupados…

De repente, baixou o olhar para a frente do quadril e se retraiu. Estava dolorosamente excitado, a ereção apontando para longe do quadril com tanta força que se destacava.

Estava à beira de um orgasmo ali mesmo.

Uma sensação de medo dissociado o invadiu ao perceber que arfava e corava. Erguendo as mãos, percebeu a camada de suor que cobria toda a sua pele e, quando ele inalou pelo nariz, a fragrância no ar fez com que sinos de alarme tocassem ainda mais alto.

Em câmera lenta, virou-se para a porta do banheiro. Helania estava deitada no chão, nua e de barriga para baixo, toda esparramada, o tapetinho do banheiro empurrado para o lado como se ela buscasse se resfriar o máximo possível.

Mesmo dali de onde estava, era capaz de enxergar o sexo dela úmido – e a onda de luxúria que o assolou foi tamanha que caiu de joelhos.

Quando ele bateu no chão com força, ela tentou fechar a porta e murmurou algo.

– Ah… Deus – ele disse baixinho. – O cio.

Movido pelo instinto de protegê-la, embora não houvesse nada que pudesse fazer para impedir a descarga de hormônios do período fértil dela, Boone se arrastou até ficar de pé e cambaleou na direção dela, as pernas bambas e descoordenadas, como se estivesse embriagado. Chocando-se contra o sofá, ele lançou uma mão para a parede, para a mesa, para o batente, para o que quer que conseguisse encontrar – até voltar a cair e ter que engatinhar.

– Helania…

– Tranque-me aqui… saia se puder… Eu não sabia, juro…

Estendendo o braço, impediu que a porta batesse numa das pernas da fêmea, cuja posição pareceu alheia a ela. Em seguida, recostou-se no batente, tentando se conectar com seu lado racional, superando a própria reação hormonal esmagadora.

Vampiras só ficavam férteis a cada dez anos mais ou menos, e isso era uma bênção. Quando o cio chegava, assim como estava acontecendo com Helania, evidentemente, elas sofriam de um desejo sexual incomensurável, a tortura sendo tão grande que a maioria, se não estivesse tentando engravidar, pedia para ser medicada. A única outra solução, além de serem nocauteadas com medicamentos? Um macho tinha que servi-las, aliviando-as de tais desejos do modo carnal.

Preenchendo-as uma vez depois da outra.

– Vá... – ela murmurou em meio aos cabelos emaranhados. – Me desculpe, eu não...

– Não vou te deixar. – E não só por estarem em pleno dia. – Quer que eu chame os médicos?

Como humano, Manny poderia vir dirigindo. Para trazer medicamentos. Aliviá-la do seu sofrimento...

Não, espere. A doutora Jane. Isso, seria melhor uma fêmea.

Quando Boone foi se levantar, não teve coordenação suficiente para ficar na vertical, por isso acabou engatinhando de volta para o quarto. Encontrando as calças, revirou os bolsos. O celular não estava ali. Onde diabos estava seu telefone? Estava com ele ao entrar no apartamento porque estivera conversando com ela, pelo amor de Deus.

De quatro, voltou para a sala de estar, arrastando-se pelo chão, revolvendo os tapetes, tentando ignorar o modo com que seu pau balançava enquanto cerrava os molares tentando aplacar seu desejo sexual. Voltou para o sofá. Tateando ao redor, procurou em meio às almofadas bordadas...

Quando por fim encontrou o maldito aparelho, suas mãos tremiam tanto que ele teve dificuldades para segurá-lo. E logo percebeu que não tinha o número da clínica.

– *Filhodamãe!*

Interessante como se pode sentir saudades dos vivos como se estivessem mortos.

Sozinho em uma das salas de interrogatório do centro de treinamento, Butch estava sentado à mesa afixada ao piso. A cadeira em que estacionara a bunda, por sua vez, estava solta – ainda que apenas por ele a ter soltado dos quatro pontos de fixação com uma chave Phillips. Havia três outras cadeiras, e estava disposto a estender essa cortesia a qualquer um que viesse se juntar a ele.

O fato de estar sozinho naquele aquário de pensamentos improvisado foi o que o fez pensar em seu antigo parceiro, José de la Cruz.

Ou, melhor dizendo, sentir saudades do antigo colega. Tudo bem, talvez a melhor palavra fosse "lamentar a sua perda".

– Você deveria estar aqui, José – disse em voz alta.

Voltando a se concentrar na parede oposta, permitiu que seus olhos vagassem pelo mostruário horripilante que fizera de cada homicídio no Pyre. Da esquerda para a direita, começara com o homicídio número um. Debaixo do numeral romano, grudara com fita autoadesiva os artigos de jornal que foram publicados sequencialmente pelo *CCJ*, com os mais recentes no alto. Nenhuma foto. Nenhuma anotação real.

Veja, se ainda estivesse no Departamento de Polícia de Caldwell, ele teria o relatório do incidente e toda a documentação em que se basear. As fotografias da cena do crime. As provas coletadas. Nomes de testemunhas, de suspeitos etc.

Inferno, talvez até tivesse sido designado para o caso.

Mas não.

Debaixo do número romano II, ele tinha alguns detalhes do segundo crime listados: fêmea, Isobel, filha de sangue de Eyrn, encontrada por ?, no depósito ?, removida por fêmea(s) desconhecida(s), corpo enterrado em ? (terras públicas), chamada telefônica ao serviço de emergência realizada na noite seguinte por Helania, outra filha de sangue de Eyrn.

A pergunta era se precisavam chegar ao ponto de pedir permissão a Helania, sua parente mais próxima, para uma exumação. O problema era que, desde que uma comum Cerimônia do Fade civil tivesse sido realizada, os restos mortais já estariam severamente decompostos. Não restaria muito mais do que ossos.

O outro problema dessa ideia era que tinham que pesar quaisquer possíveis evidências contra o trauma de Helania. Se houvesse uma possibilidade de encontrar qualquer material do que quer que restasse, ele o faria num segundo – chegando ao ponto de forçar o assunto com um decreto emitido por Wrath, caso fosse necessário. Mas não sabia que diabos estava procurando ou o que esperava encontrar, e o terreno estava congelado. Portanto, isso parecia somente cruel.

O numeral III era a coluna com fotografias brilhantes e horrendas. Começando do alto, ele tinha o mesmo básico: fêmea, Mai, filha de sangue de Roane, encontrada por Helania, filha de sangue de Eyrn, 23 de janeiro. Quarto depósito à direita. Corpo removido por V.

As imagens em preto e branco que afixara incluíam algumas das tiradas por V. na cena do crime: o close do rosto em que aparecia o gancho; o do corpo inteiro pendurado; o depósito com a porta aberta. E também havia as que ele mesmo tirara no necrotério de Havers: os cortes na garganta e nos pulsos; os hematomas, os arranhados por ter sido arrastada, a unha que Boone notara.

Como contara à sua *shellan*, a família de Mai concordara com a autópsia, e Havers a faria ao cair da noite depois que tivesse realizado as cirurgias já programadas.

Portanto, naquele momento, só restava esperar.

Equilibrando a cadeira nas pernas de trás, cruzou os braços diante do peito e encarou o quadro que criara.

Costumava fazer exatamente o mesmo com José: colocar tudo o que sabia sobre um caso na parede para que pudesse ficar encarando até ter alguma revelação. Deus… tantas mortes investigaram juntos. Tantas vidas perdidas que tentaram redimir de alguma maneira, mesmo que pequena. Tantos familiares a quem tiveram que dar a notícia ruim.

Mães, pais, irmãs, irmãos. Avós. Tias e tios e primos.

Enquanto isso, estivera tentando se matar de tanto beber.

José, por sua vez, fora um homem de família. Um bom católico que amava a esposa e os filhos.

– Será que você conseguiria ver o que não estou vendo, José? – disse para o ar.

Havia pouco em que se basear, e a agitação conhecida em seu cérebro enquanto ele ruminava o que tinha e o que ainda não havia descoberto, aquilo que sabia e o que imaginava, foi um portão para o período de dez anos de sua antiga vida. Como humano.

A grande mudança na sua existência, sua própria identidade, já não parecia mais estranha. Provavelmente porque ele gostava de tudo a respeito de ser vampiro. Sua *shellan*. Seus amigos. Seu trabalho, seu propósito, seu estilo de vida.

Contrariamente às fábulas sobre aqueles com caninos longos, ele era um dos raros mestiços que se "transformaram" de humanos em algo que com certeza não era humano. No mundo real, uma mordida dos "não vivos" não condenava uma virgem devota a uma eternidade de caça sedenta de sangue. Ou você nascia na espécie ou não. A exceção era o seu caso, e de um punhado de outros, apenas.

E, assim como essa linha divisória entre as espécies era difícil de transpor, dois mundos também separavam os *Homo sapiens* dos vampiros. Portanto... quando ele veio para este lado, não tivera a possibilidade de levar José consigo. E não pudera se despedir. Ou explicar para onde tinha ido ou o que lhe acontecera.

Um de seus maiores arrependimentos na vida foi o fato de ter desaparecido assim para seu parceiro. Contudo, sempre imaginou que José não teria se surpreendido. A julgar pelo modo com que Butch vivia? Só um idiota não veria que um caixão era seu destino.

Butch encarou a foto do corpo de Mai e se sentiu culpado. Por mais horrível que seja um cadáver, por mais dilacerante e terrível que era para um ente querido ter que ouvir sobre isso por meio de um policial, a única coisa pior era o nada. Nenhuma resposta para o "onde". Nenhuma pista quanto ao "como" e ao "por que". Nenhuma oportunidade de começar o processo do luto e, portanto, nenhuma maneira de superar esse sentimento e chegar a um mínimo de paz.

Odiava o fato de que, indubitavelmente, José teria aparecido no apartamento de merda em que morara – como o cara fizera sempre que Butch estivera de ressaca demais para sequer levantar da cama – e encontrara absolutamente nada. Nada do seu parceiro fedendo a uísque, desmaiado no sofá. Nenhum rabugento maldito no chuveiro se cortando ao se barbear pela tremedeira causada pela bebida. Nenhum babaca desequilibrado tentando vestir as calças uma perna de cada vez.

Nada.

Nenhum corpo. Nenhum bilhete. Nenhuma resposta.

E a questão era que José era o tipo de cara que se angustiaria com isso. Deus era testemunha, Butch vira a determinação do homem em relação a estranhos. Com o parceiro? Com quem tinha, por algum motivo desconhecido, se importado por anos e anos?

José teria ido atrás de respostas.

De verdade. E por um bom tempo.

De vez em quando, apesar de ser uma péssima ideia, Butch saía à noite e se colocava em situações em que quase certamente esbarraria no cara. Houve até uma noite em que ele e Marissa foram a um restaurante elegante e José estivera lá, do outro lado do salão.

Butch se aproximara. E falara com o homem.

E depois remanejara algumas das lembranças de José.

Mas isso não pareceu o bastante. E não era o bastante em momentos como este, quando o que mais desejava era ligar para o cara e trabalhar num problema ou... como neste caso, um homicídio. Ou dois – considerando que o primeiro não fizesse parte daquilo.

Vê? Era exatamente o tipo de coisa que gostaria de conversar com José.

Ainda pensando no antigo parceiro, Butch tentou imaginar o que o homem diria, e quase conseguiu ouvir a voz dele dizer: *Quando você não consegue ligar os pontos, arranje mais pontos.*

Talvez o que Butch precisava era entrar em contato com a comunidade da raça e pedir ajuda através das redes sociais. Poderia abrir linhas de comunicação e caixas de mensagens anônimas para ver o que lhe informariam. Teria que alertar a família de Mai sobre essa possibilidade antes do cair da noite, mas, em seguida, poderia postar uma mensagem no grupo do Facebook da raça e enviar um boletim por e-mail para todos os que já estiveram na Casa de Audiências.

Depois disso, talvez...

Quando seu celular tocou, ele quase caiu para trás. E enquanto ficava no equilíbrio precário entre cair nas quatro pernas ou bater a parte de trás da cabeça, teve o insano pensamento de que José tinha captado fisicamente sua vibração de que era necessário e misteriosamente discara os sete dígitos que o conectaria ao novo número de Butch.

A cadeira bateu no chão como deveria, e Butch agarrou o Samsung. Virando a tela, ele...

Ah.

Aceitando a ligação, disse:

– Oi, Boone, o que...

A torrente de palavras despejadas nele era tão confusa e frenética que só o que Butch conseguiu pensar foi: *porra.* Na maior parte do tempo, Boone era sensato, um garoto equilibrado e ponderado. Como no beco naquela noite mesmo: quando Syn enlouquecera pra cima de um humano, Boone teve a presença de espírito de cuidar da mulher ferida.

Portanto, o que quer que aquilo fosse? Devia ser sério pra cacete.

– Devagar, filho – Butch interrompeu com firmeza. – Precisa falar de um jeito mais claro.

Foram necessárias algumas tentativas, mas quando a informação foi processada, só o que o Butch pôde fazer foi fechar os olhos e imprecar. Aquilo era ruim. Muito ruim mesmo. E, P.S., que porra o garoto estava fazendo no apartamento de Helania durante o dia...

Ah, a quem tentava enganar? Ele sabia *exatamente* o motivo de Boone estar lá. E agora a pior complicação que poderia acontecer entre dois membros da espécie de sexo oposto se instalara.

Surpresa!

Abrindo os olhos, consultou o relógio. E claro que era uma da tarde.

– Ok, Boone, quero que faça o seguinte... Não, vou cuidar de tudo. Mas, a menos que queira que ela engravide, você precisa se trancar em um quarto... O quê? Sim, sei que ela está sofrendo, mas, se entrar lá com ela, vai acabar com um filho daqui a dezoito meses. Você precisa se trancar longe dela *agora*. A situação só vai piorar. Enquanto isso, vou chamar a doutora Jane, e ela estará aí o mais rápido possível.

Ouviram-se algumas sílabas atrapalhadas, e Butch o interrompeu:

– Tranque-se. Eu cuido do resto.

Quando ele desligou e ligou para o Buraco, meneou a cabeça. Viu... é por isso que não devemos nos envolver com testemunhas.

As contingências podem ir de mal a pior em questão de horas. Embora tivesse que admitir, esse papo de cio?

Mesmo com toda a sua experiência na divisão de homicídios, jamais poderia ter previsto isso.

Capítulo 28

BOONE QUERIA PENSAR QUE o Irmão Butch estava errado. Queria acreditar no melhor sobre si mesmo, que era um cavalheiro acima de tudo e que tinha autocontrole e comedimento – que poderia, portanto, tomar conta de Helania enquanto ela se contorcia e se virava naquele piso frio do banheiro. Queria esperar com confiança de que superaria o cio dela, cobrindo-a com um lençol leve, e que ficaria perto da fêmea, balançando uma toalha para ventilar o calor do corpo dela.

Com tudo o que Helania significava para ele, queria muito mesmo acreditar que conseguiria colocar as necessidades dela acima das próprias enquanto esperavam que a ajuda chegasse.

No fim, contudo, as descargas hormonais que a assolavam foram ficando cada vez mais fortes, e ele não teve escolha a não ser fazer o que o Irmão instruíra. E chegou a ficar tão ruim que ele não só se trancou no quarto como empurrou o colchão contra a porta para manter tudo trancado.

O que, quando pensou a respeito, era uma idiotice. Se teve forças suficientes para empurrar a cama até lá, teria forças suficientes para movê-la novamente.

Mas isso fugia à questão.

Enquanto permanecia encurvado no chão do quarto, com os joelhos encostados no peito, os braços travados ao redor deles e o corpo tremendo não de frio, mas do paralisante desejo sexual que o assolava… apertou os olhos e rezou para não ir até ela.

Não porque não quisesse engravidá-la.

Mas porque queria.

A ideia de que poderia estar livre do legado da família… e começar o seu próprio, com Helania? Era o tipo de destino que nem sabia que poderia ter rezado para conquistar. E agora, com a possibilidade bem diante dele?

Ou melhor... no cômodo ao lado?

Uma família feliz era a única coisa que conseguia visualizar. A única coisa que queria. O único modo de seguir em frente no que vinha sendo uma sensação de vazio mais recentemente. Unido a Helania, com um filho... ele teria um propósito. Uma base. Um lugar e uma linhagem que criaria com amor, e não na qual tinha nascido.

Só que... ele não sabia o que Helania queria. E, na ausência da certeza sobre a opinião dela, não podia se arriscar. Quando fêmeas passavam pelo cio, todos os machos nas proximidades eram afetados até certo ponto. Mas um macho evidentemente vinculado a ela? O desejo sexual de Boone era quase tão grave quanto o dela...

O *bing!* que soou ao seu lado o fez levantar a cabeça e olhar para o celular.

Era Jane, enviando uma mensagem na qual dizia que estava do lado de fora do apartamento.

Gemendo, Boone foi se levantar e quase chegou ao orgasmo quando o pau ricocheteou, resvalando na perna, batendo no chão.

Puta merda, ainda estava pelado. Acendendo as luzes com a mente, localizou as calças e conseguiu fazer com que as pernas inquietas entrassem nelas. Enfiou-se dentro da camisa, mas não conseguia colocá-la para dentro das calças. As mãos tremiam demais.

Tirando a cama do lugar, cambaleou para fora do quarto, os olhos fixos na porta em que a doutora Jane aguardava. Não se permitiu sequer olhar para a porta do banheiro. Não inspirou pelo nariz. Recusou-se a permitir que os pés virassem seu pobre traseiro e impulsionassem o corpo para dentro do banheiro, onde se deitaria no chão entre as pernas da sua fêmea.

Não andou pelo apartamento até a porta, praticamente correu até ela, mas a incapacidade de controlar as pernas bambas impossibilitava o equilíbrio. Maçaneta... maçaneta... maçaneta. Quando não conseguiu girá-la, puxou a maldita coisa.

A porta estava trancada. E tinha uma trava.

De alguma maneira, conseguiu abrir tudo e, então...

– Graças a Deus – murmurou ao ver a companheira de V. no corredor do porão.

Quando a doutora Jane entrou e trancou tudo de novo atrás de si, ele recuou – ou melhor, tropeçou para trás nos pés descalços e caiu de bunda. Aterrissando num monte, sabia que estava na pior.

E, a julgar pela expressão no rosto da médica, ela meio que concordava.

– Me derruba – murmurou. – Eu primeiro, assim você não se preocupará comigo. Posso ficar perigoso. Não consigo… pensar…

A boca da doutora Jane começou a se mover, e Boone de imediato foi transportado de volta à Cerimônia do Fade do pai, com alguém diante dele, comunicando-se teoricamente na mesma língua, mas algo que não fazia nenhum sentido para ele.

O que fazia sentido?

O fato de que a fêmea de V. abaixou a maleta de médico estilo antigo no chão. Retirou uma seringa e uma embalagenzinha com tampinha de borracha e contendo um líquido claro. E logo inseriu algum tipo de droga na barriga da agulha.

Quando ela se ajoelhou ao seu lado, disse:

– Enrole a manga para mim.

Enrolar. Manga.

Entendido, pensou ele.

Ele arrancou a manga do ombro e a largou em algum lugar. Estendendo o braço despido, observou quando ela esfregou um quadradinho com álcool num círculo de seu bíceps e depois o furou com vontade.

Boone abriu a boca para agradecer.

Mas a coisa agiu rápido. De verdade.

O corpo de Helania estava tenso como uma corda e os hormônios que fluíam pelo seu metabolismo eram como mãos raivosas em cada ponta, virando, girando… puxando… até que as fibras que constituíam sua forma corpórea começassem a estourar. De cara no chão de azulejos, ela se sentia queimar de dentro para fora, nada aliviava sua agonia, o afiado desejo desnecessário.

Ela não fazia ideia de onde Boone estava. Mas ele a deixara como ela lhe dissera para fazer.

Àquela altura, sequer tinha certeza de onde se encontrava.

Forçando os olhos a se abrirem, tudo estava borrado, por isso ela piscou até que a pia pequena ficasse semiaparente. Banheiro. Estava em seu banheiro.

Rolando de costas, sentiu uma brisa na barriga exposta ao ar. Mas não havia um lugar fresco correspondente para os ombros. Sua fornalha interna aquecera os azulejos do piso.

Alívio, tinha que existir algum alívio...

De novo de barriga. E agora de lado. Pernas esticadas. Pernas erguidas. Uma deitada e a outra levantada. Ombros retos. Ombros curvados.

Nada ajudava. Mas assim era a natureza do cio.

Como podia ter deixado os sinais passarem despercebidos? A inquietação. O calor. Bacon e chocolate na lanchonete, ambas as coisas pelas quais não costumava demonstrar interesse.

O fato de, pela primeira vez na vida, ter feito sexo sem realmente conhecer a outra pessoa por algum tempo. Sua ousadia pouco característica agora fazia muito mais sentido. Tinha sido um precursor para seu período fértil.

Quando acontecera seu último cio? Não conseguia se lembrar.

Ah, Deus, Boone. Deveria tê-lo avisado para ficar afastado se estivesse pensando mais claramente, se tivesse percebido os sinais...

A brisa fria veio de nenhum lugar, como se alguém tivesse aberto uma janela e permitido a entrada do ar de fora. Só que não havia nenhuma janela para abrir...

Erguendo a cabeça, olhou para cima e não entendeu o que estava vendo. Mas parecia que uma anja tinha chegado e estava numa nuvem branca. Ou não... Seria apenas um lençol?

– Oi – disse a anja. – Sou a doutora Jane. Estou aqui para ajudá-la.

Helania piscou algumas vezes a fim de avaliar se a visão diante de si mudava. Não. Ainda uma anja de cabelos loiros, olhos verde-escuros... e roupas azuis hospitalares em vez das normais.

Desistindo de tentar entender tudo aquilo, ela deixou a cabeça cair para trás nos azulejos.

– Me ajude...

– Vou verificar os seus sinais vitais, e depois cuidaremos de você com alguns medicamentos. Está bem assim para você?

Medicamentos? E que tipo de anjo falava sobre sinais vitais? Além do mais, se tinha ido ao Fade, já estava morta por toda a eternidade, portanto, tudo aquilo era desnecessário.

Outra onda de calor a percorreu e ela gemeu, já não se importando mais com qual era plano. Qualquer coisa era melhor do que aquele desejo implacável.

– Sim, por favor. Obrigada.

Não fazia ideia do que dizia.

Coisas aconteceram depois disso. Algo foi colocado em seu braço… e depois disso houve uma lenta constrição e soltura. Em seguida, um disco frio que pareceu um paraíso foi pressionado em seu peito. Na sequência, houve um bipe junto ao seu ouvido – não, espere, foi dentro do ouvido.

– Helania? Com a sua permissão, vou aplicar uma injeção de morfina. Isso a deixará mais confortável e tornará tudo muito mais suportável. Tudo bem?

A voz da anja estava mais próxima agora, e Helania tentou abrir os olhos.

– Sim. Qualquer coisa…

Àquela altura, se tivesse que entrar numa banheira de gelo seco, ela pularia dentro…

Mais uma onda a assolou e, quando ela gritou, percebeu que as descargas de hormônios estavam piorando. Por mais impossível que parecesse, ela sentia a intensificação…

O alívio chegou como uma onda e inundou seu corpo, acalmando a fervura exatamente como quando se tira uma panela do fogo. Mas não confiava no alívio e, por algum tempo, se preparou e esperou que o sofrimento voltasse.

– Está tudo bem – a voz da fêmea disse. – Apenas relaxe. Vou ficar aqui e monitorá-la. Não vou deixar que piore.

As lágrimas vieram com força e em boa quantidade. Helania chorava sem nenhum motivo específico, mas por todas as variações de exaustão.

– A Mãe Natureza pode ser muito cruel com as fêmeas – disse a voz.

Enxugando os olhos com o antebraço, Helania virou o pescoço. Quando os detalhes da fêmea mística foram percebidos com mais clareza, franziu o cenho. Nenhuma asa. Nenhuma aura. Nenhuma presença sobrenatural. Em vez disso…

– Você não é um anjo.

A fêmea riu e os olhos verde-floresta reluziram.

– Ah, confie em mim, não sou mesmo. Basta perguntar ao meu *hellren*.

Helania baixou o olhar para seu corpo. O que imaginara ser uma nuvem fofa e branca cobrindo seu corpo torturado no fim era um dos seus próprios lençóis. Ela reconheceu o desenho desbotado de florezinhas amarelas e rosas.

– Como está se sentindo agora? – perguntou a médica.

– Onde está Boone?

– Desmaiado no sofá. Também dei algo a ele para ajudar.

Helania fechou os olhos.

– Juro, eu não sabia que estava perto. O cio.

Será que o que estava falando fazia algum sentido? Sentia como se estivesse dizendo coisas desconexas.

– Pelo que sei – disse a médica –, nem sempre é possível para vocês adivinharem quando vai ser a hora. E Butch me contou que você vem lidando com muito estresse. Isso pode mudar tudo.

– Você não é uma vampira?

– Não, não sou.

Sim, claro. De que outra forma a fêmea teria vindo até ali durante o dia? Um segundo… ainda era dia, não?

Tanto faz. Não importava.

– Eu deveria ter sido mais inteligente. – Helania fechou os olhos. – Deveria ter…

– Que tal se a levarmos para a cama? Está frio aqui e o chão deve ser bem duro.

Era? Por causa da morfina, os azulejos pareciam suaves como penas. Ainda assim, quando a médica lhe ofereceu a mão, Helania a segurou e fez o que pôde para participar do esforço de colocar seu corpo na vertical.

Objetivo cumprido, a médica passou o braço ao redor da cintura de Helania e sustentou mais da metade do seu peso enquanto se arrastava até a sala de estar, com a ponta do lençol se arrastando atrás.

Quando viraram para entrar no quarto, ela por fim viu Boone. Ele estava no chão diante do sofá, braços e pernas largados em ângulos estranhos, o tronco virado deixando-o um pouco de costas, um pouco de bruços. Parecia alguém que tinha sido nocauteado com um soco e caído com tudo.

– Ele está bem – garantiu a médica. – Administrei uma dose mais fraca e ele adormeceu. E antes que pergunte, também verifiquei seus sinais vitais. Ele só está exausto.

– Tem certeza?

– Sim. Ele se alimentou de uma Escolhida há apenas três noites.

Uma Escolhida, Helania pensou.

– Foi uma alimentação por motivos médicos – disse a médica com gentileza. – Não se preocupe. Não aconteceu nada.

– Não é da minha conta.

– Isso cabe a você e a ele decidirem. – A médica sorriu. – Venha, vamos deitá-la na cama. Se desmaiar, talvez eu não consiga impedi-la de bater no chão.

Helania deixou-se ser levada até o colchão – que, por algum motivo, tinha sido tirado do lugar. Mas não se importava com isso. Quando se deitou, soube que a médica estava certa ao indicar que devia fazê-lo. Uma onda de tontura fez o quarto rodar, e seu corpo ficou tão fraco que ela se perguntou se estava tendo um derrame ou algo assim.

Encarando a parede, pensou em Boone, lá no chão, preso com ela ali no apartamento pelo que, sem dúvida, devia ser o dia mais longo das vidas deles. Mesmo com os cuidados da médica.

Pelo menos não estava grávida. Até onde sabia, não tinham feito sexo depois que seu período fértil tivera início.

De outro modo, se sentiria ainda pior do que se sentia agora.

Mesmo assim… que confusão tinha provocado.

Capítulo 29

BOONE RECOBROU A CONSCIÊNCIA e ficou surpreso em ver que estava no sofá. Mas, pelo menos, sabia onde estava: no apartamento de Helania enquanto ela passava pelo cio... Embora não se lembrasse de como tinha saído do chão. Talvez tivesse feito isso quando a doutora Jane lhe dera a segunda injeção. Ou a terceira.

Que horas eram...

— Passou da meia-noite.

Ergueu a cabeça. A doutora Jane estava sentada à mesa da cozinha de Helania, com um tablet ligado diante dela com algum tipo de filme passando na tela.

— Eu perguntei isso em voz alta ou você lê mentes? – perguntou ao se esforçar para se sentar.

Cara, a camisa estava mais amassada do que um mapa ao fim de uma longa viagem.

A médica sorriu e desligou o que quer que estivesse passando.

— Você disse as palavras.

Boone se espreguiçou e estalou os ombros. Depois olhou para o quarto. A porta estava aberta, mas as luzes estavam apagadas, portanto, não conseguia ver Helania.

— Não se preocupe, ela está bem. Acabei de vê-la há vinte minutos.

Com um gemido, ele se inclinou para a frente e colou os cotovelos aos joelhos.

— Sinto como se tivesse sido atropelado por um caminhão.

— E foi. A carga hormonal junto com os opiáceos? Você vai se sentir lento por um tempo.

— Não esperava que isso fosse acontecer.

– Nem ela. – A doutora Jane balançou a cabeça. – Os corpos femininos de qualquer espécie são uma surpresa, mas os das vampiras? É tudo muito injusto.

– Acabou? Para ela?

– Difícil determinar. Pelo que me contaram, ela esteve submetida a muito estresse, e isso pode encurtar ou aumentar o período do cio. Ou ela pode seguir o normal. Posso afirmar que na última hora ela sofreu uma melhora em relação a como estava antes. Acredito que o pior já tenha passado, e ela se sentirá muito melhor daqui a umas seis horas.

– Graças a Deus.

– Ela vai precisar se alimentar. E vai precisar ir à clínica para ser examinada.

– Para quê?

– Para ver se está grávida.

Boone ficou muito, muito quieto.

– Mas não fizemos sexo.

O rosto da doutora Jane ficou profissionalmente composto.

– Durante o cio ou nenhuma vez durante as últimas vinte e quatro horas?

– Ah... – Quando corou, ele pigarreou. – Durante o cio.

– Quando foi a última vez em que esteve com ela?

Ele fechou os olhos e lembrou a si mesmo que para a doutora Jane o ato sexual era parte do registro médico, um evento biológico. Mas, caramba, ele sentia como se estivesse meio que se confessando com uma *mahmen*.

– Boone – ela disse com tranquilidade –, isso é importante. Para a saúde e o bem-estar dela, é melhor sabermos. Embora, se preferir, posso perguntar a ela pessoalmente. Posso esperar até que ela seja capaz de falar comigo...

– Talvez seis horas antes de o cio começar. Pelo menos quatro.

A doutora Jane assentiu.

– Ok. Então ela precisa ser examinada. Se estiver grávida, vai precisar de cuidados pré-natais de imediato.

Boone piscou. Depois despejou:

– Vou me unir a ela se ela estiver.

O sorriso da doutora Jane foi firme.

– Vamos encarar a situação passo a passo. Você pode atravessar essa ponte quando chegar a ela.

Helania despertou lentamente. Seu primeiro pensamento foi de que a morfina devia ainda estar bem presente em seu organismo: não sentia as pernas e os braços, e a flutuação da cama estava exagerada, como se estivesse numa canoa sobre água parada em vez de deitada sobre um colchão.

Virando de lado, olhou na direção da porta aberta do quarto e ficou pensando que horas seriam. Se a médica ainda estava no apartamento. Se Boone tinha…

Certo como se o tivesse chamado pelo nome, ele apareceu entre os batentes. Parecia tão cansado quanto ela se sentia, os cabelos espetados em todas as direções, a camisa amassada a ponto de estar arruinada, as calças pendendo nos quadris como se tivesse perdido cinco quilos por desidratação.

– Você está bem? – ele perguntou.

A voz dele estava rouca e, quando ele entrou no quarto, ela se preparou para o ataque de desejo doloroso.

– Acho que sim. – Quando o corpo não reagiu, ela exalou fundo. – Muito melhor. Onde está…

– A doutora Jane? Teve que voltar para a clínica. Mas eu disse a ela que ligaria imediatamente se precisasse de alguma coisa.

Helania tentou se sentar e, quando o mundo girou, ela ponderou em desistir da ideia. Mas quando o equilíbrio retornou, acomodou os lençóis ao redor do corpo nu e afastou os cabelos do rosto.

– Que horas são? – perguntou.

– Quatro.

– Da tarde? Só durou três horas?

– Da manhã.

– Ah.

Boone se sentou na cama com cuidado, como se tentasse não afundar o colchão. Enquanto se fitavam, ela sentiu o oposto em relação ao que sentira com ele na outra noite no Remi's: em vez de conseguir falar sobre tudo com ele, sentia-se mais constrangida do que nunca.

Mas tinha que falar.

– Sinto muito.

Ele se retraiu.

– Pelo quê? Você não teve controle nenhum sobre tudo o que aconteceu.

Ok, tecnicamente isso era verdade. Mas assim que pensou em como Boone estava todo drogado, largado no chão na frente do sofá, ainda assim se sentia responsável.

Helania o encarou.

– É importante para mim que eu diga isso e que você escute. Eu não sabia que o cio estava chegando. Se soubesse, teria te mandado embora ou não teria permitido que entrasse. Você precisa acreditar em mim.

– Helania, eu acredito plenamente em você…

– Mesmo?

Boone, confuso, balançou a cabeça.

– De onde vem isso? Nunca duvidei de você sobre nada.

A exaustão a tornava mais sincera do que estaria de outro modo.

– Só quero que tenha a certeza de que não estou tentando forçá-lo a um compromisso nem nada assim.

– Epa, epa… – Ele se inclinou para a frente, como se fosse capaz de entendê-la melhor caso estivessem mais próximos. – Por que eu acharia isso?

– Você faz parte da *glymera* e tem dinheiro. Não quero que pense que estou tentando me dar bem.

– Você está… Você se lembra da conversa que tivemos ontem à noite? Sobre como posso ficar pobre e perguntei a você se isso seria um problema?

Deus, ele tinha razão, ela pensou. Seu cérebro… Nada estava funcionando direito ali em cima. No entanto, era bom deixarem esse assunto às claras.

– Só penso que isso precisa ser dito em alto e bom som.

Boone cruzou as mãos e apoiou o queixo nas pontas dos dedos.

– Justo.

Ficaram sentados num silêncio constrangedor por um tempo, e ela só conseguia pensar em como queria que a noite tivesse terminado de maneira diferente. Se ao menos a emergência dele com a humana tivesse demorado um pouquinho mais, o dia os teria mantido afastados e, então, nada disso estaria acontecendo.

– A doutora Jane gostaria que você fosse à clínica – disse ele.

Helania balançou a cabeça.

– Não há necessidade. Esta não é a minha primeira vez. Sempre fiquei bem depois.

– Precisa ser examinada.

– Por quê? – Quando ele a encarou, seu processo de pensamento lentamente voltou a funcionar. – Não estou grávida.

– Fizemos sexo pouco antes do cio.

– Não estou grávida.

– Pode estar.

– Não estou.

Quando voltaram a se calar, ela percebeu que estava sendo irracional, mas não podia recuar. A ideia de que talvez fosse responsável por outro ser vivo? Recusava-se a pensar nessa possibilidade – e sentia que, contanto que não abrisse essa porta mental, o resultado não faria parte do seu destino.

Ela era uma eremita que mal conseguia tomar conta de si. Como poderia...

– Precisa se alimentar? – perguntou.

Helania olhou para ele.

– Me alimentar?

Quando ele ergueu as sobrancelhas – como se refletisse se seu lapso mental era algo importante do ponto de vista médico –, ela balançou a cabeça.

– Não, não preciso sorver de uma veia.

– Quando foi a última vez que fez isso?

– Antes de Isobel morrer. Ela tinha um amigo que nos deixava tomar da sua veia, mas não tive mais contato com ele desde que ela morreu.

– Oito meses?

– Na verdade, não preciso de mais de uma vez por ano. – Deus, se isso não deixava clara a pouca frequência com que saía de casa, não sabia o que mais esclareceria... – Estou bem.

– Helania, você precisa estar...

– Não estou grávida.

– Não vou discutir isso com você. – Boone se pôs de pé. – Amanhã à meia-noite, você vai estar na frente deste prédio, onde eu a buscarei para que possamos ir até o centro de treinamento juntos.

– Não preciso ser examinada...

– Precisa. Porque, se estiver grávida, será meu filho, e eu vou me certificar de que vocês dois estejam sendo bem cuidados de todas as formas.

Ele saiu do quarto a passos largos, enquanto Helania o encarava. Queria chamá-lo de volta, mas para quê? Para poderem discutir sobre algo que não estava acontecendo? Os dois tinham acabado de passar por uma versão do inferno, e o que precisavam era de comida, descanso e um tempo. Mais conversa não era a resposta.

Além do mais, não havia sobre o que conversar.

Ela não estava grávida.

Capítulo 30

Boone voltou à casa do pai – não, espere, ela agora era a casa de Marquist, e ele precisava se lembrar disso – de mau humor. Para início de conversa, detestava conflitos, e ao que parecia essa falta de afinidade era ainda mais intensa quando tinha a ver com Helania.

Tudo degringolara ao sair da casa dela.

Mas… maldição. Ela estava tão determinada a não ter um filho seu que não estava disposta a cuidar de si mesma. Que inferno!

Enquanto avançava em meio à neve, desejou que a porta estivesse trancada de novo. Queria usar o corpo todo para quebrar alguma coisa, deixando marcas de sangue na madeira e hematomas na pele.

Infelizmente, a maldita porta abriu de primeira.

Lá dentro, foi direto para a cozinha, seguindo o intenso aroma de pão assado que permeava aquela ala inteira da casa. Ao passar pela saleta de lustro e pela despensa, parou diante da suíte do mordomo. Estava aberta, para variar, e ele entrou na saleta de estar/escritório.

Ora, ora… veja só quem se mudou.

Diversas caixas de papelão descartadas e um rolo de fita estavam no meio do tapete oriental gasto, e uma pilha de livros de capa de couro repousava na poltrona junto à lareira, pronta para ser realocada. Os livros-razão das contas da casa ainda estavam abertos na escrivaninha, o pote de tinta e a caneta antiga que o chefe dos criados sempre usara, em posição de sentido sobre o mata-borrão. Mas as fotografias sépia de quem ele sempre deduzira fossem o pai e a *mahmen* de Marquist já não estavam mais ali. Assim como os pertences pessoais nas mesinhas auxiliares.

Entrando mais, Boone foi para o quarto. Embora já tivesse ido à parte do escritório antes – nas noites em que tivera que procurar pelo mordomo para pegar dinheiro para seus gastos pessoais –, nunca avançara mais. Espaço particular era espaço particular. Isso lhe fora ensinado desde o nascimento. Mas visto que o mordomo já não agia como tal, por assim dizer, naquela casa?

Não havia por que não dar uma olhada.

O quarto tinha um colchão de solteiro numa cama dos anos 1950 encostada na parede oposta. A colcha de matelassê estava precisamente arrumada e dobrada por cima de um travesseiro. A mesinha de cabeceira à direita tinha um abajur sobre ela, assim como um porta-copos para um copo de água e um carregador que, Boone apostava, tinha sido esquecido na pressa de se mudar para o andar de cima, muitos, muitos quartos depois, até o fim do corredor, chegando à melhor suíte da casa.

Seguindo até a cômoda, abriu a gaveta de cima. Ora, veja só, filas e filas de cuecas boxer e camisetas de baixo. Em seguida, uma cheia de camisas sociais. Na de baixo, havia uma centena de meias pretas dobradas.

Marquist deixara o uniforme de mordomo para trás.

Para confirmar, embora isso de fato não fosse relevante para Boone e ele já soubesse a resposta, passou pelas tábuas despidas do piso de madeira e abriu o closet estreito. Como esperado, havia uns dez ternos pretos. Alguns casacos. Um manto preto pesado.

Provavelmente deixados para trás para o próximo contratado. E que linha divisória, não?

Um dia empregado, no outro, do lado do contratante como dono da propriedade.

Boone ficou ali parado, encarando o closet por um bom tempo, e supôs que esperava algum tipo de raiva tomar conta dele. Parecia-lhe mesmo que deveria se importar mais com a repentina e radical mudança dos eventos.

Ainda mais agora, que talvez tivesse que pensar na próxima geração da sua linhagem.

Quanto mais refletia sobre o assunto, contudo, mais se questionava acerca do que recebera desse seu venerável passado. Claro, dinheiro fora importante, mas nada daquilo era seu. E a casa era bonita, se você gostasse de museus e cenários montados, projetados para impressionar. Mas ele não podia afirmar que tivera muitos outros benefícios.

Praguejando, saiu daqueles aposentos e foi para a cozinha. Ao entrar lá, os *doggens* que se ocupavam de preparar a Última Refeição pararam o que faziam, cada um deles no meio de um corte, de uma mexida de panela.

Foi então que a tristeza veio. Conhecera esses maravilhosos machos e fêmeas a vida toda. Alguns tinham sido contratados por sua *mahmen*. Uns dois tinham sido herdados dos avós. E eles agora o fitavam numa combinação de melancolia e pânico.

— Está tudo bem. — Sorriu para eles. — Tudo vai dar certo. Ele vai ter que mantê-los, portanto, nada mudará para vocês.

Thomat, o *chef*, abaixou a faca.

— Podemos preparar-lhe algo, meu senhor?

Meu senhor. A nomenclatura se referia ao macho chefe da casa.

— Thomat, não é assim. — Boone andou e parou diante do *doggen*, a bancada separando-os como uma metáfora para suas diferentes posições sociais. — Mas agradeço pela honra. Você tem sido… todos vocês sempre foram maravilhosos comigo.

— Esta é a sua casa, meu senhor. — Thomat balançou a cabeça. — De ninguém mais. Portanto, seria um prazer para nós servi-lo.

— Nem sequer sou um convidado aqui. Recebi ordens do Rei de permanecer debaixo deste teto pelas próximas treze noites. Portanto, eu mesmo me servirei.

Quando ele ofereceu a palma como sinal de respeito, o *doggen* encarou-a. Em seguida, Thomat recuou de seu lugar junto à bancada… e se curvou tanto que a reverência quase o fez resvalar no cordeiro que estivera fatiando.

Quando Boone olhou ao redor, notou que diversos outros empregados da casa tinham entrado. E também cada um dos *doggens* se curvava diante dele.

Fechando os olhos, quis dizer-lhes que teriam que seguir em frente. Mas não tinha forças para tal. Ainda assim, surpreendeu-se por se emocionar por tamanha demonstração de lealdade e respeito.

Isso aqueceu seu coração, de verdade.

Helania passou as horas da noite limpando tudo em que colocava as mãos. Começou com a cama e as toalhas, pegando tudo e enchendo a máquina de lavar roupas com carga total. Depois foi para o banheiro com um produto para esfregar tudo, chegando a ajoelhar-se, faltando pouco para gastar a camada de azulejos até chegar à estrutura do prédio. A tarefa seguinte da faxina foi a cozinha. Esvaziou a geladeira, levou as prateleiras para a pia, ensaboou-as e enxaguou com água quente até que brilhassem. Também lavou o chão com as mãos, a frente dos armários e todas as gavetas.

Chegou a tirar a bandeja dos talheres e aspirar tudo por baixo. Quando não foi muito longe com isso, despejou as facas, os garfos e as colheres na bancada e lavou a bandeja.

Na área de estar, tirou a manta que cobria o sofá. Jogou-a na máquina de lavar. Aspirou o tapete e depois foi organizar os suprimentos de bordado. Quando pegou uma escadinha para espanar uma teia de aranha num canto do teto, sentiu vergonha pelo tanto de tempo que deixara de prestar atenção à sua casa.

Muito antes da morte de Isobel.

Do *homicídio* dela, corrigiu-se. Assim como corrigira Boone.

Lá perto do nascer do sol, suas energias acabaram. Sentada no sofá despido, ouvindo a secadora dar conta da manta, lutou contra as emoções que jaziam sob a superfície.

Isobel teria sabido como lidar com aquilo, pensou ao levar as mãos para o abdômen achatado.

Se a irmã estivesse viva... Isobel teria sabido o que fazer. A respeito da possibilidade da gravidez. Sobre a situação com Boone. Sobre aquelas lágrimas que pareciam determinadas a passar por cima do seu autocontrole.

– Por que você tinha que partir? – disse rouca.

No instante em que as palavras saíram dela, seus olhos se desviaram para o manto que usara para ir ao Pyre. E foi então que a raiva borbulhou, ao perceber que deveria estar lá fora, procurando pelo assassino da irmã.

Que ainda não fora encontrado.

Helania olhou para o apartamento imaculadamente limpo. Uma noite sem foco era permitida, mas não mais do que isso. Ela não estava grávida, e não importava o quanto Boone se sentisse protetor, ela iria voltar ao trabalho naquele clube na noite seguinte.

Ela tinha uma morte para *ahvenge*. E ficar sentada ali, chorando como uma tola, não serviria de nada para o seu objetivo final.

Enfiou a mão no bolso do moletom para pegar o celular. Tinha silenciado o aparelho porque precisara de um tempo para clarear as ideias – o que, evidentemente, se traduziu em fazer uma bela faxina na casa.

Ao ligar o aparelho, preparou-se para ver um punhado de notificações de telefonemas ou de mensagens de Boone, e não sabia muito bem como se sentia em relação a isso. Uma parte sua queria conversar com ele. Outra, não…

Nenhuma chamada. Nenhuma mensagem também.

Encarando a tela vazia, viu-se tomada por uma dor aguda no meio do peito. Mas o que esperava? Tinha desejado espaço.

E ele o estava dando.

Capítulo 31

Na noite seguinte, Helania mirou o cano da sua nove milímetros para o alvo no fundo do estande de tiro. Ela estava no número quatro, com os protetores de ouvido, uma caixa aberta de balas na bancada diante de si e uma vazia no chão de concreto junto aos pés.

Mirando no centro do alvo – que estava no meio do desenho do tronco –, ela firmou os braços adiante e apertou o gatilho uma vez, duas, três... quatrocincoseis.

– ... fechando em quinze minutos. Estamos fechando em quinze minutos. Por favor, comecem a guardar tudo agora.

Abaixando a arma, apertou o botão ao lado da parede do cubículo, e o alvo começou a se apressar tal qual um cachorrinho sendo chamado pelo dono para casa, a parte de baixo lançada para trás pela brisa criada pela velocidade. Quando o papel pesado ficou na sua frente, ela o despregou e fitou os buracos feitos.

Todos eles estavam concentrados no meio dos círculos concêntricos, distantes no máximo em um ou dois a partir do centro.

– Você é boa mesmo com uma arma.

Quando ela olhou para o funcionário que a abordou, maravilhou-se de novo a respeito de como os protetores auriculares conseguiam abafar os tiros, mas permitiam que as vozes fossem ouvidas.

Tirando os protetores, disse:

– Dá pro gasto.

– Mais do que a maioria.

Ela sorriu porque sentiu que tinha que fazer isso, e, na verdade, não tinha nada contra o cara. Ele era o mais velho e mais simpático, que usava boné de veterano do exército e sempre vestia uma camiseta de show dos anos 1980. De calças jeans folgadas e rosto marcado de rugas, ela deduzia que ele devia estar no fim da casa dos sessenta, talvez começo dos setenta anos de vida, e parecia estar familiarizado com trabalho manual, horas extras e AC/DC.

— Quer que eu a acompanhe até o carro? – sugeriu. – Está tarde.

— Vou ficar bem, mas obrigada.

— Mantenha a arma carregada e ao alcance. Vou olhar para você pelo monitor de segurança, como sempre. Estou contente que uma garota legal como você saiba atirar.

Com um aceno de cabeça, ele claudicou para o resto da fila dos estandes vazios. Ela tinha quase certeza de que ele não tinha uma perna e fazia uso de uma prótese, mas nunca perguntara a respeito. E de fato apreciava a preocupação dele com ela. Normalmente.

Esta noite, isso a deixou pouco à vontade, embora não porque se sentisse de alguma forma ameaçada por ele. Só ficou pensando o motivo de receber atenção especial. Seria porque ele sentira alguma fraqueza de sua parte?

Por algum motivo, ela não queria saber a resposta para essa pergunta. Firmeza interior de repente se tornou muito importante para ela.

Prendendo a arma no quadril, guardou as balas não usadas na bolsa de náilon, jogou fora a caixa vazia e vestiu a parca. No caminho da saída, passou pelo quiosque de vidro onde o funcionário se sentara e acenou para ele, que apontou para a TV com imagens granuladas em preto e branco do estacionamento e ergueu o polegar para ela. Ela assentiu com a cabeça em retribuição.

Do lado de fora, caminhou para a bem usada picape Toyota, que tinha dez anos. Ela e Isobel tinham-na comprado juntando as economias. Ainda que sempre se desmaterializassem para os lugares, veículos – em especial aqueles com caçamba atrás – vinham bem a calhar para compras maiores, para mudanças e nas raras ocasiões em que simplesmente você sente vontade de sair dirigindo por aí.

Ao se colocar atrás do volante, apertou a embreagem, passou a marcha para o ponto morto e deu partida no motor. Já na rua, tomou o caminho de casa... e se questionou se iria acabar lá. Tantos desvios... Poderia ir ao supermercado. Poderia ir para a loja Target que ficava aberta 24 horas para comprar material de limpeza. Poderia simplesmente sair dirigindo até precisar de combustível.

Momento em que pararia para abastecer e depois continuaria a dirigir sem destino.

No entanto, sabia que Boone estaria à sua espera e não iria embora até ela aparecer no apartamento. Mesmo que ele ainda não tivesse dado sinal de vida, ele de fato era o tipo de macho que sempre aparecia quando tinha um compromisso marcado. Bem, a não ser por aquela noite na lanchonete, mas ele por certo tivera um motivo válido para não comparecer àquela refeição.

Ele estaria diante do prédio, como disse que estaria.

Deus... Queria muito, mas muito mesmo, dirigir para longe dali. A ideia de ir a uma clínica para ser furada e cutucada não tinha absolutamente nenhum apelo, e ela brigava com o equilíbrio entre os interesses. Era o seu corpo, mas Boone não estava errado. Se estivesse grávida, metade do que havia dentro dela seria dele.

Uma parte dele.

Portanto, tinha alguns direitos em tudo aquilo.

Não que estivesse grávida, claro. Quais seriam as probabilidades, certo? Claro, tinham feito sexo antes, mas foi horas antes.

Pelo menos quatro. Talvez seis.

Merda.

Dez minutos mais tarde, Helania estacionou na garagem atrás do prédio. Saindo, apoiou a bolsa de lona no ombro e caminhou pela neve compactada até a entrada de trás. Usou uma chave para entrar, e depois virou à direita e desceu pela escada até o porão.

Ao chegar ao último degrau, abriu a porta de aço...

Boone estava de pé ao lado da porta simples e nada especial do seu apartamento. O corpo grande estava apoiado na parede, as mãos dentro das calças de couro, a cabeça de cabelos pretos abaixada. Ele se aprumou no instante em que a notou, e o modo com que ajeitou a jaqueta deixou claro que ele também estava tão pouco à vontade quanto ela.

– Oi – disse ao continuar em frente.

– Eu não sabia se você iria... – Ele pigarreou. – Oi.

– Não sabia se eu iria aparecer?

– O carro está esperando do lado de fora.

– Gostaria de guardar as minhas coisas.

As narinas dele inflaram.

– Esteve atirando.

– Sim. – Franziu o cenho. – É importante continuar treinando.

– Não estou sugerindo que não seja. Estou num programa de treinamento, lembra? Os Irmãos enfatizam o tempo todo a importância dos treinos.

Enquanto se encaravam, ela se lembrou de ter se sentado diante dele no Remi's, da conversa que fluiu como ar em seus pulmões: fácil e sustentando a vida. E, no entanto, ali estavam eles, sem nada além de sílabas truncadas e silêncios afiados entre eles.

Helania tirou a bolsa do ombro e cruzou os braços diante do peito. Demorou um tempo até encontrar as palavras certas.

– Não sei… – Inspirou fundo e o fitou nos olhos. – Não sei como voltar aonde estávamos antes. Nós nos perdemos. E, mesmo enquanto digo isto, sei que parece ridículo, porque não que estivéssemos juntos há muito tempo… Então, para onde exatamente não estou voltando? Ainda assim… Sinto falta de onde estávamos e odeio onde estamos agora.

Tudo ficou meio borrado quando as lágrimas chegaram, e ela praguejou, pensando no atendente do estande de tiros. Não era de admirar que as pessoas presumissem que ela precisava de cuidados constantes. Ela era uma tremenda desengonçada…

– Helania. Venha aqui.

Ela estendeu a palma da mão.

– Não. Não. Não quero me apoiar em você. Não quero… Preciso ficar de pé sozinha. Pela primeira vez na vida, quero ser forte.

– Não é uma questão de isso ou aquilo, sabe. Você pode ser forte *e* se apoiar na família e nos amigos.

– Não tenho certeza disso. E, para ser honesta, estou farta de arruinar a vida das pessoas. Isobel cuidou de mim por décadas, e sabe de uma coisa? Refleti bastante hoje e fiquei pensando no que mais ela poderia ter conquistado em sua vida curta demais se tivesse tido todas aquelas horas livres. Teria se mudado com o amante? Teria se comprometido com ele e tido filhos? Teria sequer conhecido o macho, porque dez anos atrás, em vez de comprar uma picape comigo, ela poderia ter comprado uma casa com outro, alguém diferente, e construído um futuro com ele? Há tantos caminhos que ela poderia ter tomado, mas, em vez disso, desperdiçou anos comigo, anos que, no fim, ela não tinha de sobra.

– Não pode se culpar pelo que aconteceu com ela – disse Boone. – E não tem como saber o que o futuro reservaria a ela, de um jeito ou de outro.

– A culpa foi minha. Aqueles anos desperdiçados foram minha culpa. Boone franziu o cenho.

– Sem ofender, mas o que isso tem a ver comigo e com você?

– Se estiver grávida, você vai querer se unir a mim.

– Claro que vou. Como poderia ser diferente?

Helania balançou a cabeça.

– Mas não quero isso. Não quero que se sacrifique por achar que deve.

– Não tem nada a ver.

– Mesmo? Acha isso? Como eu estar grávida é diferente de um compromisso arranjado? – Quando ele cerrou os dentes, ela pôde ver, pelo modo com que o maxilar dele endureceu, que Boone sabia que ela estava certa. – Você sempre faz o que é certo. Entendo isso. Mas a questão é... Se um dia eu me comprometer com alguém, gostaria de pensar que... – Uma dor se espalhou pelo peito dela. – Que fui escolhida por amor, não por obrigação, e, por favor, não me diga *eu te amo* agora. Essas três palavras são sagradas, não um remédio porque não quer machucar os sentimentos de alguém ou ignorar a realidade em que você e eu nos encontramos. Somos essencialmente estranhos, e você sabe disso. E, mesmo assim, estamos diante de algo que pode muito bem mudar nossa vida para sempre.

Ele balançou a cabeça e praguejou.

– Você faz parecer que isso é um acidente de carro.

– E é.

De repente, ele esfregou o rosto.

– Bem, nesse caso, vamos para a porra da clínica. Porque não é isso o que se faz num maldito de um acidente de carro?

Helania desviou o olhar com rapidez. Em seguida, as palavras que estivera segurando saíram dela.

– Não quero estar grávida.

– Sim – murmurou Boone. – Acredito que tenha deixado bem claro que não quer um filho meu. Mas, de todo modo, a doutora Jane vai examinar você e vamos fazer tudo o que ela disser, porque somos adultos numa situação adulta criada por nós mesmos.

– Você não sabia que eu ia entrar no cio. Então, a responsabilidade é minha.

– E tinha como controlar quando ele começaria? Além disso, você passou por ele, e eu estava com você antes mesmo disso. Não vou mais discutir sobre isso, nem sobre irmos para a clínica.

A amargura em sua voz fez ela se virar e encará-lo. O rosto de Boone estava tenso, as sobrancelhas, caídas, os olhos sem foco observando algum lugar à frente dele.

Vê-lo assim tão infeliz fez com que ela se sentisse ainda pior e soube que, se continuasse com aquele comportamento, acabaria destruindo a ambos. Talvez ali mesmo, naquele instante.

Além do mais... talvez não houvesse motivo algum para isso.

– Tudo bem – concordou –, só me dê um minuto e já vamos.

Boone só assentiu, sem olhar para ela.

– Eu te espero no carro. Está estacionado na frente.

Boone deu a volta no prédio para poder respirar um pouco de ar fresco. Enquanto andava até onde Fritz esperava na Mercedes da Irmandade, seu peito doía tanto que se perguntou se uma dor emocional seria capaz de provocar um infarto – mas não se importou muito com a resposta.

Porque, ora, se batesse as botas ali mesmo, no monte de neve acumulada, pelo menos não se sentiria mais tão mal assim.

Ao virar a esquina e ver o carro, sentiu-se tentado a dizer a Fritz que saísse dirigindo e mandar uma mensagem de texto para Helania na qual diria que não a obrigaria a fazer nada que não quisesse. Em seguida, saltaria de uma ponte e daria um longo mergulho no Hudson.

Talvez, depois disso, procuraria um pouco de álcool.

O que não faria seria descontar sua frustração mutilando um assassino ou um humano. Enquanto virava e revirava na cama durante o dia, determinado a não ligar nem enviar nenhuma mensagem para Helania porque estava claro que ela queria espaço, atormentou-se com as próprias ações naquele beco. O fato de que aquele homem em particular, aquele agressor, mais do que merecera o que tinha recebido era irrelevante, e o que era aterrorizante era a pergunta que Boone recusava-se a fazer em voz alta.

Mas, Deus, e se o homem *não* tivesse merecido? E se Boone tivesse cruzado o caminho de um humano inocente que por acaso só estava andando na rua?

Gostaria de acreditar que não teria feito nada. *Queria* acreditar que continuaria andando até encontrar um *redutor* ou uma sombra.

Só que não confiava de verdade em si a respeito de nada disso, e isso o fazia se perguntar se talvez Helania não soubesse algo sobre ele que ele mesmo não sabia. Talvez fosse esse o motivo de ela não querer um filho seu.

Aproximando-se da Mercedes, balançou a cabeça quando Fritz saiu de trás do volante.

– Não. Deixa que eu mesmo abro a minha porta. Obrigado.

O semblante do mordomo despencou, como se Boone tivesse questionado a honra da *mahmen* dele.

– Ah… – Boone esfregou a cabeça que latejava. – Tudo bem. Vá em frente.

– Agora mesmo, senhor!

Para um macho mais velho, o mordomo conseguia se mover bem rápido. Mas, pensando bem, ele parecia fazer muitas coisas com rapidez. A caminho dali, ele dirigiu como se as leis de trânsito e os limites de velocidade servissem para que outras pessoas não ficassem no seu caminho.

– Onde está a sua fêmea? – inquiriu o mordomo com educação ao abrir a porta de trás.

Não sei para onde ela foi, Boone pensou. *Mesmo quando está bem na minha frente.*

– Está vindo.

Com sorte.

Um momento depois, ela apareceu. Bem quando ele se acomodou na outra ponta do banco, Helania saiu pela porta da frente do edifício. Hesitou quando viu o mordomo uniformizado e a S 65, mas logo aprumou os ombros e avançou pelo caminho sem neve da calçada. Vestia jeans e a parca da noite em que foram para o Remi's e as botas até os tornozelos estavam gastas. Com os cabelos presos atrás e nenhuma maquiagem, ela parecia natural, fresca.

Como alguém a quem ele precisaria proteger – e ele sabia que a fêmea não queria isso dele.

– Saudações, senhorita – disse o mordomo com um sorriso amplo, seguido de uma profunda reverência. – É um prazer servi-la. Sou Fritz Perlmutter.

– Hum… obrigada? – murmurou ela.

– Por favor – disse Fritz com alegria –, acomode-se e seguiremos com presteza.

Quando Helania entrou, Boone desviou o olhar.

– Isso não vai demorar.

Fritz saltou para trás do volante e se virou para eles.

– Vou subir a divisória! Por favor, prendam os cintos de segurança e poderemos partir.

Enquanto o vidro escurecido subia, painéis também surgiram em todas as janelas, bloqueando a vista para fora do carro. Maravilha. Não poderia fingir que olhava para o cenário coberto de neve. Mas isso fazia parte do esquema de segurança ao redor do centro de treinamento da Irmandade. Algum dia, talvez ele e os *trainees* teriam acesso sem restrições. Isso ainda não tinha acontecido, contudo, e mesmo que tivesse, Helania não tinha permissão para saber a localização das instalações.

Tentando fazer algo com as mãos – além de estalar as juntas compulsivamente –, Boone ajustou o cinto por cima do tronco e, quando o travou, o carro se moveu para a frente, e ele ouviu o ronco sutil do motor potente.

E os Mets, como estão?, pensou consigo.

– A propósito, Butch montou uma sala de evidências no centro de treinamento. Depois que tiver terminado na clínica, ele gostaria que você fosse vê-lo.

– Tudo bem.

Quando o celular tocou dentro da jaqueta, quis agradecer à Virgem Escriba pela distração válida, mas, ao pegá-lo, franziu o cenho. Rochelle enviara uma mensagem de texto, mas ele teria que lê-la mais tarde. Não era capaz de se concentrar em nada no momento.

– Conseguiu ficar na sua casa durante o dia? – perguntou Helania.

O coração de Boone acelerou ao som inesperado da voz dela, e ele olhou de relance para seu reflexo na divisória de vidro.

– Sim, dormi lá. O Rei me deu catorze noites antes de eu ter que ir para algum outro lugar.

– Onde vai ficar depois disso?

– Craeg e Paradise me ofereceram o quarto extra deles. Mas vou procurar um lugar para mim.

Houve uma época, pouco mais de 24 horas atrás, em que teria imaginado se poderia ficar com ela. Essa janela de oportunidade se fechara, contudo. E, como ela mesma dissera, ele não sabia como voltar para aquele ponto.

– Sinto muito mesmo pelo seu pai...

Boone se virou e levantou a voz.

– Ok. Precisamos parar com essa asneira. Você e eu temos coisas demais acontecendo entre nós para você ficar fazendo comentários sobre a situação da minha moradia ou meu maldito pai morto. Percebo que não estou lidando bem com a situação, mas, sendo bem franco, não estou entendendo o que está errado. De verdade. Não estou entendendo esse seu humor, mas, sendo ainda mais franco, o fato de não entender é apenas um lembrete de que eu não te conheço de verdade. Tivemos uma química fantástica e estava querendo muito mesmo explorar isso com você por... bem, pelo tempo que fosse possível. Mas não estou entendendo isto e não estou entendendo você, e isso está me deixando puto. Portanto, peço desculpas se não consigo jogar conversa fora agora, ainda mais sobre os aspectos importantes da minha vida.

Imaginou que ela fosse responder aos gritos. Acusá-lo de ser algum tipo de manipulador emocional. Rebelar-se... de novo... contra a possibilidade de estar grávida.

Em vez disso, ela só assentiu.

– É justo. Tem razão.

Boone desviou o olhar para a janela escurecida ao seu lado. Quando sentiu o carro fazer uma curva larga e depois ele afundou no banco com a aceleração, soube que tinham entrado na Northway.

– Imaginei que você fosse responder aos gritos – ouviu-se dizer.

– Lamento desapontá-lo.

Depois de um momento, ele sentiu um toque suave no seu braço e olhou de relance para ela.

– O que foi?

– Se eu não consigo tomar conta de mim, como posso cuidar de um filho?

Boone piscou.

– O quê?

Helania afastou a mão e a enfiou no meio das coxas.

– Não quero ser examinada na clínica porque não quero descobrir se estou grávida. E não quero estar grávida porque estou aterrorizada pelo fato de ser responsável por um filho.

Abrindo a boca para dizer algo, ele se calou quando ela continuou falando.

– Não tenho as habilidades necessárias para cultivar amizades. Tenho medo de sair sozinha para ir ao supermercado. Vivo aterrorizada com a hipótese de que os vizinhos de cima ateiem fogo no prédio durante o dia, pois não saberia o que fazer para evitar a luz do sol. Faz oito meses que não durmo direito porque a verdade é que eu odeio morar sozinha. E fico preocupada o tempo inteiro por não ter ninguém para chamar se precisar de alguma coisa. – Balançou a cabeça e baixou o olhar para as mãos. – Esse não é o tipo de responsável que um filho merece. *Não* é o tipo de pessoa forte o bastante para ser uma *mahmen*.

Os olhos dela se desviaram para os seus.

– E você tem razão. Estou com um humor estranho e ridículo. Talvez sejam ainda os resquícios de hormônios no meu metabolismo, mas, mesmo que seja isso, o cio não muda a minha realidade. Quero dizer, Deus, ainda não sei quem matou a minha irmã. Só o que sei a respeito é que quem quer que a tenha matado possivelmente fez o mesmo com outra fêmea. Eu só… estou cansada, Boone, de tudo, inclusive de mim mesma. Esta era para ser a era do poder feminino, mas sabe de uma coisa? Sou o oposto de uma fêmea resiliente e forte e eu odeio isso. *Odeio* e não consigo fugir dessa realidade porque aonde quer que eu vá, lá estou eu.

Boone piscou de novo. Depois pigarreou.

– Acho que você se dá muito menos crédito do que merece. Não há muitas pessoas, machos e fêmeas, que iriam ao Pyre todas as noites para fazer o que você está fazendo.

– Não cheguei a tempo de salvar a vida da outra fêmea.

– Mas não acabou morta do processo. E chamou a Irmandade para lidar com o assunto. Você foi aonde tinha que ir.

– Não é o suficiente – disse ela, em um fio de voz. – Não consegui salvar aquela fêmea. Não consegui salvar Isobel.

Esticando o braço, ele enxugou uma lágrima que escorria pela face dela e desejou estreitá-la em seus braços.

– Você está fazendo o que pode. Está ajudando na investigação.

– Vou voltar lá. Para o clube. Você precisa saber disso.

Boone inclinou a cabeça.

– Eu sei. Nunca pensei que não iria.

– Mesmo se eu estiver grávida.

Quando suas entranhas deram um nó, ele se recusou a deixar que o medo transparecesse, ou permitir que uma onda de proteção agressiva extravasasse. Estava mais do que familiarizado com a sensação de viver com alguém que achava saber mais do que ele no que se referia à própria maldita vida. Não partilharia esse conhecimento com Helania só porque era macho e fisicamente mais forte do que ela.

– Desde que seja seguro sob o ponto de vista médico – disse ele –, não tentarei impedi-la.

– Está falando sério?

– Sim, estou. – Inclinou-se na direção dela e desejou poder segurar sua mão. Mas não queria acuá-la. – Esse é o tanto que confio em você. Quanto acredito em você. Você é mais corajosa do que acha e mais forte do que imagina, e tem todo o meu apoio.

Quando disse essas palavras, percebeu que era a mais pura verdade. Às vezes, para ter fé em si mesmo, era preciso que alguém iluminasse o caminho. Aprendera isso com a Irmandade. Com seus colegas *trainees*.

– Pensei que ia querer que eu ficasse em casa – sussurrou ela.

– E assim você desapontaria sua irmã, correto?

Os olhos dela brilharam com as lágrimas.

– Já tenho tanta dificuldade de viver com a minha culpa. Aumentar isso ao desistir de tentar encontrar o assassino de Isobel? Não consigo sequer imaginar isso.

– Faz sentido para mim. – Boone balançou a cabeça ao considerar o próprio passado. – Olha só, eu vi no que a *glymera* transforma as fêmeas. Vivi esse pesadelo. Eu jamais haveria de querer alguém mandando em mim, por que eu pensaria que você ia querer isso? Como já disse, desde que seja seguro segundo o ponto de vista médico, não tenho nenhum direito de transformá-la numa peça de mobília só porque está grávida… nem iria querer fazer isso.

O olhar dela se suavizou, a luz hostil e fria diminuindo. Em seguida, as feições relaxaram, seguidas pelos ombros e pelos braços cruzados diante do peito.

– Obrigada.

– Só estou dizendo a verdade. – Ele queria *tanto* abraçá-la, mas ficou onde estava. – Só peço uma coisa.

– O quê?

– Da próxima vez, apenas me pergunte, em vez de criar uma opinião para mim, a qual espera não ser verdadeira. Prometo, serei sempre franco, e talvez você não goste de alguns dos meus posicionamentos sobre as coisas, mas, pelo menos, estaremos discutindo sobre diferenças concretas, e não hipotéticas.

Helania inspirou fundo.

– Você se lembra de quando me levou ao Remi's?

– Isso foi, hum, há três noites – disse ele com uma risada breve. – Claro que me lembro. Mas, mesmo que tivesse sido três anos atrás, posso garantir que me lembraria de cada segundo que passei com você.

Helania corou, e a cor ficou adorável no rosto dela.

– Quando disse que não era boa nisto – gesticulou, indo de um ao outro –, estava falando sério. Não me relaciono bem com as pessoas.

Boone deu de ombros.

– Será que alguém se relaciona? Ainda mais quando há atração envolvida.

– Não sei. Craeg e Paradise parecem em sintonia.

– Ah, mas veja bem, você os está vendo agora. Tiveram uma montanha de desentendimentos no início.

– Mesmo?

– Sim. E, olha só, você pode perguntar a eles a respeito, mas eles provavelmente não te dariam a versão correta. Amor verdadeiro, quando bate, é uma borracha e tanto. Todos os conflitos e esforço para iniciar um relacionamento simplesmente desaparecem quando as pessoas chegam em águas calmas. – Boone deu de ombros de novo. – Mas o que eu sei sobre isso?

Silenciando, ele deixou a cabeça relaxar no encosto e fechou os olhos. Estava bem longe de cochilar, mas talvez ela imaginasse que ele tivesse…

A mão de Helania se esgueirou pela sua.

E, no instante em que o contato foi feito, ele olhou para a fêmea. Helania também tinha relaxado a cabeça, e a respiração era equilibrada e lenta. Mas ela também não estava dormindo.

Soube disso quando ela apertou sua mão... Ela virou a cabeça para ele e depois a apoiou na lateral do seu ombro.

– Helania? – ele chamou baixinho.

– Hum?

– Só para você saber, você não tem que ser boa em relacionamentos comigo. Seja você mesma. Eu serei eu mesmo e, contanto que a gente continue conversando, vamos ficar bem.

Os olhos dela se abriram, e os cílios se ergueram para revelar uma luz nos olhos de Helania que ele ainda não tinha visto.

– Gostaria muito que a gente fizesse isso.

– Conversar mais? – ele murmurou ao afastar uma mecha de cabelo do rosto dela.

– Ficar bem – respondeu ela com suavidade. – Gostaria muito... que a gente ficasse bem.

Capítulo 32

HELANIA COCHILOU ENQUANTO VIAJAVAM, despertando e adormecendo de leve. Foi um alívio não ter sonhos. Tinha medo do que poderia surgir em seu subconsciente. Mas, pelo menos, sentiu que o clima estava um pouco mais leve com Boone.

Quando uma série de paradas e arrancadas começou, ela se sentou mais reta de onde estava apoiada nele.

– Estamos chegando? – perguntou.

Boone mudou de posição no banco.

– Sim.

Helania estalou o pescoço e esticou os braços.

– Então é aqui que você treina.

– É, é aqui. As instalações são incríveis. Eles têm de tudo.

– Bem, pertence à Irmandade.

Sabia que estavam jogando conversa fora, evitando uma recaída em profundezas emocionais. Ainda assim, sentiu-se muito melhor por ter dito em voz alta seus piores medos, e ficou admirada com como se sentiu melhor ao conversar sobre isso com alguém que se importava com ela.

Agora era capaz de se reconectar muito melhor com Boone. Ainda mais por saber que ele não a impediria de voltar ao Pyre.

Desde que os médicos não opinassem no assunto. Santa Virgem Escriba… e se estivesse grávida?

– Obrigada – disse –, por me deixar desabafar.

Quando ele a fitou, ela se embebedou com as lindas feições do seu rosto… e ficou imaginando como elas ficariam num garotinho com sua cor de cabelo e a estrutura física dele.

– Eu sempre arranjarei tempo para você.

Apoiando a mão na barriga por cima da parca, ela pensou... Bem, essa declaração era uma espécie de "eu te amo", não?

A Mercedes parou e o som do motor foi cortado de repente. Logo o mordomo de rosto enrugado e sorriso brilhante como o sol da Califórnia abriu a porta para ela.

– Senhorita, chegamos! – Como se isso fosse algum milagre, um espetáculo musical e um evento esportivo tudo junto. – Bem-vinda!

Quando ela saiu, retribuiu o sorriso.

– Muito obrigada.

Ele se curvou profundamente e depois franziu o cenho quando Boone deslizou pelo banco e desdobrou os ombros largos, colocando toda a sua altura para fora do carro.

– Eu teria dado a volta para lhe abrir a porta, senhor.

– Eu sei, eu sei. Obrigado, Fritz, por nos trazer para cá.

Houve um instante de consternação como se o *doggen* ainda estivesse triste por ter falhado em abrir a porta. Mas logo ele voltou ao seu estado de alegria.

– Permitam-me acompanhá-los – disse o mordomo antes de andar na frente até a pesada porta de aço. – Posso lhes trazer provisões?

Como se fossem lhe fazer um favor ao pedir algum alimento.

Enquanto Boone e o mordomo conversavam, Helania olhou de relance ao redor. Estavam em algum tipo de estacionamento subterrâneo construído de acordo com os padrões dos estabelecimentos comerciais do centro da cidade, e o lugar não estava vazio. Havia um ônibus com vidros escurecidos estacionado do outro lado e uns poucos carros perfilados, incluindo um Audi luxuoso de algum modelo que tinha marcas de neve na parte inferior da lataria.

Uau. Não conseguia acreditar que alguém levara uma máquina como aquela para a neve. Incrível, de fato...

– Helania? – Boone a chamou. – Quer comer alguma coisa?

– Ah, desculpe. Não. – Voltou ao momento. – Estou bem, obrigada.

Quando o mordomo segurou a porta pesada com facilidade, concluiu que ele estava mais saudável do que a idade sugeria. E, ao entrar nas instalações, não estava preparada para o que encontrou. Quando Boone lhe contara que o lugar era de primeira qualidade, imaginou que o centro de treinamento teria um bom tamanho e fosse bem equipado. Mas... uau. Um corredor bem comprido se estendia até o outro lado do mundo, até onde ela podia saber, e, irradiando-se dele, incontáveis portas, algumas abertas. À medida que avançavam, ela viu salas de aula à altura de universidades imponentes, e o que pareciam ser salas de interrogatório. No ar, sentiu um cheiro suave de cloro, o que sugeria a existência de alguma piscina por perto, e, quando o mordomo parou diante da porta aberta de uma sala de exames profissional, pôde ouvir o som de pesos se chocando e o quicar de uma bola de basquete ao longe.

– Vou chamar a doutora Jane – Fritz disse com outra reverência profunda. – E aguardarei que me chamem para a viagem de volta.

Depois que ela e Boone agradeceram o mordomo de novo, e de Fritz ter se afastado com passos alegres, eles olharam para a sala de exames. Havia uma mesa para o paciente no centro, debaixo de luzes hospitalares, um lençol fino de papel por cima da superfície acolchoada, um par de estribos já a postos. Também havia uma espécie de abajur de pescoço torto meio de lado.

Exames internos são tão divertidos.

– O que vão fazer comigo... – disse em voz alta.

– Não muita coisa hoje – foi a resposta.

Helania girou e de pronto reconheceu a fêmea que falou. Era a médica que confundira com uma anja, e ficou totalmente aliviada por ser ela a examiná-la.

– Bem-vindos ao meu humilde lar – disse a médica ao se aproximar, estendendo a mão. – Sou Jane. Vamos cuidar logo disto para que possam voltar aos seus compromissos já marcados.

Helania apertou a palma e notou os cabelos loiros curtos e os olhos verde-escuros. Sim, ela se lembrava da gentileza demonstrada pela médica, mesmo não estando muito ciente de detalhes específicos.

– Obrigada por ter sido tão boa comigo – disse à fêmea. – Sou muito grata.

Uma mão tranquilizadora pousou sobre seu ombro.

– Só queria ajudar. Você não estava se sentindo nada bem.

A médica cumprimentou Boone com um abraço e depois indicou o caminho para a sala de exames.

– Hoje só vamos verificar seus sinais vitais e fazer uns exames de sangue para avaliar seus níveis hormonais. Depois, estará livre para ir embora.

De olho naqueles estribos, Helania ficou mais do que grata.

– Maravilha.

Ao entrar na sala, tirou a parca e deixou numa cadeira, depois pulou para a mesa. Quando Boone ficou no corredor, ela franziu o cenho.

– Não vai entrar comigo?

Boone se sentou e assistiu tudo de uma das três cadeiras perfiladas contra a parede do outro lado da mesa de exames. Pressão sanguínea. Batimentos cardíacos e nível de oxigenação. Temperatura. Estetoscópio no peito. Enquanto isso, as duas fêmeas conversaram sobre bordados o tempo inteiro. Como Helania se interessara por isso, como a mãe da doutora Jane bordara, onde comprar as melhores telas e fios.

Foi bom que nenhuma delas precisasse que ele fizesse algum comentário sobre o assunto. Primeiro porque não sabia nada sobre tricô – ou seria bordado? –, e segundo porque era bem mais fácil esconder o fato de estar hiperventilando se não abrisse a boca. Ah, terceiro, ele nem tinha certeza de que possuía uma voz.

Estar naquele ambiente clínico o fez se lembrar de todos os riscos de uma gestação, ainda mais sobre o que acontecia no fim. Os partos dos vampiros eram bem perigosos, tanto para a *mahmen* quanto para a criança. Por isso tantas morriam, e ele acabara de perceber que Helania estaria se submetendo a essas alarmantes taxas de mortalidade.

Do ponto de vista evolutivo, não era de admirar que o cio fosse tão intenso. Sem o desejo irrefreável, ele não conseguia pensar em fêmeas que se voluntariariam para ficar grávidas.

– Muito bem – disse a doutora Jane –, agora preciso dar uma espetadinha.

Boone engoliu em seco e esticou a mão para segurar a parca de Helania, que estava na cadeira ao lado da sua – como se isso fosse de alguma maneira se traduzir num apoio a ela. Mas, assim como na parte dos sinais vitais, não houve drama algum. A doutora Jane aproximou um carrinho de rodinhas, inspecionou o lado interno de um dos braços de Helania e depois... foi bem rápido: desinfecção, inserção da agulha e o tubo preenchido. A doutora Jane em seguida retraiu a minúscula espada de aço e cobriu o buraco com uma bolinha de algodão. Dobrando o braço de Helania, ela pegou o tubo e afixou uma etiqueta nele.

– Você... – Helania pigarreou. – Saberemos o resultado agora?

— Não, é cedo demais. — A médica ergueu o tubinho. — Isto, porém, nos dará uma base. Preciso que volte em quarenta e oito horas. Se os níveis hormonais tiverem subido em relação aos de hoje, então você está grávida. Se continuarem a descer, não está.

— E o que acontece se eu estiver?

— Nesse caso, marcaremos consultas regulares. Ou, se for mais fácil, posso transferir seu caso para a clínica de Havers, para que não tenha que ser trazida acompanhada para cá todas as vezes.

— Não quero dar trabalho para ninguém…

— Ela será tratada aqui — Boone se ouviu dizer.

— Fico feliz de qualquer jeito. — A doutora Jane sorriu para Helania. — Acredito que seja importante que você escolha como quer lidar com o assunto. Não ficarei ofendida, prometo. Em minha opinião, há tantas coisas fora do seu controle no que se refere à gestação que é importante segurar as rédeas quando se pode.

— Concordo com Boone. Prefiro fazer aqui.

Boone assentiu.

— Que bom. Está decidido.

— Então será uma honra para mim acompanhá-la até o parto, se estiver grávida. — A doutora apontou com a cabeça para a porta. — Agora, pelo que sei, Butch os está aguardando? Já podem ir e eu volto a vê-los a esta hora depois de amanhã, se for conveniente para vocês.

— É sim. Mas pode me ligar com os resultados de hoje? — Helania pediu.

— Claro. Mas volto a dizer, quaisquer que sejam os números de hoje, eles não nos dirão nada até termos algo com que comparar.

— Tudo bem. — Helania saltou para fora da mesa e se aproximou do casaco. — Obrigada.

— Entrarei em contato — disse a médica ao abrir a porta e esperar por eles com um sorriso paciente.

Boone entregou a parca a Helania, e logo estavam no corredor, com ele na frente, conduzindo-a pelo caminho que os levaria de volta à parte escolar das instalações.

— Nós vamos por aqui.

Enquanto caminhavam, ele quis passar a mão ao redor dos ombros dela.

— Você está bem com o que aconteceu?

– Gosto muito da doutora Jane.

– Eu também.

– Agora é só esperar.

Voltaram a se calar, mas ele tinha certeza de que estavam pensando a mesma coisa. Puta merda, e se tivessem criado uma nova vida? E se ela tivesse que carregá-la em segurança até o final?

As implicações pareciam tão vastas quanto uma galáxia, e foi um alívio parar diante de uma das salas de interrogatório.

– Acho que é esta. – Ele bateu. – Butch?

Quando alguém respondeu do outro lado, Boone abriu a porta. Uma olhada nas fotografias que tinham sido afixadas na parede e ele se retraiu. Atrás dele, Helania arquejou.

À mesa, Butch ergueu o olhar do bloco de anotações.

– Ah, desculpem. Deveria tê-los avisado.

Boone se adiantou e se postou diante das fotografias tiradas no necrotério, seu tamanho garantindo que nenhuma das imagens apareceria.

– Não precisamos conversar aqui – disse Butch.

– Não. – Helania meneou a cabeça. – Não vou ignorar isso, nem fingir que não aconteceu.

Quando ela se aproximou da parede, Boone não saiu do lugar, mas ela não estava olhando para o que ele escondia. Estava focada na parte do meio, marcada com o numeral romano ii. Esticando a mão, tocou num pedaço de papel com o nome da irmã nele.

– Como você está em relação à morte de Isobel? – perguntou Butch. – E lamento ser direto.

Boone abriu a boca para impedir aquela linha de questionamento, mas Helania foi mais rápida. Olhando por cima do ombro para o Irmão, ela respondeu:

– Estou feliz que você seja assim. Quanto a lidar com isso? Não melhor do que quando descobri.

– Entendo o que está passando.

– Sim, você cuidou de muitos homicídios, imagino.

– Também perdi minha irmã.

Boone olhou para o Irmão de pronto.

– Não sabia disso.

Butch se recostou na cadeira, equilibrando-se em duas pernas. Batendo a Bic azul na coxa, ele se concentrou no esquema que criara.

– Minha irmã foi sequestrada, violentada e assassinada, e eu fui o último a vê-la quando ela foi embora de carro com os rapazes que fizeram isso com ela. Eu tinha doze anos. Ela, quinze.

Helania se aproximou da mesa. Tentou puxar a cadeira, mas franziu o cenho.

– Elas estão presas ao chão – disse Butch ao se endireitar. – Tenho uma chave de fenda...

– Não, está tudo bem. – Helania deslizou pelo espaço entre a mesa e o assento, de costas para as fotografias e anotações. – Pode me dizer... Pode me contar como lidou com a perda dela?

Butch bateu a caneta no bloco em que vinha fazendo anotações, a folha cheia de cruzes e setas que ligavam uma frase à outra, e... desenhos de... carrinhos de golfe?

– Vou ser franco, ainda não superei. Quando penso em Janie, é bem o que você disse. É como se fosse tão recente quanto no dia em que soube. Demora muito tempo até não sentir tristeza todos os segundos do dia e da noite. Mais tempo do que você gostaria. Mas eu juro: uma noite, você vai acordar e vai estar na frente do espelho escovando os dentes e... vai perceber que conseguiu dormir o dia inteiro e não estará mais se sentindo na pele de outra pessoa.

Boone andou para se juntar a eles. A experiência de enfiar o corpo para se sentar na cadeira presa não foi nem de longe tão fluida quanto fora para Helania, mas ele conseguiu se encaixar.

– Todas as mortes são difíceis – Butch murmurou para os dois –, mas é muito pior quando você sente que poderia ter feito algo para impedir.

Boone assentiu.

– É verdade.

– Você se sente mesmo responsável pela morte do seu pai? – perguntou Helania.

– Tentei convencê-lo a ficar em casa naquela noite. – Boone conseguia visualizar o pai com a mesma nitidez de se fosse dia, Altamere sentado à escrivaninha do escritório, encarando Boone com raiva enquanto ele tentava fazê-lo enxergar com a razão. – Mas ele insistiu, e o que me preocupa... o que me atormenta? E se eu... – Boone pigarreou. – E se eu quis que isso acontecesse? E se eu... queria mesmo que ele tivesse ido, e não me esforcei o suficiente para afastá-lo daquelas pessoas?

– Mas você falou com ele, não falou? – perguntou Helania. – Você o alertou para não ir?

– Talvez eu pudesse ter feito mais.

Butch balançou a cabeça.

– Eu estava lá quando você foi falar com Wrath. Vi a convicção no seu rosto quando falou do seu pai. Se pudesse passar para você ver o que eu visualizo na minha mente? Você veria o que eu vi: um bom filho tentando fazer o que era certo por si só, e depois se apresentando ao Rei quando fez tudo o que era possível sozinho. E a verdade é que, se não nos tivesse contado o que estava acontecendo, a Irmandade não teria estado lá, e mais pessoas teriam morrido naquela noite.

– O que aconteceu? – perguntou Helania.

Enquanto o Irmão informava os detalhes, Boone desejou poder acreditar no que o Irmão dissera. Dúvidas pairavam, no entanto – e o mesmo pareceu ser verdade para os outros dois.

Todos os três perderam familiares de maneira violenta, e cada um deles se sentia responsável.

Olhando ao redor da mesa, sentiu como se um clubinho estivesse se reunindo naquela sala, e como era apropriado que o que estava colado na parede se referisse a morte.

Depois de um instante de silêncio, Butch olhou para além do ombro de Helania, para um ponto perdido.

– Sabem, como alguém que trilha o mesmo caminho que vocês, mas está um pouco mais adiante? Só o que posso dizer é que é um processo, e o único modo de passar pelo pior da dor é colocar um pé diante do outro. Há estágios, mas o ruim da coisa é que você nunca chegará ao fim de fato. Você nunca deixa de sentir saudades. O início, porém, é o mais difícil. Vocês dois vão ficar procurando respostas debaixo das pedras por um tempo. O que precisam fazer é passar por isso sem se automedicarem. Tentei fazer isso por três décadas, bebendo e usando drogas que não resolveram nada a não ser provocar cirrose. O melhor é se esforçar e trabalhar para sair dessa em vez de enterrar a cabeça na areia, arrastando essa merda pra sempre.

– Sinto tantas saudades de Isobel – Helania disse.

Sem pensar, Boone estendeu o braço e segurou-lhe a mão. Quando percebeu o que fizera, ficou se perguntando se ela preferia que ele não a tocasse. Mas, em vez disso, ela segurou sua palma com firmeza. Quando seus olhos se encontraram, ele sentiu-se em comunhão com ela, embora fosse triste o território em que tinham algo em comum.

Teria sido tão melhor se o assunto fosse... bordado, por exemplo.

Ainda assim, sentiu-se grato por não estar sozinho, e que ela estivesse com ele. O Irmão também.

Abaixando o polegar, deliberadamente afagou as cicatrizes que marcavam a palma de Helania, o que sobrara do seu trabalho com aquela pá.

Ela lhe ofereceu um sorriso triste. Depois voltou a se concentrar no Irmão.

– Tem alguma novidade?

O Irmão voltou a inclinar a cadeira para trás e cruzou os braços. Os olhos castanho-esverdeados uma vez mais se fixaram nas fotografias, nos artigos, nas anotações na parede.

– Não – murmurou. – Estamos sem pistas no momento. Mas Boone me contou que você entrou em contato com alguns amigos da sua irmã nas redes sociais.

– Posso lhe dar a senha de Isobel para você mesmo acompanhar? – Helania deu de ombros. – Infelizmente, não creio que haja nada que possa ajudar ali. Talvez perceba algo que não vi, porém. Você é o profissional.

– Alguma coisa tem que surgir – Butch disse baixinho. – Só precisamos de uma pista antes que mais alguém acabe machucado.

Capítulo 33

Q<small>UANDO</small> H<small>ELANIA</small> <small>RECITOU</small> o *login* e a senha da página do Facebook da irmã, observou o Irmão Butch anotar os detalhes numa folha em branco. Jamais imaginaria que ele soubesse em primeira mão o que ela passava com a morte de Isobel, e o fato de terem perdido irmãos possibilitou lhe dar todas as informações possíveis para ajudá-lo.

Eram uma espécie de parentes. Por meio do derramamento de sangue.

– Há um computador no escritório no fim do corredor – disse ele. – Vou acessar assim que vocês saírem.

– Posso fazer mais alguma coisa para ajudar? – perguntou ela.

– Apenas me avise se alguém entrar em contato por meio de alguma outra plataforma. Só o que podemos fazer é continuar a fuçar até que algo novo apareça. E sempre aparece. Infelizmente, as revelações surgem quando Deus quer, e não o homem, e Ele nos faz esperar.

– Não sei quando serei escalado novamente para o trabalho – disse Boone –, mas vou voltar ao Pyre para ficar de olho.

– Vou acrescentá-lo à lista de monitoramento, filho. A partir da meia-noite de hoje, teremos irmãos e guerreiros no local todo o tempo em que o local estiver aberto. Como garantia.

– Para que as pessoas fiquem em segurança – disse Helania com alívio.

– É para os vampiros, principalmente, mas, claro, se virem algo afetando um humano, intercederão como prioridade secundária.

– Bom saber. – Helania deslizou para fora da cadeira. – Vou para lá hoje à noite.

Butch franziu o cenho ao fitá-la, e ela se preparou para um discurso sobre sensatez.

– Não creio que seja necessário – disse o Irmão. – E é arriscado, haja vista sua ligação com a investigação.

– Nunca corri perigo lá.

– Tem certeza disso? Alguém pode estar de olho em você agora só porque denunciou o homicídio.

– Mas a linha de emergência é confidencial.

Balançando a cabeça, o Irmão ficou de pé.

– Peço desculpas se pareço paranoico, mas não confio em ninguém com as minhas testemunhas. Coisas que ninguém imagina podem acontecer. Quero que fique em segurança, portanto, por favor, afaste-se do Pyre's Revyval.

Boone também se levantou.

– Não temos o direito de dizer a ela o que ela pode ou não fazer. Ela não é suspeita, nem pessoa de interesse. É uma testemunha, você mesmo acabou de dizer.

– E é por isso que quero que ela continue em segurança, e viva.

– Que tal se ela for quando quiser, mas eu vou junto?

O Irmão olhou de um a outro. Depois pegou o bloco de anotações.

– Ok. Isso eu posso aceitar.

– Não vou deixar que nada aconteça com ela.

Helania teria argumentado em defesa da sua autossuficiência de novo, mas o Irmão tinha razão. Ela queria ajudar na investigação… como representante mais próxima de Isobel. Mas talvez houvesse riscos no clube que não ela podia avaliar. E isso seria uma tremenda estupidez. Além do mais…

Quando a mão baixou para o ventre, soube que talvez houvesse mais um motivo para querer estar viva…

Por alguma razão, foi naquele instante que percebeu que Isobel nunca conheceria quaisquer filhos que ela pudesse ter.

Com uma onda renovada de tristeza golpeando-a, ela disse:

– Espero muito mesmo que encontremos quem está fazendo isso.

Os olhos do Irmão estavam sérios quando ele pegou uma cruz de ouro pesada de dentro da camisa de seda.

– Juro pelo meu Senhor e Salvador que nunca vou desistir até que o assassino da sua irmã seja encontrado e que lidem com ele como se deve. Esse é um juramento que faço a você e a Isobel. Não desistirei e nunca abandonarei a busca… E Deus me mostrará o caminho. Ele sempre faz isso.

Helania encarou o macho. Em seguida, e provavelmente quando deveria manter tudo no nível profissional, ela lançou os braços ao redor dele e o abraçou.

Recuando um pouco, ela fitou o rosto surpreso.

– Você trata cada uma das vítimas como se elas fossem sua irmã, não? E cada criminoso como se fosse o assassino dela.

A dor que aflorou nos olhos dele foi difícil de ver, porque ela sentia a mesma coisa em scu coração.

– Sim – concordou ele. – Cada uma delas é a minha irmã.

– Você encontrará o macho. – Olhou de relance para Boone. – E nós vamos trabalhar com você.

O Irmão lhe deu mais um forte abraço e depois deu um passo para trás.

– Obrigado.

– Pelo quê?

– Por acreditar em mim.

Ela olhou para a cruz dele.

– É tudo uma questão de fé, não?

Depois que Boone se despediu do macho batendo na palma dele, Helania saiu da sala com ele, e o Irmão desceu pelo corredor.

Boone pegou o celular.

– Só preciso avisar o Fritz de que estamos prontos para ir.

– Sem pressa.

Recostando-se na parede de concreto, ela ficou pensando se viria até ali com frequência. Para as consultas. À medida que sua barriga aumentasse e a vida dentro dela crescesse.

Uma alegria experimental e tranquila aqueceu seu coração.

Uma criança. Alguém para amar. Algo em que se concentrar em vez de si mesma e do seu sofrimento por Isobel...

No fim do corredor, pouco além da sala de exames em que estivera, uma porta se abriu e dois machos saíram do que deveria ser a sala de pesos do complexo. Estavam sem camisa e suados, e não prestaram atenção a ela e a Boone. Só caminharam na direção oposta...

Helania se endireitou, o corpo se moveu antes que o cérebro desse o comando de mudar de posição. Inflando as narinas, deu um passo cambaleante à frente. E mais um.

O cheiro de um deles lhe era familiar, apesar de ele ser um desconhecido. E a conexão que foi feita instantaneamente em seu cérebro foi assustadora.

Boone percebeu o que acontecia.

– Helania? O que...

Ela apontou para o macho alto da esquerda, o de moicano, e gritou:

– Você! Foi *você*!

Butch estava perdido em pensamentos ao seguir para o escritório do centro de treinamento. Toda vez que Janie era mencionada, em qualquer situação, ele sempre ficava abalado. Mas havia mais ali. De alguma forma, fitando os olhos amarelos de Helania, quando ela depositou sua fé nele assim como ele depositava em seu Deus, isso abalara sua alma.

Você trata cada uma das vítimas como se elas fossem sua irmã, não? E cada criminoso como se fosse o assassino dela.

De qualquer forma, aquilo não era um exagero. Convenhamos, trauma infantil afetando o curso adulto de uma vida? Ainda mais se motivava tal indivíduo a consertar o que acontecera de errado no próprio passado no futuro de outros? Não era exatamente um material digno de Einstein. Mas, ainda assim, ouvir Helania dizer isso em voz alta?

Puxa, isso fazia com que quisesse uma dose de uísque. Ou doze.

Mas o desejo de uma bebida, e não do tipo coquetel, não era algo a que fosse reagir. Usar álcool como borracha emocional era parte da sua vida pregressa, e ele de jeito nenhum recairia naquele hábito mesmo que por só uma noite...

– ... foi *você*!

Butch parou de pronto e virou. Mais adiante da sala de pesos, Helania avançava na direção de dois membros do Bando de Bastardos, o indicador apontado em acusação, o corpo trêmulo.

Quando Balthazar e Syn também se viraram depois do grito, Boone se pôs entre eles e a fêmea, com os braços abertos para impedir que ela avançasse mais.

Com uma imprecação, Butch instintivamente pôs a mão na automática no coldre do quadril, mas a manteve junto à coxa enquanto corria em direção à comoção.

– O que está acontecendo aqui? – perguntou ele, entrando no papel de policial.

Um relance rápido para os Bastardos e lhe pareceu que um ataque da parte deles era improvável. Balthazar parecia confuso, apenas uma expressão de "mas que porra" no rosto. Quanto a Syn?

– Ele matou a fêmea! Ele matou minha irmã!

Helania falava rápido e o dedo apontado para Syn servia mais que qualquer reconhecimento feito numa delegacia. E a reação do Bastardo foi interessante – porque foi nenhuma. O guerreiro só encarava a fêmea, nada alterado no rosto, nos olhos, na sua postura.

– Você esteve com aquela fêmea assassinada no clube! – exclamou Helania. – Senti o seu cheiro lá. Foi você quem a levou para o andar de baixo. E quando desci depois de sentir o cheiro de sangue, o *seu* cheiro estava no ar! Foi você!

Syn continuou a bancar a esfinge, com as feições compostas, quase entediadas. Mas Balthazar? O Bastardo olhava para o companheiro com raiva... Como se talvez, só talvez, ele já tivesse passado por coisa semelhante com o cara.

Butch olhou de relance para Boone.

– Faça-me um favor, leve-a de volta à sala em que estávamos? Quero conversar com Syn...

– Foi ele! – Helania avançou na direção do macho, mas Boone a manteve no lugar. – Seu maldito! Seu maldito bastardo!

Butch se aproximou da fêmea e, ao captar sua atenção, disse num tom baixo:

– Acredito em você. Acredito que o tenha visto com a fêmea que foi morta. Acredito que o tenha rastreado até o andar de baixo. Neste instante, preciso que me deixe falar com ele, está bem? E depois volto a conversar com você.

Helania arfava, o rosto estava pálido, os olhos arregalados. Mas, para o próprio bem, ela se acalmou.

– Não o deixe ir embora – disse com aspereza. – Não ouse deixá-lo ir embora.

– Não deixarei. Prometo. Pela minha Janie.

Helania olhou para Boone. Depois de um momento de tensão, ela deixou que o macho a conduzisse, e os dois se afastaram para a sala de interrogatório. Encarou com raiva por cima do ombro o tempo inteiro, e mesmo depois que a porta se fechou, Butch poderia jurar que sentia os olhos acusatórios através do maldito concreto.

Butch voltou-se para os Bastardos. Achou curioso que Balthazar tivesse se aproximado do companheiro, como se estivesse preocupado que o outro fizesse alguma estupidez. Mas para onde ele poderia fugir?

Mas, pensando bem, a julgar pelo olhar de Syn, talvez houvesse outros tipos de "estupidezes" com que se preocupar.

– Ora, isso foi inesperado – disse Butch para o Bastardo num tom relaxado. – Quer conversar sobre o que acabou de acontecer?

– Nem um pouco – Syn disse numa fala arrastada. – Você precisa conversar com ela. Não comigo.

– Não sei se concordo com isso. – Butch diminuiu a distância entre eles e o encarou. – Acabei de ter a confirmação de que você esteve com a fêmea assassinada, na noite em que ela foi morta, no clube em que foi morta. E, a julgar pelo modo como o seu amigo está exasperado, tenho a sensação de que esta não é a primeira vez em que se meteu neste tipo de problema. Estou certo?

Syn deu de ombros.

– Não tenho nada a dizer.

– Nadinha?

– Vai brincar de mundo humano agora? Vai ler os meus direitos antes de me algemar e me jogar numa cela?

Butch não considerou necessário observar que não existiam cadeias para vampiros, pelo menos não em Caldwell. Agora, lá no oeste, eles tinham opções, mas o deserto de Nevada estava muito, muito longe dali. Pensando bem… Talvez conseguisse apertar o filho da puta numa caixa do FedEx, abrir alguns buracos nela e deixar que o traseiro dele fosse mandado para a colônia penal.

Depois que Butch entendesse que porra estava acontecendo ali, claro.

Balthazar encarou o amigo com raiva.

– Ou você começa a falar ou falo eu.

– Já falei pro cara que não tenho nada pra dizer.

Fez-se um longo silêncio. Depois do qual Balthazar se concentrou em Butch.

– Meu amiguinho aqui tem um probleminha com cadáveres. Eles parecem acontecer bastante ao seu redor, e nem sempre são os que queremos.

– O humano no beco teve o que mereceu – murmurou Syn.

– Mas você não precisava ter feito o que fez. – Balthazar balançou a cabeça e cruzou os braços diante do peito. – Se alguma coisa aconteceu no Pyre, você precisa falar.

Syn ergueu uma sobrancelha e depois deu de ombros.

– Tudo bem. Estive com uma fêmea no clube, mas não sei se ela foi ou não a que morreu.

Butch franziu o cenho.

– Por que não me contou isso antes? Perguntei a todos que me avisassem se estiveram lá.

– Não achei que importasse.

Butch ergueu o queixo.

– Tenho uma fêmea morta que está numa maca agora no necrotério de Havers para uma autópsia. E você não achou que fosse importante?

– Não, não achei.

– Bem, veja, aqui está um problema para mim. Se você tivesse me contado antes, eu agora não estaria pensando que você está escondendo alguma coisa.

Syn revirou os olhos e fez menção de dar as costas.

– Isso está me entediando...

Butch se moveu rápido, agarrando o outro macho e empurrando-o contra a parede de concreto. Prendendo Syn pela garganta com o antebraço, largou o bloco de anotações e levou o cano da pistola até a têmpora do Bastardo.

– Acha que isso é a porra de uma brincadeira?

Pelo canto do olho, Butch viu Boone e Helania assistindo da porta da sala de interrogatório, mas não podia se preocupar com isso. Se tivesse que atirar no Bastardo para obter algumas respostas, puxaria o gatilho num segundo. Perder uma orelha, por exemplo, podia ser bem doloroso. Assim como levar bala no antebraço. No joelho. Havia muitos lugares não letais em que poderia atirar, e a dor tendia a abrir muitas portas proverbiais.

Syn, no entanto, não pareceu impressionado pela apresentação da arma. Os olhos negros reluziam com inteligência, mas sem nenhuma emoção.

– Uma fêmea está morta – Butch disse entredentes –, e você acabou de ser acusado de tê-la matado. E continua em silêncio?

– Não tenho nenhum comentário a fazer, mas uma coisa eu faço. – Syn abriu um sorriso maligno, os olhos negros subitamente com um brilho avermelhado, como uma lua de sangue. – Que tal fazer dois por um na contagem de cadáveres?

O macho se moveu tão rápido que Butch não teve como impedi-lo. Syn agarrou a arma e empurrou o cano para dentro da sua boca.

Nos olhos, no brilho avermelhado dos olhos, só havia uma mensagem: *Vá em frente.*

Capítulo 34

LÁ NA SALA DE interrogatórios, Boone só queria se certificar de proteger Helania de qualquer bala perdida que pudesse voar naquela direção. Mas, claro, essa prioridade se tornou desnecessária quando Syn colocou o maldito cano da pistola de Butch na *boca*.

Os dois machos tremiam, à beira de um gatilho puxado, o tronco nu do Bastardo entalhado em alto-relevo, o corpo de lutador premiado de Butch tenso debaixo das roupas elegantes. E, numa fração de segundo, como se um alarme tivesse soado, Irmãos inundaram o corredor, vindos da academia, do escritório... de outras salas de exames da clínica. Momentos depois, a arma estava fora da cavidade oral de Syn, os dois foram apartados, e Vishous acompanhava Butch para a sala de interrogatório.

Quando o par entrou, Boone pensou em lhes dar um pouco de espaço, mas Helania não queria saber disso. Marchou direto até os Irmãos, e isso significava que Boone a seguiria.

Vishous se virou e cravou os dois com olhos gélidos.

— Me deem um minuto com ele. Não precisam sair, mas deem um espaço.

Boone assentiu enquanto ele e Helania recuavam para a parede. Juntos, assistiram em silêncio enquanto V. forçava Butch a se sentar na cadeira, aparentemente segurando-o nela com uma mão pesada. Conversaram baixinho entre eles, e, por respeito, Boone lhes deu as costas, para ter menos probabilidade de ouvi-los.

— Você está bem? — sussurrou para Helania enquanto analisava o rosto pálido.

Ela balançou a cabeça devagar e disse numa voz grave e rouca.

— Sei que foi ele — disse com premência. — Deus... foi ele naquela noite. E talvez ele também tenha matado Isobel.

Quando ela começou a chorar, ele a envolveu com seus braços, e ela mergulhou em seu peito até se sentir sustentada. Foi nesse momento que os Irmãos olharam para eles.

— Lamento muito — murmurou Butch. — Não me comportei de maneira muito profissional. Não voltará a acontecer.

Helania afastou a cabeça do peitoral de Boone.

— Está de brincadeira? Também quero atirar nele.

— Ninguém vai atirar em ninguém — Vishous intercedeu. Depois revirou os olhos. — E dá pra saber que a coisa está fora de controle se sou eu quem diz algo assim.

— Você tem certeza de que era ele? — Butch perguntou a Helania. — Não tem dúvida nenhuma?

— Sei o cheiro que senti. Posso passar por um detector de mentiras. Ou teste cego numa fila de suspeitos. Conseguirei apontá-lo mil vezes sem erro.

— Ok. — Butch olhou para Vishous. — Quero Syn naquela sala de atendimento com alguém de guarda até eu avisar. Ele deve ser considerado em risco de suicídio. Vou vasculhar o quarto dele na mansão agora e depois temos que fazer com que ele fale. Traga Xcor aqui para baixo. Se existe alguém capaz de fazê-lo se abrir, é o seu maldito chefe. E quero tudo gravado.

Vishous assentiu.

— Pode deixar.

— Mas, antes, você precisa atualizar Wrath enquanto confirmo os detalhes aqui com Helania.

Quando o outro Irmão partiu, Boone não teve dúvidas de que tudo seria executado exatamente como Butch queria, e isso era um alívio.

Bom Deus, a ideia de que um deles fosse o assassino? Boone não conseguia acreditar nisso, no entanto, ao se lembrar daqueles olhos vermelhos iluminando no beco e pensar no que o Bastardo lhe dissera enquanto estivera de pé ao lado do corpo mutilado daquele agressor humano?

Não tinha dúvidas de que Syn fosse capaz de matar por prazer.

Butch olhou ao redor e praguejou.

— Maldição, deixei o bloco de anotações no corredor.

— Quer que eu vá buscar? — perguntou Boone, ao mesmo tempo que movia o corpo para bloquear a vista das fotografias.

– Não, tudo bem. – O Irmão se concentrou em Helania. – Pode me contar de novo exatamente o que Syn vestia quando o viu com Mai no clube?

Ela assentiu e andou até a mesa. Sentando-se, pôs as mãos no tampo da mesa diante de si, e Boone ficou com a impressão de que era para provar que não tinha nada a esconder.

– Ele usava um gorro de tricô preto puxado até bem embaixo. Óculos escuros. E roupas pretas.

– Pode ser mais específica quanto ao tipo de roupas? Um manto como o seu ou...

– Calças de couro. Camiseta preta, acho. E jaqueta de couro.

Boone falou, apontando seu corpo.

– Como as minhas?

– Sim, exatamente como as suas.

– Que tipo de calçado? Botas? – perguntou Butch.

– Não sei. Sinto muito. – Balançou a cabeça. – E, antes que pergunte, não cheguei a ver o rosto dele. Isso eu tenho que admitir. Mas o cheiro é inconfundível.

– Você está se saindo muito bem. Já nos deu mais do que o necessário, e muito mais do que pensei que conseguiríamos esta noite. – O Irmão voltou a segurar a cruz de ouro. – Viu? Foi o que eu disse. No tempo d'Ele.

Helania voltou a se recostar e olhou para Boone.

– Sabe, se eu não tivesse vindo aqui para a consulta, não sei se um dia cruzaria com ele.

– Era para ser – disse Boone.

Helania voltou a olhar para Butch.

– O que vai acontecer com ele agora?

– Vai esperar aqui enquanto faço uma vistoria nos aposentos dele para ver se encontro alguma evidência. Se houver qualquer vestígio do sangue de Mai ou qualquer cheiro? Qualquer prova, como ganchos pendurados no maldito armário ou uma peça de roupa das vítimas? Então eu levarei o caso a Wrath e apresentarei tudo ao Rei, junto com seu testemunho... como se estivéssemos na frente de um juiz. Wrath decidirá o destino de Syn.

Os olhos de Helania se estreitaram.

– O que será que ainda pode acontecer?

O Irmão ficou em silêncio por um momento.

– Se Syn for o assassino? Ele não sairá vivo ao fim disto. Isso eu posso lhe prometer...

– Quero estar lá. Quando ele morrer. – Ela se sentou à frente da cadeira e agarrou a manga da camisa do Irmão. – Você entende. Nada é mais importante do que isso para mim. Quero vê-lo morrer. É o único modo de vingar minha irmã.

Butch esfregou o rosto como se estivesse com dor de cabeça.

– Não sabemos ao certo se Syn matou a sua irmã.

Boone falou:

– Mas pode haver uma conexão. Uma conexão muito provável.

– Sim. – Butch se levantou. – Também tenho a sensação de que pode haver.

– Quero estar lá – insistiu Helania. – Quando ele for morto.

– Isso dependerá de Wrath. Se chegarmos à sentença de morte, você fará uma petição ao Rei para testemunhar e veremos o que ele dirá. – O Irmão pôs uma mão no ombro dela. – Mas conhecendo-o como o conheço? Ele entenderá completamente os seus motivos.

Para Helania, o trajeto de volta para seu apartamento na elegante Mercedes da Irmandade pareceu durar menos que um respiro. Ok, talvez tivesse sido mais como dois longos respiros e um soluço. Mas não mais demorado do que isso.

E também houve mais distorção do tempo quando deixou o interior aquecido graças ao mordomo que abria a porta. Não conseguia decidir se tinham se passado dias ou segundos desde que ela e Boone se sentaram pela primeira vez no banco de passageiros para ir aonde quer que a Irmandade escondesse todas aquelas instalações.

Enquanto ela brincava mentalmente com teorias de relatividade, Boone também saiu do carro. E, assim como fizera no estacionamento do centro de treinamento, o mordomo ficara frustrado porque não tivera tempo de dar a volta e fazer sua tarefa com a porta ao lado dele.

Os dois machos trocaram algumas palavras, e logo ela agradecia a Fritz, e o carro se afastava da calçada coberta de neve.

– Só quero te acompanhar até a porta – explicou Boone. – Não preciso ficar.

– Tudo bem. – Ela se recompôs. – Quero dizer, gostaria que entrasse. Se tiver um minuto.

Lá se vai sua declaração de independência, pensou ela, enquanto se encaminhavam até a entrada do prédio. No entanto, queria que Boone fosse até sua casa, e não só por não querer estar sozinha. Queria mesmo é estar com ele – não necessariamente para finalidades sexuais.

Só queria se certificar de tudo o que lhe acontecera, de ter visto o guerreiro no corredor… de terem conversado com Butch sobre as perdas das irmãs deles e do pai de Boone…

Quando ela e Boone entraram pela porta da frente do prédio, passaram pela fileira de caixas de correio enquanto ela pegava as chaves.

– Nunca imaginei que o assassino estivesse ligado à Irmandade. – Inseriu a chave na fechadura e a virou. – Quero dizer… Ele é um deles, não?

– Não, ele luta com eles. – Boone a ajudou a empurrar a porta pesada. – É uma grande diferença.

Ficaram em silêncio ao descerem até o porão, e ela abriu a porta do apartamento.

– Uau – disse ele ao entrarem. – Este lugar está muito limpo.

– Tive que fazer alguma coisa para passar o dia. – Tirou a parca e a pendurou junto ao manto do Pyre's Revyval, a mão pairando sobre as dobras do tecido pesado. – Para distrair a cabeça.

Quando olhou para ele, Boone já se sentara no sofá e colocara uma almofada bordada no colo. Os dedos hábeis delineavam os pontos bem ordenados que formavam o desenho de um jacinto.

– Deve ter levado muito tempo para fazer isto – murmurou ele.

– É outra excelente distração. – Aproximou-se e se sentou junto dele. – Mantém minha mente ocupada o bastante para que meus pensamentos não desgovernem.

– Talvez eu devesse aprender. – Ele deixou a almofada de lado. – Poderia vender e viver dos lucros.

– Ajuda a pagar as contas.

– Bem, já desisti de dormir, então estou com tempo de sobra agora.

Encararam-se. E, quando ela se inclinou na direção dele, não teve certeza do que ele faria. A situação estava muito melhor em relação aos momentos logo após ter passado pelo cio, mas havia muitas coisas desconhecidas ainda.

Boone a deteve, colocando um dedo em seus lábios.

– Tem certeza de que quer fazer isso?

– Perguntei à doutora Jane se… Você sabe, caso eu não esteja grávida, se a fertilidade perdura mais tempo que os sintomas. Ela disse que não. Então não temos com que nos preocupar. – Ela franziu o cenho. – A menos que algo tenha mudado para você.

– Está perguntando se eu te quero? – Resvalou o lábio inferior dela com o polegar. – Nada mudou. Eu ainda não diria não para você. Nem agora, nem nunca.

Ela poderia lhe dizer algo em troca, comunicando em palavras que, apesar de a situação ser complexa, seus sentimentos por ele não eram.

Em vez disso, deixou que a boca falasse ao sugar o dedo do macho para dentro dos lábios, rolando a língua ao redor dele.

O ronronar que escapou dele foi o que ela queria ouvir. E o movimento seguinte de Boone foi o de retirar o dedo e substituí-lo pela língua que abriu caminho para dentro dela com lambidas. O beijo foi tudo o que ela precisava, e ela se arqueou ao encontro dele, envolvendo-o pelo pescoço com as mãos. Quando ele a empurrou para o sofá, deixou-se ir.

Só que ela queria que ele soubesse que não o estava usando como distração. Não queria pensar, isso era verdade. Mas havia tantos outros motivos pelos quais precisava dele nesse instante.

– Boone…

– Você não tem que explicar. – Ele recuou. – Só quero estar com você, e eu te aceito de qualquer jeito.

Helania afagou o rosto dele ao sentir o perfume de especiarias que começava a associar a ele.

– Eu não te mereço.

– Idem.

As bocas se fundiram num beijo ainda mais profundo, e continuaram a se beijar enquanto as roupas eram arrancadas e largadas no chão. Quando ficaram nus, ela afastou as coxas e o acolheu.

– Vou devagar – disse ele. – Para o caso de você estar sensível.

– Tudo bem.

Ela chegou a se retrair um pouco, mas logo ele a preencheu por completo, grosso e quente. No entanto, ele não se moveu.

– Helania… – sussurrou. – Tome a minha veia.

De maneira espontânea, os olhos dela dispararam para a jugular grossa que percorria a lateral do pescoço dele. Fazia muito tempo que ela não se alimentava, e o estresse pelo qual passara só aumentava a urgência da repentina fome.

E também havia a possibilidade de ela estar grávida.

– Tem certeza? – perguntou num sussurro.

– Quer que eu implore?

As presas dela se alongaram da mandíbula superior num ímpeto, e ele gemeu quando os lábios dela se abriram para revelar as pontas afiadas. Com um movimento rápido, ele trocou de posição, deixando-a por cima do seu quadril, no controle... dominante.

– Tome – disse ele. – Use-me.

O sibilo que escapou dela foi o tipo de som que ela sabia nunca ter produzido antes e, quando perfurou a garganta dele, Boone gritou seu nome, o quadril se levantou, a ereção empurrando-a ainda mais por dentro. O gosto dele em sua boca, descendo pela garganta, foi uma sensação inebriante, e, quando começou a sorver, ele passou a mover a pelve.

Engolindo o alimento que só ele podia lhe dar, ela se sentiu plena na barriga e no sexo quando ele atingiu o orgasmo, a dor suave das mordidas evidentemente levando-o além do limite. E era disso que ela precisava. Também chegou ao ápice, e as ondas de prazer irradiaram de seu centro, juntando-se ao êxtase que seguia pela força que ele lhe dava.

Por mais incríveis que fossem as sensações, por mais tentada que estivesse em seguir sugando da veia dele, ela tomou o cuidado de não tomar demais. O fato de ele ser de uma linhagem pura, e de ter se alimentado recentemente de uma Escolhida – algo que Helania nunca ouvira falar de alguém que tivesse feito – significava que ele provavelmente poderia lhe dar muito mais. Mas ela gostava muito dele e se preocupava com ele, e preferiria passar fome a colocar em risco a preciosa, tão preciosa, vida dele.

Quando sorveu o bastante para seu sustento, ela lambeu as feridas e depois o beijou na boca. E os corpos ainda se moviam, orgasmos levando a orgasmos, o sexo uma expressão das tantas coisas que nenhum deles parecia capaz de colocar em palavras.

Havia um excesso de perguntas sem resposta. Tantos fios soltos ainda. Tantos caminhos divergentes para eles.

No entanto, tinham aquele momento. E ela só podia rezar para que não fosse o último.

Capítulo 35

Na época em que o Bando de Bastardos se mudara para a mansão da Irmandade, tomara-se a decisão de abrir uma ala de quartos anteriormente fechada. Com acesso proveniente da parede mais distante da sala de estar do segundo andar, a planta de suítes adicionais se estendia em cima da ala da cozinha/despensa/lavanderia, bem como sobre a garagem.

Enquanto Butch prosseguia por um belo corredor decorado, não dispensou um olhar sequer para nenhum dos quadros a óleo de paisagens inglesas pendurados, tampouco viu os vasos de flores invernais frescas nas mesinhas auxiliares, nem mesmo cumprimentou o busto ocasional que repousava nas saliências das janelas.

Estava concentrado em Fritz. O mordomo estava a três quartos do caminho, diante de uma porta fechada, com uma expressão de curiosidade no rosto.

— Senhor? – disse ele quando Butch se aproximou. – O Rei indicou que eu destranque esta porta para o senhor?

— Isso mesmo.

— O Rei indicou que iríamos inspecionar os aposentos? De acordo com a vontade do meu senhor?

— Exato. É esse o plano.

E muito obrigado, Wrath.

Talvez pelo fato de Butch ter sido policial no sistema humano por todos aqueles anos. Ou quem sabe porque sentia a necessidade de proteger suas bases para garantir que não haveria problemas na mansão. Ou talvez simplesmente reconhecesse a posição de autoridade do seu primo sobre todas as questões daquela casa – e da raça. Mas, qualquer que fosse o motivo, ele se sentira compelido a perguntar a Wrath se estaria tudo bem em vasculhar as coisas de Syn.

E, sabe do que mais, por causa do reconhecimento do Bastardo feito por Helania, tal permissão foi concedida.

Butch parou diante do mordomo.

– E quero que você seja minha testemunha à medida que inspeciono tudo.

– Testemunha?

– Para atestar que não plantei nenhuma evidência e que não fiz nada com os pertences de Syn.

Fritz se curvou em uma reverência.

– É meu prazer servi-lo de quaisquer modos necessários.

– Fechado. Obrigado. Agora vamos abrir e ver o que temos.

O mordomo inseriu uma chave de cobre quase do tamanho da própria mão na fechadura, houve um som metálico quando o mecanismo antigo destravou. Não houve nenhum rangido nas dobradiças. Isso jamais aconteceria numa casa administrada por Fritz.

Quando as luzes do corredor invadiram a escuridão, Butch franziu o cenho ante o que via – ou, sendo mais preciso, ante o que não via.

– Mas que porra? – murmurou.

– É assim que ele quer que seja.

Butch balançou a cabeça ao entrar. O quarto estava absolutamente vazio. Não havia carpete. Nem cama. Nenhuma mesinha de cabeceira ou cômoda. Nenhuma escrivaninha ou cadeiras laterais do mobiliário antigo que preenchia cada um dos metros quadrados da mansão, como se Darius tivesse se metido no vício de uma maratona de compras que só podia ser saciado pela Christie's.

Butch olhou por cima do ombro.

– Onde Syn colocou tudo? A mobília, quero dizer.

– Ele solicitou que eu me livrasse de tudo, portanto reorganizei algumas peças nas outras suítes e o restante foi para o porão. Ofereci-me para encomendar algo que fosse mais do seu agrado, mas ele me informou que, no Antigo País, estava acostumado a dormir em esconderijos e postos de vigília, sem nada além do que pudesse carregar consigo. Até mesmo a mais rudimentar das decorações fazia com que se sentisse sufocado.

Enquanto Butch andava pelo piso de madeira despido, os passos dos seus sapatos sociais ecoaram pelas paredes nuas.

– Tem certeza de que está assim desde que ele se mudou para cá? Não há a mínima possibilidade de que nas últimas quarenta e oito ou setenta e duas horas ele tenha voltado e limpado tudo?

Quando o rosto de Fritz se fechou e empalideceu, Butch percebeu o que fizera. Apressando-se para perto do mordomo, ergueu as mãos – depois as abaixou, porque sabia que só pioraria a situação se tentasse tocar no *doggen*.

– Sinto muito – disse apressado. – Só estava pensando alto, sabe, falando comigo mesmo. Não tive a intenção de insinuar que você não estava lembrando direito ou que não sabia da decoração, da planta, dos conteúdos de cada cômodo, armário, corredor e porão desta casa.

Fritz hesitou, como se estivesse preocupado com a possibilidade de Butch estar tentando alegrá-lo em vez de dizer a verdade.

– Juro pelo meu Senhor e Salvador – disse Butch ao tirar a cruz de dentro da camisa. – O único motivo pelo qual falei em voz alta foi porque é vital que eu veja tudo nestes aposentos exatamente como estão, sem que ninguém esconda nada ao jogar algo fora.

– Syn é suspeito? – Fritz perguntou. – De ter roubado algo?

Sim, Butch pensou. *Uma vida. Ou duas. Talvez três.*

– É uma situação complicada. – Butch correu os olhos pelo entorno. – Bem, creio que este seja um beco sem saída… Não, espere, o banheiro e o closet. Tem que haver um closet aqui.

Avançando, espiou o banheiro. A extensão de mármore também não tinha nada, todos os luxos a que Butch estava acostumado não estavam ali: tapete de banheiro, toalhas felpudas, roupão. Havia uma escova de dente e um único tubo de pasta. Crest. Original.

Como se o cara não gostasse de nenhuma frescura para a higiene bucal.

Butch abriu as gavetas. As portas dos armários. Botou a cabeça dentro do lavatório.

Lâmina e loção de barbear foi só o que viu.

Olhou de relance para Fritz.

– Onde ele dorme?

– Acredito que verá a seguir.

– No closet?

– Sim, creio que sim.

Andando até um par de portas duplas, Butch as abriu e piscou quando a luz do teto se acendeu.

– Ah, isso é um desperdício criminoso... – disse ao olhar para os varões vazios à altura dos ombros por todo o entorno. – Conseguiria colocar pelo menos metade das minhas roupas aqui.

Ou todas as de Marissa, Jane e Vishous – e seu carrinho de golfe.

Mas lá estava o que Fritz comentara: no canto oposto, uma fila de pistolas e facas tinha sido disposta num semicírculo, cuja circunferência seria o corpo de Syn.

As roupas, as poucas que havia, estavam arrumadas numa pilha ao pé dessa disposição.

Pegando o celular, Butch se postou na entrada e fez um vídeo do closet. Em seguida, entrou e foi até as roupas. Depois de tirar algumas fotos de meia distância e outras em close, tirou um par de luvas de nitrilo do bolso, colocou-as e deslizou-as pelas camadas de tecido.

Encontrou um gorro de lã preto. Óculos escuros.

E dois pares de calças de couro que tinham o cheiro de ter ido a certos lugares.

Olhou de relance para Fritz, que estava parado na soleira, as mãos anciãs se remexendo diante dele como se estivesse desesperado em ajudar de algum modo.

– Quantos pares de calças de couro Syn possui? – perguntou.

– Dois. Pedi mais do tamanho dele, mas estão lá embaixo nas embalagens em que foram enviadas. Ele não as aceitou ainda. Está esperando até que alguma se desgaste, segundo me disse. Só depois disso ele substituirá as que tem.

Butch colocou no chão os dois pares sobre o carpete, esticando as pernas. Depois de fotografar as calças separadamente, virou-as e fez o mesmo com as partes de trás. Em seguida, repetiu o processo com a jaqueta de couro antes de investigar os bolsos.

Balas. Canivete. Uma extensão de corrente.

Chicletes Trident sem açúcar sabor canela. Ok, pelo visto o Bastardo se preocupava com hálito fresco e esmalte dentário saudável.

Sentando sobre os calcanhares, Butch imprecou.

– O que há de errado? – perguntou Fritz.

Debateu-se em perguntar ao mordomo se ele tinha certeza se algo havia ou não sido retirado do closet.

Pois é, porque isso deu muito certo em relação à decoração do quarto.

Voltando a se concentrar nas calças, Butch as virou de frente de novo e encarou as marcas de uso. As manchas. Os arranhados. Inclinando-se para baixo, inspirou pelo nariz, testando seus sentidos.

Ok, muito bem, muito sangue de *redutor*. Um pouco de um macho, que só podia ser Syn. Terra. Suor. Pólvora. Sexo.

Mas… nada de sangue de fêmea. Em nenhuma das duas.

O que era uma… bem, uma merda. Calças de couro não costumam ser peças que simplesmente jogamos na máquina de lavar para uma rodada de sabão em pó. Não eram limpas com tanta facilidade e, a julgar pela declaração do mordomo, aquelas eram as únicas calças que Syn possuía.

Portanto, presumindo que Fritz estivesse certo, parecia improvável que Syn tivesse matado aquelas fêmeas, largado o que quer que estivesse vestindo na parte de baixo, e depois vestido um par novo ao chegar em casa. A menos que ele mesmo as tivesse encomendado às escondidas, despachando as sujas em algum lugar no centro da cidade.

Se Syn tinha alguma informação bancária, ele poderia verificar as transações que tivessem acontecido por conta disso. Mas algo lhe dizia que essa dor de cabeça provavelmente não era uma grande prioridade para alguém que vivia de modo tão modesto. Embora, caso você estivesse tentando encobrir um homicídio? Com certeza usaria a Amazon Prime para comprar um maldito par extra de calças.

Não usaria?, ele pensou.

– E quanto às camisetas? – perguntou. – Ele as manda lavar com assiduidade?

Fritz se curvou.

– De fato, sim. Também possui duas blusas de moletom as quais alterna, junto com as roupas de ginástica…

– Quero falar com a lavadeira, por favor.

Fritz voltou a se curvar.

– Imediatamente, senhor. Fique aqui. Eu a trarei até o senhor.

Deixado a sós, Butch acomodou a bunda no chão e deixou as mãos cobertas de látex azul penduradas nos joelhos. Encarando as calças de couro, tentou encontrar uma falha na sua linha de pensamento. Alguma explicação para o motivo de as duas únicas calças de couro que o macho parecia possuir não recenderem a morte ou a sangue de uma fêmea.

Talvez Syn tivesse emprestado as calças de outra pessoa quando cometera o homicídio e depois se livrado delas. Talvez... Fritz tivesse contado errado.

Provavelmente esse último motivo estava fora de cogitação.

Inclinando-se para o lado, Butch olhou para o quarto desocupado. Tão vazio. Tão solitário. Tão... nada parecido com os aposentos de um cara bem ajustado. Mas os hábitos não acumuladores não significavam que Syn fosse um assassino.

Helania, por sua vez, não apenas estivera cem por cento segura de ter visto o Bastardo com a morta, mas também os óculos escuros e o gorro de lã descritos por ela estavam bem ali, com o restante das roupas de Syn...

– Senhor? Esta é Lilf. – Fritz entrou no closet com uma *doggen* uniformizada. – Ela terá o prazer de lhe responder quaisquer perguntas.

Quando Lilf se curvou, Butch percebeu que o uniforme cinza muito bem engomado combinava com os cabelos grisalhos.

– Senhor – disse ela –, como posso ajudá-lo?

– Olá, Lilf. Obrigado por vir até aqui.

Butch se levantou e indicou a pilha de roupas. Três camisetas, todas passadas, e três camisas de baixo, todas passadas, e um moletom preto. Também havia seis pares de meias pretas e um suporte atlético.

– Você lava todas as roupas do Syn? – perguntou.

– Lavo as roupas de todos, senhor.

– Bom, e muito obrigado pelo excelente trabalho que faz sozinha, a propósito. Agora, poderia me contar, por favor, se nas últimas cinco noites você sentiu cheiro de sangue de vampiro em alguma camisa, calças, meia, agasalho... algo de qualquer pessoa desta casa? Quero dizer, sangue de vampiro que não seja do dono.

– Permita-me pensar. – Os olhos de Lilf viajaram pelo closet vazio. – Bem, sim. O Irmão Vishous tinha uma camiseta com sangue, não seu. Esta manhã mesmo. De proveniência feminina.

Sem dúvida de quando o Irmão movera o corpo de Mai.

– Bom, muito bom. Alguém mais?

– Balthazar e Zypher tinham o mesmo sangue em suas camisas. Sei disso por causa do cheiro.

Eles ajudaram V., Butch pensou.

Houve um longo período de silêncio.

– Lamento, senhor. Pareço estar lenta esta noite.

– Leve o tempo de que precisar, Lilf. É importante que esteja cem por cento segura.

A *doggen* cruzou os braços diante do peito, abaixou o queixo e fechou os olhos. Quando ela pareceu entrar em estado de transe, Butch rezou para que ela conseguisse se lembrar...

– Não, ninguém mais – disse ela ao erguer as pálpebras. – Apenas esses três nas últimas cinco noites.

– De toda a casa.

– Sim, senhor. – Ela olhou de relance para Fritz. – Fiz algo errado? Fritz deu uns tapinhas no antebraço dela.

– Ah, não, minha cara. Você tem se saído muito bem, contanto que tenha certeza.

– Eu tenho. – Olhou novamente para Butch. – Faço as lavagens sequencialmente. Existe um sistema de rotatividade que passa por todos os quartos. Dessa forma, sei quais roupas são de quem.

– Existe alguma maneira pela qual as roupas de V., Balthazar e Zypher tivessem acabado se misturando com as de outra pessoa? – Butch falou com muito cuidado, a fim de não ofender a *doggen*. – É possível que você possa ter se confundido sobre qual camiseta é de quem?

Talvez V. tivesse jogado a sua fora, e a de Syn era a outra das três que ela contava. Isso não explicaria o motivo de as calças do Bastardo não estarem marcadas com o cheiro do sangue de Mai, mas seria um início.

– Não – Lilf disse com confiança. – Todas as cargas, não importando se forem pequenas, são separadas, pois cada pessoa na casa prefere que suas roupas sejam lavadas de determinada maneira. Alguns querem amaciante, outros não. Alguns gostam de fragrâncias, outros não. Muitos têm preferências para determinadas marcas de sabão, por isso, quando faço a verificação dos cestos de roupa suja...

– Você verifica o conteúdo?

– Sim, tenho um registro.

Butch fitou a *doggen*.

– De cada peça de vestuário enviada para a lavanderia, separada por dono?

– Sim, e ele contém anotações sobre manchas, motivo pelo qual tenho certeza a respeito do sangue. – Ela inclinou a cabeça para o lado. – De que outro modo eu poderia fazer meu trabalho como deveria?

Caraca. Ganhara na loteria.

– Os registros datam desde quando?

– Desde a primeira lavagem que fiz para o Rei debaixo deste teto.

Ora, ora... lá vamos nós, Butch pensou.

– Posso ver o registro? – pediu. – Não porque esteja duvidando de você, só estou curioso quanto ao método utilizado.

E porque conferiria a informação dada por ela.

– Sim, senhor. Agora mesmo.

Enquanto Fritz e Lilf saíam da suíte de Syn, Butch os seguiu. Ficou calado enquanto desciam até a parte da lavanderia, mas não estava no piloto automático.

Muito pelo contrário.

Estava tentando descobrir como Syn conseguira cortar os pulsos e a garganta de Mai, pendurá-la no gancho de carne... sem manchar as calças de sangue. Ou o gorro. A camiseta...

Butch visualizou Syn saindo da sala de pesos, coberto de suor.

– Espere! – exclamou.

Quando ambos os *doggens* pararam, sobressaltados, entre um lance de escadas e o seguinte, ele acenou com a mão para a frente e para trás.

– Desculpe, não foi para vocês. Tinha me esquecido por completo do vestiário do centro de treinamento.

A prova de que ele precisava estaria ali.

Tinha certeza disso.

No quarto de Helania, em seu apartamento, Boone estava nu, debaixo das cobertas, com o corpo da sua fêmea aninhado junto a ele. Tinha quase certeza de que ela dormia. Depois de ter tomado da sua veia, e de terem feito amor de novo ali, ela ficara naquele estado letárgico de pós-alimentação, e ele ficou mais que contente em ser o responsável por ela estar tão relaxada e ter cedido ao descanso.

Enquanto encarava o teto, sabia muito bem que estavam num estágio de espera.

A porta para o sexo estava aberta de novo, e ele ficava feliz com isso. Mas a questão maior sobre o que representavam um para o outro fora deixada de lado por enquanto.

Se ela estivesse grávida, tinha razão. Ele iria querer ficar com ela e fim de papo. Não aceitaria que ela e o filho ficassem sozinhos no mundo, de jeito nenhum – e não por querer honrar sua linhagem. Inferno, ele nem fazia mais parte da sua árvore genealógica, certo?

Ser deserdado marcava uma linha divisória bem clara nessa areia.

Mas, para ele, cuidar dela e do filho deles, certificando-se de que qualquer filho seu tivesse um lar estável e amoroso, era uma prerrogativa pessoal, não algo relacionado ao espetáculo de merda no qual fora criado. O desempenho do seu pai como exemplo de paternidade era tudo o que Boone não queria ser...

– Preciso encontrar aquela fêmea.

Boone levantou a cabeça.

– O que disse?

Helania esfregou o rosto no peito dele como se tentasse permanecer acordada.

– A fêmea que veio me contar sobre Isobel. Que me ajudou a enterrá-la. Ela merece saber que o assassino foi encontrado, e precisa decidir se quer estar lá no fim também.

– Faz sentido. – Boone franziu o cenho. – O que temos para nos basear?

– A casa. A casa para onde ela me levou. Preciso encontrá-la. Você vai me ajudar? Quero tentar me lembrar de onde na cidade ela fica. Verifiquei o perfil dela no Facebook, mas não há nenhum endereço, obviamente. Nenhum nome real. Nenhuma pista quanto à sua identidade. A foto dela é apenas um close de parte do rosto, pelo amor de Deus.

– Ela chegou a responder à sua mensagem? Você disse ter escrito para ela.

– Ainda não, mas não verifiquei desde que saímos para o centro de treinamento. – Helania apoiou o queixo na mão e olhou para ele. – Sinto-me responsável junto a ela. Estava tão arrasada quanto eu. Completamente devastada. Estava na cara que ela era uma amiga muito querida de Isobel.

– Nós a encontraremos. – Afastou os cabelos de Helania para trás e a beijou na testa. – E começaremos procurando pela casa ao cair da noite. E vamos continuar procurando até você conseguir falar com ela de novo.

Quando os cílios de Helania se moveram rapidamente, ele desejou carregar o sofrimento dela. Faria qualquer coisa para facilitar a dor da perda dela, portanto, claro, cacete, encontraria aquela casa, aquela fêmea, por ela, mesmo que essa fosse a última coisa que faria na face da Terra.

– Obrigada – sussurrou ela. – Você está sempre presente quando precisam de você, não é?

– Tento estar.

– Como o seu pai pôde não sentir orgulho de você como filho?

Boone deu de ombros.

– Diferentes padrões de comportamento. Bem diferentes.

Houve uma pausa. Depois da qual ela disse:

– O que foi?

– Hum?

Ela passou as pontas dos dedos sobre as sobrancelhas dele, alisando-as.

– Você estava com a testa franzida. No que está pensando?

Aquele provavelmente não era o melhor momento para tocar no assunto, mas, por algum motivo, não conseguiu se impedir de falar. Provavelmente por causa da conversa que tiveram com Butch na sala de interrogatório.

– Às vezes eu penso que meu pai pode ter matado a minha *mahmen*.

Helania se levantou de pronto, os olhos citrinos se arregalando.

– Está falando sério?

– Está tudo bem. – Afagou os ombros dela. – Está tudo bem.

– Não, não está. O que aconteceu?

– Não sei. Ela não estava doente. Não era velha. Não estava grávida. Só que, numa noite, ela acordou morta. – Balançou a cabeça. – Eu não era próximo a ela, assim como não era do meu pai, mas mesmo um estranho diria que ela era extremamente infeliz.

– Ela… ela cometeu suicídio?

– Não se pode ir para o Fade fazendo isso. Ou, pelo menos, é o que dizem, e sei que ela acreditava nisso. Eu a ouvi sem querer conversando com minha tia, dizendo que a única coisa que a fazia seguir em frente era pensar que a eternidade a aguardava no fim do seu sofrimento. Desde que não cometesse um ato extremo.

– Como ela morreu?

– Nunca soube. Desci para a Primeira Refeição, e meu pai me informou do falecimento dela. Foi isso. Como uma atualização na previsão do tempo ou algo do gênero. Nunca me contaram a história direito, e eu deveria ter perguntado. Mesmo que não tivesse recebido nenhum tipo de resposta da parte dele, eu me arrependo de sequer ter tentado.

– O seu pai ficou triste?

Boone balançou a cabeça. E ficou surpreso com a dificuldade que teve em dizer as palavras.

– Meu pai amava outra pessoa.

– Ele a traía?

– Acho que foi mais do que isso. Ele estava num outro relacionamento.

– E ficou com a sua *mahmen* porque o divórcio não existe na *glymera*?

– Não, acho que foi porque era um macho. Ele amava um macho. Marquist, aquele para quem deixou todos os seus bens.

O queixo de Helania caiu.

– A sua *mahmen* sabia?

– Deve ter sabido. Apesar de os aristocratas serem bem discretos em relação aos seus vícios, muito reservados, e esse tipo de relacionamento não ter sido, não ser, permitido, quando Marquist se mudou para a casa, ela não pode ter deixado de perceber. Como não teria? – Deu de ombros. – Além do mais, duvido que tenha sido o primeiro caso do meu pai, e talvez seja por isso que ela também o tenha traído.

– Ela o traiu?

– Nem tenho certeza de ser biologicamente filho dele. – Quando os olhos de Helania se arregalaram de novo, ele riu com amargura. – Sim, temo que as coisas só aparentem ser belas do lado de fora de onde venho. E é precisamente por isso que, logo depois do falecimento da minha *mahmen*, meu pai seguiu para outra fêmea "apropriada". Sua segunda *shellan* não viveu muito melhor do que a primeira, mas, pelo menos, minha madrasta parecia mais bem preparada para viver naquela situação.

– Boone, eu não fazia ideia de que você foi criado assim.

– Está tudo bem.

– Não, não está. – Helania massageou o meio do peito dele, bem onde ficava o coração. – Meus pais não possuíam muitas coisas relacionadas a dinheiro, mas o amor deles foi o elo com a minha vida e a da minha irmã. Não consigo imaginar não ter esse exemplo como modelo, como esperança para algo próprio.

A ideia de que esse tipo de relacionamento amoroso existiu entre os pais dela fez com que Boone quisesse que ela fosse sua *shellan* ainda mais.

– Eu sinto tanto… – sussurrou Helania. – Parece bobagem, mas… queria muito que…

– Está tudo bem. – Ele se inclinou e a beijou. – Me fez bem contar tudo isso para alguém. Nunca contei a ninguém a verdadeira história.

E, quanto à morte da minha *mahmen*, não tenho certeza de qual deles foi o responsável. – Deu uma risada amarga. – Conhecendo meu pai, ele deve ter se recusado a sujar as mãos. E, olha só, Marquist é ótimo com uma faca de trinchar. Você deveria ver o que ele é capaz de fazer com um rosbife... Embora as noites da cozinha já tenham acabado agora que ele é o dono da casa.

– Você pode fazer alguma coisa em relação a isso? Talvez Butch possa ajudar?

– Foi há duas décadas, e só o que tenho são suspeitas. Além do mais, agora tenho um conflito de interesses porque fui deserdado em favor de Marquist. Se ele cometeu o homicídio da minha *mahmen*? Acredito que seria desqualificado para receber os bens porque ela era a *shellan* do meu pai e, caso estivesse viva, teria ficado com tudo... e eu seria o único herdeiro.

– Mas se você acha que isso é verdade, Marquist pode estar se safando de um assassinato e roubando a sua herança.

Boone pensou nisso por um instante. E depois se concentrou em Helania.

– Nesse caso, o antigo mordomo pode se autoparabenizar e apreciar o dinheiro e a casa. Não vou voltar para o passado, vou em frente.

Ao dizer tais palavras, percebeu... que queria *muito* que ela estivesse grávida.

Queria recomeçar sua vida. Com Helania e o filho deles.

E queria fazer as coisas do jeito certo, assim como os pais dela tinham feito.

Capítulo 36

QUANDO A PORTA DA sala de atendimento se abriu, Syn ergueu o olhar de onde estivera sentado ao pé do leito hospitalar. Quando viu quem era, praguejou e encarou o chão. Qualquer outro. Teria preferido qualquer um e, sem dúvida, era por isso que a Irmandade escolhera o macho.

E, sabe de uma coisa, Xcor, líder do Bando de Bastardos, não estava sozinho. Vishous estava atrás dele e, quando os dois entraram, o Irmão fechou e trancou a porta.

– Então eles o enviaram – murmurou Syn. – Deveria ter imaginado.

Xcor se sentou numa das cadeiras encostadas na parede, o corpo enorme tomando conta da peça de mobília. O macho raspara os cabelos recentemente, e a ausência deles tornava seu pescoço ainda mais grosso, os ombros mais largos e o peito mais amplo. Como era típico dele, seu rosto não sorria, e o lábio leporino distorcia a boca dando-lhe um ar de zombaria, mas que, de fato, era apenas um desalinho do lábio superior.

Ou talvez o cara estivesse puto.

– Como se eu não fosse vir por conta própria – Xcor disse baixo.

O velho sotaque do Antigo País, tão similar ao de Syn, era um lembrete de quantos anos passaram juntos. Lutando, sobrevivendo... Ficando com raiva do destino. Mas Xcor mudara de vida. Estava feliz e vinculado agora e até tinha enteados.

Nunca teria imaginado isso, Syn pensou ao fitar os olhos do seu mentor, do seu líder... do seu amigo.

O olhar recebido em troca era tão equilibrado, tão desprovido de emoções, que tinha o efeito de um soco no estômago, algo que Syn ignorou com resolução. Por mais que odiasse admitir, os dois estavam em lados opostos agora e isso o incomodava.

Xcor olhou de relance para Vishous.

– Pode nos dar licença?

O Irmão balançou a cabeça e ergueu o celular.

– Estou gravando a conversa.

– Que oficial tudo isso – comentou Syn.

– É oficial. – Xcor se recostou na cadeira e seu peso fez o plástico e o metal reclamarem. – Uma fêmea morreu.

– Não foram duas?

– Está dizendo isso para se gabar?

– Não, só estou corrigindo para o registro já que estamos sendo tão sérios. – Syn apontou para o Irmão que pairava junto à porta tal qual um segurança de prisão. – E também para dar uma função para o celular dele.

Fez-se um longo silêncio, e o fato de que o seu líder e os outros operavam sob a crença de que ele fora o responsável pelos homicídios fazia total sentido. O presente era sempre julgado pelo passado, e suas ações falavam por si só.

Ou talvez fosse mais um caso de os cadáveres falarem por si sós.

Depois de mais um tempo demorado, Xcor disse:

– Não é do seu feitio deixar corpos para trás. Normalmente ninguém os encontra, pelo menos por um tempo. E depois disso fica difícil identificá-los.

– Você parece desapontado.

– Teria facilitado as coisas – o macho murmurou secamente.

Syn ergueu as sobrancelhas.

– Mas a pobre fêmea ainda estaria morta, não? E a outra também. Ah, que peninha.

– Então admite que tenha feito.

– O que eu recebo se admitir?

– Você já conhece a resposta.

Relembrando quando o Irmão Butch encostara a pistola em sua têmpora, Syn sorriu.

– Estou tranquilo com esse resultado. Podemos fazer isso agora ou precisam esperar pelo anoitecer para podermos ir para a floresta, deixando menos sujeira para os *doggens* limparem?

O pé de Xcor começou a se mexer, o calcanhar do coturno batendo no piso de azulejos.

– Você anda diminuindo os intervalos. Oito meses atrás. Seis noites atrás. Antes de ontem com aquele humano no beco. Está agindo bem rápido.

– Então vamos acabar logo com isso. – Syn apontou com a cabeça para a arma no coldre no quadril de V. – Ele pode fazer isso. Ou você mesmo, caso prefira.

O Irmão Vishous franziu o cenho, e a tatuagem à têmpora se distorceu.

– Ainda não o ouvi confessar ter matado as fêmeas.

Fechando os olhos, Syn relembrou aquela noite, o clube… a fêmea de peruca com o bustiê, a confusão, a discussão na qual estivera metida. E depois quando ela se aproximou, chegou perto dele, provocou-o, até ele a ter erguido nos braços e levado para baixo. Contra a porta, trepando. A porta se abrindo e os dois caindo para o interior escuro do depósito.

Seu monstro se mexendo debaixo da pele. À espreita. Exigindo sair.

E depois ele do lado de fora do clube, o frio queimando seu rosto, o corpo suado debaixo das roupas, o pau ainda duro.

Estava tão farto de tudo aquilo, tão exausto da sua natureza, dos seus impulsos, da coisa dentro dele que tinha que sair. Fizera o que pudera, pelo menos no Antigo País, para escolher vítimas que mereciam, mas agora… já não dava a mínima.

– Claro que matei – disse ao olhar para o Irmão. – Matei as duas e as pendurei com ganchos de carne nos depósitos. E, a menos que cuidem de mim como devem, vou matar de novo.

Horas mais tarde, quando o sol desistia do seu trabalho e se escondia atrás do horizonte, Butch voltava para a sala de evidências no centro de treinamento e encarava as anotações na parede, equilibrado em duas pernas da cadeira. Na mão, a Bic usada para fazer as anotações, todas as anotações feitas pelos dedos numa dança infinita.

Quando a porta se abriu, não ergueu os olhos. Não precisava. Pelo cheiro de tabaco turco, sabia quem era.

Endireitando a cadeira, afastou alguns papéis sobre o tampo da mesa caso Vishous quisesse estacionar ali.

– Como vão as coisas, meu chapa?

– Me diga você.

A porta se fechou, e seu melhor amigo foi até a parede e ficou olhando para as fotografias em branco e preto de Mai. Tanto ele quanto V. ficaram em silêncio por um longo tempo, e ele teve que admitir que estava contente por seu colega de apartamento estar ali. V. era a pessoa mais inteligente que já conhecera. Com certeza, se havia uma pessoa que podia dar sentido àquela salada de frutas sem pé nem cabeça, essa pessoa era Vishous.

Porque as coisas simplesmente não tinham lógica, não faziam nenhum sentido. Simplesmente... não. Tudo, na superfície, apontava para Syn, mas só isso. As provas não confirmavam, e era difícil entender o motivo de alguém confessar um crime – ou dois – que não cometera. Butch tinha alguns outros ângulos a explorar... Mas, se o desenrolar do caso servisse de indício, não teria respostas melhores das que já tinha no momento.

– Se importa se eu fumar? – V. perguntou ao recuar, como se ver de perto não tivesse ajudado e ele precisasse de uma visão mais distanciada da coisa.

– Não. Estou pensando em começar com esse hábito também a esta altura.

Vishous foi puxar uma das cadeiras. Quando ela resistiu, Butch se sentou à frente e pegou o cabo da chave Phillips.

– Toma. Desatarraxa...

O Irmão arrancou a cadeira à força, a reclamação aguda do metal ao chegar e ultrapassar sua integridade estrutural fez Butch fazer uma careta. Quando alguns dos parafusos rebateram no chão polido, V. virou a cadeira de ponta-cabeça e inspecionou as pernas danificadas.

– Devia ter pensado antes – murmurou.

Sua solução para a inevitável instabilidade foi bater as quatro pernas no concreto repetidas vezes até a coisa mais ou menos estar nivelada.

– Pronto – disse ao estacionar a bunda. – Consertada.

O fato de ele estar sentado todo torto e ter feito buracos no piso parecia de pouca importância para comentar.

– Belo trabalho.

– Quer que eu faça com as outras duas?

– Acho que estamos bem assim. Mas obrigado pela oferta.

Vishous assentiu e pegou seus papéis e a bolsinha de tabaco. Enquanto enrolava um cigarro, Butch estudava aquelas mãos fortes, uma enluvada e outra não.

– No que está pensando? – perguntou o Irmão ao lamber o papel para fechar o cigarro.

Butch meneou a cabeça e voltou a se concentrar nas fotos de Mai.

– O resultado da autópsia voltou.

– Alguma surpresa?

– Nenhuma. – Butch esfregou o ombro e o girou na junta. – O exame toxicológico vai levar um tempo, mas o que vamos conseguir dela? Que ela tinha drogas no metabolismo? Que talvez tenha sido drogada antes de ter o pescoço cortado? Mesmo que tenha sido assim, estive no quarto de Syn. Ele não guarda nada além de armas e roupas insuficientes para uma tarde como as minhas. Não havia drogas, nenhuma parafernália.

– Ele pode ter jogado tudo fora. – V. exalou para longe de Butch apesar de estarem num espaço fechado. – Pode ter se livrado das calças e da jaqueta. E de qualquer droga.

Butch deu de ombros.

– No que se refere às calças, a contagem está correta. Fui até o armário do depósito. As extras, as que Fritz encomendou para ele, batem com o recibo. A contagem na lavanderia é impecável. Tudo está justificado.

– Há diversas maneiras de explicar isso. Ele mesmo pode ter encomendado as calças.

– Ele não tem cartão de crédito. E consegui todas as informações bancárias dele, ou, devo dizer, a ausência delas, com Balthazar.

– Talvez ele tenha uma conta que ninguém conhece.

Butch inclinou a cabeça.

– Verdade.

V. pegou um floco de tabaco perdido do lábio inferior e puxou a caneca de café meio frio semivazia para bater as cinzas.

– Foi Syn que fez aquilo. Ele admitiu para mim. Você ouviu a gravação.

– É. – Butch pescou dentro da camisa de seda o crucifixo pesado de ouro. – Eu sei…

A batida à porta foi firme e objetiva.

– Entre – V. murmurou.

Balthazar entrou e voltou a fechar a porta. O Bastardo estava com roupas de combate, mas sem a jaqueta e as armas, e Butch imaginou que talvez as tivesse tirado de propósito como medida de respeito. Conhecido por ser ladrão, Balthazar nem por isso deixava de ser honrado, um cara direito – pelo menos para a curta lista de pessoas com quem ele considerava valer a pena ser honesto. Quanto ao resto do mundo? Era mais provável que usasse os cinco dedos para algum tipo de desconto.

Na verdade, ele lembrava a Butch alguns dos mafiosos irlandeses de Southie e, estranhamente, isso o fazia respeitar o cara.

– Oi – disse Balthazar. – Queriam me ver?

Butch se levantou e estendeu a palma.

– E aí? Obrigado por vir aqui.

– Claro. Sem problema.

Vishous ofereceu a palma por cima do ombro e o outro macho a apertou.

– Quer um cigarro?

Balthazar apertou o corpo musculoso na cadeira do outro lado.

– Uau, bem apertado isto aqui. E sim para a nicotina, por favor.

– Quer que eu conserte a sua cadeira? – V. ofereceu.

– Não – Butch respondeu. – Já chega da sua redecoração. Meus ouvidos não aguentam uma segunda rodada.

V. o encarou com um olhar letal e depois foi enrolar um cigarro para Balthazar.

Butch se sentou à frente na cadeira e segurou a caneta.

– Acho que você já sabe por que o chamei.

– Meu primo Syn.

– Isso. Estou tendo uns problemas com ele.

– Sei disso. – O Bastardo abaixou o olhar para as próprias mãos calejadas. – Ele é um caso complicado, e isso me deixa muito triste.

Houve um instante de silêncio enquanto V. entregava o cigarro recém-enrolado, assim como o isqueiro. Enquanto Balthazar aceitava os dois e acendia, Butch pensou nos aposentos desprovidos de Syn. "Triste" era uma palavra adequada para aquele espaço, mesmo que se considerasse que ele só mantinha uma tradição na qual se sentia à vontade.

– Hum… tabaco de primeira – murmurou Balthazar. – Desce macio.

V. sorriu de satisfação, como se o cara tivesse elogiado o seu carro.

– Quando quiser, é só pedir, combinado?

– Obrigado. – Balthazar exalou uma coluna de fumaça longa e lenta, e depois olhou de novo para Butch. – Syn… Vamos lá. No que posso ajudar?

– Conte-nos sobre as merdas no Antigo País – pediu Butch.

Balthazar ficou virando o cigarro nos dedos e encarou a ponta acesa.

– Eu amo o meu primo. Sou leal a ele. Ele não é um macho mau, mas... crescendo, ele esteve numa situação ruim. Na época, as coisas eram diferentes. Jovens civis eram criados para trabalhar nos campos e prover alimento... eram equipamentos agrícolas, e não bênçãos. O pai dele era um bêbado que precisava de algo em que bater, e Syn resolveu muito jovem ainda que preferia que fosse ele, e não sua *mahmen*. Por isso era ele quem apanhava.

Butch balançou a cabeça em uma negativa.

– Conheço algumas famílias assim no mundo humano.

– As pessoas podem ser cretinas não importando a espécie. – Balthazar deu de ombros e cutucou a cabeça. – Uma noite, o pai de Syn pegou uma panela de cobre e perseguiu o pobre garoto até a despensa. Bateu no crânio dele com tanta força que chegou a entortar o maldito metal. Syn nunca mais foi o mesmo depois disso. Convulsões. Apagões. E... a ira veio depois disso.

– Trauma concussivo clássico – murmurou V.

– Mesmo que isso não tivesse acontecido, acho que Syn teria sentido muita raiva, mas depois disso... ele ficou diferente.

– Como ele se livrou dessa situação na família? – perguntou Butch.

– Ele matou o pai. – Balthazar esfregou os olhos como se estivesse vendo coisas que preferia não ver. – Fui eu quem encontrou o corpo. Estava irreconhecível. Estripado e decapitado. Só soube quem era quando encontrei a cabeça debaixo de uma maldita moita. Syn estava sentado lá, junto ao que restava do corpo, coberto com o sangue do pai, encarando a faca na mão como se estivesse surpreso por ter feito aquilo.

– Sua primeira experiência com a morte – V. sussurrou.

– Não o culpei por ter feito aquilo. – Balthazar balançou a cabeça e bateu as cinzas na caneca. – O pai dele tinha que morrer. Mas, então, depois da transição, houve outros. Muitos outros.

– Fêmeas?

– Sim, fêmeas também. A seu favor, ele nunca tinha como alvo alguém que não merecesse. As pessoas que ele matava eram assassinos, traidores... ladrões. – O Bastardo ergueu os olhos e deu um sorriso vago. – Recebo passe livre por ser da família.

– Parece que tem sorte nisso – comentou Butch.

– Sim, tenho. – Balthazar tragou o cigarro. – A coisa fica bem horrível quando ele se mete a trabalhar e fica muito criativo.

– Quer dizer que as duas fêmeas encontradas no Pyre são bem o estilo dele.

Balthazar se levantou e se aproximou das fotografias em branco e preto do corpo de Mai.

– Na verdade, isso aí é bem controlado para ele.

– Bem, para o meu gosto, ele ficou bem depravado. – Butch balançou a cabeça e olhou para a parede de evidências que criara. – A autópsia mostrou que ele fez sexo com ela depois de ela estar morta.

Balthazar olhou por cima do ombro.

– Ele a penetrou, você quer dizer.

– Não só isso. Foi até o fim, por assim dizer.

O Bastardo se aproximou da mesa com o rosto crispado.

– Tem certeza disso?

Butch vasculhou a papelada e pegou um relatório.

– Tenho. Isto acabou de chegar e está tudo aqui. – Abriu a capa do documento de autópsia e chegou à anotação. – Sêmen encontrado na vagina, e Havers conseguiu, examinando o tecido, determinar que foi após a morte. Vou pedir a Syn que me dê uma amostra e, se ele recusar, terei que forçar o assunto. Talvez isso acabe me dando a prova concreta de que preciso.

– Espere, tem certeza? Sobre a parte do sêmen?

Butch cutucou o papel com o dedo.

– Está no relatório. E, por mais que eu não considere meu cunhado em muitos aspectos, nunca tive motivos para duvidar das suas análises clínicas.

– Bem, se isso aconteceu depois que ela morreu, então Syn não foi o último macho a ficar com ela.

Franzindo o cenho, Butch voltou a abaixar o relatório da autópsia.

– O que o faz dizer isso?

Balthazar exalou a fumaça.

– Porque ele não consegue ejacular. Nunca conseguiu. Portanto, se tem certeza de que o sexo aconteceu depois, então outra pessoa esteve com a vítima naquela noite.

Capítulo 37

NA NOITE SEGUINTE, BOONE se materializou diante da casa do pai, vindo do apartamento de Helania. Parado no frio, avaliou a janela do escritório que havia quebrado com a mangueira e o suporte. Os sons de dois machos trabalhando no interior da casa passavam pelo orifício criado por ele, a lona fina pendurada temporariamente filtrava o que era dito.

Desconsiderando a conversa, os dois vinham tendo progresso. Os painéis de vidro quebrados tinham sido retirados e já estavam no processo de serem substituídos um a um. Antes do amanhecer, estava disposto a apostar, tudo já teria sido consertado.

Mas, pensando agora, Marquist sempre fora eficiente em fazer com que as coisas acontecessem, não?

O perfume de primavera de Helania foi o que primeiro anunciou a sua chegada; logo em seguida, sua forma física se materializou ao seu lado. Por ter se alimentado dele, ela conseguia rastrear sua localização, por isso ele nem precisou lhe dar o endereço.

Quando ela viu a entrada social da mansão, seus olhos se arregalaram. Ela recuou alguns passos para erguer o olhar, encarando todo o exterior elegante da casa refinada.

Sua expressão era de absoluto choque.

— Quando disse que morava numa casa grande… eu não fazia ideia.

Boone meneou a cabeça e foi até a porta pesada.

— Ainda é apenas um teto e quatro paredes.

Entrando, manteve o painel de carvalho aberto e esperou que ela se juntasse a ele. Quando ela se aproximou da entrada, tomou o cuidado de bater a neve das solas das botas, e quando passou pela soleira, não avançou muito.

Os olhos ricochetearam pela entrada, passando pela escadaria com sua balaustrada entalhada até a sala de estar em que ele realizara a Cerimônia do Fade e também o arco de entrada do escritório do pai. E durante o tempo todo em que ela avaliou toda aquela grandiosidade, Boone sentiu como se quisesse pedir desculpas pela demonstração de riqueza.

– Isto não sou eu – ouviu-se dizer. – Não sou esta casa.

Helania olhou para ele e levou um tempo para responder.

– Mas você veio daqui. Este é o mundo em que vive.

– Bem, não é mais. – Boone deu de ombros. – Venha, vamos pegar um carro para começarmos a procurar aquela casa e sair daqui...

– Onde fica o seu quarto?

– Lá em cima. Mas não é importante.

– Ah. Tudo bem.

Quando estendeu a mão, ela a segurou, e logo ele a conduziu até os fundos da casa. Passando pela saleta de polimento, ela perdeu o compasso da caminhada ao ver as bandejas de prata perfiladas e a *doggen* uniformizada que esfregava nelas uma pasta rosada que gradualmente ficava cinza.

– Oh, meu senhor! – A empregada largou a esponja que usava para se curvar diante de Boone. – É uma honra...

– Está tudo bem, não se preocupe, está tudo bem... – Boone se interrompeu e desejou poder fazer a *doggen* se endireitar de novo. Virando-se para Helania, disse: – Eu gostaria de apresentar a minha...

– Amiga – Helania disse ao oferecer a mão. – Sou amiga dele.

A *doggen* encarou a palma que lhe fora oferecida completamente chocada. Em seguida, olhou de relance para Boone, confusa.

– Meu senhor?

Boone avançou um passo e abaixou o braço de Helania com discrição.

– Está fazendo um trabalho maravilhoso, Susette. Muito obrigado. Já estamos de saída.

Enquanto conduzia Helania até a despensa, ela o segurou pela manga.

– O que fiz de errado? Não estou entendendo.

Boone parou na parte de preparação de pratos, com a bancada tomada por pilhas de porcelana. Enquanto fitava os pratos, ficou se perguntando, visto as bandejas sendo polidas no outro cômodo, se Marquist estava organizando uma festa de comemoração para si.

Boa sorte com isso, Boone pensou ao voltar a se concentrar em Helania.

— Já viu um *doggen* antes? Além do Fritz? — perguntou. — E não estou sendo desrespeitoso. Juro que não.

— Hum… não. Nunca estive numa casa como esta antes.

— Ok, então, os *doggens* são de uma velha tradição e tudo o que querem fazer é cuidar da família para a qual trabalham. Não creem estar no nosso nível e, quando você estende a mão para eles, eles não sabem como lidar com isso, como reagir. É algo inconcebível para eles. Eu, pessoalmente, nunca concordei com isso, mas eles escolheram ser assim, e esse é um assunto contra o qual nunca pensei argumentar, por respeito às tradições deles.

— Puxa, eu não sabia.

— Está tudo bem. Já está esquecido. — Abriu um sorriso sombrio. — Além do mais, isso não faz mais parte da minha vida, portanto, não temos que nos preocupar com isso.

Puxando-a para a cozinha, deduziu que a explicação viera a calhar, visto a quantidade de *doggens* envolvidos no preparo da Última Refeição. Enquanto verificava a quantidade, viu que não havia tanto que justificasse a presença de convidados, mas ele ficou imaginando quanto tempo isso ainda levaria.

— Onde está o dono da casa? — perguntou a Thomat, que estava diante do fogão.

O *chef* se curvou.

— Acredito estar olhando para ele, senhor.

Boone quis revirar os olhos, mas se conteve.

— Eu me referia a Marquist.

— Ele está lá em cima, sendo atendido por um treinador e uma massagista. Depois, é do meu entendimento que um alfaiate está sendo aguardado, seguido de um sapateiro.

— Anda se preparando. Acho que as roupas do meu pai já não bastam mais para ele, e ele já abandonou as noites de polimento de sapatos, hum?

— É uma abominação.

Boone deixou o comentário passar.

— Vou pegar o meu carro e, ah, esta é Helania. Minha amiga.

Quando Thomat se curvou para a fêmea, ela manteve as mãos debaixo dos braços e disse:

— É um prazer conhecê-lo.

– A honra é minha. – O *chef* se endireitou. – Se houver algo de que necessite, senhorita, por favor, me avise.

– Obrigada.

Quando Helania olhou de relance para Boone, ele ergueu o polegar sutilmente.

– Voltaremos em algumas horas, Thomat. Para pegar algumas das minhas coisas.

– Sim, meu senhor.

Estava na ponta da língua de Boone sugerir que o macho não usasse mais esse termo perto dos ouvidos de Marquist, mas deduziu que nem era preciso mencionar isso. Ou talvez o *chef* não se importasse.

Se estivessem em pé de igualdade – e não estavam –, ele apostaria em Thomat.

Liderando o caminho até a garagem, Boone acendeu as luzes do teto que pairavam acima de uma meia dúzia de carros. Enquanto Helania inspirava profundamente, ele se lembrou de que deveria se impressionar pela demonstração de fortuna. Mas já estava acostumado àquilo.

– O Bentley é meu – informou apontando para a fila.

– Qual deles é esse?

– O dourado. O quarto. Tem tração nas quatro rodas.

O Continental GT Speed era seu, e quando se colocou atrás do volante e verificou se a chave ainda estava no meio do console, percebeu que poderia vendê-lo para fazer um pouco de caixa com aquilo. Devia valer mais que cem mil, o que bastaria para uma entrada numa casa pequena nos limites da cidade.

Claro, na sua imaginação, ele convenceria Helania a se mudar com ele, e os dois esperariam os dezoito meses até a chegada do filho deles no estado de alegria conjugal descrita nos livros.

Ah, a ficção. Tão melhor que a realidade.

Helania se sentou ao seu lado e fechou a porta.

– Uau.

Enquanto ela passava os dedos sobre as nódoas queimadas do painel de madeira, ele ficou se perguntando o motivo de nunca ter dado uma atenção especial a elas. Era uma madeira verdadeiramente bonita, e merecia ser notada.

Em vez disso, ele só comprou o carro porque precisava de um transporte, e um primo seu conhecia um cara em Manhattan que conseguiria entregar um em 24 horas.

A cor não importara. Nem o interior. Nada a respeito dele lhe pareceu particularmente interessante... quando, na realidade, aquele era um carro muito bonito e dispendioso.

Os ricos tinham um jeito de ignorar a fortuna que os cercava, não é mesmo?

Acionando o botão que abria a garagem, Boone virou o pescoço e deu marcha ré até a neve.

— Por onde devemos começar?

Helania olhou para fora da janela, encarando a mansão enquanto ele manobrava no pátio para depois sair para a rua.

— É só uma casa – murmurou. – E não estou criticando o fato de você olhar para ela assim. A questão é que não gosto do que o lugar representa.

— Não quero parecer... curiosa, acho que a palavra é essa. É só que nunca vi nada parecido com isso fora dos filmes. Quero dizer, ela é muito maior do que a casa de Jake Ryan.

— De quem?

— *Gatinhas e Gatões*. O filme. A casa do mocinho.

— Um dia precisamos assistir juntos.

— Um dia – ela murmurou ao se inclinar para a frente para continuar olhando para a casa.

Já na estrada, ele os levou até um centrinho de lojas onde imaginava que as donas das casas da sua rua iam para fazer as unhas, comprar presentes umas para as outras e ver decoradores e cabeleireiros.

— Consegue lembrar em qual bairro a casa ficava? – perguntou.

Parecendo voltar a se concentrar, Helania se recostou no banco.

— Eu bem que queria ter prestado mais atenção naquela noite. Mas eu me lembro de termos passado pelo templo Beth Shalom. Sabe onde fica?

— Está falando daquela parte em que fica a biblioteca municipal satélite? Na Sheffield?

— Essa mesmo.

— Sei exatamente onde fica – disse ao acionar a seta.

Cerca de uma hora mais tarde, Helania olhava pela janela ao seu lado, mas tinha parado de avaliar ruas, casas e bairros, comparando-os com as suas lembranças de oito meses antes. Em vez disso, fitava a neve que caía.

– A tempestade chegou – comentou.

Quando os limpadores de para-brisa do Bentley começaram a se mover de um lado para o outro, Boone praguejou.

– É a tempestade que mencionaram?

– Quem?

– Não sei.

Sua voz parecia cansada, mas não a ponto de ele jogar a toalha ainda. No entanto, ela não sabia quanto mais daquelas voltas em círculos suportaria. Por mais importante que fosse encontrar a casa, só estavam dirigindo à deriva, seguindo uma série de impulsos, desperdiçando combustível... E agora uma tempestade de neve estava começando?

Deus, como queria que sua cabeça estivesse funcionando direito.

O Bentley desacelerou e parou no acostamento da estradinha, e Boone se inclinou para a frente, estreitando os olhos para as placas de rua.

– Avenida Manchester? Parece familiar?

Helania olhou de relance ao redor e não reconheceu nada da região em que estavam.

– Não. E essas casas... só me lembro de que era uma casa branca com muita vegetação na frente. Moitas altas, então não dava para ver muita coisa. Não sei. Acho que estamos perdendo tempo.

– Não é desperdício. Vamos continuar.

Quinze minutos mais tarde os limpadores se moviam muito mais rápido, e a neve que caía diante dos faróis era espessa.

– Acho melhor voltarmos – sugeriu ela. – A tempestade está piorando.

– Verdade. Mas sempre podemos voltar amanhã.

Boone deu a volta e, quando os pneus do carro potente pegaram tração na neve acumulada que subia ainda mais, ela ficou contente pelo fato de o veículo ter tração nas quatro rodas.

– Obrigada por isto.

– É um prazer ajudá-la.

As palavras que ele disse foram de improviso, mas a fizeram pensar na *doggen*, naquela casa... no mundo de que ele estava abrindo mão.

– Tem certeza de que está certo quanto a desistir de tudo? – perguntou. – Do dinheiro, daquela mansão...

– Pensei muito sobre isso nas últimas vinte e quatro horas e posso dizer, de coração, que sim. Nunca fui feliz lá de todo modo. É como você disse, que não conhece outra vida e está contente com a que tem? Bem, estive do outro lado, e odiei tudo aquilo por muito tempo, portanto agora me sinto mais leve, mais livre.

– Sinto muito mesmo sobre a sua *mahmen*. Você teve muita morte em sua vida.

– Não mais do que o resto das pessoas durante o curso de uma vida...

Quando o celular começou a tocar no interior do carro, ela se sobressaltou.

– O que é isso?

– Desculpe, Bluetooth. – Franziu o cenho. – Tudo bem se eu atender?

– Claro, vá em frente.

Boone aceitou a chamada e falou para o ar.

– Alô, Rochelle?

Uma voz sem corpo fluiu pelo carro.

– Boone?

– Oi – ele disse ao parar num cruzamento e depois seguir em frente. – Tive a intenção de ligar ontem à noite. Mas as coisas têm andado... um pouco atribuladas. Você está bem?

– Está no carro? – A voz dela sumia e voltava. – A ligação está ruim.

– Deve ser a tempestade. E, sim, estou. – As sobrancelhas dele se juntaram. – Está tudo bem?

Helania mudou de posição no banco. Então... aquela era a fêmea com quem ele quase se comprometeu. Aquela que quis recuar no acordo com que, se dependesse dele, ele teria ido até o fim. Aquela que, supostamente, estava apaixonada por outra pessoa.

Era difícil negar que tivesse um interesse sobrenatural ao ouvir a voz. Mas, na verdade, querer defender seu território não fazia sentido algum visto que Boone já contara à fêmea sobre ela e o relacionamento deles.

– ... ver? – Rochelle dizia. – ... conversar...você.

– Quer ir me ver? Claro, mas...

– Ir para... as?

– Minha casa?

– Sim? – foi a resposta pronta. – Agora?

Boone olhou para o painel.

– Estou na metade do caminho para casa. Te vejo em trinta minutos?

– … minutos?

– Trinta – ele disse mais alto. – Trinta minutos.

– Certo… trinta.

Quando a chamada se encerrou, ele olhou para ela.

– Importa-se se voltarmos para a minha casa? Quero encher o carro com roupas e alguns dos meus livros, de todo modo.

– Sim, claro. – Ela se viu apoiando a mão na barriga. – Eu gostaria de conhecer Rochelle.

– Você vai gostar dela. Ela é uma fêmea de valor.

Helania forçou um sorriso e voltou a medir os pixels dos flocos de neve na luz dos faróis.

Por conta de tudo pelo que estava passando, não achava que tinha energia ou compostura necessárias para suportar um encontro com a quase *shellan* aristocrática de Boone. Mas faria isso só para provar a si mesma que conseguia cuidar de si.

Ela defendia sua independência, lembrou-se.

Hora de começar a agir.

– E, olha só – disse Boone. – Só pra você saber. Não tenho que ir para o seu apartamento, sabe, depois que essas duas semanas acabarem. Só imaginei que seria uma boa pegar algumas das minhas coisas. Marquist não vai me trancar para fora de novo, não depois da descompostura que passou com Wrath. Mas nunca se sabe como as coisas vão terminar, e não faria mal começar a minha mudança mais cedo.

Helania o visualizou morando com ela, as roupas de macho no seu armário, as botas grandes tiradas ao lado do capacho de entrada, duas canecas de café na pia depois da Primeira Refeição em vez de uma só.

– Você é bem-vindo para ficar comigo.

Capítulo 38

Quando Butch viu Wrath passando pelo corredor do centro de treinamento, teve que admitir que o Rei ainda tinha aquela coisa que faria um macho crescido tremer nas bases. Ainda mais quando a nuvem de agressividade flutuava ao redor dele como se fosse uma aura maligna. Vishous estava a um lado dele, Tohr do outro, e Xcor na retaguarda e… ah, caramba.

Wrath deixara o golden retriever para trás.

Portanto estava disposto a berrar bastante.

Butch se endireitou de sua posição apoiada à parede de concreto.

– E aí?

– Onde ele está? – Wrath exigiu saber.

– Logo ali.

Butch conduziu a procissão de julgamento para a sala de atendimento em que vinham mantendo Syn, como se o Bastardo fosse um animal com uma doença transmissível. Batendo à porta, Vishous a abriu antes que houvesse uma resposta.

Quando Wrath esbarrou nos corpos entre ele e a sala, ficou evidente que a cegueira não era completamente dispositiva no que se referia à orientação espacial. Mas havia limites.

– Alguém me aponte a direção do Bastardo – ele ladrou.

Tohr se aproximou e virou o Rei sem dizer uma palavra. E depois recuou como se não quisesse ser atingido por nenhum estilhaço.

Syn, que esteve vacilando entre não estar nem se fodendo com aquilo a fodam-se todos juntos com sua mãe, se endireitou na cama e, para variar, não deu seguimento à sua rotina de sorriso de escárnio. Não que Wrath teria tecnicamente notado – embora, com sua habilidade de farejar coisas, ele poderia muito bem ter captado um sinal de desrespeito. E, no estado mental atual, com certeza arrancaria a atitude de qualquer um a tapa.

– Fale comigo, Butch – estrepitou o Rei ao encarar o Bastardo.

Butch estivera se preparando para isso desde que dera início ao pedido de o Rei descer até ali. O caso estava num impasse bizarro: não havia mais rochas a revirar para ver o que havia embaixo em relação ao Bastardo, e eles não poderiam manter o cara trancado ali indefinidamente sem um motivo válido.

Syn merecia ser solto ou levar uma bala no crânio. Ou, no mínimo, receber alguma informação a respeito de quando um desses resultados acabaria caindo em sua cabeça. Era justo – e o tipo de decisão que somente Wrath poderia tomar.

Pigarreando, Butch foi eficiente: as acusações e a identificação feita por Helania. A situação da lavanderia. A contagem das calças de couro. O fato de que, contrário ao que ele imaginara ser o caso, o armário que Syn usava no centro de treinamento não continha nada de relevante ao caso. A impossibilidade de ejacular.

Esse último ponto foi segundo o relato de Balthazar quanto ao passado, excluindo o detalhezinho sobre a situação familiar e o ferimento craniano traumático.

Agora, tecnicamente, a última parte, sobre as mortes no Antigo País, bem como a brutal, do humano agressor três noites antes, era prejudicial. Evidências de crimes anteriores nunca eram admissíveis nas cortes humanas. Mas aquele era o mundo dos vampiros, portanto as regras eram diferentes e Wrath era muito mais sensato que muito júris humanos…

– E aí, fez ou não essa merda? – o Rei estrepitou.

Ok. Muito bem. Talvez "sensato" não fosse exatamente a palavra certa.

– Você ouviu o Butch – respondeu Syn.

Wrath se inclinou na direção do Bastardo, os cabelos longos caindo pelo ombro largo e oscilando como uma mortalha.

– Quero ouvir você dizer.

Syn deu de ombros.

– Não há por que duplicar os esforços. E se saiu tão bem em…

Quando algo se moveu à frente, Butch percebeu o movimento pelo canto do olho – e teve que impedir bem rápido o que aconteceria. Vishous, aparentemente, chegara à conclusão de que seu status de espertalhão residente estava sendo desafiado pela demonstração de atitude de Syn e decidira atacar o leito hospitalar.

Butch avançou e pegou o melhor amigo antes que a merda virasse o completo caos.

— Isso não vai ajudar — Butch sibilou no ouvido de V. enquanto arrastava o colega de apartamento para trás. — Você tem que relaxar.

— Dê ouvidos ao seu colega, V. – Wrath resmungou. – E fique fora disto.

Houve alguns instantes de silêncio, durante os quais Syn se recusou a enfrentar o olhar do Rei Cego – e Butch passou o tempo certificando-se de não afrouxar a pegada ao redor do peito de V. Conhecendo V., o Irmão sabia que havia o risco de ele tentar arrancar uma confissão à força do Bastardo.

E aquilo não só era coercivo, como Butch também tinha a sensação de que era isso o que Syn queria.

— Vou ser perfeitamente claro – Wrath disse num tom vigoroso. – Não vamos entrar nessa brincadeira em que você nos provoca até te matarmos. Se quer sair deste planeta por conta de um detalhe técnico, beleza, mas não vou permitir que os meus machos o ajudem nisso. Ou você mesmo se mata ou espera até que a Dona Morte lhe entregue os papéis de demissão. Mas o que não vai fazer é nos usar, e àquela situação do Pyre, para ir parar no Fade.

Syn cruzou os braços diante do peito nu e cerrou o maxilar.

— Portanto – prosseguiu Wrath –, vou perguntar mais uma vez. Você matou aquelas fêmeas no Pyre?

O silêncio que se seguiu foi tão denso e tão longo que Butch quase gritou. Só que, nessa hora, Syn abriu a boca.

— Sim, eu as matei. As duas.

As narinas do Rei inflaram, e ninguém se moveu na sala. De fato, Butch tinha bastante certeza de que tudo em Caldwell deixara de se mover.

— Por que está mentindo para mim? – disse o Rei, sério.

A despeito das condições climáticas, Boone demorou menos tempo a voltar para casa do que achou que levaria, ainda que o Bentley de tração nas quatro rodas tivesse se esforçado para subir a colina até seu antigo bairro. Quando estacionou na passagem para carros, deixou-o bem na frente da porta principal, de modo a poder levar seus pertences até lá com mais facilidade.

Ao desligar o motor, olhou para Helania.

– Sairemos de novo. Amanhã à noite.

Ela assentiu.

– Sim, por favor.

Ambos saíram do carro, e ela esperou até ele dar a volta, tornando-se um retrato com a neve pesada caindo e ficando presa em todo aquele lindo cabelo. Aproximando-se dela, capturou-lhe o rosto entre as mãos e fitou-a nos olhos. Havia coisas que queria dizer, mas guardou-as para si, tendo em mente a notícia que aguardavam receber. Quer ela estivesse grávida ou não, nada mudava para ele, e, para provar isso, sentia que devia esperar até saberem ao certo antes que pudesse lhe dizer que a amava.

Se ela não estivesse esperando um filho seu, ele ficaria desapontado, mas seria sua melhor chance de tranquilizá-la de que seus sentimentos e seu comprometimento eram reais. E se ela estivesse?

Bem, como a própria doutora Jane dissera, teriam que atravessar essa ponte quando chegassem a ela.

Boone resvalou sua bochecha com o polegar.

– Quero que saiba que o fato de estar aqui facilita muito para que eu esteja aqui.

Helania passou as mãos pelos antebraços dele.

– Fico feliz com isso.

Abaixando a cabeça, ele beijou um floco de neve do lábio inferior dela.

– Venha, está frio.

Aproximando-se da porta da frente, uma rajada empurrou as costas deles e ele teve que segurá-la e ajudá-la a subir os degraus. Entrando no vestíbulo, foi um alívio saírem da tempestade, mas, quando a luz diminuiu de intensidade e depois piscou, ele balançou a cabeça.

– Acho que está piorando – falou ao empurrar a porta pesada contra o vento até que se fechasse. – Se é que isso é possível.

Helania baixou o olhar para as botas.

– Estou coberta de neve.

– Este carpete aguenta. – Ele bateu os pés para fazê-la se sentir melhor. – Não se preocupe.

Ela insistiu em tirar as botas mesmo assim, tirando depois a parca com cuidado.

– Você tem um lavabo? E bem que gostaria de uma xícara de chá...

– Bem-vindo, meu senhor. – Thomat veio dos fundos. – Gostariam de café? Chocolate quente?

– Ah, sim, chocolate, por favor. – Helania sorriu para o *chef*. – E posso ajudar a prepará-lo.

Quando o *chef* se retraiu, ela praguejou.

– Ah, não. Fiz de novo. Não é para eu ajudar, certo?

Thomat sorriu lentamente para ela. Depois olhou de relance para Boone.

– Se meu senhor permitir que sua graciosa convidada nos ajude a preparar o chocolate e quem sabe alguns sanduíches para um lanche, acolheremos a participação dela. Com a permissão do meu senhor.

Boone retribuiu o sorriso do *chef*. Depois articulou sem som um "você é o melhor".

– Ei. – Helania lhe deu um cutucão na lateral do corpo. – Sei ler lábios, lembra?

– É verdade, você sabe. – Boone se aproximou para um beijo rápido. Contra a boca dela, sussurrou: – Quer que eu traduza o que de repente apareceu na minha mente?

Quando ela corou, disse:

– Não em companhia de outras pessoas; não quero, não. Mas estou mais que pronta para algo quente.

Thomat escondeu o riso, e depois se curvou e indicou o caminho para a cozinha.

– Siga-me, senhorita, e creio que tenha inquirido a respeito de um lavatório. Será um prazer lhe mostrar o lavabo das senhoras.

– Maravilha. E, ah, vou me certificar de prepararmos algo para Rochelle também.

– Obrigado – Boone agradeceu quando um sentimento caloroso o preencheu, nada relacionado à calefação da casa.

Helania acenou de leve e, em seguida, o *chef* com seu dólmã branco formal e a fêmea, de jeans e suéter, saíram juntos atravessando a elegante sala de jantar.

A aldrava da porta bateu.

Apressando-se, ele a abriu.

– Rochelle, entre. A tempestade está um horror.

Rochelle entrou e bateu os saltos altos das botas no carpete enquanto ele voltava a trancafiar a tempestade do lado de fora.

– Terrível – disse ela. – Simplesmente terrível...

Quando as luzes enfraqueceram de novo, os dois olharam para cima. Do lado externo, o vento uivou ainda mais forte.

– Acho que está piorando... – disse ao desenrolar a echarpe de caxemira que envolvia seu penteado.

– Dê-me seu casaco.

Depois que ele a ajudou a despir um manto amarelo-limão mais pesado do que aparentava ser, ela tirou as luvas e alisou o coque dos cabelos loiros. As faces estavam coradas devido ao frio e ao vento, o batom era de um matiz perfeito de nude, a maquiagem leve e de bom gosto. O perfume era... Cristalle, da Chanel, sua marca registrada.

Os olhos estavam curiosamente agitados.

Boone franziu o cenho ao deixar o casaco de lado e tirar o próprio.

– Venha, vamos nos sentar junto à lareira.

Quando ele a levou para a sala, ela não se aproximou da descontraída chama da lareira de mármore. Foi para as janelas que davam para a tempestade – e ele se lembrou daquela noite, um ano atrás, quando chegara àquela mesma sala e a encontrara fitando a escuridão do mesmo modo.

– O que está acontecendo? – perguntou ele com seriedade.

Rochelle inspirou fundo, seu reflexo no vidro sendo de uma tristeza imensurável.

– Foi aqui que tudo começou.

– O que disse?

Ela olhou por sobre o ombro. Vestia calças de inverno brancas com uma jaqueta combinando, uma versão citrina do broche Bird on a Rock, da Tiffany, na lapela esquerda.

– Aqui, nesta sala – disse ela. – Foi aqui que eu e você nos encontramos pela primeira vez sozinhos... e tudo mudou.

Boone inclinou a cabeça e se sentou no sofá.

– Sim, foi. Também estava pensando nisso.

– Preciso ser mais franca com você do que tenho sido.

– Muito bem. – Ele deu um tapinha no assento ao seu lado. – Venha aqui e se sente, você está pálida.

Mas Rochelle não foi até ele. Cobriu o rosto com as mãos e inspirou fundo.

– Não sei como fazer isto. Ensaiei e ensaiei. Mas agora que estou aqui com você...

– Rochelle. Não há nada que possa me dizer que mudará a opinião que tenho de você. Entende isso? Nada.

Abaixando as mãos, ela se aproximou do sofá e se empoleirou na ponta do assento acolchoado. Depois de um instante, a voz soou baixa.

– Quando vim para cá e lhe disse que não poderia dar continuidade ao nosso compromisso, eu o enganei.

– De que modo? – Não que isso importasse para ele. – Qualquer que seja a questão, está tudo bem.

– Eu lhe disse... eu lhe disse que amava outra pessoa.

Boone esticou o braço e apoiou a mão no ombro fino dela.

– Está tudo bem, apenas me conte...

– Não era um macho.

– Então era um humano? – Boone relaxou contra o encosto e deu de ombros. – Quero dizer, você me disse que era um civil, estava preocupada em me contar que...

– Não era um "ele".

– Não estou entend... – As sobrancelhas de Boone se arquearam. – Ah.

Rochelle cruzou as pernas e entrelaçou as mãos em volta de um joelho.

– Isso mesmo... ah. Era uma fêmea. Eu amava... uma fêmea.

Quando a surpresa dele diminuiu, a matemática chegou logo a um resultado.

– Não me admiro que tenha mantido segredo. A maldita *glymera*...

– Isso muda a sua opinião sobre mim? – Os olhos dela estavam fixos no fogo, como se não fosse suportar o desapontamento no olhar dele. – Pode ser franco. Por favor.

Boone se retraiu.

– Claro que não muda. O fato de eu ter me apaixonado por uma civil mudou a sua sobre mim?

– Está falando sério? – Rochelle franziu o cenho. – Nem um pouco. Só fiquei contente que estivesse feliz. Está feliz, quero dizer.

– Bem, e eu só quero que *você* seja feliz. No que me diz respeito, é só isso o que importa.

Abaixando a cabeça para as mãos de novo, Rochelle começou a tremer... E Boone afagou seu ombro, deixando que ela se entregasse ao momento de libertação emocional.

– Ela está morta – disse Rochelle. – O meu amor morreu...

– Ah, Deus... – Boone se inclinou e pegou um lenço do bolso de trás das calças de couro. – Ela morreu?

Fungando, Rochelle aceitou o quadrado e o pressionou à face.

– Ela está morta, e parte de mim morreu com ela. Não tenho sido a mesma desde então. Nunca mais serei a mesma.

– Santa Virgem Escriba... Rochelle. Me conte o que aconteceu. – Afagou as costas dela. – Desde o começo. E não consigo imaginar como deve ter sido ficar guardando tudo isso só pra você.

A amiga inspirou com um tremor.

– Quando vim para cá há um ano, para romper meu compromisso com você, ela e eu havíamos decidido parar de lutar contra a atração que sentíamos e nos comprometer uma com a outra. Eu tinha medo de que minha família descobrisse, mas ela... ela era o meu mundo. Nunca me senti tão feliz, tão completa. E ela não sabia a seu respeito. Ela não sabia... de tudo isto e das coisas que estão intrinsecamente atreladas à nossa posição. – Rochelle indicou a sala de estar formal com a mão. – Eu sabia que não poderia ir em frente com meu compromisso com você. Não só pelo que isso causaria nela, mas pelo que causaria em você. Vocês dois mereciam muito mais do que isso. E ela, em especial, merecia o meu amor e o meu respeito. Ela não era o amor vergonhoso de ninguém.

– Por isso veio para cá...

– E contei para você, e você me chamou de corajosa. – Rochelle fungou de novo e limpou o nariz com uns tapinhas. – Não sou corajosa. Eu estava tentando manter a minha família e ficar com ela ao mesmo tempo. Sabia que os meus pais jamais entenderiam e nunca a aceitariam, e, pior, sou filha única. Depois de mim? Não resta nada da nossa linhagem. Hesitei e titubeei em relação a esse chamado problema... quando...

De longe, ele captou o cheiro de chocolate quente e se endireitou. Talvez devesse pedir a Helania que lhe concedesse um instante? Afinal, apesar de confiar nela com tudo o que se referia à sua vida, ela não conhecia Rochelle...

– Um instante, Rochelle. – Foi pegar a mão dela. – Só vou...

Quando fez contato com a palma da mão da amiga, Boone congelou, uma sensação de choque e descrença inundando-o. Enquanto Rochelle voltava a fungar, olhando-o como se esperasse que ele terminasse a frase, ele lentamente virou a mão dela.

Ali, bem no meio, havia uma teia de cicatrizes finas marcadas a sal.

– O que foi? – perguntou ela.

Boone engoliu em seco e encarou as marcas.

– Como conseguiu isto?

– Eu enterrei o meu amor. Num parque estadual. Com a irmã dela...

O baque da bandeja caindo quebrou o silêncio, e Boone se sobressaltou. Helania estava no arco de entrada da sala, pálida, as mãos trêmulas, as canecas de chocolate quente, os pratos de sanduíches todos espatifados a seus pés.

– O que está fazendo aqui? – perguntou a Rochelle em um fio de voz.

Capítulo 39

Helania ficou totalmente entorpecida ao fitar a fêmea sentada, composta como uma matriarca, no sofá elegante de Boone. As roupas e as joias não eram familiares, tampouco a maquiagem e o penteado, mas o rosto… aquele rosto era inesquecível.

E o reconhecimento não partiu apenas do lado de Helania.

A fêmea se levantou lentamente, as mãos deixando as de Boone, o rosto empalidecendo.

— É… você…

Helania foi dar um passo à frente e, quando apoiou o pé no chão, ele pousou sobre a porcelana quebrada. Desequilibrando-se, amparou-se na moldura do arco. Quando voltou a erguer os olhos, a fêmea estava bem diante dela.

— Não entendo — disse Helania.

A fêmea a encarou demoradamente.

— Você se parece tanto com ela que chega a doer.

Só se deu conta de que, em seguida, estava envolta num abraço como o de um parente separado há uma geração. E, naquele instante, Helania não se preocupou com nada além do fato de que essa desconhecida, com quem partilhara um acontecimento trágico e transformador de sua vida, estava *ali*.

— Encontraram o assassino de Isobel — Helania disse apressada. — Nós o temos. Estava tentando entrar em contato com você para avisar.

— Encontraram? — A fêmea recuou. — Eles o encontraram?

— Sim. A Irmandade está com ele.

— Oh, graças a Deus.

— Tentei entrar em contato com você pelo Facebook para que você soubesse. Ele não matou só a Isobel. Também matou outra fêmea…

– Eu sei. – A fêmea olhou para Boone. – E é por isso que pedi para vê-lo esta noite.

Foi nesse momento que Helania juntou os fatos.

– Espere… você tinha um compromisso para se vincular a Boone. Você ia ser a *shellan* dele.

– Sim. – Houve uma longa pausa. – Sou Rochelle.

– Rocky B. Winkle. No Facebook.

– Sim. – A fêmea ficou olhando de um para o outro. Depois se afastou. – Helania… quanto você sabe sobre nós?

– Ela disse que eram muito amigas? Você mesma me disse isso.

Rochelle recuou mais um passo.

– Ela… ela chegou a lhe contar sobre o namorado?

– Sim, ah, meu Deus, você o conhece? Temos como localizá-lo? – Helania apontou com a cabeça para Boone que estava sentado imóvel no sofá. – Ele e eu temos trabalhado na investigação da morte de Isobel, e também no segundo homicídio. Foi como nos conhecemos, aliás. E temos esperança de encontrar o macho que significou tanto para Isobel. – Olhou de relance para Boone. – Viu, eu te disse que o companheiro de Isobel não foi quem a matou. Eu sabia que ele a tornou mais feliz do que nunca antes.

Quando ninguém disse nada, Helania olhou para a fêmea, mas Rochelle continuou olhando para Boone. Que ficava encarando Helania.

– O que foi? – Helania perguntou.

A outra fêmea inspirou fundo e se ajoelhou. Um a um, ela foi juntando os pedaços da porcelana quebrada, colocando-os na bandeja que Helania e Thomat tinham se esforçado tanto para montar com graciosidade.

– Vamos precisar de um pano para limpar isto – murmurou Rochelle. – Talvez seja melhor chamar um *doggen*…

– Você pode contar a ela o que acabou de me contar – Boone disse com suavidade. – Está tudo bem.

Rochelle parou no meio de um movimento com um caco na mão. Erguendo os olhos, fitou Helania. E depois, em voz baixa, sussurrou:

– A sua irmã… foi o meu grande amor.

Helania abriu a boca para dizer algo, mas, em seguida, piscou. Olhou para ela de novo. Sentiu como se não tivesse ouvido direito o que a fêmea dissera, e também lera os lábios dela incorretamente.

– Isobel… – Rochelle repetiu – foi minha amante. Éramos muito mais que amigas.

Lágrimas ameaçaram cair dos adoráveis olhos da fêmea… e logo se derramaram pela face, caindo na porcelana arruinada.

– Nunca soube. – Helania ouviu-se dizer, rouca. – Sequer imaginei…

Que a minha irmã fosse gay, pensou.

– Disse a ela que não poderia contar a ninguém. – Rochelle depositou a metade do prato na bandeja e se acomodou sobre os saltos altos das botas. – Eu a fiz prometer, por conta de quem minha família era, que ela não poderia contar absolutamente nada. E esse foi o primeiro dos tantos arrependimentos que tive depois que ela se foi.

– Nunca imaginei – Helania repetiu. – Ela se referia a você como…

– Namorado dela. Eu sei. Fui eu quem lhe pediu que fizesse isso.

– Espere, naquela noite. – Helania se abaixou de modo a ficarem no mesmo nível. – A noite em que me contou que ela estava morta…

– Eu sabia onde vocês moravam. Ela me disse o endereço. Quando a encontramos no clube… Nem tenho como contar como foi aquilo. Sabia que ela ia querer que você soubesse de pronto, em vez de ficar pensando e se preocupando com o que poderia ter acontecido com ela quando não voltasse para casa. Por isso levei o corpo dela para a minha casa secreta, a que comprei com meu dinheiro e para a qual meus pais nunca iam…

– A casa branca.

– Na Avenida Macon. Onde a preparamos para a Cerimônia do Fade.

Helania olhou de novo para Boone.

– Então estávamos ali perto hoje, mais cedo. – Voltou a se concentrar em Rochelle. – Estávamos tentando encontrar aquela casa. Não conseguia me lembrar do endereço. Estava desesperada tentando te encontrar.

– Eu moro lá agora. – Rochelle se deixou cair para trás, de modo a se sentar no chão, e o fato de as calças imaculadas se mancharem de chocolate não pareceu preocupá-la nem um pouco. – Naquela noite, enquanto você e eu a preparávamos, quis contar a verdade. Mas sou uma covarde, e também não sabia como você reagiria. A última coisa que eu queria fazer era macular as suas lembranças de sua irmã. Ela a amava tanto. Pensava em você o tempo todo. Tudo o que queria era cuidar de você… E a ideia de que eu poderia arruinar essa sua lembrança dela…

Não pude contar porque não sabia quais seriam seus pensamentos sobre nós.

Helania relembrou os meses anteriores à morte de Isobel. O quanto Isobel estivera feliz, radiante, otimista. Diferente de tudo o que Helania vira antes disso.

Estendendo a palma marcada, depositou a mão no ombro da outra fêmea. Com voz firme e forte, disse:

— Deixe-me dizer quais são os meus pensamentos. Você também era o amor da vida dela e nunca antes na vida a vi tão feliz.

Os olhos de Rochelle marejaram de lágrimas. Em seguida, a fêmea colocou a mão marcada sobre a de Helania.

— Não tenho como expressar — disse a fêmea emocionada — o quanto isso significa para mim. É como se Isobel tivesse falado comigo do seu túmulo.

Sentado à margem dos acontecimentos, Boone tanto tinha dificuldade para acompanhar quanto sentia um imenso orgulho pelas duas fêmeas sentadas no chão diante dele. Cercadas por escombros de propriedade da *glymera*, Rochelle e Helania tinham atravessado, literal e figurativamente, a linha divisória da desinformação, de estilos de vida, da morte... encontrando consolo uma na outra.

Apesar de nunca ter conhecido Isobel, teve que imaginar que ela olhava lá de cima, do Fade, iluminada de alegria porque as duas pessoas mais importantes da sua vida haviam encontrado um ponto de paz.

Depois de se abraçarem pela segunda vez, Rochelle olhou para Boone.

— Mas há mais. E é por isso que pedi para vê-lo.

Boone se levantou do sofá e resolveu se juntar à festa improvisada no chão. Pareceu-lhe certo largar o convencional e os padrões e se agachar ali no arco de entrada, com fragmentos espalhados ao redor, segredos sendo revelados, perguntas sendo respondidas.

Onde a cura começava.

Pegou a asa de uma caneca e ficou brincando com ela.

— Pode falar.

— É sobre antes ainda. Na época em que nosso compromisso foi firmado. — Rochelle franziu o cenho e balançou a cabeça. — Pouco depois de o encontrar, comecei a sentir como se estivesse sendo observada. Seguida.

Eu não tinha como ter certeza, mas, na casa dos meus pais, eu olhava pela janela e... eu podia jurar que havia alguém lá. Era assustador. E, então, uma noite, me encontrei com Isobel no Pyre, senti como se esse macho estivesse me seguindo enquanto eu andava pelo clube. – Olhou para Helania. – Costumávamos ir para lá porque não tínhamos que esconder nosso relacionamento. Com todas aquelas máscaras e capas, podíamos ser livres. Mas me lembro daquela noite... tínhamos ido com o meu carro porque eu tinha acabado de comprá-lo e estava com vontade de dirigir. Depois que chegamos... tive essa estranha sensação de estar sendo seguida.

– Maldito Syn – murmurou Boone.

– Isso foi acontecendo por um tempo. E depois... Isobel foi morta. – Rochelle fechou os olhos. – Não voltei ao clube depois disso e isso não voltou a acontecer. A sensação de estar sendo observada... sumiu. Não voltei a pensar nisso até... – Olhou de um a outro. – Até Mai ser morta na semana passada.

Boone se moveu adiante.

– Mai? Espere, o quê? Você sabe da morte dela, do segundo homicídio?

– Ela era nossa amiga. Minha e de Isobel. Era a única pessoa que sabia sobre nós.

– Ela era a outra fêmea? – gaguejou Helania. – Na noite em que fui à sua casa? Mas, espere... ah, claro, eu não a reconheci quando a encontrei porque estava de máscara. E depois, naquelas fotos terríveis depois que foi morta... não suportei olhar para elas na parede da sala de evidências.

– Mai foi a segunda morte lá. – Rochelle olhou para Boone. – E fiquei sabendo sobre ela por uma amiga nossa na noite...

– Da Cerimônia do Fade do meu pai – completou Boone. – Por isso ficou tão abalada.

– Perdê-la também... Foi quase demais para mim.

Do lado de fora da mansão, a tempestade aumentara com ventos fortíssimos, e as luzes oscilaram e se apagaram. Bem quando Boone pensou em ir atrás de um candelabro, a eletricidade voltou.

Rochelle apoiou a mão sobre o coração.

– Quando fiquei sabendo sobre Mai, não soube o que fazer. Com quem conversar. Não sabia se as mortes estavam relacionadas, mas...

— Estavam — disse Boone. — Tem que ser o mesmo macho que a perseguia. Há ligações demais.

— É o que a minha intuição me diz. Duas mortes, no mesmo lugar, tão próximas uma da outra? Mas hesitei em me apresentar porque mantive meu relacionamento com Isobel em segredo. Estava ruminando a respeito de tudo isso quando li a postagem da Irmandade nas redes sociais e foi nesse momento que recebi a sua mensagem particular. — Depois de acenar com a cabeça para Helania, voltou a olhar na direção de Boone. — Enviei uma mensagem ontem para vir vê-lo para que pudéssemos conversar a respeito e descobrir o que fazer.

— Estávamos no centro de treinamento. Tive a intenção de responder à mensagem, desculpe.

— Estamos aqui agora, está tudo bem. E vocês me dizem que descobriram o responsável?

Boone assentiu.

— Ele é um dos lutadores que trabalha com a Irmandade. Ele tem um histórico de perseguir e matar fêmeas.

— Então ele deve ter ficado sabendo sobre Mai e Isobel através de mim? Mas como me encontrou e por que sou importante?

— Ele foi ao Pyre. Assim como vocês. Deve ter começado a seguir você por causa disso.

— Imagino que essa seja a conexão. Quer dizer que sou a próxima?

Antes que ele pudesse responder, ela ficou com um olhar ausente, e Boone franziu o cenho.

— O que mais?

— Bem, é sobre a Mai. — Rochelle inspirou fundo e olhou de relance para Helania. — Acho que ela pode ter entrado em contato com ele. Por telefone.

— Como assim? — perguntou Boone.

— Depois da morte de Isobel, Mai se mudou para a minha casa na Avenida Macon. Ela disse que precisava de um lugar para ficar, mas acho que só estava preocupada comigo, e eu vinha passando muitos dias ali. Quero dizer, eu chorava de repente, sem motivo, e não tinha como explicar isso aos meus pais, entendem? São boas pessoas, mas muito tradicionais. Continuando, nas últimas duas semanas, mais ou menos, ouvi Mai discutindo com alguém pelo telefone durante o dia, com a voz alterada. Toda vez que eu perguntava o que estava acontecendo, ela não respondia. Ficou claro, porém, que ela estava muito incomodada. Talvez fosse esse macho.

– Syn tem um celular, com certeza. E com o alcance que a Irmandade tem? Ele poderia ter descoberto o contato dela através do banco de dados da espécie ou algo assim.

– Deve ter sido assim que aconteceu. – Rochelle olhou para Helania. – Eu saio para visitar o túmulo de Isobel. Você faz isso?

– Sim, claro. – Helania franziu o cenho. – Sabe, guardei todas as coisas dela. Gostaria de ir ao meu apartamento para vê-las? Gostaria de ficar com alguma coisa?

– Faria isso? – Rochelle perguntou com voz emocionada. – Me daria… alguma coisa?

– Sim. – Helania sorriu. – Tenho absoluta certeza de que é disso que ela gostaria.

– Quando podemos ir lá?

Helania olhou de relance para Boone.

– Vamos voltar para o meu apartamento agora. Venha conosco. E podemos atualizar a Irmandade de lá, se quiser. Por certo terá mais privacidade.

Boone se levantou e bateu na parte de trás das calças de couro. Inclinando-se para baixo, apanhou a bandeja.

– Temos um plano, então. Só vou pegar uma troca de roupas e alguns livros e já podemos sair daqui.

A expressão de Rochelle se aqueceu.

– Vocês vão morar juntos?

– Mais ou menos – Boone respondeu quando Helania continuou em silêncio.

– Bem, estou feliz por vocês dois.

– Obrigado, minha amiga. – Apontou com a cabeça para a bandeja. – Já volto.

Enquanto saía, ele ouviu as fêmeas começarem a falar sobre Isobel e percebeu que estava triste porque nunca conheceria a irmã de Helania… e o grande amor de Rochelle.

Imaginou que ela devia ter sido uma pessoa incrível.

De volta à cozinha, jogou tudo o que havia na bandeja no lixo e pediu a Thomat que mandasse alguém limpar o chão dali a pouco – queria dar um tempo a mais para as duas fêmeas. Depois voltou pela despensa e parou diante da porta aberta dos aposentos de Marquist.

Ah, verdade. Caixas de mudança. Bem do que ele precisava.

Quando seu celular tocou, ele o pegou e, assim que viu que era Butch, atendeu.

– Estava pra te ligar. Encontramos… – Hesitou, sem saber o quanto Rochelle queria manter em segredo. Além do mais, só Deus sabia onde Marquist estava naquela casa. – Encontramos a amiga que ajudou a enterrar Isobel, aquela por quem Helania procurava…

– Não foi o Syn.

Boone afastou o celular do ouvido e o encarou. Depois, voltou a aproximá-lo.

– O que disse?

– Ele mentiu. Wrath farejou. – O Irmão soltou uma risada ríspida. – O grande Rei Cego faz as vezes de um tremendo detector de mentiras.

– Espere, mas isso não faz sentido. Helania o viu com Mai, com a fêmea que matou.

– Ele esteve com Mai. Mas não foi a *última* pessoa a vê-la.

– Isso não é possível. Por que ele mentiria?

– Olha só, não vou argumentar nem discutir a porra dos motivos que fizeram o guerreiro assumir algo que não cometeu porque não consigo entender a motivação dele a esta altura. Mas, no pé em que estamos, ele não matou nenhuma das duas fêmeas nem a humana que foi encontrada primeiro no clube.

Boone relembrou o momento no beco, e o humano que castrara e torturara… pelo qual Syn assumira a responsabilidade.

Antes que conseguisse tocar nesse assunto, Butch prosseguiu:

– No fim, não temos provas concretas contra ele, de todo modo. Não há sangue nas roupas. Nenhum gancho escondido debaixo da cama, não que haja uma.

Boone só conseguia balançar a cabeça.

– Não faz sentido.

– Na verdade, faz todo sentido se você se lembrar do que falei sobre confirmação tendenciosa. Já passei por isso… porra, estou passando por isso neste caso. Só achei que gostaria de estar atualizado quanto aos acontecimentos, e Helania também precisa ser informada. Acho que vocês dois deveriam vir para cá.

Boone olhou por sobre o ombro.

– Ela está comigo aqui em casa. Prometemos a uma amiga que ela poderia ir conosco ver alguns pertences de Isobel no apartamento dela. Há outro ângulo nesse assunto, mas não posso falar sobre isso agora.

– Ok. Só ligue para o Fritz. Ele estará pronto para buscá-los, mesmo nesta tempestade.

Quando Boone encerrou a ligação, sentiu vontade de jogar o aparelho na parede. O que o deteve foi o fato de que o maldito assassino ainda estava à solta em algum lugar e ele poderia precisar do celular.

Passando pela porta dos antigos aposentos de Marquist, foi direto para as caixas de mudança.

As luzes se apagaram, dessa vez sem nenhuma oscilação de aviso. Desorientado no escuro, chocou-se contra uma cadeira, depois chutou algo baixo e pesado, derrubando o que quer que fosse e o conteúdo nele.

Bem quando mexia no celular para acionar a lanterna, a eletricidade voltou e ele abaixou o olhar.

Tinha chutado um kit com material de lustrar sapatos, a caixa de madeira estava caída de lado, o apoio de pé no topo aberto. Latinhas com cera e panos sujos, bem como um frasquinho cheio de preguinhos para solado, tinham vertido como sangue e os órgãos internos de uma vítima, o impacto do bico de metal do seu coturno espalhando tudo num leque.

Claro que Marquist deixaria a caixa ali. Não lustraria mais nenhum sapato...

Boone franziu o cenho quando algo chamou sua atenção. Abaixando-se, deu uma inspecionada mais atenta no carpete. Os preguinhos de sapateiro que tinham saído do frasco se pareciam com espinhos, e ele apanhou um, avaliando o corpo prateado e a cabeça de alfinete.

Era exatamente igual ao que saíra da pele de Mai.

Mas... não era possível que houvesse uma ligação.

Erguendo-se, correu o olhar pelo cômodo com um interesse renovado. Só que, convenhamos, ele esperava mesmo que Marquist tivesse um gancho de açougueiro pendurado atrás da porta?

Indo até o quarto, verificou a mesinha de cabeceira, a área sob a cama – outra zona livre de ganchos –, e abriu o baú de cobertas a um canto.

Que, naturalmente, tinha cobertas dentro.

Estava se virando para a porta aberta do closet quando a calefação retornou, uma quase imperceptível lufada de ar frio antecedendo o ar quente – desde que, claro, a eletricidade não fosse cortada de novo.

E foi nesse momento que percebeu o cheiro. Era tão sutil que quase não o notou.

Mas, como tubarões no oceano, os vampiros se adaptaram pela evolução a encontrar sangue.

A cabeça se virou por conta própria, e depois o corpo se moveu lentamente.

Ao longe, ele ouviu a batida à porta de entrada, mas não prestou atenção ao som. Toda parte da sua consciência estava fixa naquele closet.

Com uma sensação de completa irrealidade, esticou o braço e afastou um tecido preto pesado.

Quando olhara ali dentro na noite anterior, tirara uma conclusão errada. O que acreditara ser um roupão de banho preto na verdade era… um manto preto. E quando aproximou o nariz do tecido grosso?

Sentiu cheiro de sangue. Sangue seco, mas sangue mesmo assim. E era de uma fêmea.

Mas que porra era aquela?

Capítulo 40

No VESTÍBULO DA MANSÃO da família de Boone, Helania ficou de lado enquanto Rochelle vestia o manto amarelo-limão – que provavelmente valia mais do que a sua caminhonete. E, mesmo assim, a fêmea não era pretensiosa.

– Preciso muito mesmo que saiba – dizia Rochelle – que errei ao pedir que Isobel se calasse a nosso respeito. Eu a coloquei numa situação terrível, e tudo por causa do meu medo. Mas isso acabou agora. Se tudo isso me ensinou alguma coisa, foi que a vida é curta, não importa quantas noites lhe tenham sido dadas, e eu não vou desperdiçar mais tempo. Vou sair do armário para os meus pais e me mudar de vez para a casa branca. E, só para você saber, você e Boone serão bem-vindos quando quiserem.

Helania sorriu com tristeza, e depois murmurou.

– Nunca se sabe o que o futuro nos reserva.

Apoiando a mão no ventre, pensou em deveres e obrigações – e em pessoas se sacrificando pelo bem maior, o que significava que não viveriam o potencial de suas vidas. Ela e Boone teriam que resolver o relacionamento deles em algum momento, mas ela tinha medo do futuro deles. Grávida ou não... queria acreditar que ficariam juntos, mas ela se preocupava que isso acontecesse por conta de algum senso de dever da parte dele.

A parte na qual ele se sacrificaria, pouco importando o custo.

Claro, o sexo entre eles era ótimo. Mas nada que valesse a pena comprometer o futuro deles.

Quando as luzes se apagaram de novo, ela esperou que logo voltassem. E, quando voltaram, Rochelle a olhava na expectativa, como se esperasse algum comentário menos imparcial quanto ao relacionamento dela e de Boone.

– É só que – disse ela –, você sabe, ele e eu… Quem é que sabe o que pode acontecer?

A linda loira aristocrata franziu o cenho.

– Ele está apaixonado por você.

Helania se retraiu, mas, ao mesmo tempo, um lugar secreto em seu coração se animou. A primeira reação ela não escondeu. A segunda, forçou-se a aplacar.

– Ele não pode estar apaixonado por mim. Não sei o que ele lhe disse, mas eu passei pelo cio na outra noite. Então… se ele disse que vai se comprometer comigo ou algo assim, é só porque…

– Ele não me contou nada sobre o seu período fértil. O que ele me disse, na noite da Cerimônia do Fade do pai dele, foi que tinha se apaixonado por você.

Helania fez os cálculos em relação aos dias da semana. Espere… isso fora antes do cio dela.

– Do que está falando?

– Bem ali. – A fêmea apontou para o outro lado do vestíbulo. – No lavabo dos homens. Ele estava tendo um ataque de pânico no meio da multidão depois da cerimônia, e eu o levei para lá para um respiro. Ele me contou que a amava. Olha só, vocês dois façam o que acharem melhor, mas machos vinculados? Eles se apaixonam em segundos, como dizem por aí. E eu tenho que te dizer, Boone é um dos melhores machos que eu já…

A pancada na cabeça de Helania veio do nada. Num momento ela estava tentando entender a mudança no jogo; no seguinte, estava ciente de que a outra fêmea recuava horrorizada. Antes que pudesse perguntar o motivo, uma dor lancinante explodiu em seu crânio, o impacto de qualquer que tivesse sido o objeto fazendo com que pendesse para o lado, tropeçasse… caísse.

Ao bater no chão, sua visão ficou borrada e sua audição sumiu por completo. Mas, no fim, ela era apenas um alvo secundário. Rochelle recuava contra a parede do vestíbulo, alguém avançava na direção dela ameaçadoramente e com uma faca de lâmina longa.

Concentrando toda a sua força de vontade na visão, Helania tentou abrir uma janela de foco em meio ao borrão – e, enfim, sua vista clareou.

Foi então que ela viu o rosto do agressor, mesmo não conseguindo distinguir muito do corpo e dos membros dele.

Era um macho vestido com formalidade, com cabelos pretos e fios grisalhos misturados, penteados para trás. Tinha uma expressão assassina no que, de outro modo, seria uma feição equilibrada; e os lábios se moviam enquanto ele falava. Helania voltou ao antigo hábito da leitura labial.

... deveria ter matado você em vez daquelas outras duas. Um modo mais eficiente, mas achei que haveria boatos. Meu mestre não merecia que sua linhagem fosse maculada pelo compromisso desfeito. Eu sei o que andou fazendo com aquela fêmea. Eu vi você, observei você.

Helania tentou levantar a cabeça, ergueu o braço, mudar a posição do corpo, gritar pedindo ajuda.

A sua amiga pediu para morrer. Ousou ameaçar me expor. De algum modo, ela descobriu que tinha sido eu e...

Isobel. Mai.

Aquele era o assassino!

A adrenalina jorrou pelo corpo de Helania enquanto seus instintos se acendiam e a agressividade inundava suas veias. Forçando a cabeça a se levantar, ela procurou por uma arma. Por qualquer coisa. O macho estava enlouquecido e perigoso...

A faca que surgiu acima do ombro dele era letalmente afiada, e a luz do candelabro acima brilhou na lâmina polida de aço.

Empurrando o chão, Helania...

A jaqueta de couro de Boone estava na cadeira ao lado de onde ela aterrissara, e ela se lembrou do dia em seu apartamento, dela caindo no chão por conta do peso das armas.

Moveu-se mais rápido do que em toda a vida, alguma vasta reserva de energia interior mobilizando seu corpo. Mergulhando atrás da jaqueta, apanhou o tecido bem quando as luzes se apagaram de novo.

Mão da adaga, pensou ao virar o couro com mãos trêmulas. Ele era destro...

Enfiando a mão no bolso fundo do lado direito, espalmou a arma de Boone e soltou a trava de segurança. Sabia que estava carregada pelo seu peso e, veja só, ela era do mesmo modelo da que estava acostumada.

Quando a luz voltou, estava com o cano posicionado e puxou o gatilho bem quando o agressor começava o movimento em arco descendente da facada.

A bala acertou a cabeça em cheio, bem na têmpora. Exatamente onde ela mirara.

Apenas um tiro certeiro, foi o que bastou.

Numa montagem horrível que ela sabia que jamais esqueceria, um spray fino de sangue e um jato de massa cinzenta atingiu a porta da frente num padrão de margarida, e o macho despencou no chão.

O corpo inteiro dela tremia. Mas a arma estava firme como rocha em suas palmas enquanto ela continuava mirando nele.

– Venha para trás de mim, Rochelle – ordenou ela.

A outra fêmea engatinhou e tropeçou, dando a volta nela e se protegendo atrás enquanto Helania mantinha o cano apontado para o macho.

– Vá buscar Boone agora…

– Estou aqui! – a voz dele gritou. – Estou bem aqui.

Helania assentiu quando as passadas ecoaram em meio à cena dramática, a atenção dele sem dúvida tendo sido atraída pelo som do tiro. Mas ela não se moveu. O corpo do agressor se debatia de maneira aleatória, e não tinha certeza de se ele iria ou não levantar.

Vagamente, ouviu Boone falando ao telefone. Em seguida, pela sua visão periférica, ficou ciente de que outras pessoas chegavam ao vestíbulo, membros da criadagem, a julgar pelos uniformes.

De repente, Boone estava perto dela, parado logo ao lado de seus braços duros e esticados.

– Helania, você pode abaixar a arma agora.

– Não sei se ele está morto – disse engasgada. – Como posso saber se ele está morto.

– Você o pegou – disse ele num tom gentil. – Salvou a vida de Rochelle e o pegou em cheio. Mas agora precisa abaixar a arma. Os Irmãos estão a caminho e não queremos que mais ninguém se machuque.

Ela se concentrou na mancha vermelha na porta… e no buraquinho que conseguia ver no meio dela onde a bala acabara sua trajetória através de matéria viva até parar na madeira.

– Queria estar presente quando o assassino de Isobel morresse – disse ela rouca. – Precisava estar lá.

— Bem, você fez melhor que isso. Você *ahvenged* a sua irmã do modo adequado. Você tirou a vida dele como ele tirou a dela.

Foi isso que fez com que ela destravasse. De repente, as mãos e os braços estavam trêmulos e fracos, e, bem quando estava prestes a derrubar a arma, Boone a apanhou de suas mãos e travou o pino de segurança.

Caindo contra o corpo forte dele, Helania chorou por tudo.

Por Isobel.

Por Mai.

Pelo que poderia ter acontecido se, Deus não permitisse... se ela tivesse errado.

Enquanto Boone amparava Helania junto ao seu corpo, seu cérebro tentava entender a realidade: Marquist largado no chão, com parte do cérebro e um jorro do seu sangue na porta de entrada. Rochelle jogada numa cadeira, com as mãos no rosto como se estivesse segurando um grito. Thomat e os *doggens* que se apressaram da cozinha, todos juntos num amontoado só enquanto se seguravam uns aos outros.

Do lado de fora da casa, a tempestade invernal era brutal, os ventos sacudindo as persianas, a neve batendo nas janelas. Mas nada se comparava ao caos gélido que se instalara no vestíbulo silencioso e plácido.

Rochelle, aterrorizada, ergueu os olhos.

— Ele tentou me matar. Helania... ela me salvou.

— Por quê? — perguntou Boone. — Que diabos ele estava pensando...

— Ele disse que foi pelo seu mestre. — A fêmea olhou para o cadáver, que enfim deixara de ter espasmos. — Ele disse... que se recusava a deixar que a vergonha cobrisse esta casa.

— Então foi ele quem a perseguiu? — Boone atraiu Helania para junto de si. — Ele deve ter descoberto...

— Sobre Isobel — Rochelle terminou. — Mas você e eu já tínhamos terminado nosso compromisso e ela foi morta depois disso. Por que ele teve que matá-la se o assunto já tinha sido encerrado?

Boone só podia balançar a cabeça.

— Ele me disse que faria qualquer coisa para proteger esta casa e o meu pai. Deve ter se preocupado que, se você fosse vista com Isobel, a verdade acabaria vindo à tona e a vergonha não recairia somente em você.

Helania levantou a cabeça do peito dele.

– Ele matou a minha irmã pelo que seria adequado à sociedade?

– E Mai – Rochelle acrescentou. – Ele disse que Mai estivera ameaçando se apresentar com os detalhes do homicídio, detalhes que provariam que ele era o responsável. Ela estava determinada em descobrir quem estivera me seguindo e o encontrou por meio da moça da chapelaria. Parece que aquela humana o conhecia de um curso de treinamento de defesa pessoal que fizeram juntos. Ele me disse que pensou que isso era uma ironia… Ficou balbuciando isso de maneira incoerente.

– Pobre Mai – disse Helania. – Ela foi muito boa com a minha irmã.

– Ela era uma querida amiga minha. – Rochelle meneou a cabeça. – Saiba que, desde a morte de Isobel, estive absolutamente devastada. Parte por não saber quem a matara e o motivo. Evidentemente, Mai estava tentando solucionar o mistério e me dar respostas.

– Como queria que ela tivesse pedido ajuda – Boone comentou com tristeza.

– Há segredos demais na *glymera* – Rochelle disse entredentes. – Coisas demais que a nossa classe se recusa em discutir. E o silêncio é letal…

A batida à porta foi alta.

– Não entrem ainda! – exclamou Boone. – Esperem!

Baixando o olhar para Helania, ele acariciou seus cabelos.

– Consegue ficar de pé?

– Sim – respondeu ela. – Tenho meus dois pés para me sustentar. E eles darão conta do trabalho.

Depois de depositar um beijo rápido nos lábios dela, Boone foi até o escritório. Os trabalhadores que estiveram consertando o estrago antes tinham quase terminado a janela, mas ainda não tinham selado o orifício por completo antes de irem embora para casa mais cedo, por conta da tempestade. O pedaço de lona plástica tinha sido afixado aos vidros e ele o soltou.

– Por aqui! Entrem por aqui! – ele chamou pelo espaço entre os painéis.

Não que os Irmãos não pudessem simplesmente se materializar em qualquer lugar. Mas se Butch lhe ensinara uma coisa durante a investigação era que cenas de crime precisam ser protegidas, e ele sabia que era mais seguro para os Irmãos, tantos quantos viessem, se juntarem ali no escritório do pai primeiro.

E, como esperado, um a um eles apareceram: V. foi o primeiro. Depois Tohr e Phury. Por último veio Qhuinn. Butch entrou por uma das portas francesas que V. abriu para ele.

O antigo policial olhou para o vestíbulo.

– Que diabos aconteceu aqui?

Boone olhou de relance para Rochelle. Quando ela assentiu, ele contou tudo: o compromisso desfeito; o relacionamento dela com Isobel; a perseguição; a morte de Isobel para manter um segredo. E, por fim, Mai ameaçando Marquist e ele assassinando a fêmea, execrando-a com fúria.

Enquanto ele falava, Butch e os Irmãos se aproximaram para dar uma olhada no corpo.

– E, então, Marquist tentou atacar Rochelle – concluiu Boone. – Mas Helania... ela cuidou do problema.

Helania ergueu os olhos de onde se sentara no chão junto de Rochelle. O rosto dela estava pálido, e ela ainda tremia, mas, ah, ela fora tão corajosa. Tão forte. Tão... segura... no momento mais importante.

Nunca ficou tão impressionado com ninguém em toda a sua vida. E tudo o que ele queria fazer era abraçá-la e se certificar de que ela ainda estava viva. Mesmo conseguindo ver isso nitidamente com os olhos, seu coração estava tão aterrorizado com a perspectiva de um dia perdê-la que ele ficava se preocupando que, de alguma forma, o fim tinha sido diferente e ele só estava se recusando a enxergar a verdade.

– Helania atirou nele uma vez – concluiu ele. – Exatamente onde precisava atirar.

Butch olhou de relance para as duas fêmeas.

– Vocês estão bem?

Helania levou a mão para a parte de trás da cabeça.

– Ele me atingiu com alguma coisa.

– Foi com o cabo da faca. – Rochelle esticou a mão. – Você está bem? Eu deveria tê-lo detido, mas não soube o que fazer.

– Vamos ver como você está agora mesmo – Butch disse ao se inclinar acima do corpo. – A doutora Jane deve chegar a qualquer segundo.

Enquanto Butch se agachava e examinava o ferimento à bala, Vishous meneou a cabeça e acendeu um cigarro.

– Puta merda – anunciou o Irmão –, o assassino é o *mordomo*?

Capítulo 41

CONFIRMAÇÃO TENDENCIOSA ERA UMA coisa, Butch pensou ao sair do freezer do tamanho de uma garagem.

— Mas provas são provas — murmurou ao olhar para o gancho de carne que carregava.

Lançando um olhar para o depósito frio, balançou a cabeça diante das duas peças de carne penduradas no meio da unidade congeladora, prontas para serem descongeladas e cortadas. Os ganchos eram exatamente iguais ao que fora usado para pendurar Mai.

— Encontrou o que necessitava, senhor? – o *chef* da casa perguntou. Butch assentiu.

— Sim, encontrei.

O *doggen* se curvou.

— Há algum outro lugar que eu possa lhe mostrar?

Thomat fora maravilhoso: levara-o até os aposentos no fim do corredor, mostrara-lhe o closet do qual Butch retirara com toda a cautela o manto sujo de sangue. Fora no pequeno escritório dos aposentos do mordomo que ele recuperara um frasquinho com tachas de sapateiro. Também estava com a faca do vestíbulo de entrada e tinha os relatos de Helania e de Rochelle, a antiga prometida de Boone.

— Acho que tenho o que preciso — respondeu Butch ao voltarem para a cozinha em si. – Obrigado pelos sacos de papel.

— O prazer é meu, senhor. Devo abrir mais um?

— Sim, seria ótimo. Obrigado.

O *chef* sacudiu um do rolo e Butch colocou o gancho dentro dele. Em seguida, apanhou os dois que tinham o manto e a faca e voltou para o vestíbulo. Rhage chegara mais tarde e estava compensando o atraso com a câmera do celular, tirando fotografias do corpo e da porta.

Mas, com as evidências que tinha nos sacos, aquilo era apenas um detalhe irrelevante. A explicação fora fornecida, a fé nos poderes divinos de revelação, recompensada, o "isso aquilo depois daquilo outro" soletrado. Ainda assim, velhos hábitos de uma vida profissional inteira e toda a baboseira.

Colocando os sacos no chão, Butch foi até a sala, onde Boone fazia companhia às duas fêmeas enquanto Helania era examinada pela doutora Jane.

– Você está com um belo de um calombo aqui – a médica dizia. – E provavelmente tem uma pequena concussão, embora eu não possa diagnosticar isso sem um exame de imagem. A boa notícia é que as pupilas estão de tamanho igual e reativas, e você passou o exame neurológico sem problemas, por isso acho que não haverá nenhum problema. Apenas me avise se a visão duplicar, se sentir náusea ou não conseguir ficar acordada, está bem? E não… você não tem que se preocupar com outros efeitos para o que pode estar acontecendo.

– Obrigada – Helania agradeceu ao levar a mão para o ventre. – Estou muito grata.

Quando a médica abraçou os três e depois foi embora, Butch balançou a cabeça.

– Sei que devem estar em estado de choque.

– Isso é um eufemismo – murmurou Boone ao afagar as costas de Helania.

– Vejam bem – disse Butch –, tenho uma boa ideia de como as coisas aconteceram hoje à noite, mas, só para podermos encerrar o caso, vou pedir que todos vocês venham para o centro de treinamento para tornar tudo oficial. Mas podemos esperar. Pode ser amanhã.

– Obrigada – disse Rochelle. – Não estou raciocinando direito hoje.

– Não a culpo. Isto é coisa da pesada. Você tem alguém a quem queira chamar para vir buscá-la?

Rochelle franziu o cenho.

– Não suportaria sequer pensar em voltar para casa…

– Você pode ficar – disse Boone. – Com a gente.

– Isso – acrescentou Helania. – Por favor. Na verdade… podemos todos ficar aqui durante o dia? A tempestade está horrível e o meu apartamento é pequeno.

– Claro – ofereceu Boone. – Não importa onde estejamos, desde que seja juntos.

– Obrigada. – Rochelle ergueu as mãos e começou a tirar os grampos dos cabelos um a um. – Isso seria… Obrigada.

Quando soltou o coque, tirou as botas de salto alto e se reposicionou, colocando os pés com meias debaixo do corpo, Butch sorriu. Nada como relaxar com a família que, por acaso, é formada por amigos, pensou.

Aprendera isso por experiência própria.

– Muito bem – disse ele. – Vamos remover o corpo agora. Quero que fiquem aqui, se não se importarem.

– Sem problemas – Boone disse quando as fêmeas assentiram.

– E, escutem, vou entrar em contato com os pais de Mai antes do fim da noite. Irei à casa deles pessoalmente. Eles devem querer saber o que aconteceu.

– Claro – disse Rochelle. – Muito gentil da sua parte. E, por favor, sinta-se à vontade para ser totalmente franco. Não tenho nada a esconder. Não mais.

– Pode deixar. – Butch ainda hesitou ao olhar para Boone. – Sabe que esta casa agora é sua, não?

– Como assim? – respondeu surpreso o macho.

– Marquist está morto. Você é o parente mais próximo do seu pai. Tudo é seu. Sei que não é o momento de pensar nisso, mas a lei é a lei. Assim são as coisas. – Butch abanou as mãos no ar. – Mas, como disse, não é nada com que tenha que se preocupar agora. Nem sei por que senti a necessidade de mencionar isso.

Esse último comentário foi mentira, claro. A questão era que o garoto não fora nada além de perfeitamente leal e um macho de valor em todos os sentidos. Nesse ínterim, fora totalmente fodido pelo pai e por aquele mordomo – e, às vezes, isso era de lascar.

Você só quer que o mocinho vença no final.

– Liguem pra mim se precisarem – Butch lhes disse.

Girando, andava para fora da sala quando algo o segurou pelo braço. Quando se virou, viu que era Helania.

– A sua irmã está muito orgulhosa de você agora – sussurrou ela. – Você ajudou mais um grupo de pessoas a encontrar algum conforto e o tipo de resolução de que precisam para seguir em frente.

Butch ficou com a respiração presa. E ficou sem saber como responder.

Mas isso não importou. Helania o envolveu num abraço apertado e, às vezes, isso comunica mais do que qualquer outra coisa, não?

Quando abaixou a cabeça e retribuiu o abraço, ele sentiu, bem dentro do peito, a dor subjacente que sempre carregava consigo... ficar um pouquinho mais leve.

Isto foi para você, Janie, pensou.

Pensando agora, todo assassino que apanhara sempre fora dedicado a ela.

Enquanto observava Helania e Butch se abraçarem, Boone vacilava em relação ao que ele lhe dissera quanto ao testamento. Mas devia ter razão. Marquist estando morto e sem nenhum outro beneficiário apontado... ele era o próximo na linha de sucessão.

Pondo-se de pé, fez que se levantava apenas para se espreguiçar, mas não foi esse o motivo. Olhava para a sala como um olhar renovado, e teve a sensação de que tentava avaliar a possibilidade de ficar ali.

Só que isso seria loucura. Não queria parte alguma das bobagens da *glymera*. Já não fora fã antes, mas depois do que Rochelle e Helania passaram? Não estava nada interessado em...

Através do arco de entrada da sala, viu a equipe de funcionários da casa agrupados no vestíbulo. Thomat e uma dúzia de *doggens* estavam postados no amontoado formado por eles. E cada um olhava para ele. Evidentemente ouviram o que Butch dissera.

Porque havia esperança em suas feições.

Lealdade... a Boone... em seus olhos.

– Acredito que eles queiram que você fique – Rochelle disse com suavidade.

Quando Helania se aproximou, ele abriu os braços, e ela se acomodou ao seu encontro. Ficaram ali enquanto o corpo de Marquist era removido, a grande porta de entrada era aberta, e as rajadas fortes de vento invadiram o recinto, substituindo o calor pelo frio. Mas, logo em seguida, os Irmãos se despediram, e Boone assistiu pela janela da sala enquanto a unidade cirúrgica móvel se afastava pelo caminho para carros.

No rastro da partida deles, um estranho silêncio invadiu a casa, um vazio tanto surpreendente quanto... libertador.

– Que tal se arranjássemos algo para comer? – sugeriu Helania. – Era o que eu estava tentando fazer antes de...

– Antes de tudo desmoronar? – sugeriu ele.

– Isso.

Rochelle se levantou.

– Acho que podemos dar mais uma chance para aquele chocolate quente.

– Talvez traga azar? – opinou Boone. – Poderíamos tentar outra coisa.

– Nada disso, não sou supersticiosa – sua amiga disse enquanto os três saíam da sala.

No vestíbulo, Boone parou e fitou a equipe.

– Thomat, acredito que todos precisamos de uma boa refeição. Comida. Bebida. E, com isso, digo... a casa toda. Juntos.

Ao encarar os olhos do *chef* de frente, tinha ciência de estar iniciando uma nova ordem. Um novo sistema operacional. Um jeito novo de conduzir as coisas naquela casa.

E se o *chef* não concordasse? Nesse caso, Boone percebia com total clareza que iria embora. Venderia a casa e despacharia a criadagem. Faria um corte cirúrgico do legado tóxico, retorcido e doentio no qual nascera.

Thomat olhou ao redor, observando os demais criados. Ouviram-se alguns sussurros. Depois, o *chef* se curvou profundamente.

– Meu senhor, consideramos isso extremamente agradável. Talvez devamos nos agrupar na cozinha para decidirmos em conjunto quanto ao cardápio?

Boone sorriu lentamente e passou o braço ao redor dos ombros de Helania.

– Fechado. É assim... Exatamente assim que eu gostaria que fosse feito.

Numa formação mais descontraída, o grupo seguiu pela sala de jantar, passando pela sala de polimento e despensa. Quando ele passou diante da porta aberta dos aposentos do mordomo, inclinou-se e a fechou com firmeza.

Uma hora mais tarde, estavam todos sentados ao redor da mesa de jantar, passando bandejas de prata e tigelas de porcelana, uma refeição eclética de sobras e acompanhamentos fáceis de fazer criados por todas as mãos, onde todos serviam uns aos outros e os pratos eram servidos com a mesma comida.

Boone estava à cabeceira da mesa com Helania não na ponta oposta, mas bem a seu lado. Rochelle estava mais no meio, sentada entre Thomat e uma das criadas. Todos conversavam, e havia um riso ocasional, embora Boone soubesse muito bem que todos ainda se recuperavam da extraordinária guinada nos eventos.

Servindo-se de mais purê de batata, olhou para Helania.

E viu-se imaginando se ela estaria grávida de um filho seu.

Essa seria a única maneira pela qual se sentiria melhor sobre tudo. Se eles tivessem...

Franzindo o cenho, parou ao se lembrar do que ela dissera quanto a se comprometer com alguém. Pense numa situação sem vencedores. Ele a amava. Percebera isso de tantas maneiras e em tantas situações diferentes, mas estava de mãos atadas com a perspectiva de uma gestação. Se lhe dissesse que a amava agora? Se pedisse que se vinculasse a ele agora? Ela deixara bem claro que interpretaria seu gesto como cumprimento de um dever. E a questão era... mesmo ela não tendo percebido, ele sentia uma mudança perceptível em seu cheiro primaveril.

Tinha a sensação... de que ela estava mesmo grávida, carregando um filho seu.

– Você está bem? – ela perguntou ao esticar o braço e segurar sua mão.

– Sim. Sim, estou bem. – Forçou um sorriso. – A batata está ótima.

– Era assim que a preparávamos na minha casa. O requeijão faz toda a diferença.

– Veja só – murmurou ele, esfregando o buraco atrás do esterno. – Requeijão. Quem haveria de imaginar.

Enquanto seguia Boone pelo corredor comprido e decorado com formalidade, Helania olhava para todas aquelas portas fechadas e perdeu a conta na décima sexta.

Incrível o quanto aquela casa era grande.

Por fim, ele parou.

– Bem, este é o meu quarto.

– Estou animada para vê-lo.

– Não tem nada demais. – Ele se deteve e depois deu uma risada. – Quero dizer, não é como... Ah, tanto faz, vamos em frente.

Quando ele abriu a porta, ela entrou e...

– Espere, isto é uma sala de estar?

– É uma antessala adjacente à suíte.

– Ah. – Ela balançou a cabeça pesarosa. – Uau. Puxa…

Ela parou de falar ao olhar através do arco de entrada de outro cômodo. Atraída pelo que viu, entrou num quarto de sonhos. A cama era grande, adequada ao tamanho de Boone, mesmo, e a imensa cama *king size* tinha lençóis de monograma e uma colcha com uma espécie de brasão no meio. Mas não foi nada disso que chamou sua atenção.

Foram os livros.

Perfilando as paredes, acomodados em prateleiras, havia centenas de livros, alguns modernos, outros antigos, alguns com capa de couro, outros, tecido. Ao se aproximar para ler as lombadas, sorriu para si. Sua solução à timidez foram os filmes. A dele, evidentemente, fora a leitura.

E ela adorava o fato de terem a introversão como algo em comum.

– Isto é incrível – sussurrou ao olhar por sobre o ombro. – Não imaginava que você…

Deixou a frase sem fim ao perceber a expressão grave dele… e a tristeza em seu olhar. Sem ter que perguntar, sabia para onde ele se retirara em sua mente, e pensou no que Rochelle lhe contara perto da porta, pouco antes de toda aquela loucura acontecer.

Com todas as perguntas respondidas naquela noite, ainda havia um assunto muito importante em aberto. Importante para ambos.

Mas ela também já tinha uma solução. Tivera basicamente… o tempo inteiro, mesmo tendo receio de admitir.

Atravessando o cômodo até ele, segurou a mão de Boone e o conduziu até a cama. Sentaram-se juntos e ele afagou o interior do seu pulso com o polegar… mas não conseguia sustentar seu olhar. E aquela tristeza dele era de partir o coração.

Helania engoliu com força.

– Estou muito feliz por ter te conhecido.

Ele fez um barulho descompromissado no fundo da garganta.

– E sou grata por tudo o que fez por mim nestas últimas… – Noites? Deus, pareciam anos. – … você sabe, desde que te conheci. A respeito de Isobel. E do caso.

As palavras a deixavam na mão. Seu cérebro não estava funcionando direito.

Mas seu coração sabia exatamente em que pé ela estava.

Ajustando-se para ficar de frente para ele, abaixou-se em um dos joelhos e segurou ambas as mãos dele nas suas. Erguendo os olhos para o olhar de surpresa dele, sorriu. E, de repente, encontrou todas as sílabas de que precisava.

– Você se lembra de quando eu lhe disse que não queria que você me propusesse um compromisso?

Ele fechou os olhos e seu corpo se enrijeceu.

– Sim.

– Eu disse que nunca teria certeza se foi por dever e obrigação.

– Sim, você disse isso.

– Eu disse que queria ser escolhida.

Ele exalou forte e abriu os olhos.

– Sem ofensas, mas não precisamos relembrar tudo. Aquela foi uma conversa dolorosa que não vou esquecer tão cedo.

– Mas eu decidi uma coisa.

Ele ergueu uma mão para detê-la.

– Não sabemos se você está grávida. Portanto, não há nada a decidir. Mas quero que saiba que, caso esteja, eu...

– Eu te amo, e quero saber se você quer ser meu *hellren*.

Boone piscou. Depois recuou surpreso.

– Espere, o quê? O que você...

Helania sorriu.

– Eu estou te propondo. Vê, dessa forma é diferente. Não existe nenhuma obrigação da sua parte; como não sabemos com certeza se estou grávida, sou eu quem está fazendo a escolha. Eu *escolho* você. Estou te dizendo que te amo e que te quero e...

Ela só conseguiu ir até ali.

– Eu também te amo – Boone disse apressado enquanto descia para o carpete e a beijava. – Ah, Deus... Sim, por favor, eu me comprometo com você. Não me importo se está ou não grávida... – Afastou-se rápido. – Quero dizer, eu me importo, sim. Quero muito que esteja.

Helania piscou para afastar as lágrimas ao pegar a mão da adaga dele e colocar a palma grande em seu ventre.

– Eu também quero muito.

– O que mudou? – ele sussurrou.

Enquanto ela pensava em tudo que as últimas noites trouxeram, lembrou-se do tiro certeiro que protegera o verdadeiro amor da sua irmã de um louco, e deu de ombros.

– Como respondi quando você me perguntou se eu conseguia ficar de pé lá embaixo – encarou os lindos olhos –, encontrei meus pés. Não preciso ser a Mulher Maravilha, e nem sempre vou acertar… mas, se você sabe quem você é e que pode tomar conta de si própria, então você está livre para amar honesta e completamente. Quer seja um macho ou uma fêmea… ou um filho nascido de seu corpo.

O sorriso de Boone foi como o nascer do sol iluminando não só seu rosto, mas evidentemente sua alma também.

– Nesse caso – ele sussurrou contra a sua boca –, se essa não é uma verdade, não sei mais o que poderia ser.

Epílogo

DUAS NOITES DEPOIS...

BOONE VIAJOU PELO AR invernal em moléculas esparsas, rastreando o caminho que Helania deixara para ele devido ao fato de terem se alimentado um do outro. Ao retomar sua forma, viu-se num vale arborizado coberto de neve, a floresta de pinheiros espessa até se afastarem por algum motivo, criando uma clareira circular perfeita.

Helania estava de perfil, os cabelos ruivos e loiros soltos, revirados pela brisa suave, o rosto sério, os olhos fixos no chão.

Quando o notou, ela sorriu, e o brilho atormentado abandonou seu olhar.

– Oi.

– Oi.

Andando pela neve, as botas pesadas criaram um padrão de pegadas na neve imaculada de minúsculos flocos e, quando se aproximou por trás de sua fêmea, ela se recostou contra seu corpo. Com os braços ao redor dela, e os olhos no mesmo ponto dos dela, aguardou sem pressa que ela dissesse alguma coisa.

– Foi aqui que enterramos Isobel – disse ela depois de um instante. E depois deu uma risada. – Caso não tenha deduzido isso.

Boone beijou o topo da cabeça de seu amor.

– Obrigado por me trazer aqui.

– Queria que a tivesse conhecido.

– Eu também. Acho que teria adorado ela.

– Isso eu garanto.

O vento que viajou pela clareira foi suave e não tão gélido quanto antes, como se tivesse se aquecido e desacelerado em respeito à falecida.

– Quero acreditar que ela está no Fade – disse Helania – e não só… você sabe, debaixo da terra.

Boone se descobriu olhando para o firmamento, avaliando as estrelas que brilhavam na imensidão escura acima. Enquanto considerava as chances de ele e Helania terem se conhecido, e de Rochelle acabar se revelando daquela maneira.

– É como se Isobel tivesse encontrado um último modo de cuidar de mim – murmurou Helania.

– O que disse?

– Não sei. Essa história toda é tão extraordinária. Você aparecer na minha vida como apareceu. Rochelle…

– Sendo quem é nisto tudo – ele terminou por ela. – Estava pensando exatamente a mesma coisa.

Helania inclinou a cabeça e o fitou.

– Eu amo quando a gente faz isso.

– Eu também.

Ela se endireitou e voltou a se concentrar no solo.

– E, sim, acho que minha irmãzona tem um dedo nisso tudo.

Do nada, uma lufada de perfume francês adentrou a floresta, e lá estava ela, Rochelle, aparecendo na neve. Vestia um casaco cor de amora, botas forradas de pele e, quando veio avançando, também ficou olhando para aquela porção de terreno.

Quando a fêmea chegou perto, Helania esticou o braço e a segurou pela mão.

– Olá, amiga.

– Olá, amiga. – Em seguida, Rochelle disse com tristeza: – Me desculpem. Para mim é difícil vir até aqui.

– Também sinto isso. – Helania voltou a fitar o chão. – Mas é uma noite importante.

– Temos uma novidade para contar – disse Boone. – E queremos que seja a primeira a saber.

Rochelle virou o pescoço para eles, os olhos se iluminando.

– Não. Sério? Estão falando sério?!

– Estamos grávidos – anunciou Helania. – Acabamos de descobrir…

Quando Rochelle emitiu um grito triunfante, o som alegre assustou uma coruja parada ali nas redondezas.

– Vocês estão grávidos!

Faltou pouco para Rochelle derrubar Helania com um abraço, e não demorou para as duas fêmeas tirarem o ar dos pulmões de Boone.

– Estou tão feliz por vocês! Ah, meu Deus! Vocês vão ter um filho!

– Obrigado. – Boone recuou um passo. – Mas, olha só, não existe "nós" nisso, ok? É Helania quem vai fazer todo o trabalho. Essa coisa de "nós" é loucura. Sou o macho mais feliz do planeta, e ela está carregando meu filho, mas é o corpo dela quem vai fazer isso, não o meu.

Rochelle jogou a cabeça para trás e riu.

– Estou vendo que está dizendo as coisas como elas são. Muito bem. Gostei bastante da sua atitude, Boone.

Helania passou o braço pelo dele.

– Pois é, eu também. O que posso dizer, ele é o melhor!

– Vamos dar o nome de Isobel – disse ele. – Se for menina. Bom, queremos que dê uma de humana com a gente. Eles têm essa coisa de...

– São os padrinhos – terminou Helania. – Queremos que seja a madrinha, não importa se for menina ou menino.

As mãos enluvadas de Rochelle subiram para as faces.

– Vocês vão me fazer chorar.

– Por favor? – pediu Helania. – Você é o elo mais próximo que tenho com minha irmã e quero tê-la na vida do nosso bebê como um membro oficial da família.

– Não que você já não seja – complementou Boone.

– Amém! – Helania correu o olhar pela clareira. – É por isso que queríamos contar para você aqui. É como se... Isobel estivesse aqui com a gente, sabe? Porque, se ela estivesse viva, teríamos contado para vocês duas ao mesmo tempo. O que nos diz?

A resposta de Rochelle foi um abraço grupal.

E, de fato, essa foi a melhor afirmativa que poderia haver.

Enquanto Boone abraçava as duas fêmeas que riam e choravam ao mesmo tempo e enquanto pensava que estava criando sua própria família, algo lá em cima, no céu noturno, chamou sua atenção.

Lá em cima no firmamento, uma estrela cadente viajou num arco... criando um sorriso perfeito diretamente acima deles.

Erguendo a mão, Boone acenou para ela quando o rastro sumiu e articulou: *Prazer em te conhecer, Isobel.*

Algo lhe disse que aquela não seria a última vez, e ele ficou aliviado com isso. Afinal, a morte não era mais forte que o amor, e os sinais dos anjos estavam em toda parte.

Você só precisa procurar por eles... e saber que as irmãs mais velhas sempre cumprem seu dever, mesmo que do Fade!

Agradecimentos

IMENSO AGRADECIMENTO AOS LEITORES da Irmandade da Adaga Negra! Esta tem sido uma jornada longa, maravilhosa e excitante, e mal posso esperar para ver o que acontecerá a seguir neste mundo que todos amamos. Também gostaria de agradecer a Meg Ruley, Rebecca Scherer e a todos da JRA, e Lauren McKenna, Jennifer Bergstrom e à família inteira da Gallery Books e Simon & Schuster.

Team Waud, amo vocês todos. De verdade. E, como sempre, tudo o que faço é com amor e adoração, tanto a minha família de origem quanto a adotada.

E, ah, obrigada a Namaah, minha Writer Dog II, que trabalha tão arduamente quanto eu nos meus livros!

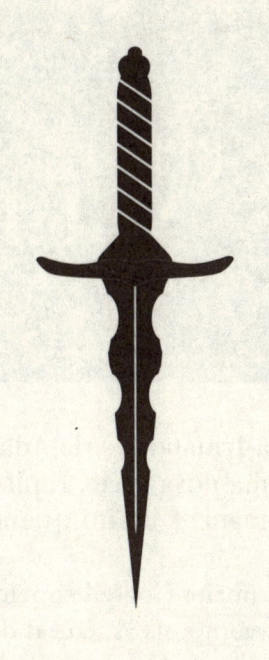

Conheça os outros livros da série

LEGADO DA IRMANDADE

DA ADAGA NEGRA

Os guerreiros da Irmandade da Adaga Negra marcam presença em uma nova série, repleta de aventura e romances muito quentes...

Paradise, filha do Primeiro Conselheiro do Rei, está pronta para se libertar da vida restritiva imposta às fêmeas da aristocracia. Sua estratégia? Entrar no programa do Centro de Treinamento da Irmandade da Adaga Negra para aprender a lutar por si mesma, a pensar por si mesma... Ser ela mesma. É um bom plano, até tudo dar errado.

As aulas são inimaginavelmente difíceis, seus colegas de sala são mais inimigos que aliados e está bem claro que o Irmão encarregado, Butch O'Neal, também conhecido como Dhestroyer, está atravessando sérios problemas em sua vida particular. E tudo isso antes mesmo de ela se apaixonar por um colega de turma.

Craeg, um cidadão comum, que não se parece em nada com o que o seu pai desejaria para ela, mas que é tudo o que ela poderia pedir em um macho. Quando um ato de violência ameaça pôr fim ao programa, e a atração erótica entre eles fica cada vez mais irresistível, Paradise é testada de maneiras que ela sequer poderia ter imaginado, o que a faz ponderar se é forte o bastante para reivindicar seu próprio poder... dentro do campo de batalha e fora dele.

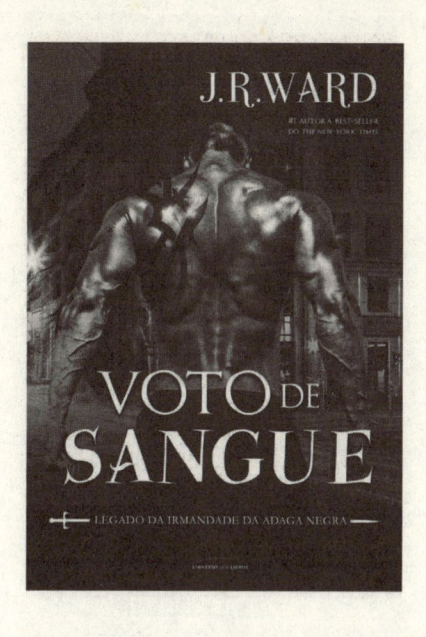

No volume 2 do spin-off da IAN, a Irmandade da Adaga Negra continua a treinar os melhores recrutas para a batalha mortal contra a Sociedade Redutora.

Entre os trainees do programa, Axe se revela um lutador perigoso e esperto – e também solitário, isolado por causa de uma tragédia pessoal. E, quando uma fêmea aristocrata precisa de um guarda-costas, Axe aceita o trabalho, embora esteja despreparado para a atração violenta que se acende entre ele e aquela a quem jura proteger.

Elise perdeu a prima num assassinato terrível, e o charme perigoso de Axe, o guarda-costas contratado por seu pai, é incrivelmente sedutor – e talvez funcione como distração do luto. No entanto, conforme investigam mais a morte da prima, e a atração física entre ambos se intensifica, Axe teme que os segredos dele e sua consciência torturada acabem afastando-os.

Enquanto isso, Rhage, o Irmão com mais sensibilidade, sabe tudo sobre autopunição, e quer ajudar Axe a atingir todo o seu potencial. Contudo, uma visita inesperada ameaça sua família, e ele se vê mais uma vez nas trincheiras lutando contra um destino que poderá destruir o que lhe é mais valioso.

Tanto as tribulações enfrentadas por Axe como as de Rhage vão exigir que os machos superem seus limites – e rezem para que o amor, em vez da raiva, seja as lanternas de ambos na escuridão.

Em *Fúria de sangue*, J.R. Ward narra as histórias de dois casais que lutam para encontrar o amor em meio à guerra contra a Sociedade Redutora.

Como vampiro aristocrata, Peyton sabe muito bem qual é seu papel em relação à própria linhagem: encontrar uma fêmea adequada da mesma classe social e levar adiante as tradições da família. E ele pensou ter encontrado o par perfeito – até ela se apaixonar por outro. No entanto, quando uma decisão tomada numa fração de segundo, em plena batalha com o inimigo, põe em risco a vida de Novo, Peyton tem de enfrentar a ideia de que seu futuro, assim como seu coração, podem de fato pertencer a outra pessoa.

Como fêmea no programa de treinamento da Irmandade da Adaga Negra, Novo sente que tem de provar seu valor para todos – e não tem interesse algum em se distrair com uma paixão. Mas, quando Peyton prova que é muito mais do que um playboyzinho rico, ela é forçada a confrontar a tragédia que dilacerou sua alma e a afastou do amor.

Enquanto Novo lida com seu passado e Peyton, com o presente, outro casal se vê em meio a uma conexão erótica sem paralelo – e potencialmente escandalosa. Saxton, que teve o coração partido, descobre em seu íntimo uma atração profunda por Ruhn, um novo membro da casa. Mas o outro macho explorará essa conexão? Ou fechará a mente e o coração para o que poderia ser um verdadeiro amor... fazendo Saxton perder tudo?